ISABEL BERNSMANN

Kommissarin Moll und die Tote vom Grindel

TÖDLICHES VERTRAUEN Die Hamburger Kommissare Frederica Moll und Christian Lauterbach gehen von einem Routinefall aus, als sie zu einem Selbstmord in die Grindelhochhäuser gerufen werden. Die Sache scheint klar: Eine junge Frau hat sich die Pulsadern aufgeschnitten, weil sie unheilbar an Brustkrebs erkrankt war. Allerdings gibt es am Tatort nichts, womit sie sich die Verletzungen hätte zufügen können, und die Gerichtsmedizin findet heraus, dass die Frau zum Zeitpunkt ihres Todes kerngesund war. Die Anzeichen verdichten sich, dass die Tote das Opfer eines zynischen Betrugs geworden ist und es sich bei der Falschdiagnose weder um ein Versehen noch um einen Einzelfall handelte. Durch ihre Nachforschungen treten die Kommissare mächtigen Honoratioren der Hansestadt auf die Füße und bald werden sie von Vorgesetzten offensichtlich bei der Aufklärung des Falles behindert. Frederica und Christian wissen, dass die Verantwortlichen schnell gestoppt werden müssen, um weitere Todesfälle zu verhindern. Doch ihre Gegenspieler sind gefährlich …

Isabel Bernsmann wurde 1967 als Kind einer wortkargen Norddeutschen und eines redseligen Rheinländers geboren und wuchs in den USA, Belgien und halb Deutschland auf. Nach ihrem Studium der Verfassungs-, Sozial- und Wirtschaftsgeschichte entschied sie sich für eine berufliche Zukunft in den Medien und zog in ihre Wahlheimat Hamburg. Mittlerweile arbeitet sie in Berlin in der Fernsehbranche. Gelegentlich aufkeimende Mordgelüste und Heimweh kompensiert sie durch das Schreiben von Hamburg-Krimis. »Kommissarin Moll und die Tote vom Grindel« ist ihr Debüt.

ISABEL BERNSMANN

Kommissarin Moll und die Tote vom Grindel

KRIMINALROMAN

GMEINER

Immer informiert

Spannung pur – mit unserem Newsletter informieren wir Sie regelmäßig über Wissenswertes aus unserer Bücherwelt.

Gefällt mir!

Facebook: @Gmeiner.Verlag
Instagram: @gmeinerverlag
Twitter: @GmeinerVerlag

MIX
Papier | Fördert gute Waldnutzung
FSC® C083411

Besuchen Sie uns im Internet:
www.gmeiner-verlag.de

Im Ehnried 5, 88605 Meßkirch
Telefon 07575/2095-0
info@gmeiner-verlag.de

1. Auflage 2022
Originalausgabe erschienen 2018 im Eigenverlag der Autorin,

Lektorat: Daniel Abt
Herstellung: Mirjam Hecht
Umschlaggestaltung: U.O.R.G. Lutz Eberle, Stuttgart
unter Verwendung eines Fotos von: © secretgarden / Photocase.de
Druck: CPI books GmbH, Leck
Printed in Germany
ISBN 978-3-8392-0273-9

Personen und Handlung sind frei erfunden.
Ähnlichkeiten mit lebenden oder toten Personen
sind rein zufällig und nicht beabsichtigt.

PROLOG

Egal, was du mit mir vorhast, es wird nicht passieren. Du wirst deinen Spaß mit mir nicht bekommen. Niemals. Denn du kriegst mich nicht. Frederica schlug sich mehrere Male heftig ins Gesicht, damit der Adrenalinschub, der ihren Körper durchflutete, keine Panikattacke auslöste. Sie spürte jedoch kaum mehr als einen freundlichen Klaps, wie sie ihn auch Käuzchen gegeben hätte, wenn er mal wieder zu frech gewesen war. Sie sah an sich hinunter. *Das ist wohl so, wenn die Hände gefesselt sind und man ohnehin Mühe hat, während einer Flucht über den dunklen, feuchten Waldboden den Halt nicht zu verlieren.* Entmutigt und völlig außer Atem hockte sie sich tief in eine modrige Senke und blickte hinauf zum klaren Sternenhimmel.

War sie tatsächlich erst seit ein paar Minuten unterwegs? Ihr kam es vor, als wären es Tage gewesen, die sie über faulige Baumstämme gestolpert war und im nassen Laub ausgeharrt hatte, um nicht ihr Leben zu verlieren. *Wird er mich von hinten töten? Feige, aber gnädig? Oder kommt er eher von elf Uhr? Offensiv und gar nicht barmherzig?* Sie holte tief Luft und versuchte, sich zu entspannen. *Nur kurz, nur bis es wieder geht.*

Ob sie mit Hilfe rechnen konnte? Sie war umringt von zahllosen Birken, deren dürre Stämme aussahen, als litten sie an einer leprösen Hautkrankheit. Auch die wenigen Blätter, die dem Winter trotzten und ihr im leichten Wind beruhigend zuzuwinken schienen, gaben ihr weder Hilfestellung noch Antwort.

Sie stand auf und rannte weiter, einfach weiter in die Dunkelheit hinein. Die Taschenlampe, die sie ihm bei ihrer Flucht abgenommen hatte, ließ sie liegen. Ihr Herzschlag pochte von den Zehen bis in die Schläfen. Er wummerte so laut, dass sie befürchtete, *ihn* allein dadurch auf ihren Standort aufmerksam zu machen. Der weite Lichtkegel der Taschenlampe hätte ihn erst recht zu ihr gelockt. Mühselig strich sie sich die Haare aus dem Gesicht. Trotz der eisigen Temperaturen rann ihr der Schweiß heiß und klebrig zwischen den Brüsten hinunter. *Was war das bloß für eine dumme Idee gewesen? Hätte ich nur …* Die Panik kam leise und in kleinen Schüben. Die lebensbedrohliche Situation nahm in diesem Moment nur noch wenig Platz in Fredericas Bewusstsein ein. Gewichen war sie ihren Selbstvorwürfen. Ihrer Unfähigkeit, ihrer Hilflosigkeit und ihrem Unvermögen, rechtzeitig um Hilfe zu bitten.

Wie so oft.

PLOPP! – Ein leises Zischen begleitete den kaum wahrnehmbaren Ton.

Sie zuckte zusammen und trat dabei auf einen Zweig. Sofort war sie sich nicht mehr sicher, ob sie vor dem kurzen, harmlosen Knacken tatsächlich einen Schuss gehört hatte. Ohne sich über die Folgen ihrer Handlung klar zu sein, stolperte sie keuchend weiter den Hügel hinauf. Ihre Knie schmerzten. *Noch mal ausruhen, nur einen Moment, das wäre schön*, dachte sie, während ihre Nebenniere aufhörte, Adrenalin zu produzieren, und ihr Körper langsam anfing nachzugeben. Sie hockte sich erneut hin, um nicht ins Straucheln zu geraten, und versuchte, sich zu beruhigen. *Frederica, du weißt, wie das geht, das hast du oft genug bewiesen – reiß dich zusammen*!

Sie duckte sich nochmals tief in eine Senke und fragte

sich, ob es klug gewesen war, ihre Dienstwaffe nicht mitzunehmen. Aber sie wäre ihr in dieser Situation keine Hilfe gewesen. Da – ein weiteres Knacken auf acht Uhr. Hätte das Pochen in ihren Schläfen nicht vor einigen Sekunden nachgelassen, sie hätte es nicht gehört.

Behutsam richtete sie sich auf, um mit einem Spurt im Dickicht hinter dem Hügel zu verschwinden. Sie zwang sich loszurennen, ohne sich umzusehen. Unverletzt erreichte sie ihr Ziel. *Geht doch*, machte sie sich Mut, *und weiter voran*. Blinzelnd spähte sie nach einem weiteren Fluchtweg. *Da! Wieder das Knacken, nur jetzt …*

»Ah, hier sind Sie. Hat Ihnen unser Ausflug bis hierher denn auch etwas Spaß gemacht? Herzlichen Glückwunsch, dass Sie es so weit geschafft haben! Das hätte ich Ihnen nicht zugetraut! Aber jetzt wollen wir uns etwas beeilen, nicht wahr? Sie wissen ja, warum.«

Langsam, ganz langsam drehte Frederica sich um.

*

Der Wind pfiff kalt und schmerzhaft um die grauen Wellen, die sich an der Nordseeküste ein ums andere Mal zu blitzenden Betonmauern auftürmten wie von einer unsichtbaren Macht befehligt. Einige wenige Surfer hatten sich herausgetraut, die frierend und etwas lebensmüde in den schmalen Gassen Fahrt aufzunehmen versuchten, bevor sie unter den Wassermassen rasch wieder begraben wurden.

Den Wind überkam Langeweile und er schickte Eispfeile an Land, auf der Suche nach überambitionierten Strandwanderern. Die waren nicht aufzutreiben und so mussten seine Kinder enttäuscht eine Zeit lang mit vertrockneten Algen- und Muschelresten spielen. Bis ihnen ein einsamer menschlicher Besucher auffiel. Schrill pfeifend gewannen sie an Geschwindigkeit, zeternd übereinander herfallend, um ja der Erste zu sein, der ihn erreichen würde.

Niels Lauritz war zwar weder überambitioniert noch ein Strandwanderer, dennoch saß er bei dem Wetter auf dem nassen, klebrigen Sand, nur mit einer dünnen Windjacke und zerrissenen Jeans bekleidet. Hohe Wangenknochen rahmten ein schmales Gesicht ein, das, von Wind und Wetter durchpustet, eine innere Leuchtkraft besaß. Mit seiner durchtrainierten, feingliedrigen Statur und den halblangen zerzausten Haaren wirkte er trotz seines zerschlissenen Outfits elegant und deutlich jünger als seine 40 Jahre. Am Hals, wenig oberhalb des Hemdkragens, zeigte sich ein Tattoo, ein grauer Adler, der mit ausgebreiteten Flügeln zur Landung ansetzte.

Er war so tief in Gedanken, dass ihm die Naturgewalten um ihn herum nichts anhaben konnten. Ein letztes Zerren und Ziehen, ein schneller Eispfeil. Ein dunkles, hartes Versprechen. Wieder keine Reaktion. Der Mensch spielte einfach nicht mit. Sie zogen wütend weiter.

Niels sah sich blinzelnd um, als hätte ihm jemand Unsichtbares auf die Schulter getippt. Erstaunt registrierte er seine abgebrannte Zigarette. Hatte er sie sich nicht erst angezündet? Er mühte sich, den beißenden Wind abzuschütteln und spürte, wie die Kälte ihm unangenehm in die Glieder fuhr. Unbewusst drehte er den Zigarettenstummel zwischen Daumen und Zeigefinger hin und her, während er auf das Meer hinausstarrte. Ein leichtes Gefühl der Panik überfiel ihn. Diesmal hatte es länger gedauert als sonst. Fing er an zu vergessen? Er ließ die krümeligen Tabakreste vom Wind verwehen und fummelte sich die nächste Lucky Strike aus der Packung. Trotz des heftigen Windes zündete er sie ohne größere Schwierigkeiten an. Nach einem tiefen Zug nahm seine

Miene einen bedauernden Ausdruck an. Schnell setzte er sich auf, um die Bilder in seinem Kopf zu sortieren. Konnte er damit seinen Verrat wiedergutmachen?

Der Film war immer derselbe. Er sah ihn vor sich wie auf Super 8, ohne Tonspur. Es war an einem Tag vor 30 Jahren gewesen, seinem zehnten Geburtstag. Er sah seine Mutter, die lachend die überdimensionierte Schokoladentorte mit den brennenden Kerzen auf den Tisch stellte. Seinen Vater, der aus der Garage die Geschenke holte. Und seine kleine Schwester, die zappelte, um die tanzenden Lichter mit ihren dicken Babyärmchen einzufangen. Warum waren die drei später am Tag mit dem Auto weggefahren und hatten ihn zurückgelassen? Es war doch *sein* Geburtstag gewesen, sie hätten ihn wenigstens mitnehmen können. Alle seine Freunde waren gekommen und Oma und Opa, die den weinenden, zeternden Jungen hatten zurückhalten müssen, damit er sich nicht schreiend vor den wegfahrenden Wagen warf.

Sie hatten nur kurz weg sein wollen. *Aber was bedeutet schon kurz, wenn man zehn geworden ist, Geburtstag hat und sich alleine fühlt? Eine Ewigkeit.*

Die weißen tanzenden Lichter der Geburtstagskerzen wurden von blauen rotierenden Lampen der Polizeiwagen abgelöst. Die Ewigkeit nahm Realität an, und die Welt, wie er sie kennengelernt hatte, hörte auf zu existieren.

»Ich hasse euch!« war das Letzte, was seine Familie von ihm gehört hatte. Zwei Stunden später war ihr Auto von dem ins Schleudern geratenen Laster wie eine Ziehharmonika zusammengequetscht worden.

Einige Jahre später waren seine Großeltern gestorben und seine Reise durch Pflegefamilien hatte begonnen. In den langen einsamen Tagen und Nächten war dieser letzte Satz sein ständiger Begleiter, seine wichtigste Erinnerung und sein einziger Freund geworden.

Nur ein paar Stunden, bis ich wieder in Hamburg sein muss, rief er sich ins Gedächtnis. Er warf den Zigarettenstummel in den Wind, zog eine neue Zigarette aus der Packung und versuchte, sie mit klammen Fingern anzuzünden. Doch Njörd war nach wie vor wachsam und forderte diesmal seinen vollen Tribut.

FREITAG

Frederica Moll bog in die Sedanstraße ein und steuerte auf ihre Arbeitsstelle zu. Jedes Mal musste sie den Kopf schütteln, wenn der schmucklose Klinkerbau vor ihr auftauchte. Die Straße war sowieso ein abenteuerliches Bauwerkgemisch aus Hochhäusern, Flachbauten und Unterführungen. Man konnte kaum glauben, dass es mitten in einer Großstadt, und dazu in einer exklusiven Gegend, eine Straße gab, in der mehrere abbruchreife Gebäude standen. Es gab definitiv schönere Ecken in Hamburg. Auch im Regen …

Sie dachte an die Schlösser-Tour durch Frankreich, die sie im letzten Sommerurlaub mit ihrer Freundin Sofie unternommen hatte.

Sofie kannte sie aus dem Sandkasten und heute arbeiteten sie beide bei der Polizei. Frederica als Kommissarin beim Morddezernat und Sofie Al Moghib als operative Fallanalytikerin.

Frederica stieg die Stufen zum Eingang hoch und betrachtete die Fassade. Ihr Arbeitsplatz musste nicht zwingend in einem Schloss untergebracht sein, aber die allzu schmucklose Nachkriegsbauweise, die auch noch den weltberühmten hanseatischen Rotklinker vermissen ließ, setzte Fredericas ästhetischem Empfinden mehr zu, als es ihrem Gemüt zuträglich war.

Brummelnd betrat sie das Gebäude und nahm den Aufzug in den dritten Stock.

Im Fahrstuhl warf sie einen zufriedenen Blick auf ihre Armbanduhr. Es war weit vor 9 Uhr. Sie war extra früher gekommen in der Hoffnung, dass noch nicht viele ihrer Kollegen da sein würden. Nachdem sie die verglaste Doppeltür aufgestoßen hatte, nahm sie Fahrt in Richtung der altmodischen Kaffeemaschine auf, die neben der Tür zu ihrem Büro im Aufenthaltsraum stand. Das Gerät war eiskalt. Wieder ein zufriedenes Grinsen. Was sie normalerweise als nervig empfunden hätte, war ihr momentan ganz recht. »Kein Kaffee – keine Kollegen«, murmelte sie und begann, sich auf einen ruhigen Morgen zu freuen, während sie nach einem Kaffeefilter kramte.

Das Dezernat war für eine Behörde sehr hell und modern gestaltet. Vielleicht hatte man zu der lieblosen Umgebung vor der Tür einen freundlichen Kontrast setzen wollen, indem man die Großraumbüros, mit Glaswänden voneinander abgetrennt, mit hellen Möbeln und hier und da etwas Chrom eingerichtet hatte.

»Hey, was machst du denn schon hier?«

Frederica drückte auf den Knopf der Kaffeemaschine und drehte sich um. Christian Lauterbach, Hauptkommissar und ihr Partner, kam freudestrahlend auf sie zu. Der große durchtrainierte Mann hatte normalerweise wenig Mühe, sich den Respekt zu verschaffen, der in seinem Beruf notwendig war. Momentan sah er jedoch aus wie ein großer tapsiger Braunbär, der einen Honigtopf erspäht hatte. Seine langen Arme hatte er von seinem bulligen Rumpf weggestreckt, um die zierliche, 1,60 Meter große Frederica an seine Brust zu drücken.

Mahnend sah sie ihn an, während sie unbewusst einen Schritt nach hinten machte. Ihre Stimme blieb scherzhaft. »Christian, was haben wir zum Thema ›Unangemessene Verhaltensweisen am Arbeitsplatz‹ besprochen?«

Sofort ließ er seine Arme sinken. »Ist ja gut. Ich dachte

nur, weil Freitag ist. Und weil du schon da bist. Das hat mich völlig verwirrt.«

Frederica stellte sich auf die Zehenspitzen und gab ihm einen Begrüßungskuss auf die Wange. »Auch einen Kaffee?« Seufzend drehte sie sich wieder zur Maschine um. Da waren sie hin, die ruhigen Bürominuten am Morgen.

»Auf jeden Fall. Bist du schon lange da?« Er stellte sich neben Frederica an die Maschine und verschränkte die Arme.

Friedlich gemeinsam schweigend warteten sie auf den Kaffee. Die Rollenverteilung des Ermittlerpaares wirkte auf Außenstehende aufgrund ihrer Optik selbstverständlich. Christian war Frederica nicht nur physisch weit überlegen, sondern auch mit seinen 45 sieben Jahre älter als Frederica, der Dienstältere und außerdem ihr Vorgesetzter. Trotzdem hatten beide immer das Gefühl, als wäre er das alles nicht. Auch weil sie diese gemeinsame Erkenntnis jeweils für sich behielten.

Frederica klappte die Kaffeemaschine auf, um nachzusehen, ob das Wasser bereits durchgelaufen war. Da sich allerdings noch jede Menge im Filter befand, bekleckerte sie sich ihre Stiefel. Ihre Antwort fiel daher schärfer aus, als sie es beabsichtigt hatte. »Nein, bin auch gerade erst gekommen.«

Was sie jedoch zu einem perfekten Gespann machte, war ihr synchronisiertes Bauchgefühl. So hätte sich ein Beobachter gewundert, warum sich in diesem Augenblick beide wie auf Kommando dem Flur zuwandten. Kurz darauf war der Fahrstuhl zu hören sowie das Bellen eines Hundes. Eines sehr großen Hundes.

»Uns bleibt aber auch wieder mal gar nichts erspart!«, rief Christian den Flur herunter, die Hände vor dem Mund zu einem Trichter geformt. Sofort nahm die unsichtbare Bedrohung Fahrt auf und schob mit einer massiven Druckwelle ihr Dänisches-Doggen-Hinterteil um die Kurve, noch bevor die Schnauze wusste, wo sie hinwollte. Kurz vor Christian rammte sie ihre tellergroßen Pfoten ins dunkelgrüne Linoleum und kam quietschend, aber einigermaßen lässig vor den beiden zum Stehen. Erwartungsvoll fixierte das schwarze Ungetüm Frederica, wahrscheinlich weil sie fast genau auf Augenhöhe war. Wenn man es nicht besser wüsste, hätte man meinen können, der Hund würde nach einem Kaffee verlangen.

»Alfred, was hatten wir zum Thema Anbetteln besprochen?!« Tanja Buchholz, die Teamsekretärin und Rechercheurin für alles, bewegte ihren Rollstuhl surrend auf die Menagerie zu. Sie schob ihren Hund zur Seite und prüfte kurz die Sachlage: »Moin zusammen, heute was Spezielles los?«

Christian starrte den Hund an und dann Frederica. Er zog die Ellenbogen an den Körper und ließ die Handgelenke abklappen, täuschend echt wie ein bettelnder Alfred. »Bekomme ich einen Hundekeks, wenn ich das nächste Mal daran denke, dich nicht zu umarmen?«

Tanja sah Frederica fragend an, die den Kopf schüttelte. Sie holte einen weiteren Becher aus dem Hängeschrank und beantwortete Tanjas Frage. »Nein, bin nur aus dem Bett gefallen und dachte, ich könnte mir ein paar nette Stunden mit den überfälligen Berichten machen.«

Tanja verzog das Gesicht. »Ach, so ein Tag. Kannst gern Bescheid geben, wenn du Hilfe brauchst, ich bin nämlich so weit durch. Meinetwegen kann der nächste Mord kommen.«

Christian befüllte die Kaffeebecher. »Lass das nicht den Wolf hören, sonst wirst du abgezogen.«

Tanja brach in schallendes Gelächter aus. Christians Miene nach zu urteilen, hatte er diese Reaktion auf seine Bemerkung über ihren Chef beabsichtigt. Sie rollte näher an ihn heran und zeigte auf eine Satteltasche, die rechts an ihrem Rollstuhl angebracht war. »Gut, dass du mich vorwarnst, ›Q‹ hat mir ein Geheimfach eingebaut.«

Frederica riss sich mühsam vom durchdringenden Blick der Dogge los und machte sich auf in ihr Büro. »So, jetzt alle an die Schreibtische, wir haben zu tun!«, scheuchte sie Mensch und Tier vor sich her.

»Warum so eilig? Weißt du was, was ich nicht weiß?«, fragte Christian, als sie sich gesetzt und ihre Systeme hochgefahren hatten.

Frederica packte eine Tüte weißer Mäuse aus. »Nö, bin auf dem Herweg nicht über Leichen gestolpert, falls du das meinst. Gehst du mit Sofie und mir heute Abend ein Bier trinken? Bring gern Annabelle mit.« Christians Frau war neben Sofie eine kleine Heimat für Frederica – auch, wenn sie das niemals laut gesagt hätte.

»Ich dachte schon, du würdest nach dem Fiasko vom letzten Mal nie wieder fragen«, seufzte Christian. »Annabelle brennt darauf, dir ein paar neue Typen vorzustellen. Frag mich aber nicht, wer die sind, ich hab keine Ahnung.«

»Sadist. Schön, um acht im ›Albers-Eck‹. Strafe muss sein. By the way, wo ist eigentlich der Wolf?«

»Keine Ahnung – vermisst du ihn?«

»Nein, aber es ist immer gut zu wissen, wo sich ein Dezernatschef gerade aufhält.«

Ihr Chef, Thomas Wolf, gehörte mit seinen 60 Jahren und seiner herrschaftlichen Diensteinstellung zu den letzten Patriarchen des 21. Jahrhunderts. Er war morgens immer der Erste und abends der Letzte, verlangte dieselbe Arbeitseinstellung aber nicht von seinen Mitarbeitern. Er hielt nicht viel von flachen Hierarchien und umfassender Kommunikation, stellte sich jedoch sofort breitbeinig vor sein Dezernat, wenn ein Außenstehender Kritik üben wollte. Am Ende des Tages war er zwar ein Bürokrat, doch konnte das Dezernat auf einen verlässlichen, engagierten Chef vertrauen.

Frederica nahm sich den nächsten Bericht vor. »Komm, lass uns fertig werden.«

Beide saßen konzentriert über ihren Akten, als gegen 13.30 Uhr das Telefon klingelte.

»Frederica Moll ... ja, hallo ... okay, wir kommen.« Ihre Augenwinkel verengten sich leicht.

Für Fremde war diese Reaktion kaum sichtbar, aber Christian sah sie sofort erwartungsvoll an. »Ist etwas passiert?«

»Ja, wie es aussieht, ein Suizid, wir sollten natürlich trotzdem hinfahren. Man weiß nie. Und wenn wir damit nur die Streife und den Notarzt entlasten.«

»Kein Thema, ich bin gerade fertig geworden. Etwas frische Luft wird uns guttun.« Er bemerkte seinen Fauxpas und fragte schnell: »Wo müssen wir hin?«

Frederica musste trotzdem grinsen. »Grindelhochhäuser. Eine junge Frau.«

»Scheiße. Wer ist vor Ort?«

»Peter Neureuther, er war derjenige am Telefon.«

»Ach, der. Verschleißt der nicht ständig seine Kollegen? Ich habe gehört, dass er schon wieder einen neuen hat.«

Frederica trank ihren Kaffee aus und überlegte, was sie antworten sollte. Christian und sie waren längst nicht immer einer Meinung, was Weltanschauung und Ermittlungsmethoden anging. Das hing sicherlich damit zusammen, dass sie zunächst als Psychoanalytikerin gearbeitet hatte, bevor sie zur Polizei gegangen war. Irgendwie vermisste sie an ihm eine gewisse Beobachtungsgabe, wie es bei den meisten Menschen der Fall war, die sich nicht auf das Leben einlassen konnten. Aber dieses Manko wurde von seiner Gutmütigkeit und seiner Loyalität und ja, auch von seiner Unbeirrbarkeit im beruflichen wie auch im privaten Bereich ausgeglichen. In der Regel tickten die Leute einfacher, als man vermuten würde.

»Peter ist in Ordnung. Er gehört zu den Leuten, die ihren Job als Berufung verstehen und schon deswegen angenehme Kollegen sind.« Sie griff zur Tüte mit den weißen Mäusen, sah sie kurz an und entschied sich für eine Tüte Lakritz-Schnecken aus ihrer Schreibtischschublade. Ohne sie auszurollen, stopfte sie sich eine in den Mund und zog ihre hellgraue Bomberjacke aus Wildleder über. Weiches, sattes Wildleder – ein unerhörter Luxus im ewig feuchten Hamburg. Dazu schwang sie sich einen farblich passenden Rucksack aus Glattleder über die Schulter.

Christian griff sich seine vergammelte braune Lederjacke, überprüfte den Sitz seiner Dienstwaffe und ging in die Offensive. »Ich fahre, Fresssack.«

Da musste er deutlich früher aufstehen. »Bitte etwas mehr Contenance, mein Lieber. Davon abgesehen, dass ich auch mit ausgerollter Schnecke eine herausragende Fahrerin bin, bist du eh heute dran.«

»Für Ersteres trägst du immer noch die Beweislast und Letzteres ist prinzipiell richtig.« Christian fügte sich erstaunlich schnell in ihre Argumentation und zeigte auf die Lakritze. »Ich will auch eine.«

*

Niels Lauritz war ein Kleinkrimineller, wie es sie zu Tausenden in den Großstädten Deutschlands gab. Er war weder außerordentlich geschäftstüchtig noch besonders gewalttätig. Er hatte keinen festen Wohnsitz und wenig weltlichen Besitz. Wenn er eine Frau abschleppte, antwortete er auf die unausweichliche Frage nach seinem Job immer mit einer Gegenfrage: *Was hättest du denn gerne, das ich bin?* Irgendwie schien das immer die romantische Ader in den Frauen zu treffen und er war alle weiteren Erklärungen los. Bei Männern verfuhr er ähnlich. In der Regel setzte er auf sein sonniges Gemüt bei jedem, der ihm vor die Füße lief, anstatt sich mit lächerlichen Kräftemessen abzugeben, bei denen er ohnehin den Kürzeren gezogen hätte. Alles in allem kam er so auf der Straße ganz gut klar.

Nur momentan, da lief es nicht. Es lief einfach nicht, und er hatte keine Idee, wer oder was ihn auf die richtige Spur setzen könnte. Frustriert sah er durch die Windschutzscheibe auf die Straße. Vor ihm zog sich der Hofweg wie eine lange, gelangweilte Schlange durch den Hamburger Stadtteil Uhlenhorst. Direkt vor ihm war das italienische Restaurant, in dem er in 20 Minuten endlich seinen neuen Chef treffen würde. Er atmete tief durch und versuchte, seinen Puls herunterzufahren. Es gelang ihm nur mäßig. Entnervt warf er sein Handy auf den Beifahrersitz des heruntergekommenen Wagens. *Also, noch mal von vorn!*, hämmerte es in seinem Hirn. *Warum geht Torben nicht ran?* War seine Menschenkenntnis so schlecht, dass ihn dieser Idiot so einfach hatte verarschen können? Scheiße, er brauchte den Job.

Vor sechs Monaten hatte er einen pickligen, fast noch halbwüchsigen Gelegenheitsdieb, der betrunken über die Reeperbahn getorkelt war, vor dem Überfahren-Werden gerettet. Damit hatte er keine besondere Taktik verfolgt, er hatte einfach instinktiv den Jungen, der sich später als Torben vorgestellt hatte, vor dem heranrasenden Taxi weggezogen. Ehrensache, dass sie auf den Schreck ein Bierchen hatten trinken müssen. Sein neuer bester Freund hatte sich nicht nur als jung, sondern auch als redselig herausgestellt. Und hallo, hatte der ein paar Geschichten auf Lager gehabt. Bei einer hatte Niels dann aufgehorcht. Er würde da so ein paar Leute kennen. Klasse Typen, besonders der eine. Piekfein, sogar mit einem geregelten Job. Und wie man leicht ein paar Euros machen könne, ohne Risiko. Niels hatte innerlich jubiliert. Volltreffer. Endlich ein Lichtblick nach dem Desaster in Frankfurt. Damals, vor einem Jahr, war er dummerweise ein paar wichtigen Typen zu heftig auf die Füße getreten, sodass er ziemlich schnell hatte verschwinden müssen. Er war zu unwichtig, als dass sie ihn über die Landesgrenzen hinaus verfolgt hätten, aber eine Rückkehr würde sofortige Sanktionen nach sich ziehen. Hamburg kannte er von früher, und er hatte gehofft, hier schnell Fuß fassen zu können. Seine Hoffnung schwand, da sich wenig ergeben hatte. Gerade genug, um sich über Wasser halten zu können. In den letzten sechs Monaten mit Torben war er über die Erledigung kleinerer Botendienste nicht hinausgekommen. Wenn jetzt nicht langsam etwas passierte, dann …

Er sah auf die Uhr und steckte sich eine Zigarette an. Noch zehn Minuten. Enttäuscht dachte er an den Vorfall vor einigen Tagen zurück, als er auf eine echte Chance spekuliert hatte. Sie waren auf dem Kiez unterwegs gewesen und hatten einiges getrunken, als Torben ihn plötzlich genötigt hatte, es einer Nutte mit einer heftigen Hasenscharte mal so richtig zu zeigen. Niels hatte ihn etwas ungläubig angesehen und im selben Moment gehofft, dass Torben von seiner Abscheu nichts mitbekäme – was bei dessen Alkoholpegel glücklicherweise wenig wahrscheinlich gewesen war. Für Kinderspiele hatte er den Job eigentlich nicht angenommen. Er war sich sicher gewesen, dass es sich um eine Art Initiationsritus gehandelt hatte. Das hätte zu Torbens unausgereiften sexuellen Fantasien bestens gepasst. Wenigsten hatte er keine Leiche verschwinden lassen müssen. Aber das kam ohnehin nicht so oft vor, wie Tatort-Land einem weismachen wollte. Widerwillig hatte er seinen Hosenschlitz geöffnet und war mit einer hoffentlich Furcht einflößend wirkenden Drohbewegung auf sein Opfer zugegangen. Mitleid hatte er keines empfunden, war ja schließlich ihr Job. Sie hatte gebührend verstört ausgesehen, als Niels sie gepackt und ihr in den Schritt gegriffen hatte. Allerdings hatte er sie sofort wieder losgelassen, als hätte sie die Krätze, und sich fragend zu Torben umgesehen. Der hatte bereits brüllend vor Lachen unter dem Tisch gelegen.

»Sie« war ein »Er« und irgendwie hatten es beide witzig gefunden, ihn zu verarschen. Echt jetzt? Niels war weniger verärgert als genervt gewesen. Er hatte bislang keine Gelegenheit gehabt, sich bei dem piekfeinen Schnösel Thomas Haas zu profilieren, und es hatte nicht so ausgesehen, als würde Torben ihm in nächster Zukunft die Möglichkeit verschaffen. Viel Zeit blieb ihm nicht mehr. Nicht heute und nicht in Zukunft.

Er nahm wieder sein Handy und steckte es in die Jackentasche. Nachdenklich fuhr er sich durch die Haare. Langsam gingen ihm die Ideen aus. Und heute das Treffen mit Haas. Nein, vielmehr ein Herbeizitiert-Werden. War das jetzt gut oder schlecht? Torben hatte ihn mit verschwörerischer Stimme angerufen, aber nichts weiter dazu gesagt. Oder hatte er nicht gedurft? Er war schon auf dem Weg gewesen, irgendwelche Medikamenten-Rezepte abzuholen, was Torben ihm am Tag zuvor als Job aufgetragen hatte, aber zur Planänderung »Treffen mit Haas« war Torben plötzlich sehr wortkarg geworden. Er hatte nur noch gemeint, dass Haas ein Problem mit »dem Neuen« habe, Niels solle sich deshalb sehr respektvoll verhalten. Niels hatte dann lieber nicht weiter nachgefragt.

Seitdem ging Torben nicht mehr an sein Handy. Frustriert fing er an, an seinen Nägeln zu kauen. Arschloch. War das noch einer seiner dämlichen Scherze? Würde da wieder irgendeine Transe auf ihn warten? Er hatte null Ahnung, was Thomas Haas von ihm hielt. Ob er ihm überhaupt schon einmal aufgefallen war. Das war hier schließlich keine Rockerbande, die sich täglich in ihrer Stammkneipe traf und deren Sozialisierungsspielchen viel Raum zum Beschnuppern boten. Kann gut sein, dass er ihn einfach für einen Versager hielt, maximal für einfache Botengänge zu gebrauchen. Wenn dem so wäre, würde er es jedenfalls zu nichts bringen.

Niels sah wieder sehnsüchtig auf das italienische Lokal, als würde dort regelmäßig der Heiland einkehren. Vielleicht würde es endlich ernst werden. Würde er seine Chance bekommen? Hastig zündete er sich eine neue Zigarette an, als könnte er sich hinter dem beißenden Qualm vor seinem Leben verstecken.

Plötzlich fühlte er sich beobachtet und zuckte kurz zusammen. Seine Mimik entspannte sich schnell zu einem Grinsen. Es war nur eine junge Frau, die am Wagen vorbeiging und ihm zulächelte. Er lächelte automatisch zurück. *Was soll's. Ich schaffe das auch ohne Torben.* Er stieg aus dem Wagen und betrat das Lokal durch die breite Fensterfront. Drinnen roch es lecker nach Knoblauch und Tomatensoße. Das Interieur war einfach, aber geschmackvoll gehalten. Plötzlich zog kalte Luft an seinem Hals vorbei. Er trug eine Windjacke und eine Jeans, unangenehm klamm und sandig spürte er sie auf der Haut.

An einem Ecktisch konnte Niels sofort einen einzelnen Mann ausmachen, der ihn teilnahmslos musterte. Obwohl es mitten am Tag war, stand eine Flasche Rotwein vor ihm auf dem Tisch, ein gefülltes Glas befand sich in seiner Hand. Niels ging tapfer auf ihn zu.

Bevor er etwas sagen konnte, sprach ihn der Mann an: »Du kommst zu spät.« Die melodische, tiefe Stimme, die eine gute Erziehung erkennen ließ, traf ihn wie ein Schlag in den Nacken. »Hast du das getan, was dir aufgetragen wurde?«

Im winterlich trüben Halbschatten des Eingangsbereiches wirkte der Adler, als wollte er gleich wieder durchstarten. Niels blieb vor dem Tisch stehen. *Zumindest nicht die Transe.* »Ich weiß nicht, wovon Sie sprechen«, blaffte er seinen neuen Chef an. *Ruhig bleiben, das war viel zu aggressiv. Keine Angst zeigen. Du weißt nicht, worum es geht, und das stimmt ja sogar.* Hoffentlich hatte er nicht schon zu dick aufgetragen.

Thomas Haas, der eloquente Vertriebschef eines namhaften Pharmakonzerns, bedachte ihn mit einem milden Lächeln. »Ts ts ts, aber nicht doch. Bist du sicher, dass das die Antwort ist, die du mir geben möchtest?«

Niels strich dem Adler beruhigend über die Flügel. *Er ist also nicht wütend.* Er speicherte die Information für später ab. »Ich weiß nur, was Torben gesagt hat, nämlich dass ich Sie hier treffen soll. Sonst hat er nichts gesagt.« Seine Stimme klang nun fest und ruhig. »Ich hatte mich schon gewundert, warum Sie mich sehen wollten, aber Ihr Wunsch ist mir natürlich Befehl.« Eine leichte Spur von Ironie kroch in seine Mundwinkel. Er hoffte, dass Haas sie bemerken und ihm etwas respektvoller begegnen würde.

Zumindest Letzteres tat er nicht.

Flucht nach vorn. Niels setzte sich an den Tisch. »Haben Sie einen Auftrag für mich?«

Haas' Blick war fragend, ehe er sich schnell verfinsterte. Er setzte das Rotweinglas ab, griff an seine Brusttasche und holte eine Lesebrille heraus. Niels fiel auf, dass Haas einen sehr gut geschnittenen grauen Anzug trug und einen dazu passenden Haarschnitt hatte. An seinem maßgeschneiderten Hemd blitzten elegante silberne Manschettenknöpfe auf. Er las sich einige weiße Zettel durch, die er aus seiner Brieftasche geholt hatte, und reichte einige davon an Niels weiter. Neugierig nahm der sie entgegen. Es waren Rezepte für Medikamente, deren Namen Niels nichts sagten.

»Hol meine persönliche Ware vom Apotheker ab – das dürfte ja nicht zu kompliziert für dich sein.«

Niels ließ sich seine Verwirrung nicht anmerken. »Natürlich, kein Problem, ich mache mich sofort auf den Weg.«

»Das wäre zu begrüßen.« Haas nahm seine Lesebrille wieder ab und gab dem Kellner ein Zeichen, ohne sich weiter um Niels zu kümmern.

Niels wartete das Eintreffen des Obers nicht ab, stand auf und verließ grußlos und ohne sich noch einmal umzusehen das Lokal. Als sich seine Anspannung zu lösen begann, schlug der Adler plötzlich heftig mit den Flügeln. Niels rannte auf seinen Wagen zu, den er auf der überfüllten Straße illegal auf dem Radfahrweg geparkt hatte. Gierig sog er die kalte Luft in seine Lungen, als wäre er soeben von einem langen Tauchgang an die Oberfläche zurückgekehrt. Nach ein paar tiefen Zügen hatte sich der Raubvogel beruhigt.

Niels setzte sich hinter das Steuer. Er betrachtete seine hageren Gesichtszüge im schummrigen Hamburger Tageslicht, das ihn plötzlich älter aussehen ließ, als er sich heute ohnehin schon fühlte. *Was war das denn eben gewesen? Wieso hat er mich erst abgecheckt und dann mit einem improvisierten Auftrag wieder gehen lassen?* Er kramte nach einer Wasserflasche und fühlte das eisige Wasser seine Speiseröhre hinunterlaufen, erfrischend, erfrierend, frei.

War das endlich ein Anfang oder sollte es schon das Ende sein?

Er startete den Wagen und machte sich auf den Weg Richtung Innenstadt.

*

Die Grindelhochhäuser im Nobelviertel Harvestehude waren kurz nach dem Zweiten Weltkrieg von den Briten für ihre Besatzungstruppen geplant worden. Die waren jedoch mit ihrem Hauptquartier nach Frankfurt gezogen und hatten großherrlich die Fundamente für die zwölf Stahlbauten zurückgelassen. Gebaut hatte Hamburg sie trotzdem. Heute standen die wenig eleganten Gebäude, die wie schräg zueinander aufgereihte Dominosteine aussahen, unter Denkmalschutz.

In einem der vorderen Gebäude war das Bezirksamt untergebracht, und wer ins Kundenzentrum wollte, nahm einen Paternoster. Als Kind hatte Frederica – wie alle ihre Freunde – die Fahrt als Mutprobe absolviert. *Was passiert, wenn ich oben nicht aussteige? Fahre ich auf dem Kopf wieder runter? Oder werde ich zerquetscht, falle ich durch die klappernden Sehnen des Monsters, muss ich vielleicht sterben?* Sterblich sein. Was bedeutete das für ein Kind? Damals hatte Frederica sich vor Angst fast übergeben. Heute wusste sie es kaum besser.

Die Wohnung lag im ersten Gebäude hinter dem Bezirksamt. Frederica und Christian hatten völlig unerwartet einen Parkplatz an der Hallerstraße gefunden und kamen von hinten über die Grünflächen an die Gebäude heran. Die einzelnen Zugänge zu den Häusern waren weitläufig verglast und mit seitlich ausgestellten Vestibülen versehen. Die Bewohner benutzten sie teilweise als Kunst- und Werbeflächen, was dem Ganzen ein etwas merkwürdiges Aussehen verlieh, da niemand die Fenster zu putzen schien.

Es hatte angefangen zu regnen. Die Wolken blieben in den Baumwipfeln hängen und verdunkelten die Wohnungen. *Gehen Sie bitte weiter, hier gibt es nichts zu sehen.* Im Erdgeschoss spielten Kinder hinter ein paar vertrockneten Kübelpflanzen Fangen. Der Boden war schmutzig, entweder war das Wetter wenig schmeichelhaft für die Fliesen oder sie waren lange nicht mehr gefeudelt worden. Die Wohnungstür im vierten Stock stand sperrangelweit offen, einige orange Gestalten liefen im Flur herum. Was suchten die da? Wollten sie den Geist der Toten einfangen? Dann wäre es dumm, dass jemand das Fenster im Flur auf Kipp gelassen hatte.

Nachbarn waren nirgends zu sehen, der Hamburger an sich war ja bekanntlich diskret.

Die Atmosphäre war abweisend und gleichgültig.

»Wohnt nicht Tanja hier irgendwo?«, fragte Christian niemanden im Speziellen.

Niemand fühlte sich bemüßigt, ihm zu antworten.

Frederica trat ans Fenster und sah auf den nassen Horizont. Die Wolken zogen wie in Zeitlupe um die Häuserblocks, zickig und wachsam. *Papi, wie war das für dich? Wir haben nie über deine Toten gesprochen.* Abrupt drehte sie sich zu Christian um. Jeder Tod hatte seine eigenen Regeln, und keine davon war in Stein gemeißelt.

»Kommst du?«

Sie nickte und vermied es, Christian anzusehen, während sie gemeinsam auf die geöffnete Wohnungstür zusteuerten. In Frederica wechselten sich Neugierde und Furcht in einer Art Waffenstillstand ab. Sie fragte sich, was sie wohl erwarten würde. Egal wie oft, mit welcher Information, wie schnell oder langsam sie einen Tatort betraten und bewerteten – immer mussten sie vorher mit demütig gesenkten Häuptern das Regelwerk des Opfers erfragen. Der von der Seele verlassene Körper brauchte Zeit, um sich an den Tod zu gewöhnen, und in dieser Zeit hatten die Lebenden zu schweigen. Zu schweigen und zuzuhören.

Sie grüßten kurz die orangefarbenen Torwächter und betraten rasch die Wohnung. Frederica blieb direkt hinter der Eingangstür stehen, während sich Christian an ihr vorbei in den großzügig geschnittenen Wohnbereich vordrängelte und erst einmal aus dem Fenster blickte.

Obwohl in der Wohnung einige Sanitäter und Polizisten hätten anwesend sein müssen, war niemand zu sehen. Die Wohnung schien weitläufiger zu sein, als man auf den ersten Blick vermutet hätte. Frederica schaute kurz in einen überdimensionierten Garderobenschrank, der neben der Eingangstür stand, und schloss danach seine Flügeltüren. Nun konnte sie vom Eingangsbereich aus alles überblicken und sah sich prüfend um. Die Einrichtung traf nicht ihren Geschmack, aber sie war nicht ohne Stil. Das Appartement war modern mit viel Holz und in weiß eingerichtet. Ein besonders weibliches Ambiente, ein Mann hätte so nicht dauerhaft hier gewohnt.

Sie schloss die Augen. Vom Flur hinter ihr und im Appartement selbst hörte sie tiefes Stimmengemurmel. Die Geräusche der Großstadt waren im vierten Stock und bei geschlossenen Fenstern nicht zu hören. Auch von den Nachbarn kamen keine Geräusche, vielleicht waren sie nicht zu Hause. Mit einem Ruck öffnete sie die Augen, als würde ihr jemand die Lider hochziehen.

Das war's. Neugierig blickte sie um sich. Noch wollte der Ort nicht mit ihr reden, sie wusste nicht, warum. Ungeduldig schaute Frederica zu Christian, der nach wie vor am Fenster stand und etwas in sein Handy tippte. Wollte *er* sich nicht mal umsehen? Seine Arbeit machen, irgendjemandem irgendwelche Fragen stellen, zuhören, was geantwortet wird? Richtig zuhören? Oder waren die Antworten es ihm nicht wert? Eine junge Frau war tot, irgendwo hier in ihrer eigenen Wohnung war sie gestorben. Hatte es lange gedauert? Hatte sie gewusst, was passieren würde? Hatte sie Schmerzen gehabt? Warum hatte man sie nicht geliebt? Bereute sie ihre Entscheidung, sich das Leben genommen zu haben? Frederica atmete tief durch. Damit die Heimat, der Zufluchtsort, zur tödlichen Bedrohung wurde, musste das Draußen verdammt wenig Trost zu bieten gehabt haben.

Jemand war bereits seit langer Zeit nicht mehr glücklich gewesen. Früher irgendwann mal, ja, als die vielen Dekoartikel mit Liebe gekauft und mit Sorgfalt arrangiert worden waren. Heute, im trüben Tageslicht, lagen darauf dicke Staubschichten. Im Regal standen einige Vasen unterschiedlicher Größe, einen frischen Strauß gab es nicht. In der Küche stapelten sich einige Kaffeebecher und etwas Besteck in der Spüle, keine Teller oder Töpfe.

»Die Möbel sehen echt abgeranzt aus, Geldprobleme kommen hier also schon mal infrage.«

Frederica riss sich los und sah Christian zweifelnd an, der zu ihr in den Flur gekommen war. »Abgeranzt? Das nennt sich Shabby Chic, und billig war das in keinem Fall.« Sie ärgerte sich über seine flapsige Bemerkung, ließ sich aber nichts anmerken. Um die Irritation loszuwerden, wechselte sie das Thema. »Wieso ist hier eigentlich niemand? Wo ist Peter?«

Die letzte Frage hatte sie etwas lauter gestellt, woraufhin sich ihnen sofort ein Kopf von links hinten entgegenstreckte. »Wir sind hier im Bad!«, rief der Streifenpolizist. In dunkelblauer Uniform und mit wachem Gesichtsausdruck sah er sehr vertrauenerweckend und sogar etwas weltmännisch aus. »Hi erst mal, schön, dass ihr so schnell kommen konntet.« Er gab den Kollegen von der Mordkommission die Hand und zeigte aufs Badezimmer. »Kommt rein, hier ist genug Platz für alle.«

Frederica zögerte einen Moment, unmerklich für die Männer um sie herum. Um Christian den Vortritt zu lassen, trat sie einen Schritt zur Seite und fing an, in ihrem Rucksack nach den Latexhandschuhen zu kramen.

Sie sah zurück zum Fenster und blinzelte die Wolken an. Es war also so weit. Welcher Hilferuf würde sie heute einholen, bittend, immer wieder fragend, warum denn keiner hörte? Zu spät ihre Reaktion. Viel zu spät. Und keine Möglichkeit der Erklärung, der Abbitte.

Als Kind war sie immer im letzten Stockwerk ausgestiegen. Als Erwachsene hatte sie nie wieder einen Paternoster betreten.

Sie schritt zu den Männern ins Bad und streifte sich die Handschuhe über. Peter hatte nicht übertrieben, das Bad war sogar im Verhältnis zum Rest der Wohnung tatsächlich sehr groß. Es war mit einer Eckdusche, zwei Waschbecken und einer Badewanne ausgestattet. Peters breiter Rücken verdeckte größtenteils die Badewanne und was wahrscheinlich darin lag. Er sah sie erwartungsvoll an und sie lächelte zurück.

Peter sagte: »Mal was anderes, oder? Von Gewaltanwendung jedenfalls keine Spur.«

Frederica musste ihm recht geben. Die Szene präsentierte sich auffallend friedlich. Es roch angenehm nach Badezusätzen, ein zitrusfruchtiger, erfrischender Duft. »Revitalisierend«, stand auf einer der Flaschen. Das eine Waschbecken schien unbenutzt zu sein. In dem anderen lagen ein paar lange blonde Haare, und die Keramik war stellenweise von Puderresten verschmiert. Auf dem Rand und der Ablage darüber waren Tiegel und Tuben bunt durcheinander aufgereiht. Frederica bemerkte, dass es nur eine Zahnbürste und ein Stück Seife gab. Außerdem konnte sie nirgendwo einen Rasierer finden. Sie kramte sich weiter durch die Hängeschränke, die sie nacheinander auf- und zuklappte. Dabei vermied sie es sorgfältig, in die Spiegel zu sehen. Außer dem üblichen Durcheinander an Wattepads, Ibuprofen und Mundwasser konnte sie nichts Interessantes finden.

Gut, fangen wir an. Sie ließ die Schränke Schränke sein und drehte sich zur Wanne.

Die junge Frau schien zu schlafen. Ihr Kopf ruhte sanft auf einer Nackenrolle, die man mit Noppen am Badewannenrand befestigen konnte. Ihr Körper lag auf dem Rücken lang ausgestreckt, die Arme schwebten entspannt an ihrer Seite. Zumindest glaubte Frederica das, denn bis auf den Kopf lag die Frau unter Wasser.

Und das war undurchsichtig.

Sie suchte nach einem Vergleich für die herrlich blutrote Farbe, die den Körper umschloss. Rot wie eine Kardinalsrobe? Nein, die war eher purpurn. Es war eine schöne, satte Farbe. Rote-Beete-Saft. Kraftvoll und – ja – sauber. *Reinigend. Erlösend.*

Frederica öffnete ihr Herz und hörte zu. Der Geist war noch da und ganz in der Nähe. Wenn sie sich beeilte, dann …

Peter sagte: »Ihr Name ist Sabine Gross, sie war 32 und alleinstehend.« Die beiden Männer sahen ungerührt auf die Leiche. »Sie hat sich die Pulsadern aufgeschnitten.«

»Ein Klassiker«, konstatierte Christian. »Aber wieso liegt sie da immer noch drin?«

»Wir haben auf euch warten wollen«, meinte Peter, »der Notarzt konnte eh nur den Tod feststellen, und da ja alle Suizide erst mal als ungeklärte Todesursache eingestuft werden, habe ich alles so gelassen, wie wir es vorgefunden haben.«

»Meinetwegen. Wo ist eigentlich der Notarzt? Läuft der auf dem Flur rum, und wenn ja, warum?«

»Nein, der hat sich verabschiedet, er hatte den nächsten Notfall, ein Kind ist in die Alster gefallen.«

Frederica traute ihren Ohren nicht. »Wieso hat er nicht auf uns gewartet? Und wieso ein Kind? Hatte es keine Schule?«

»Ist doch egal!« Christian zog seinen Zeigefinger aus dem Badewasser: »Eiskalt, aber die Totenflecken haben sich schön auf Höhe der Wasserkante gebildet.« Er drückte mit seinen behandschuhten Fingern auf die Flecke. »Noch wegdrückbar, scheinen aber schon zu verschwimmen. Sie ist seit einigen Stunden tot, aber noch nicht länger als gestern? Peter, was sagt der Notarzt?«

»Ja, so in etwa. Genauer konnte er den Todeszeitpunkt nicht bestimmen, da das Messen der Körpertemperatur hier natürlich keinen Anhaltspunkt geben kann.«

Während Peter und Christian sich weiter um die Leiche kümmerten, sah Frederica doch in den Spiegel. Sie wusste, dass sie dem Notarzt gegenüber ungerecht gewesen war, aber sie konnte den Umstand, dass dieser Tod nur einer von vielen Einsätzen für ihn heute sein würde, nicht mit der Ungeheuerlichkeit des Prozesses an sich vereinbaren. »Wer hat die Leiche gefunden?«, fragte sie etwas zu genervt. »Hat sich wohl auch verabschiedet?«

»Ja, wohnt aber nebenan.« Peter, der gute Teamplayer, der über den Einsatz nicht mehr nachdachte als über alle anderen auch, konnte Fredericas Stimmungswechsel nicht einordnen und vermied es, sie anzusehen. In einer Übersprunghandlung zog er seinen Notizblock aus der Hosentasche, obwohl er die Daten frisch im Kopf hatte. »Sie ist eine ältere Dame, Tatjana Horvath, 68. Heute Morgen gegen 8 Uhr hat sie ihren Hund ausgeführt. Als sie circa eine halbe Stunde später wiedergekommen ist, hat sie die offene Tür bemerkt. Sie stand nur einen Spalt offen, was sie sehr verwundert hat, weil Frau Gross immer sehr aufs Abschließen geachtet habe. Sie hat daraufhin in die Wohnung hineingerufen, und als keine Antwort kam, ist sie nachsehen gegangen. Sie hat Frau Gross in der Wanne gefunden und sofort die Feuerwehr alarmiert. Wir sind zeitgleich mit den Kollegen eingetroffen. Mein neuer Partner, Jan Meyer, sollte an der Tür stehen, habt ihr ihn nicht gesehen?«

»Doch, doch«, beeilte sich Christian zu sagen, »der stand an der Tür, als wir gekommen sind.«

Frederica zog sich eine Lakritz-Schnecke aus dem Rucksack. Christian kannte den Mann nicht einmal, aber gab ihm schon Rückendeckung. Sie ließ es auf sich beruhen. Sie waren mittlerweile an der Wohnungstür angelangt, an der wie durch Zauberhand ein junger Polizist Aufstellung genommen hatte.

»Da bist du ja. Irgendwas Auffälliges gewesen?«, fragte Peter.

»Nein, alles ruhig.« Jans Blick flackerte etwas, was außer Frederica niemandem aufzufallen schien.

»Die Tür scheint jedenfalls nicht aufgebrochen worden zu sein.« Christian untersuchte die Zargen. »Alles jungfräulich. Warum sie wohl vergessen hat, die Wohnungstür zu schließen?«

»Vielleicht hat sie sie absichtlich offen gelassen, damit man sie findet?«, vermutete Peter. »Frauen sind doch immer auf ihr Äußeres bedacht, und wenn man sie erst nach – sagen wir mal – zwei Wochen gefunden hätte, wäre der Teint nicht mehr wirklich instagramtauglich gewesen.«

Blutrot, kraftvoll, sauber. Jemand hüstelte. Im Flur wurde das Fenster mit einem Plopp geschlossen.

»Lasst das Wasser ab«, forderte Frederica, »und bringt sie in die Gerichtsmedizin. Von dem Badewasser bitte auch eine Probe mitnehmen. Und holt die Spurensicherung.«

Peter nickte und eilte telefonierend Richtung Bad. Christian, der gerade seine Nachrichten gecheckt hatte, sah sie verwundert an. Er baute sich vor ihr zu seiner vollen Größe auf und zog den Bauch ein. Neben seiner bulligen Statur wirkte die zierliche Frederica regelrecht kindlich.

»He, die Ansagen mache immer noch ich. Und wieso hast du die Spusi angefordert?«

Frederica sah an dem Bergmassiv hoch und steckte sich wie gedankenverloren die nächste Lakritz-Schnecke in den Mund. »Wer sich längs die Pulsadern ohne Werkzeuge aufschlitzt und dabei weder Alkohol noch Tabletten benutzt, verdient unsere ganze Aufmerksamkeit. Findest du nicht?«

*

Nach der zweiten Zigarette hatten sich Niels' Nerven etwas beruhigt. Er griff nach seinem Handy und rief noch einmal Torben an. Schon wieder die Mailbox. Er hasste Mailboxen. Und diese ganz besonders. Entnervt pfefferte er das Telefon zurück auf den Beifahrersitz und überlegte kurz. Wo sollte er hin? Ach ja, zur Apotheke. Welche war das noch gleich? Irgendwo am Gänsemarkt. Da war er leider in die falsche Richtung gefahren. Er setzte den Blinker, machte verbotenerweise einen U-Turn und gab Gas.

Als er über die Kennedybrücke Richtung Innenstadt fuhr, verlangsamte er seine Geschwindigkeit und genoss einen Moment lang den Panoramablick Richtung Jungfernstieg.

Er vermisste eines der wichtigsten Wahrzeichen Hamburgs, die majestätisch anmutende Wasserfontäne, die mitten auf der Alster bis zu 60 Meter in die Höhe schoss. Im Winter war sie eingelagert. Es war wenig los bis auf ein mittelgroßes Aufgebot an Rettungskräften am Flussufer. *Muss wohl jemand ins Wasser gefallen sein.* Die Sonne war durchgekommen und schien auf eine Kolonne aus Polizeiautos und Krankenwagen, die die rechte Abbiegerspur Richtung amerikanischer Botschaft versperrt hatten. Er ließ sich vom Anblick des funkelnden Wassers ablenken, bis der entnervte Pendler hinter ihm anfing, seine Hupe zu traktieren. Niels sah in den Rückspiegel. Nur ein Pinneberger. Also erst genüsslich eine Zigarette anstecken, bevor er das Tempo wieder anziehen würde. *Torben, du Arsch, ruf gefälligst zurück! Wir haben ein Problem. Ich hab ein Problem.*

Während er ins Parkhaus fuhr, klingelte sein Handy. Er sah aufs Display. Endlich. Mitten auf der Auffahrt blieb er stehen, um den Empfang nicht zu verlieren, und ging ran. »Mensch, Torben, geht's noch? Wieso machst du dich rar? Ich war so gut wie am Arsch!«

»Gemach, Alter, ist doch nichts passiert.« Niels konnte die grinsende Zahnlücke im pockennarbigen Gesicht seines besten Kumpels förmlich sehen. »Hab die Rezepte selber abgeholt und dem Boss gebracht. Hab ihm gesagt, du wärst nicht so ganz auf dem Damm. Stoned, verstehste?« Wieder dieses hörbare Grinsen.

Rezepte? Wieso Rezepte? Niels dachte kurz an die Begegnung mit Haas zurück und an seinen ursprünglichen Auftrag von Torben, der undurchsichtig geblieben war. »Was meinst du mit Rezepten? Für Medikamente? Aber den neuen Job hab ich gerade erst von Haas bekommen?«

In der Leitung gluckste es. »Bro, was bist du ahnungslos.

Doch nicht seine eigenen. Welche, die man zu Geld machen kann. Ich hab dir doch versprochen, dass der Mann was draufhat.«

Niels ahnte etwas. Aber er war verwirrt. Das Geschäft drehte sich also um Rezeptbetrug? Da waren seine Informationen wohl nicht ganz korrekt gewesen, die in Richtung Mädchenhandel gegangen waren. Das Geschäft mit dem Verkauf illegal erworbener Medikamente war zwar mindestens ebenso lukrativ, erforderte allerdings etwas mehr Feingefühl. Wieso vertraute Haas dann so einem Trottel wie Torben? Niels zündete sich eine neue Zigarette an, um sich besser konzentrieren zu können. »Nee, verstehe ich nicht. Wir waren uns doch einig, dass ich endlich richtig mitmachen soll. Und du wolltest ein gutes Wort für mich einlegen. Und dann hast du mir gesagt, ich soll Haas in diesem Lokal treffen, weil er auf mich aufmerksam geworden sei und mir wichtige Aufgaben übertragen wolle. Hast du mich etwa damit verarscht? So wie mit der Transe?«

»Ey, spinn nicht rum, Alter. Natürlich nicht. Hab dich empfohlen und der Boss war einverstanden. Warum er dich heute treffen wollte, kann ich dir auch nicht sagen. Was weiß ich, was in seinem teuren Köpfchen so vor sich geht. Und die Lieferung heute hatte es echt in sich, Alter, das hat mein ganzes Gekönne erfordert.«

Niels rollte mit den Augen. »Gekönne? Echt jetzt? Und? Lebt er noch?«

»Kannst du Gedanken lesen, Alter? Cool. Jedenfalls hat der Typ jetzt andere Sorgen – oder keine mehr, wie man's nimmt.«

Niels sah ungläubig auf die Etagenmarkierung des Parkhauses, die am Ende des Fahrstreifens zu erkennen war. Wieso waren die Zahlen und Buchstaben immer in bunten

Farben? »Du willst mir aber jetzt nicht sagen, dass du jemanden für ein paar lausige Rezepte umgebracht hast? Spinnst du, Mann? Das gibt dumme Nachfragen und jede Menge Ärger.«

»Hey, ich kann nichts dafür!« Torbens Stimme klang mit einem Mal weinerlich. »Der ist gleich nach den paar Schellen umgekippt und liegen geblieben. War ja eh krank, ist wohl kaum meine Schuld, wenn der nicht wieder aufsteht.«

Wahrscheinlich orientierten sich die Analphabeten an den Farben. »Okay, schon gut. Sag mir lieber, wieso Haas mich dann nicht darauf angesprochen hat und mich zur Apotheke jagt, um seine Medikamente abzuholen.« Niels hatte plötzlich eine Idee, die ein komisches Gefühl in seiner Bauchgegend erzeugte. »Was genau hast du ihm eigentlich über mich erzählt?«

»Nicht so neugierig, Bro. Mach dir mal keine Sorgen, wir sind doch Freunde. Und der Boss mag dich auch, du wirst schon sehen. Ich kümmere mich um dich. Muss jetzt aber los, so long.«

Arschloch. Und was soll der blöde Slang? Es nervt, wenn die Leute zu viel Fernsehen gucken. Als wollten sie der Banalität des realen Verbrechens, den langweiligen, aktionslosen Tagen und kurzen, manchmal tödlichen Nächten irgendwie einen individuellen Stempel aufdrücken. So long – mein Arsch!

Hinter ihm ertönte ein Hupkonzert. Stimmt, er stand ja noch mitten im Parkhaus. Schnell startete er den Wagen und suchte sich einen Parkplatz. Auf dem Weg zur Apotheke überdachte er seine Lage. Torben war ein Idiot, daran bestand kein Zweifel. Aber er war sein Idiot. Sein Ticket in ein geregeltes Kleinganovenleben. »Mein Leben gehört jetzt dir«, hatte Torben dankbar gelallt, nachdem er ihn davor bewahrt hatte, vor ein fahrendes Taxi zu torkeln. Seitdem wartete Niels auf seine Chance. Auf seine letzte Chance. Torben würde ihn nicht ewig hinhalten können.

Niels betrat die Apotheke und sah sich um. *Krass, wie die immer mehr aussehen wie Drogeriemärkte.* Cremetiegel, Duftseifen und Zahnbürsten waren im Wechsel mit Hygieneartikeln und Schlüsselanhängern in die langen Regale einsortiert. Im Schaufenster standen zur Deko eine alte Apothekerwaage und ein paar braune, bauchige Fläschchen. In einer großen runden Schütte lagen, bunt zusammengewürfelt, diverse Schachteln im Sonderangebot. Niels schüttelte den Kopf. *Früher hießen diese Leute Bader und haben dich mit Urin und Spucke umgebracht.*

»Kann ich Ihnen helfen?«

Niels drehte sich zum Tresen. Dort stand ein mittelgroßer, dunkelhaariger und ziemlich distinguiert aussehender Mann in weißem Kittel. »Äh, ich wollte ein Rezept für meinen Chef einlösen, die Unterlagen müssten Ihnen vorliegen.«

Der Apotheker sah ihn aus stahlgrauen durchdringenden Augen an und setzte sich eine Lesebrille auf, was die Sache nicht entspannter machte: »Sie haben sicherlich einen Namen für mich?«

Niels schluckte und zog an seiner Jackentasche. »Ja natürlich.«

*

Frederica schloss ihre Wohnungstür auf und genoss das wohlige Gefühl des Alleinseins, das sich sofort samtig und warm um ihre Schultern legte. Niemand würde sie belästigen. Sie einfach ansprechen, Fragen stellen, ihre Aufmerksamkeit beanspruchen. Und wenn doch, würde sie es einfach ignorieren.

Sie warf den Schlüssel in die Terrakottaschale neben der Eingangstür und ging Richtung Küche. Jeden Abend zelebrierte sie den Gang durch ihre großzügige Eigentumswohnung in Othmarschen und freute sich, dass sie Mut zur Farbe bewiesen hatte. Die hohen Altbauzimmer waren alle in unterschiedlichen Farben gehalten. Der Flur war in Dunkelgrau und das Wohnzimmer in einem hellen Türkis gestrichen, während ihr Schlafzimmer in einem sonnigen Gelb erstrahlte. Die Stuckleisten und die Decken leuchteten alle in Eierschalenweiß. Jahrelang hatte sie auf allen möglichen Flohmärkten in mühevoller Kleinarbeit antike Möbel und Gebrauchsgegenstände zusammengekauft. Eigentlich hasste sie Floh- und Antikmärkte, aber sie hatte die alten, gelebten Stücke gebraucht, die ihr immer wieder neue Geschichten erzählten, sodass sie das stetige frühe Aufstehen und langwierige Feilschen billigend in Kauf genommen hatte.

Auf ihrem Weg durch den Flur zog sie ihre Stiefel aus und ließ sie auf den Boden fallen. Das Gefühl von Freiheit brachte sie zum Aufatmen und gleichzeitig dazu, an ihr Bett zu denken, zumal der Pathologe Sabine Gross' Autopsie kurzfristig für morgen früh angesetzt hatte.

Sie sah die Leiche wieder vor sich, wie sie sorgfältig eingepackt und abtransportiert worden war. Hatte Sabine Gross sich vielleicht doch selbst umgebracht? Warum taten Menschen so etwas? Es war müßig, sich zu viele Gedanken zu machen. Noch wussten sie nicht annähernd genug, um eine erste Arbeitshypothese zu bilden.

Lieber an den netten Abend zurückdenken. Wie verabredet hatten Christian und sie sich im »Albers Eck« mit Christians Frau Annabelle und Sofie getroffen. Sie hatte Annabelle schon lange nicht mehr gesehen und sich tatsächlich auf die neuesten Anekdoten zu den drei Kindern gefreut, die dann auch ohne Punkt und Komma aus Annabelle herausgeschossen waren.

Sie hätte sich gern mit Sofie über den Fall ausgetauscht. Frederica hatte immer noch ein merkwürdiges Gefühl, das sie nicht einordnen konnte. Die Stille, die sich wie selbstverständlich um den Tatort gelegt hatte und ihr nichts hatte preisgeben wollen, war ihr zu neu gewesen. Doch Sofies Job als operative Fallanalytikerin hielt sie momentan zu sehr auf Trab, als dass sie für ein ernsthaftes Gespräch aufnahmefähig gewesen wäre. Sie hatte sich schnell aus der Runde verabschiedet und allen eine gute Nacht gewünscht.

Frederica betrat das Wohnzimmer, warf ihre Lederjacke auf das ausladende belgische Sofa, das mit einem schweren naturfarbenen Leinenstoff bezogen war, und ging weiter in die dunkle Küche. Als sie den Lichtschalter betätigte, passierte nichts. *Mist.* Hoffentlich war nur die Glühbirne durchgebrannt.

Während sie in der Abseite nach einer Glühlampe suchte, fiel ihr ein zerdrückter Schuhkarton mit alten Fotos in die Hände. Sofie und sie in der zehnten Klasse. Wie lange war es eigentlich her, dass sie jemanden zum Reden gehabt hatte? Eine Frau mit vielen Freundinnen war sie noch nie gewesen und eine große Familie mit vielen Onkeln, Tanten und Cousins hatte es nicht gegeben. Und was war mit Männern? Sie war zu jung, um zu wissen, was daraus noch werden könnte. Was sie wusste, war, dass die beiden Männer, die sie bisher in ihrem Leben bedingungslos und vorurteilsfrei geliebt hatte, diese Liebe ohne zu zögern beiseite gewischt hatten, als ihnen ihr Leben kleinste Widrigkeiten vor die Füße geworfen hatte.

Endlich fand sie eine intakte Glühbirne und die Schatten lösten sich im Licht der neuen Küchenbeleuchtung widerstandslos auf.

Sie öffnete den Kühlschrank und sondierte den Inhalt. Bis auf ein paar Flaschen Rosé und Wasser war er leer – wie immer. Sie steckte sich ein Gummibärchen in den Mund, fischte einen kleinen Beutel aus dem Gefrierfach und warf ihn auf den Küchentisch. Mit einer Schere schnitt sie den Beutel auf und ließ eine gefrorene Maus hinausgleiten.

Sie war ganz, mit Haut und Haaren.

Käuzchen würde morgen Hunger haben.

Sie dachte an den warmen Aprilnachmittag vor vier Jahren zurück, als sie an der Küste Hollands spazieren gegangen war. In der Nähe einer Ansammlung von Kaninchenhöhlen war ihr ein klägliches Piepsen aufgefallen, das sich fast unangenehm in ihrem Kopf verfangen hatte. *Hilfe, ich habe Angst.* Sie hatte sich suchend umgesehen und hinter einem dornigen Gestrüpp ein kleines Käuzchen gefunden. Es hatte angefangen, seine charakteristische rostbraune Färbung anzunehmen, war aber noch nicht in der Lage gewesen, sich ein sicheres Plätzchen in einem Baum zu suchen. Frederica hatte es vorsichtig in ihre Hand gelegt und, ohne weiter darüber nachzudenken, mit nach Hause genommen.

Es hatte ihr Spaß gemacht, Käuzchen aufzuziehen. Die ersten Wochen waren ziemlich anstrengend gewesen, aber sie mochte die Zuneigung, die das wilde Tier ihr zeigte. Der Raubvogel kannte keine Kompromisse, entweder er liebte oder er konnte nicht leiden. Und Käuzchen schien mit seinem Leben in einer großzügigen Voliere auf dem Balkon mehr als einverstanden zu sein. Solange der Mäusenachschub nicht versiegte, verstand sich. Abends nahm Frederica das Tier oft mit in die Wohnung, wo Käuzchen frei fliegen durfte. Beim Zähneputzen saß es auf ihrer Schulter und inspizierte ihre Ohren. Wenn es genug hatte, flog es an die Tür. *Lass mich schlafen gehen.*

Es schien fast so, als hätten Frederica und Käuzchen eine Abmachung getroffen, den jeweils anderen nicht weiter zu belästigen, um sich dennoch hin und wieder an dessen Gesellschaft zu erfreuen.

Frederica trat auf den Balkon. »Hallo, Käuzchen, gut geschlafen?« Käuzchen begrüßte sie wie immer mit einem halb geöffneten Auge. »Der Mäusenachschub taut schon auf. Bekommst du langsam Hunger?«

Käuzchen verlagerte sein Gewicht und schloss das halbe Auge wieder.

So soll es sein, dachte Frederica.

SAMSTAG

Das Institut für Rechtsmedizin im Universitätskrankenhaus Eppendorf, kurz UKE, war ein schnörkelloser zweigeschossiger Containerbau im Zentrum Hamburgs. Mehr sollte man dazu nicht sagen. Als Frederica und Christian die Stufen zum verglasten Eingang hochgingen, fiel Frederica auf, wie perfekt die hässliche, lieblose Atmosphäre ihren Zweck erfüllte und sie auf die bevorstehende Leichenschau einstimmte.

Es war früh am Morgen und bitterkalt. Der Himmel hatte eine geschlossene, graue Wolkendecke zusammengeklebt und machte keinerlei Anstalten, diesen Zustand in absehbarer Zeit zu ändern. Frederica verkroch sich tief in ihren riesigen hellbraunen Kaschmirschal und versuchte, ihren Partner zu ignorieren, der sie wegen der Hauruckaktion von gestern immer noch böse ansah.

Ihr war nicht gut.

Hatte sie tatsächlich gestern den Hilferuf einer Toten gehört und danach gehandelt? Oder hatte sie ihn sich nur eingebildet? Was wäre, wenn sie alles lediglich falsch verstanden hätte? Vielleicht hatte jemand ganz anderer nach ihr gerufen oder womöglich sogar überhaupt keiner? Was wäre, wenn Sabine Gross sich doch umgebracht hätte, weil sie es so gewollt hatte? Wenn sie eine Entscheidung getroffen hätte, die nur ihr allein zustand und die niemand anderer für sie hätte treffen dürfen? Was wäre, wenn sie jetzt völlig überflüssigerweise hier stünden?

Sie sah auf ihre Hände und versuchte, sich wieder zu beruhigen. Doch die Stimme in ihr wurde lauter. Die zweifelnde, anklagende Stimme, die sie ein ums andere Mal auf sie selbst zurückwarf. Die eine ebenso unsichtbare wie unüberwindbare Grenze zwischen dem Leben und dem Sein gezogen hatte.

Nicht schon wieder. Mit dem Wechsel zur Polizei hatte sie gehofft, die Toten hinter den Lebenden zurücklassen zu können. Wäre Sofie gestern Abend nicht so müde gewesen … sie hätte sie beruhigen können.

Frederica sah vor sich auf die letzten Stufen und musste stehen bleiben. Die Natur zeigte ihr Desinteresse am menschlichen Sterben mit einer solch lakonischen Wucht, dass sie nur noch umdrehen und nach Hause fahren wollte. Sich nicht drauf einlassen, die Lieblosigkeit ihrer Umgebung wegstoßen, wegrennen, die Autotüren verriegeln, atmen. *Atme, Frederica.*

Papa, ich weiß. Sie wartet auf mich. Und ich?

Christian zog an ihrem Arm. »Was ist los? Unterzuckert? K. H. wartet nicht gern, das weißt du.«

Sie zählte die letzten Stufen bis zum Eingang und fing an, in ihrem Rucksack nach der Tüte Saft-Gummibärchen zu kramen, die sie sicherheitshalber zu Hause eingesteckt hatte.

»Willst du auch? Ich hab ein dunkelrotes für dich. Kaspar Hauser kann sich noch einen Moment gedulden.«

Sie wartet auch auf mich.

Christian kaute auf seiner Handvoll Gummibärchen rum, die er sich mit einer ruckartigen Bewegung in den Mund geschossen hatte, und trieb Frederica vor sich her ins Foyer Richtung Treppe.

Fredericas Miene verfinsterte sich. Sie zog ihren Rucksack fester an sich und sah nach oben.

Okay, it's Showtime.

*

K. H., kurz für Kaspar Hauser, hieß bürgerlich Dr. Klaus Hausschildt und war heute ihr zuständiger Pathologe. Er war so lang, so dünn, so blass und so wortkarg, dass sich der Spitzname rein zwangsläufig hatte ergeben müssen. Es wurde kolportiert, dass ihn noch nie jemand außerhalb der Pathologie – nicht einmal aus der Ferne – lebend gesichtet hätte. Wusste er, wie man ihn nannte?, fragte sich Frederica oft, und wenn ja, was dachte er wohl darüber?

Momentan sah K. H. sie von oben herab an und gab sich verächtlich. »Die Herrschaften von der Kripo, diesmal fast pünktlich, ich möchte beginnen.«

Frederica musterte ihn amüsiert. Er hatte sich hinter dem Obduktionstisch aufgebaut und sah gelangweilt aus. Aber da war noch etwas anderes – ein leichtes Blitzen in seinen Augen, frohe Erwartung … nein, eher eine etwas selbstgefällige Grundstimmung, die K. H. verströmte, wie es früher der schnipsende Klassenstreber getan hatte. *Herr Lehrer, ich weiß was!*

Er hat also etwas herausgefunden. Frederica schob sich beruhigt noch ein paar Gummibärchen in den Mund, trat etwas zur Seite und überließ Christian das Feld.

»Hallo, Herr Dr. Hausschildt, lange nicht gesehen.« Christian versuchte, sich wirksam neben dem Zweimetermann aufzubauen, was ihm aufgrund der fehlenden 20 Zentimeter nicht gelang. Er tänzelte daher etwas zur Seite und mühte sich, Präsenz durch mehr Breite zu zeigen.

»Und? Was haben Sie herausgefunden? War es ein Suizid?« Christian beugte sich erwartungsvoll über den Seziertisch, als läge dort ein Geschenk für ihn.

Frederica konzentrierte sich auf das glatte blütenweiße Leichentuch, das den aufgebahrten Körper vor den Blicken der Männer beschützte. Wie ordentlich und adrett es aussah.

Als gehöre alles genau so zusammen und nicht anders. Nichts Natürliches schien die Tote aus der Ruhe zu bringen, *bitte so lassen, genau so lassen, nicht berühren, nichts bewegen.* Sie war nicht mehr da, aber ihr Körper wusste das noch nicht.

Ruckartig, als wollte er ein Pflaster von einer Wunde reißen, zog K. H. das Tuch zur Seite.

Ihr Gesicht war wunderschön. Ihre Haut ebenmäßig, klar, fast durchsichtig. Unberührt rein wie bei einer Geisha. Es mutete an, als hielte sie einen friedlichen Nachmittagsschlaf, und sie wirkte im kalten Neonlicht des Sezierraumes seltsam angekommen. Fredericas Blick wollte hierbleiben, sie wollte glauben, dass alles gut sei und sie gleich fertig wären und ins Wochenende gehen könnten.

Doch sie musste weiter, den Hals hinunter zum Oberkörper. Brutal zog sich der Y-Schnitt grellrot über den schönen starken Frauenkörper, über die Brust hinweg zum flachen Bauch, wie ein Peitschenhieb durch die Seele, durch Frederica. Ein zweiter Schnitt hatte ihre Anmut verunstaltet, lang, gewaltig und ebenso hässlich, dort, wo die rechte Brust hätte sein sollen. Eine Öffnung unterhalb des Schlüsselbeins schimmerte metallen. Fredericas Körper begann zu schmerzen. Ihr Atem stockte.

Papa, das tut weh.

»Bei Ihrer Leiche handelt es sich um eine weibliche Person, Anfang/Mitte 30. Beide inneren Handgelenke weisen längsseitige Schnittverletzungen an den Pulsadern auf. Aufgrund fehlender weiterer äußerer Verletzungen und nach der Blutanalyse kann ich davon ausgehen, dass sie aufgrund der beigebrachten Schnittverletzungen verblutet ist.«

K. H. sah zufrieden aus. »Sie wird nach ein paar Minuten das Bewusstsein verloren haben und innerhalb von 30 Minuten verblutet sein.«

»Keine weiteren äußeren Verletzungen? Das soll wohl ein Scherz sein?«, brummte Christian ihn an. »Und was ist mit der fehlenden Brust? Das wird ja wohl kein Geburtsfehler gewesen sein?«

Frederica schluckte. »Brustkrebs, Christian. Man hat ihr die Brust abgenommen. Wann wird das gewesen sein, Herr Dr. Hausschildt?«

Der Pathologe wuchs um weitere fünf Zentimeter und fing tatsächlich an zu strahlen. »Also, das ist sehr interessant. Da das Port-System noch aktiv ist …«

»Port-System?« Christian sah ihn fragend an. »Sie meinen diese kleine metallene Öffnung?«

»Ja, exakt. Ein Port wird Chemotherapie-Patienten gelegt, um einen Zugang zum Gefäßsystem zu schaffen. Ein Silikonschlauch führt über das Venensystem direkt in die großen Blutgefäße vor dem Herzen, wo die Medikamente aufgrund der größeren Blutmengen weniger Schaden anrichten können. Daraus habe ich geschlussfolgert, dass die Chemo entweder erst kürzlich abgeschlossen wurde oder die Behandlung tatsächlich noch anhält. Genaueres kann ich sagen, wenn Sie mir den zuständigen Onkologen herausgefunden haben.«

Christian starrte auf den Port. »Na, da haben wir ein Motiv für den Suizid. Chemo hat nicht angeschlagen, Brust weg, halbe Frau ist tote Frau.«

Frederica riss sich von dem entstellten Körper los und sah Christian eher verwundert als verärgert an. »Sag mal, wenn ich es nicht besser wüsste, könnte ich denken, du meinst das ernst – ich hoffe mal nicht.«

K. H. hüstelte. »Das ist etwas vorschnell gedacht, Herr Lauterbach. Wir haben es hier nämlich mit einer merkwürdigen Konstellation zu tun.«

»Inwiefern?«, wollte Frederica wissen. »War sie auf dem Weg der Besserung?«

»Kann man so nicht sagen.« Er machte eine Kunstpause. Da war es wieder, das Blitzen. Frederica und Christian forderten ihn mit Blicken auf weiterzusprechen. Als beide keine Anstalten machten, ihn zu hofieren, erklärte er beleidigt weiter: »Die Blutanalyse hat keinerlei Auffälligkeiten ergeben. Weder Alkohol noch Drogen, aber auch keine erhöhten Tumormarker. Die habe ich mitbestimmen lassen wegen der Amputation. Es gibt außerdem keinerlei Metastasen und alle inneren Organe sind in vorbildlichem Zustand.«

»Das war ja dann mal eine sehr erfolgreiche Chemo«, meinte Christian, während er ungerührt in der Gummibärchentüte herumkramte. Er sah K. H.s entgleisenden Blick und hielt ihm die Tüte hin. »Möchten Sie auch?«

»Danke, gern.« K. H. griff zu, schob sich direkt ein paar in den Mund und begann, versonnen zu kauen. »Weniger eine erfolgreiche Chemo als der Umstand, dass sie wohl eher gar nicht an Krebs erkrankt war. Ihre chemotherapierte Badewannenleiche war vollkommen gesund.«

*

»Du fährst, während ich Tanja anrufe und sie bitte, ins Dezernat zu kommen.«

Frederica nickte. »Die Spusi sollte auch noch mal los, ärztliche Unterlagen suchen. Noch ist der Suizid nicht vom Tisch, aber je eher wir Klarheit haben, umso besser. Von deinem unsensiblen Spruch da drinnen mal abgesehen kann eine Brustamputation durchaus einen depressiven Schub auslösen, der unbehandelt zum Suizid treiben kann. Wenn hier aber ein ziemlich dämlicher Arzt seine Hausaufgaben nicht gemacht hat, will ich das wissen!«

Frederica rollte entschlossen eine Lakritz-Schnecke mit den Zähnen auf, während sie einhändig losfuhr. Gleichzeitig hupte sie mit dem Ellenbogen einen Fahrradfahrer weg, der partout den breit angelegten Radweg nicht benutzen wollte. Christian sah sie etwas neidisch an. Frederica übersah seinen Blick: »Und ich will verdammt noch mal wissen, warum die Wohnungstür offen stand!«

Christian tippte auf seinem Handy rum. »Hi, Tanja, bist du verfügbar? ... Ja, da haben sich ein paar Ungereimtheiten ergeben ... Ja, die Badewannenleiche von gestern ... Okay, dann in einer halben Stunde im Dezernat, danke!«

Christian ließ sein Handy in den Schoß fallen und nahm sich ebenfalls eine Lakritz-Schnecke. Er steckte sie sich im Ganzen in den Mund und sprach kauend weiter: »Und dass es eventuell kein Suizid ist beziehungsweise dass die Blutanalyse keine Spuren von Schlafmitteln oder sonstigen Hilfsmitteln für Selbstmörder zutage fördern würde, wusstest du einfach so?«

Frederica sah ihn neugierig von der Seite an. »Ist das denn nicht offensichtlich?«

Christian ließ den Tatort an seinem geistigen Auge vorbeiziehen. »Leider nein, ich schätze, ich hab mich zu sehr auf Peters Meldung verlassen. Sah mir eben wie ein Suizid aus.«

Frederica hupte den nächsten lebensmüden Radfahrer weg, der vor ihrer Kühlerhaube auf einem nicht verkehrstauglichen Rennrad versuchte, ein Auto zu imitieren.

»Und deshalb hast du gestern nicht genau hingesehen. Man sieht nur das, was man zu sehen erwartet. Und richtig schwierig wird es immer dann, wenn man nicht erkennt, dass etwas fehlt, was da sein müsste. Du weißt schon, der Hund, der bellen müsste, es aber nicht tut. Eine Binsenweisheit, wie ich finde, wird aber leider viel zu oft vergessen.«

Christian nahm sich noch eine Schnecke. »Du meinst, weil im Bad keine Medikamentenschachteln lagen? Lahmes Indiz. Die hätte sie vorher entsorgen können?«

»Warum sollte sie das tun bei einem Selbstmord? Ich würde es nicht machen.«

»Hattest du vorher in der Wohnung nach Tabletten gesucht? Hätte ja sein können, dass sie sie in der Küche gelagert, sie dort eingenommen und sich dann erst in die Wanne gelegt hat.«

»Hat sie ja nicht, Tabletten haben wir keine gefunden und hätte auch keinen Sinn gemacht. Wenn ich mich in der Wanne in warmes duftendes Wasser lege und mich umbringen wollte, dann würde ich das zelebrieren. Mit Alkohol und Tabletten. Da renne ich nicht vorher wie ein aufgeschrecktes Huhn durch die Wohnung.«

»Wahrscheinlich hast du recht, aber so offensichtlich finde ich das alles trotzdem nicht. Da wäre noch die offene Wohnungstür und die Möglichkeit, dass hier ein Behandlungsfehler vorliegt. Je mehr ich drüber nachdenke, umso merkwürdiger finde ich das Ganze. Ob Suizid oder nicht.« Er beäugte noch einmal die Tüte. »Und ich hab Hunger.«

Frederica ging es genauso. »Lass uns zum Lütt'n Grill in die Schanze fahren, es ist vor 14 Uhr und er müsste noch einen Hahn übrig haben. Und wenn du mal drüber nachdenkst, etwas sensibler zu werden, lade ich dich ein.«

»Mit Pommes?«

»Mit Pommes!«

*

»Hey, Tanja. Tolles Rot.« Christian betrat das Büro und sah Tanja auf den Kopf, die an ihrem Schreibtisch in den Monitor stierte. Neben ihr lag Alfred auf seiner Hundematte, auf der ein Teenager verloren ausgesehen hätte, und begrüßte ihn mit Schwanzwedeln.

»Irgendwann musst du mir verraten, wie du den als Behindertenhund durchgekriegt hast.«

Tanja drehte sich grinsend zu ihm um. Auf ihrem Kopf thronte ein Turban aus feuerrotem Haar. Von mindestens 250 Haarnadeln gehalten, schätzte Frederica, die sich zwischenzeitlich auf ihren Platz schräg gegenübergesetzt hatte. Die Frisur musste ausgerollt mindestens bis zum Po gehen. »Hey, Tanja, hat die Spusi sich gemeldet?«

»Ja, wir haben Glück. Frau Gross scheint ordentlich gewesen zu sein, die medizinischen Unterlagen sind alle säuberlich chronologisch abgeheftet. Ihr Onkologe ist ein Dr. Merseburg im Grindelviertel. Ich hab die Daten an K. H. gemailt.«

»Irgendwas Auffälliges darin gefunden?«, fragte Christian, der seinen Pommes-Brand mit einer Flasche Wasser zu stillen versuchte.

»Nichts, was mir aufgefallen wäre. Vor circa zwei Jahren wurde bei ihr ein Tumor in der rechten Brust gefunden und als bösartig eingestuft. Er wurde entfernt und sie bekam eine Chemo. Hat wohl wenig gebracht, es kam ein neuer, schnell wachsender, vor sechs Monaten dann die Amputation und neue Chemos. Sieht alles gut dokumentiert aus. Arme Frau.« Tanja justierte Nadel Nummer 178 neu und sah beide erwartungsvoll an. »Was ist bei K. H. rausgekommen?«

Frederica nahm sich vor, mal wieder zur Vorsorge zu gehen, vergaß es aber im nächsten Moment. »K. H. hat keine weiteren Verletzungen finden können, es ist alles offen. Merkwürdigerweise konnte er keinen Hinweis auf eine Krebserkrankung feststellen.«

»Verstehe ich nicht. Was bedeutet das?«

»Das wissen wir noch nicht«, meinte Christian. »Warten wir auf den Experten. Lasst uns uns für den Moment auf die Todesart konzentrieren. Wir kennen die Todesursache. Unsere Tote ist aufgrund aufgeschlitzter Pulsadern verblutet. Doch was wurde dafür benutzt? Tanja, was hat die Spusi eingesammelt?«

Er erntete verdutztes Kopfschütteln, was den Feuerball gefährlich ins Wanken brachte. Alfred kläffte kurz auf. »Jetzt, wo du es sagst – gar nichts.« Sie sah sich suchend in den vier großen Kartons um, die jemand feinsäuberlich neben ihr aufgebaut hatte. »Gesehen habe ich bislang nur Papier, Aktenordner, zwei Handtücher und etwas Besteck, darunter auch ein paar Küchenmesser. Davon ist aber keines besonders beschriftet.«

»Merkwürdig«, stellte Christian fest. »Ruf da bitte gleich mal an und frag nach. Die Jungs sind doch sonst nicht so nachlässig.«

Frederica begann, auf ihrem Stuhl hin und her zu wippen. Was hatte sie zu Christian im Auto gesagt? *Achte auf den Hund, der nicht bellt.* »Wir sollten den Arzt befragen.«

»Das kann K. H. besser als wir«, entgegnete Christian, der seinen Durst endlich gestillt hatte und die leere Flasche in den Papierkorb warf. »Tanja, was gibt ihr Umfeld her? Mann, Freunde, Familie?«

Bevor Tanja etwas sagen konnte, setzte Frederica sich auf. »Sie hat schon längere Zeit allein gelebt, sonst hätte es in der Wohnung anders ausgesehen. Wir sollten bei den Eltern anfangen.«

*

Familie Gross wohnte in einem durchschnittlichen Einfamilienhaus im ebenso durchschnittlichen Hamburger Stadtteil Niendorf. Hier traf man auf Menschen, die meinten, etwas aus ihrem Leben gemacht zu haben, und verzweifelt versuchten, sich gegenseitig davon zu überzeugen. Zumindest waren sie damit so gut beschäftigt, dass sie anderweitig wenig Schaden anrichteten.

Die Wintersonne hatte einmal tief Luft geholt und sich mit einer Bazooka den Weg freigeschossen. Ein wenig Licht transformierte Hamburg sofort zu dem, was es eigentlich war: die schönste Stadt der Welt.

Frederica lehnte sich im Beifahrersitz zurück und ließ die Hundertschaft an Kastanien und Platanen an sich vorbeiziehen, die so ziemlich alle Straßen der Hansestadt fleißig besäumten. Hatte Sabine Gross keinen anderen Ausweg mehr gesehen, als sich umzubringen? Warum? Starke chronische Schmerzen konnten einen schnell den Mut verlieren lassen. Aber die konnte sie nicht gehabt haben. War es die Brustamputation? Und hatte sie zudem herausgefunden, dass sie unnötig gewesen war? Frederica zerkaute eine dieser künstlichen Erdbeer-Zuckerbomben und schob sich gleich die nächste hinterher. Doch würde man nicht eher den Arzt umbringen, der die Fehldiagnose gestellt hat, und den Chirurgen gleich dazu? Sie jedenfalls hätte das getan. Mehrfach.

Frederica starrte angeekelt auf die Zuckerbombentüte und versteckte sie im Handschuhfach. Ihre dort gelagerte Dienstwaffe schob sie achtlos beiseite. Was verstand sie vom Freitod anderer Leute? *Papi, du hast mir deinen auch niemals erklärt.*

»Ich soll dich schön von Annabelle grüßen, ihr hat der Abend wieder mal gut gefallen.« Als Frederica nicht reagierte, wurde Christian lauter. »Hörst du mir zu? Was machst du da eigentlich?«

»Ja und ja, fand ich auch. Und besonders gut fand ich, dass sie keine fremden Männer angeschleppt hat.«

»Ja, das war mein Verdienst. Ich hab ihr gesagt, dass sie es sein lassen soll.«

»Das war nett von dir, aber lass sie ruhig, wenn es ihr Spaß macht. Ich bin die kruden Verkupplungsversuche von meiner Mutter gewöhnt. Und manchmal finde ich einen der Jungs ja sogar ganz kurzweilig. Nur steckt mir Matthias eben immer noch in den Knochen.«

Da war er. Der Name. Einfach so ausgesprochen, ohne vorher noch einmal darüber nachgedacht zu haben. Ohne die Tonlage zu verändern oder weglaufen zu wollen. Das erste Mal, seit ... Frederica hielt die Luft an.

Christian schien nichts dazu sagen zu wollen. Hatte er sich tatsächlich durch den Fußgänger ablenken lassen, der sich unvermittelt zwischen den parkenden Autos auf die Straße geschlängelt hatte, oder war das ein Vorwand gewesen? Enttäuscht sah sie auf die Straße und zog die Zuckerbombentüte wieder aus dem Handschuhfach. »Ist die zuständige Streife bei den Eltern gewesen?«

»Ja, alles erledigt. Scheiß Fußgänger, um ein Haar hätte ich den erwischt. Dass die das nie kapieren. Selbst, wenn ich Schuld hätte oder mich die Kollegen dafür abholen würden, er wäre es doch, der tot unter meinen Reifen läge. Da sollte man etwas mehr Vorsicht erwarten dürfen.«

Frederica hielt ihm die Tüte hin. »Hier, nimm.«

*

Die Streife hatte ganze Arbeit geleistet. Frau Gross hatte trotz ihres Schmerzes Zeit gefunden, einen Marmorkuchen zu backen, Herr Gross stieg mit einer Laubsäge in der Hand und Holzflocken im schütteren grauen Haar aus dem Keller auf, um den unerwarteten Besuch zu begrüßen.

Das biedere Einfamilienhaus auf einem weitläufigen Grundstück sah unangenehm gepflegt aus. Frederica musste sich zusammenreißen, nicht über den blank geputzten Dielenboden zu hüpfen, um einen rettenden Perser zu erreichen, der vor der Wohnzimmertür drapiert war. Sie sah sich diskret, aber gründlich um, während Christian den Small Talk übernahm. Der Flur wirkte seelenlos, wahrscheinlich, weil alle Zimmertüren geschlossen waren. Und immer, wenn sie durch eine hindurchgingen, wurde sie sorgfältig hinter ihnen zugezogen. Alles war peinlich sauber, es lag oder stand nichts Unnützes herum. Nachweise eines langen Familienlebens fehlten völlig. Keine Fotos der Kinder an den Wänden oder auf Couchtischen. Keine selbst gekneteten Aschenbecher aus Ton, die jedes Kind unweigerlich im Werkunterricht irgendwann einmal im Laufe des Schullebens herstellte und stolz zu Hause präsentierte, keine selbst gehäkelten Topflappen oder bunt gemalte Kinderbilder. Frederica wollte sich vorstellen, dass der erste Stock mit liebevoll drapierten Erinnerungsstücken regelrecht überladen war. Aber da machte sie sich wenig Hoffnung, denn zu dem langsam aufkommenden klaustrophobischen Gefühl gesellte sich ein bekanntes Schweigen aus der eigenen Kindheit, die es nicht wert gewesen war, dokumentiert zu werden.

Eine Tasse Kaffee hatten beide höflich abgelehnt, jetzt saßen sie jeweils vor ihren Gläsern mit abgestandenem Mineralwasser. Frau Gross, in türkisfarbenem Twinset und mit Perlenkette, hatte es sich nicht nehmen lassen, ihren trocken wirkenden Marmorkuchen aufzuschneiden. »Sind Sie sicher, dass Sie kein Stück möchten? Ich bin für meinen Marmorkuchen regelrecht gefürchtet.«

»Das glaube ich Ihnen sofort.« Frederica vermied es, Christian anzusehen. »Aber danke, wir haben eben erst gegessen. Und wir möchten Sie nicht länger als nötig aufhalten.«

Als hätte Frederica mit einer Taubstummen gesprochen, richtete Frau Gross ihre ganze Aufmerksamkeit auf den stattlichen Polizeibeamten, der sie so unerwartet an einem Samstagnachmittag überfallen hatte. Gedankenverloren fuhr ihre Gastgeberin durch ihren kinnlangen Bob. Frederica wurde das Gefühl nicht los, dass sie versuchte, mit Christian zu flirten.

»Was können wir für Sie tun?«

Der stattliche Polizeibeamte, der sich offenbar fragte, warum Frau Gross ihn so merkwürdig ansah, und sich bemühte, unauffällig seine Kleidung nach Ungereimtheiten abzuscannen, setzte schnell seine sorgfältig einstudierte Betroffenheitsmine auf. »Wir untersuchen das Ableben Ihrer Tochter und müssen einige Informationen einholen, bevor wir den Fall abschließen können. Zunächst möchten wir Ihnen unser herzliches Beileid zu Ihrem Verlust aussprechen. Es kann nicht einfach sein, ein Kind zu verlieren.«

Frau Gross gab ihrem Mann ein Stück Kuchen und arrangierte die restlichen Stücke neu. »Vielen Dank. Nein, natürlich rechnet man nicht damit, dass die Kinder vor einem sterben, das ist irgendwie unnatürlich. Noch dazu unter diesen Umständen.«

»Welche Umstände meinen Sie damit?«

»Na ja, wenn es wenigstens ein Unfall gewesen wäre. Aber bei einem Selbstmord wird einem als Elternteil natürlich die Frage gestellt, wie das hat passieren können.« Frau Gross schenkte sich Kaffee nach. »Wenigstens hat sie keine Unschuldigen mit in den Tod gerissen. So bleiben uns die Reporter erspart.«

Schwang da etwa Bedauern in ihrer Stimme mit? Frederica trank einen Schluck Wasser.

Christian sah weiter auf seinen Notizblock. »Meinen Sie nicht, dass die Krebserkrankung Ihrer Tochter mit ihrem Ableben etwas zu tun gehabt haben könnte? Haben Sie mit ihr …«

»Darüber möchten wir nicht sprechen«, schnitt Frau Gross ihm das Wort ab. »Das verstehen Sie sicherlich. Wir sind immer noch ganz aufgewühlt und können uns kaum beruhigen.«

Frederica sah zu Herrn Gross, der stumm und abgewandt neben seiner Frau auf dem Sofa saß und in seine Kuchenscheibe biss. *Papa, es tut immer noch weh.*

Frederica versuchte, ihre Stimme beruhigend klingen zu lassen. Trotz ihrer zierlichen Statur hatte sie eine angeborene tiefe Stimme, der sie für solche Gelegenheiten eine samtige Note hinzufügte: »War sie Ihre einzige Tochter?«

Herr Gross setzte seinen Teller ab und sah sie aus glasig wirkenden Augen an: »Ja, sie war meine einzige Tochter.« Er schien etwas hinzufügen zu wollen, was in einem Hustenanfall unterging.

Seine Frau wirkte kurz irritiert, bevor sie sich strahlend Christian zuwandte. »Wir haben noch einen Sohn, zwei Jahre jünger als Sabine. Er ist Unternehmensberater und viel unterwegs, sodass er natürlich selten bei uns vorbeischauen kann. Sabine hat hier in Hamburg gelebt und hätte durchaus häufiger nach uns sehen können. Ihr Vater hat nämlich Herzprobleme, müssen Sie wissen.«

Christian zog das Gespräch wieder an sich. »Was hat Ihre Tochter beruflich gemacht?«

»Sie hat eine Ausbildung zur pharmazeutisch-technischen Assistentin beendet und arbeitete in einer Apotheke in der

Innenstadt, glaube ich.« Frau Gross sprach nur Christian an: »Und Sie möchten wirklich nichts anderes? Einen Tee vielleicht?« Als Christian wie Frederica den Kopf schüttelte, setzte sie ungefragt nach: »Medizin hätte sie ja wenigstens studieren können. Wozu hat sie sonst Abitur gemacht? Aber jetzt ist das auch egal.«

Fredericas Blick verengte sich, während sie zum Wasserglas griff.

Christian und sie tauschten einen Blick, ehe er weiterfragte: »Hatte Ihre Tochter keine eigene Familie? Einen Freund vielleicht?«

»Malte Fischer und unsere Tochter waren verlobt. Ein sehr netter Mann, und so erfolgreich, mit eigener Werbeagentur. Sie wollten in nächster Zeit den Hochzeitstermin festlegen. Warum auch immer. Sabine hat dann vor einer Woche überraschend die Verlobung gelöst. Na ja, vielleicht auch nicht so spontan, wie man meinen könnte, sie wollte ihm das wohl nicht länger zumuten. Durch die Behandlung war sie ja wahrscheinlich unfruchtbar geworden. Kann ich mir jedenfalls denken, mit mir hat sie kaum darüber gesprochen.« Frau Gross lehnte sich erschöpft zurück. »Vielleicht ist es so ja auch am besten.«

Frederica hatte genug gehört. Sie ließ wütend das Wasserglas auf die Eichenholzplatte donnern, aus dem sie gerade einen weiteren faden Schluck hatte trinken wollen. »Was denn daran? Dass sie sich umgebracht hat oder vielleicht ermordet worden ist? Wie kann man so selbstgefällig sein, während die eigene Tochter eine helfende Hand bitter nötig gehabt hätte?«

Christian zuckte zusammen. Frederica wusste, dass er sie in Momenten wie diesen mit einem wütenden Gremlin verglich. Er dachte, sie würde es nicht merken. Sie stellte sich jedes Mal vor, wie Schrapnelle, von der Wucht eines Vorschlaghammers getroffen, von der Wand zur Decke zur Wand wirbelten, bis sie gegen weiches Fleisch prallten und zerfetztes Gewebe in dicken, roten Spratzen auf der Tapete hinterließen.

Dem Ehepaar Gross entgleisten simultan die Gesichtszüge. Schnell schob Christian Fredericas Wasserglas außer Reichweite und warf sich dazwischen: »Meine Kollegin wollte Sie nicht beunruhigen, was wir hier tun, ist ein ganz normaler Routinevorgang. Solange ein Suizid nicht ausermittelt ist, besteht immer die Möglichkeit einer Fremdtötung. Gäbe es denn aus Ihrer Sicht hierfür Anhaltspunkte?«

»Selbstverständlich nicht!« Zum ersten Mal, seit sie angekommen waren, hatte Frederica Frau Gross' ungeteilte Aufmerksamkeit. »Wer sollte Sabine umbringen? Sie war nun mal keine ganze Frau mehr und hat sich deshalb das Leben genommen. So einfach ist das. Ich verbitte mir im Übrigen Ihre haltlosen Unterstellungen. Jeder weiß, wie sehr ich meine Tochter geliebt habe. Wenn das Ihre Art und Weise ist, mit trauernden Eltern umzugehen, dann werde ich mich wohl bei Ihrem Vorgesetzten beschweren müssen!«

Christian schielte zu ihr herüber, sie schloss die Augen. Ihr Wasserglas war leer. »Das wird sicherlich nicht nötig sein. Wir entschuldigen uns hiermit in aller Form bei Ihnen. Wann haben Sie zuletzt mit Ihrer Tochter gesprochen?«

»Wir hatten vor circa einer Woche telefoniert.« Sabines Vater schien aus seinem Hustenanfall aufzutauchen. Er nahm seinen Kuchenteller in die Hand, besann sich eines Besseren und setzte ihn wieder ab. Als wäre ihm gerade etwas Wichtiges eingefallen, riss er plötzlich die Augen weit auf. »Sie wirkte sehr nervös. Ich habe sie gefragt, was los sei und ob ich ihr helfen könne. Sie wollte mir aber nichts sagen.« Er strich mit seinen Handflächen über seine Hosenbeine und sah beide reumütig an. »Hätte ich doch nicht so schnell nachgegeben und sie gezwungen, mir zu erklären, was sie bedrückt. Vielleicht würde sie dann noch leben.«

Seine Frau rückte etwas von ihm ab, um ihn besser ins Visier nehmen zu können. »Rede kein dummes Zeug, Sabine hatte immer schon ein aufsässiges Temperament. Nichts hätte sie dir gesagt, wenn sie nicht gewollt hätte. Dein Gejammere ist ja kaum zu ertragen.«

Christian stand hastig auf. »Gut, vielen Dank für Ihre Zeit und noch einmal unser herzliches Beileid. Wir melden uns, sollten wir noch Fragen haben. Sobald der Leichnam Ihrer Tochter freigegeben wird, werden Sie benachrichtigt.«

*

»Sag mal, spinnst du, dich so unprofessionell zu verhalten? Du bist doch nicht erst seit gestern dabei, Frau *Dr.* Frederica Moll.« Sie waren zunächst schweigend zum Wagen zurückgegangen, bis sich Christian offenbar sicher war, dass sich der hässliche Gremlin in den niedlichen zurück verwandelt hatte. Verärgert musterte er sie vom Fahrersitz aus. »Eigentlich kein Geheimnis, dass man Fragen nach Selbstmorden von Familienangehörigen etwas anders anmoderiert. Ich hoffe nur, dass das keine Beschwerde gibt. Und was fällt dir eigentlich ein, mir so in die Parade zu fahren?«

Frederica sah auf: »Sorry, aber ich kann bei so einer Frau nicht ruhig sitzen bleiben. Wie kann man so gefühllos über seine eigene Tochter denken – und das auch noch öffentlich äußern?«

»Vielleicht hatte sie nur Angst, sich ihren Gefühlen zu stellen«, entgegnete Christian etwas ruhiger. »Hätte sie sich auf unsere Fragen eingelassen, wäre ihr das viel zu nahe gegangen. *Was sollen denn die Nachbarn denken?* So was in der Art.«

Frederica runzelte die Stirn und fixierte den Laternenmast, der merkwürdigerweise direkt vor ihrer Windschutzscheibe aufgestellt worden war. Sie biss sich auf die Lippe und vermied es konsequent, Christian anzusehen. Reumütig hörte sie sich weiter seine Standpauke an. Es war peinlich für sie beide, dass sie so ihre Fassung verloren hatte. Regelrecht geflüchtet waren sie, ohne dass Christian ihre Befragung vernünftig hätte abschließen können. Sie würden wohl wiederkommen müssen, und das einzig und allein wegen ihrer Unbeherrschtheit.

Frederica konnte ihm nur recht geben. Und ja, eigentlich wusste sie es sehr viel besser. Normalerweise war sie es, die die Leute aus der Fassung brachte, und nicht umgekehrt. Aber irgendeine Regung hatte diese fürchterliche Frau in ihr getriggert. War es eine verlorene Kindheitserinnerung gewesen? Oder kam ihr Gerechtigkeitssinn durch, wenn sie an Sabine Gross dachte? Wer mag ihre Vertrauensperson gewesen sein, wenn nicht Eltern oder Mann? Eine gute Freundin? Vielleicht die Nachbarin? Der Arzt? *Wenn ein Mensch stirbt, dann stirbt auch immer etwas in jedem von uns. Jeden Morgen, wenn wir aufwachen, und jeden Abend, wenn wir einschlafen, fühlen wir die Endgültigkeit des Sterbens.* Frederica sah auf ihre Hände, die ruhig in ihrem Schoß lagen. *Zu viele. Es sind einfach zu viele, die nicht mehr sind.*

»… aber was weiß *ich* denn schon? *Du* bist die Expertin. Und ich bin der unsensible Elefant im Porzellanladen, der dich immer wieder rausboxt. Findet Annabelle jedenfalls.« Christian grinste sie an. »Oder sitzt hier doch nicht eine knallharte Psychoanalytikerin neben mir, die unbedingt Polizistin werden wollte?«

Frederica bemerkte plötzlich jede Menge Flusen auf ihrer Jacke, die dringend entfernt werden mussten. Christian war ihr heute etwas zu aufmerksam. »Vielleicht hast du ja etwas recht.«

»*Etwas?*«

»Ja, ist ja gut, du hast recht und ich hab mich danebenbenommen. Absolut unprofessionell. Ich hätte nicht zum derzeitigen Ermittlungsstand und dazu so unsensibel auf eine eventuelle Mordermittlung hinweisen sollen. Das könnte, von einer möglichen Beschwerde mal abgesehen, auch den weiteren Ermittlungsverlauf kompromittieren. Sorry, tut mir echt leid.«

Frederica fiel auf, dass Christian die Luft angehalten hatte. Hastig atmete er ein paarmal ein und aus und startete den Wagen. Man sah ihm die Erleichterung an, dass sie sich einsichtig gezeigt und nicht auf ihrem Standpunkt beharrt hatte. »Auf zu Malte Fischer?«

Frederica schaute auf ihr Handy. »Lass uns lieber Schluss machen für heute. Tanja schreibt, dass die Kollegen von der Spusi momentan beschäftigt sind und sich erst Montag um unsere Beweise kümmern können. Und ich hab noch was vor.«

»Ein Date mit Annabelles vorletztem Verkupplungsversuch?«

»Ein Date mit meiner Mutter. 70. Geburtstag. Hurra.«

*

Frederica Moll war mütterlicherseits Angehörige des alten Hamburger Kaufmannsgeschlechts derer von Anckelmann. Wobei es sich selbstredend gehörte, niemals einen Adelstitel anzunehmen oder um Himmels willen öffentlich zu tragen. Hamburg, eine der ältesten Bürgerrepubliken Europas, war der Meinung, dass man einen Kaufmann der Hansestadt nicht in den Adelsstand erheben könne, da er bereits über diesem stünde.

Für Frederica gehörte die Standesphilosophie hinter diesem Bonmot in längst vergangene Zeiten. Für Freya Moll, geborene Anckelmann, gehörte sie zur gelebten Realität.

»Frederica, wie schön, dass du es doch noch geschafft hast. Mit dir habe ich ja gar nicht mehr gerechnet!« Fredericas Mutter war äußerlich eine klassische Hanseatin. So sehr, dass sie schon fast dem Klischee einer Hamburgerin entsprach, wie sie sich Touristen eben nicht vorstellten. Nicht zu elegant, aber teuer angezogen, wirkte sie wie eine strenge Gouvernante aus einem Henry-James-Roman. Einzig der Dutt fehlte. Stattdessen trug sie eine perfekt durchgestufte, halblange Frisur, die von teuren platinblonden Strähnchen durchzogen war und ihr den Look »wie gerade frisch aus der Sonne zurückgekommen« gab. Ihr Gesicht war dezent, aber perfekt geschminkt. Frau Moll beging nicht den Fehler, zu viel Make-up zu verwenden, was die Falten nur plastischer hervorgehoben hätte.

Genau genommen beging Frau Moll überhaupt keine Fehler. Sie war die Inkarnation der Fehlerfreiheit.

Frederica reichte ihren Kaschmirmantel und Schal an Frau Wiese weiter, die sich während des Eröffnungssatzes ihrer Mutter dezent im Hintergrund gehalten hatte.

»Hallo, Frau Wiese, wie geht es Ihnen?«

»Danke, Frederica, sehr gut. Ich hoffe, Sie haben nicht zu viel Arbeit. Mehr essen sollten Sie, ich habe ein schönes Menü vorbereitet. Es wird Ihnen sicherlich schmecken. Maronenschaumsuppe und als Hauptgang Rehrücken.«

»Danke, Frau Wiese, das hört sich wirklich köstlich an. Haben wir denn auch Nachtisch?«

Rümpfte Frau Wiese gerade kaum merklich die Nase?

»Natürlich, Obst und Käse wie immer.«

»Natürlich, der Linie zuliebe wie immer.« Frederica mochte Mamas Hausangestellte, die seit 20 Jahren den Haushalt führte und damit tatsächlich zufrieden zu sein schien. Warum auch nicht? Freya Moll war nicht dumm, sie wusste, bei wem sie sich lieber etwas zurückhalten sollte.

Bereits vor langer Zeit, noch vor dem für alle unerklärlichen Selbstmord von Fredericas Vater und Freyas Mann, hatten Mutter und Tochter einen Nichtangriffspakt geschlossen. Unausgesprochen waren beide sich schnell einig geworden, dass sie sich zwar immer lieben, aber niemals mögen würden. Hätten sie sich irgendwann irgendwo auf einer Feier kennengelernt, sie wären sich auf ewig aus dem Weg gegangen. Da sie das nicht gewollt hatten, hatten sie sich miteinander arrangiert.

Leidlich jedenfalls. Fredericas favorisierte Vorgehensweise bestand darin, ihre Mutter stellenweise einfach zu ignorieren. Sie in ihrer Grandezza nicht zu bestätigen. Das war Frau Moll nicht gewohnt und es irritierte sie immer wieder aufs Neue. Ihre narzisstische Ader konnte es nicht hinnehmen, dass jemand sie nicht bewunderte, insbesondere die eigene Tochter.

Freya musste ebenfalls nicht viel tun, um Frederica das Gefühl zu geben, wieder von ihrer verhassten Lehrerin aus der Vorschule, Frau Wohlmeier, die Schere weggenommen zu bekommen. Da sie ihre Tochter um zwei Köpfe überragte, hatte sie schlicht und ergreifend einen physischen Vorteil.

Und natürlich den der Mutter. So sehr sich Frederica auch vor jedem Besuch vornahm, diesmal erwachsener mit ihr umzugehen und sie als das zu sehen, was sie war – ihre Mutter und nichts weiter –, legte sich beim ersten Wort sofort ein Schalter in ihrem Kopf um und eine Stimme flüsterte ihr ins Ohr: *Du gehörst auf ewig ihr, nimm es hin …*

Frederica fixierte das Ölgemälde links hinter dem Gesicht ihrer Mutter, das ihren Großvater in einem überdimensionierten Ledersessel zeigte. »Hattest du nicht 20 Uhr gesagt?«

»Um acht beginnen wir mit dem Dinner. Ich bin davon ausgegangen, dass du früher kommst, um etwas Zeit mit deiner Mutter zu verbringen. Wir wissen schließlich beide nicht, wie lange wir noch die Gelegenheit dazu haben werden. Ich hatte deinen Anruf erwartet.«

Fredericas Blick wechselte zum aufwendigen Arrangement eines Seidenblumenbuketts in einer opulent ziselierten Vase aus Sterlingsilber rechts von ihrer Mutter.

»Das tut mir leid, da haben wir uns wohl missverstanden. Kommt Steffen auch?«

»Nein, dein Bruder hat ein Spiel und muss sich nicht auch noch um seine alte Mutter kümmern. Wohingegen du als Frau nun wirklich nicht arbeiten gehen müsstest. Warum du auch noch deine Karriere als Psychoanalytikerin aufgegeben hast, um Polizistin zu werden, werde ich wohl nie verstehen. Deinem Vater jedenfalls hat dieser Beruf nur Unglück gebracht.«

Papi, nicht zuhören. Sie redet wieder Unsinn. Warum hast du sie überhaupt geheiratet? Doch nicht des Geldes wegen, oder? War sie mal anders? Liebevoll, gutmütig, lustig? Ich kann es mir nicht vorstellen. Papi, ich hab dich lieb.

Sie ignorierte den letzten Satz ihrer Mutter und sah lächelnd zu ihr hoch: »Zumindest habe ich dir heute Morgen schon mal eine Mail geschickt. Hast du den Anhang nicht geöffnet?«

»Welchen Anhang? Du weißt doch, dass ich ohne Brille nichts mehr sehen kann, und auf dem Tablet schon gar nicht. Was steht denn drin?«

»Ein Gutschein für eine Kreuzfahrt, eine Woche Karibik, nur wir beide.«

Manchmal kam in Freya Moll ein klitzekleines bisschen Humor durch. »Mord auf hoher See also. Bist du sicher, dass das so eine gute Idee ist?«

Nein, war sie nicht. In einem Moment der Rührseligkeit und weil ihre Mutter schließlich nicht ewig leben konnte, hatte Frederica gedacht, sie müsse sich doch etwas mehr um sie kümmern. »Natürlich, sonst hätte ich den Gutschein ja nicht besorgt. Aber wenn du nicht möchtest …«

»Doch, doch, ich bin nur etwas überrascht. Nicht pünktlich zum Geburtstag hier sein, aber dann eine ganze Woche mit mir auf einem Schiff verbringen wollen, ohne Fluchtmöglichkeit? Verstehe das, wer will. Aber jetzt ab ins Wohnzimmer. Du bist die Letzte, alle anderen sind schon da. Ich sage schnell Frau Wiese Bescheid, dass sie den Aperitif bringen soll.«

»Sind auch die Godefroyes da?« Mamis befreundetes Ehepaar aus frühen Zeiten war Frederica immer am liebsten gewesen. »Ja, natürlich, sie haben schon nach dir gefragt.«

Frederica arrangierte ihr Gesicht zu einer dem Anlass angemessenen Miene und betrat einigermaßen furchtlos das Wohnzimmer. Kurz sah sie sich um und bereute sofort alles.

»Guten Abend, Frederica, schön, dich mal wieder zu sehen. Ist viel zu lange her. Das letzte Mal warst du ja noch an der Uni.«

Frederica hielt sich an ihrem Gesicht fest und versuchte, nicht zu flüchten. »Guten Abend, Herr Marquardt. Ich wusste gar nicht, dass Sie hier sein würden.«

»Na, aber bitte nicht so förmlich, Frederica. Wir sind hier doch unter uns. Und nach allem, was wir zusammen erlebt haben, dachte ich, dass wir ein persönlicheres Verhältnis zueinander hätten?«

»Papi, ich habe Angst.«

»Das musst du nicht, Schätzchen. Wenn du ein Monster unter dem Bett entdeckst, rufst du laut, dann komme ich mit meinen Kollegen reingestürmt und wir erledigen das Ding.«

Frederica zieht nachdenklich die Bettdecke über den Kopf. »Okay, dann schlafe ich jetzt.«

»Papi, warum ist der Himmel blau?«

»Das ist nicht so einfach zu erklären, Schätzchen. In der Luft gibt es unendlich viele Teilchen, die wir nicht sehen können. Das Licht, das uns aus dem Weltall besuchen kommt, kann diese Teilchen aber sehen und hält auf seinen Reisen gerne mal an, um sich mit ihnen zu unterhalten. Dabei sind die blauen Lichter neugieriger als die roten und bleiben öfter stehen, und deshalb können wir sie sehen.«

Frederica lässt nachdenklich ihre kleinen Füße über den Nordseestrand wandern. »Sind das Kuchenteilchen?«

»Ja, so ähnlich. Komm, lass uns zum Ferienhaus zurück, Mami wartet sicher schon auf uns.«

Frederica bringt nachdenklich eine Muschel unter ihren Füßen zum Zersplittern. »Nein, lass uns noch etwas bleiben.«

»Papi, warum kann mich Michael nicht leiden?«

»Soso, er kann dich also nicht leiden? Warum denkst du das?«

»Weil er mir immer aus dem Weg geht und dabei seinen Mund so komisch verzieht.«

»Ach, ich denke er ist nur schüchtern. Geh doch einfach zu ihm hin und frag ihn, warum er das macht.«

Frederica zieht nachdenklich ihren Pferdeschwanz zurecht. »Ja, das mach ich.«

»Papa, kommst du mich abholen? Die Party ist bescheuert.«

»Alles okay, Schätzchen? Es ist doch erst elf? Wer hat dir was getan? Soll ich jemanden verhaften?«

Frederica streift sich nachdenklich ihre Lederjacke über.

»Das ist ein sehr verlockendes Angebot, aber er ist es nicht wert, dass du seinetwegen Schwierigkeiten bekommst. Abholen reicht fürs Erste.«

»Papa, warum ist der Himmel rot?«

Freya Moll wollte geräuschvoll das Wohnzimmer betreten, damit jeder genug Zeit hatte, sie angemessen zu bewundern, bevor sie sich setzen würde. Dabei stieß sie fast mit Frederica zusammen, die nach wie vor im Türrahmen stand und geistesabwesend in den Raum starrte. Unauffällig schob sie ihre Tochter weiter und warf ihr sicherheitshalber noch einen bissigen Blick zu. Frederica zog sich ihre mühsam zusammengesuchte Haltung fester um die Schultern und sah ihre Mutter an, die sich daraufhin wieder in Pose warf. »Ist es nicht wunderbar, dass Henning Zeit für uns gefunden hat? Frederica, du kannst dir von deinem Chef sicherlich ein paar Tipps holen für woran auch immer du gerade arbeitest! Frau Wiese, bitte stellen Sie den Aperitif hier herüber, seien Sie so gut.« Entzückt blickte sie in die Runde. »Ich hoffe, jeder mag ein Glas Champagner?«

Papi, tu es nicht, leg bitte die Waffe wieder auf den Tisch. Papi, mir zuliebe. Bitte. Bitte, du darfst das nicht tun. Ich brauche dich, lass mich nicht allein mit ihm. Mit ihr. Mit mir.

SONNTAG

Niels zog seinen Kopf tiefer in die Jacke und sah nach oben. Es war viel zu warm für Ende Januar. Statt dicke Schneeflocken vor sich tanzen zu lassen, zog die Luft nur feuchte Bahnen hinter sich her. Die Bäume schlugen aus, als wäre bereits März. Bald würde eine Frostfront anrücken und die Triebe erfrieren lassen. Verschreckt würden sie bis Mai warten, um neues Leben in die Welt zu setzen.

Dicke Tauben gurrten leise von den Laternenpfählen. Es war fast dunkel, obwohl es erst 4 Uhr am Sonntagnachmittag war. Niels versuchte, die beklommene Stimmung abzuschütteln, die das Wetter in ihm verursachte. Unter ihm glänzte das Kopfsteinpflaster Löcher in den Boden. Kleine listige Portale, die auf ihn warteten.

»Los, komm jetzt, wir haben's eilig!« Torben zog ihn am Ärmel unter der Laterne durch. »Dahinten ist es, vierter Stock. Hast du alles dabei?«

Niels nickte. Klebeband, ein Klappmesser, ein Feuerzeug und Zigaretten. Mehr brauchte es nicht, um das Kopfkino anzuschalten. Falls derjenige so dumm war, sich nicht an die Abmachungen zu halten, die Haas vorgegeben hatte.

Niels sah sich die handgeschriebenen Türschilder an und fragte sich, wieso jemand sich die Mühe machte. Er atmete tief durch. Heute würde er endlich erfahren, was sein neuer Chef genau trieb. Das hoffte er zumindest.

Im trüben Winterlicht wirkte Torbens Gestalt diffus auf Niels, scharf an den Kanten, aber undefiniert in der Mitte, ein aufgeblasener Scherenschnitt. Plappernd ging er vor ihm her und erzählte stolz von seiner neuesten Eroberung. »Mann, war das 'ne scharfe Bitch, die konnte gar nicht genug kriegen. Ich musste mir glatt noch 'ne Blaue einwerfen, sonst hätte ich voll abgelost. Und weißt du, was das Beste war? Sie ist gleich danach abgehauen!«

Niels zählte die Steine im Kopfsteinpflaster und versuchte, sich zu konzentrieren. Torben hatte ihn vor einer Stunde angerufen und hierherbestellt. »Ich hab dem Boss erklärt, dass du wirklich mein Bro bist, und er hat erlaubt, dass ich dich mitnehme. Geil, oder? Hey, mach mal gute Laune!«

Niels war sich nicht sicher, auf welchen Stoff Torben so abging. Er wirkte nicht so, als wäre er bekifft, zugekokst oder Schlimmeres. Aber irgendetwas warf der Junge ein und manchmal wünschte Niels sich, er würde etwas davon abbekommen.

Sie betraten das offen stehende Gebäude und stiegen keuchend die knorrige Altbaustiege hinauf. Überall lag Müll, kleine Schnipsel Zellophan, Essensreste und Zigarettenstummel. Um eine verdächtig gefärbte Pfütze tänzelten beide angeekelt herum. Fehlte nur noch der weggetretene Junkie in der Abseite, um das Klischee perfekt zu machen, hüstelte Niels in sich hinein. Surreal war das hier. Was sollte das Ganze? Er wollte an die ganz großen Sachen – ein Zeichen setzen, eine Signatur hinterlassen, Wichtiges tun. Bei den Großen mitspielen. Stattdessen schlurfte er hinter einem viertklassigen Edelknaben mit erstklassigen Hautproblemen ein Treppenhaus hoch mit einem Auftrag, der in seiner Banalität kaum zu überbieten war. *Reiß dich zusammen, da musst du durch.*

Sie waren im vierten Stock angekommen und Niels konzentrierte sich wieder auf seine Umgebung. Es roch nach

Gleichgültigkeit und verbranntem Toast. Und wonach noch? Was war das für ein fauliger Geruch?

Torben grinste Niels an. »Den Döner unten an der Ecke musst du echt mal ausprobieren, Bro.« Er sah sich fragend um, fand, was er suchte, und hämmerte an die gegenüberliegende Wohnungstür.

Nichts passierte. Irgendwo brummte eine Fliege gegen eine Scheibe. Wieder und immer wieder. Torben sah sich seinen frisch abgebrochenen Fingernagel an und hämmerte weiter mit der flachen Hand gegen die Tür, während er gleichzeitig mit der anderen die Klingel traktierte, die ihnen ihr Leid durch einen dumpfen, scheppernden Ton entgegenklagte.

Bevor Niels sich fragen konnte, wie lange Torben das wohl noch durchhalten würde, kam Bewegung in die Sache.

»Wer will was?«, fragte eine helle Stimme aus dem Off, die ziemlich jung und etwas ängstlich klang.

»Mach auf, du Penner, oder sollen deine Nachbarn auch noch was davon haben?«

Die Stimme klang nun weniger hell, dafür umso ängstlicher. »Wer ist denn da?«

»Mach endlich hinne! Wir haben noch was anderes vor. Oder soll ich Thomas anrufen?«

Sehr zu Niels' Verwunderung klang die Stimme plötzlich erleichtert. »Torben, bist du das? Sag das doch gleich, einen Moment.«

Das ohrenbetäubende Geknarze und Geschepper, das unmittelbar folgte, hätte nun endgültig die Nachbarn auf den Flur treiben müssen, trotzdem blieb an den anderen Wohnungstüren alles still. Wurden da gerade ungefähr zehn Schlösser entriegelt? Wusste derjenige denn nicht, dass man als Einbrecher in diesem Fall einfach die andere Seite aushebeln würde? Und war das nun ein gutes oder ein schlechtes

Zeichen? Müssten sie aktiv werden, die Portale öffnen, die Treppen herabsteigen, die Höllenhunde loslassen?

»Was brauchst du so lange?« Torben trat gegen den Türspalt, der langsam größer wurde. »Na endlich!« Seine Stirn warf sich in Falten. »Huch, wie siehst du denn aus? Soll das Schokolade sein? Bist du etwa unter die Zuckerbäcker gegangen?«

Niels starrte mit offenem Mund die Erscheinung an, die sich ihnen nonchalant präsentierte. Die *Schokoflecken* waren Torbens Problem? Die Spannung, die sich den Nachmittag über kontinuierlich in Niels aufgebaut hatte, entwich wie Luft aus einem Ballon. Seine Fäuste entspannten sich und er musste unweigerlich grinsen. Deshalb hatte Haas also kein Problem damit gehabt, ihn heute mitgehen zu lassen. Sie waren wieder mal nur als Botenjungen unterwegs.

Vor ihnen stand – in ihrer ganzen Pracht und Herrlichkeit – eine voll ausstaffierte Dragqueen. Komplett im Style der Pinups, mit knallrotem Kussmund, schwarzer Langhaarperücke (zumindest dachte Niels, dass es eine sein musste) und Beinen bis zur Decke, die natürlich in Zehn-Zentimeter-High-Heels steckten. Farblich passend zum Lippenstift, versteht sich. Sie hatte eine Kochschürze umgebunden und hielt in der linken Hand einen Kochlöffel, den sie kapriziös in der Luft herumwirbelte. Kein Wunder, dass es Stunden gedauert hatte, die Schlösser zu entsichern.

»Darling, mit dir hatte ich ja gar nicht gerechnet«, flötete sie in den Hausflur, ohne jemanden konkret anzusprechen. »Ich backe gerade Brownies.« Ihre Fake Lashes streichelten liebevoll ihre Wangenknochen, während der tanzende Kochlöffel Teigreste fliegen ließ. Nachdem sie sich ausgiebig in Szene gesetzt hatte, fokussierte sie endlich ihren Besuch. »Wer ist denn dein göttlicher Freund?« Sie musterte Niels einmal gründlich von oben bis unten und schnalzte anerkennend mit der Zunge. »Ihr könnt gerne zum Tee bleiben.«

»Lass den Unsinn. Wir wollen nur die Rezepte. Und sag deinem Kumpel Lars, dass wir auch gleich bei ihm vorbeischauen. Und keine Diskussionen wie beim letzten Mal. Ohne Rezepte keine Kohle. Beim zweiten Mal Verarsche gibt's ein Goodie vom Weihnachtsmann.«

»Ist ja schon gut.« Schmollend ging sie zu einem golden bemalten Sideboard und zog einen Umschlag aus einer Schublade. »Hier, ich nehm die Kohle, vielen Dank.« Sie musterte Niels noch einmal sehnsüchtig. »Wollt ihr wirklich nicht zum Tee bleiben?« Torben nahm den Austausch vor, während sie hinter sich schnupperte: »Huch, die Brownies müssen aus dem Ofen. Ciao!«

»So hab ich es eigentlich lieber«, vertraute Torben Niels an, als sie ein paar Minuten später wieder auf dem Gehsteig standen.

Niels zündete sich eine Zigarette an und sah die Straße hinunter. Es war mittlerweile dunkel geworden und das Elend vom Nachmittag war nur noch schemenhaft zu erkennen. Die Seitenstraße lag hinter der Steinstraße, einer versifften Ecke hinter dem Hauptbahnhof. Die nächtlichen Geschäfte würden bald anlaufen, die zu ihrer Durchführung die Abgeschiedenheit dunkler Hausecken benötigten.

Niels wagte einen Vorstoß. »Müssen wir direkt weiter zu – wem sagtest du? – Lars? Oder haben wir noch Zeit für ein Bierchen?«

»Was ist, bist du schon alle von dem bisschen oder hat sie dich aus der Fassung gebracht?« Torben grinste ihn an. »War wohl zu viel Frau für dich.«

»Red keinen Scheiß.« Niels fühlte nach dem Klappmesser in seiner Jackentasche. »Ich finde, dass du mir langsam mal erklären könntest, was diese ganze Aktion hier eigentlich soll. Für irgendwelche blöden Botengänge bin ich zu alt, außerdem brauche ich dringend Kohle. Und wieso sollte ich den ganzen Kram mitschleppen? Gehen wir jetzt noch wohin, wo es mal etwas konkreter zur Sache geht? Du willst doch nicht, dass ich es im entscheidenden Moment verkacke, nur weil ich nicht weiß, was von mir erwartet wird? Ich dachte, wir wären Bros?« Niels klopfte Torben auf die Schulter. »Komm, Mann, ein Astra in Ehren, das ›Silbersack‹ hat immer offen.«

Torben gab sich souverän. »Okay, ein Astra geht. Und ich denke, es ist Zeit für eine kleine Einweisung. Der Boss wird nichts dagegen haben und vielleicht hast du recht, nachher fällst du mir sonst vor die Füße und ich muss ihm alles erklären.«

*

Frederica stieg aus dem Wagen und nahm einen tiefen Zug Kiezluft. Nach dem gestrigen Geburtstagsdesaster war sie den Tag über zu Hause geblieben und hatte Käuzchen in der Wohnung fliegen lassen. »Hast *du* mich wenigstens lieb?«

Käuzchen hatte sie gelangweilt angesehen und die Augen zugeklappt gelassen. »Recht so, Käuzchen, Selbstmitleid ist für andere.«

Der Kiez. Oft besungen, noch öfter verflucht und am häufigsten von denen beschrieben, die am wenigsten Ahnung davon hatten. Denen, die als Touristen ab Donnerstagabend einfielen und das verruchte Abenteuer suchten. Den Mädchen, die kichernd vor der Herbertstraße standen, den Jungs, die zu Burger King wollten und auf bunte Skihasen trafen. Denen, für die die Große Freiheit eine gefährliche Flaniermeile war, auf der man ausgeraubt oder – wie herrlich – abgestochen werden konnte.

Frederica wusste, dass diesen Leuten wenig passieren konnte, solange sie nicht den Fehler begingen, sich mit den Großen messen zu wollen. Als weitaus unangenehmer empfand sie die, die zwar in Hamburg lebten, vielleicht sogar in der Schanze oder direkt auf St. Pauli, aber keine Hamburger waren. Nicht mindestens in dritter Generation hier geboren und aufgewachsen – so wie sie.

Sie hielt nicht viel von einer naiv verklärten Sozialromantik und dem viel zitierten familiären Gefüge der Kleinganoven. Sie kam nicht aus dem Milieu und maß sich nicht an, Bescheid zu wissen. So viel Respekt erwies sie den Gestrandeten, den Verunfallten und Gefangenen, die eigentlich die wahren Freien waren. *Fremdmitleid ist ebenfalls für andere.*

Vor ihr ging ein Pärchen in dem leicht schwankenden Gang der Frischverliebten, die nur ein *wir* kannten. Der Mann hatte seinen Arm um die Taille der Frau gelegt. Er ließ seine Hand tiefer rutschen und steckte sie in die Manteltasche der Frau. Frederica blieb abrupt stehen. Das hatte Matthias bei ihr versucht, wenn er kalte Hände gehabt hatte. Sie hatten sich köstlich amüsiert, dass seine Bemühung bei ihrem Größenunterschied wenig Aussicht auf Erfolg hatte. Trotzdem hatte er es immer wieder versucht. Matthias. Neben ihrem Vater der einzige Mann, für den sie mehr empfunden hatte als nur freundschaftliche Zuneigung. Es war damals alles so einfach gewesen. Nicht einfach im Sinne von »schnell verliebt«, sondern einfach in den vielen kleinen Entscheidungen, die man traf, wenn man sich verliebte. Zum ersten Mal in ihrem Leben hatte sie nicht überlegt oder darüber nachgedacht, ob es Liebe sein könne. Was das überhaupt sei, wie er das eigentlich sehe und ob es ewig so weiterginge. Was alles schieflaufen könne. Was – sie schämte sich, es sich einzugestehen – ihre Mutter von ihm halten würde. Sie hatte weder mit sich selbst noch mit anderen darüber verhandelt. Auch nicht mit Matthias. Keine Diskussionen. Sie waren einfach.

Bis zu dem Tag, als er im Einsatz erschossen worden war. Einfach so. Ohne dass sich das Drama vorher durch ein Zeichen zu erkennen gegeben hätte. Matthias hatte sie morgens noch fünf Minuten länger schlafen lassen und war dann wie ein braver Ehemann nach dem Kaffee-ans-Bett-Bringen leise zur Arbeit verschwunden. Im Film hätte die Heroine etwas nachdenklich in die Kamera geblickt und der Held hätte einen Moment an der geöffneten Haustür verharrt, ein melancholischer Musikteppich hätte das nahende Unheil angekündigt. Im realen Leben jedoch war da einfach nichts gewesen.

Nur betroffene Gesichter, nachdem sie zum zweiten Mal aufgewacht und in die Dienststelle gefahren war. Da war der Wolf gewesen, der sie in sein Büro geholt und lange aus dem Fenster gestarrt hatte. Er hatte ihr vom Schusswechsel mit den Schleusern erzählt, immer noch aus dem Fenster blickend. Und da war Christian, der sie etwas linkisch umarmt hatte, wohl wissend, wie sie das hasste, um ihr zu sagen, dass sie immer auf ihn zählen könne.

Die Zeit heilte alle Wunden? Mochte sein. Aber was machte man, wenn die Wunden bleiben sollten, weil sie jetzt dazugehörten, weil sie trösteten und in langen, zu langen Nächten zu guten Freunden geworden waren?

Sie wollte sich gar nicht erinnern. Heute nicht und morgen auch nicht. Sie wollte ihrem Spiegelbild keine Fragen stellen, jeden Morgen und jeden Abend vor den verschlossenen Toren des Wunderlandes. Unter den Glücklichen war sie geächtet. Leprös und ausgestoßen. Wäre sie doch nie so weit gekommen.

Das Klingeln des Handys hatte unangenehm die Stille durchschnitten.

»Hallo, meine Liebe. Ich wollte mich nur noch mal gemeldet haben, nachdem ich am Freitag so gar keine gute Gesprächspartnerin gewesen bin. Bei dir alles gut?« *Sofie, die gute Seele. Ruft gerne mal sonntags an – typisch Single.*

»Alles bestens, ich erhole mich noch vom Geburtstag meiner Mutter.«

»Oh richtig, stimmt ja, hattest du erzählt. Ganz vergessen. Lebt sie noch?«

»So grade. Sie hatte eine prima Ablenkung parat. Marquardt war da.« Sophie kannte den Namen, denn als Innensenator und Präses der Behörde für Inneres und Sport war er auch ihr Chef.

»Aaah ja. Und? Lebt *der* noch?«

Sie hatten beide lachen müssen. »Eigentlich will ich nicht über meine Horrorstorys reden. Was macht dein Serienkiller?«

»Dem geht's gut, denn wir haben noch kein Profil fertig. Unser Team bemüht sich immer noch um Informationen, die mal wieder nur spärlich fließen. Langsam habe ich das Gefühl, dass unsere Kollegen meinen, wir würden wie Profiler im Fernsehen kurz Abrakadabra rufen und die Adresse aus dem Hut zaubern. Scheiß Ami-Serien.«

»Ich hab gestern zum ersten Mal über Matthias gesprochen.«

Am anderen Ende war es kurz still geworden. Sofie konnte schweigen, wenn es wichtig war. »Einfach so? Und mit wem war das?«

»Christian. Und irgendwie nein. Seit einigen Wochen ertappe ich mich dabei, wie ich ihn wie selbstverständlich in meine Gespräche einbauen will. So was in der Art wie

›hätte Matthias auch gemacht‹ oder so. Bis gestern hatte ich es mir aber immer verkniffen.«

»Und wie fühlst du dich dabei?«

»Mies.«

»Wie hat Christian reagiert?«

»Er hat so getan, als hätte er es nicht gehört.«

»Feigling. Oder Männer – je nachdem, was zuerst kommt. Kein Wunder, dass du dich mies fühlst. Was meinst du, kannst du etwas Ablenkung vertragen? Lust auf den Kiez?«

Zu ihrer eigenen Überraschung hatte sie nicht lange überlegen müssen. »Aber so was von. Ich muss hier raus. In einer Stunde vor der ›Ritze‹?«

»Solange wir nicht reingehen – bis gleich!«

Um diese Uhrzeit am Sonntag hätte sie höchstens eine halbe Stunde gebraucht, aber als wäre sie bereits zu spät dran gewesen, hatte sie hastig Käuzchen eingefangen, es in die Voliere verfrachtet und sich Mantel und Autoschlüssel geschnappt, ohne noch mal ihren Look zu überprüfen. Wohin also? Dorthin, wo es keine Spiegel gab.

Es war erst halb vier, aber schon fast dunkel. Sie hatte Glück gehabt und in einer wenig befahrenen Seitenstraße einen freien Parkplatz gefunden. Nach einem prüfenden Blick in den viel zu warmen Winterhimmel schlug sie ihren Mantelkragen hoch und bog von der Hein-Hoyer-Straße auf die Reeperbahn ab. Es erstaunte sie immer wieder, wie anders die alte Fertigungsstraße der Reepschläger tagsüber wirkte. Die hart ausgeleuchteten Linien in dem alten ungepflegten Frauengesicht waren anmutig, fast würdevoll.

Sie musste an das alte Märchen denken, in der ein kleiner Bauernjunge seine Mutter aus den Augen verloren hatte und sie aufgeregt suchte. Alle wollten ihm helfen und fragten ihn, wie sie denn aussehe. Und jedem gab er zur Antwort, sie sei die schönste Frau, die es je gegeben habe. Man suchte daraufhin lang und weit, um seine Mutter zu finden. Aber jede schöne Frau, die dem Kind präsentiert wurde, war längst nicht so schön wie seine Mutter.

Als sie nach langer Suche endlich gefunden war, staunten die Helfer nicht schlecht, wem der überglückliche Junge in die Arme fiel. Es war eine alte, verhuschte und verbrauchte Frau.

Das war der Kiez, und nichts anderes.

MONTAG

Der Montagmorgen versprach zur Abwechslung ein herrlich sonniger Tag zu werden. Der blaue Himmel spiegelte sich fröhlich im Seitenfenster seines Autos, als Christian seinen Dienstwagen vor dem Dezernat parkte. Nach einem gewohnt turbulenten Wochenende mit der Familie freute er sich richtiggehend auf seinen Arbeitsalltag – trotz allem. Er konnte nie verstehen, warum die meisten Leute den Wochenanfang so hassten. Mit jedem neuen Wochenanfang eröffneten sich für ihn neue Möglichkeiten und Chancen. Einen Fehler zu korrigieren, neue zu machen. Er trabte den langen Flur entlang zu ihrem verglasten Großraumbüro und sah hinein. Frederica, klein und zierlich, elfenhaft mit ihren langen, dunklen Haaren und ihrer hellen Haut. Trotz ihrer Designerklamotten wirkte sie nicht wie ausstaffiert, sondern elegant und ziemlich kompetent. Das hatte sicherlich auch mit ihrer ungewöhnlich tiefen Stimme zu tun, die überhaupt nicht zu der kleinen Person passte.

Heute Morgen hing sie jedoch ziemlich unedel in ihrem Bürostuhl und schlürfte genüsslich einen Kaffee von »Balzac« – wahrscheinlich Haselnuss. Hoffentlich hatte sie ihm einen mitgebracht. Plötzlich lachte sie auf und Alfred bellte aufgeschreckt mit. Bestimmt erzählte sie irgendwelche Klatschgeschichten, von denen Tanja kaum genug bekommen konnte. Er sah Frederica nachdenklich an. Klatsch und Frederica – das passte irgendwie nicht. Aber sie wusste immer instinktiv, wie sie mit Leuten umzugehen hatte, damit sie sich entspannten und wohlfühlten. Entspannte Mitmenschen, das war immer ihr Ziel. Das galt für Freunde und Kollegen genauso wie für Verdächtige. Wenn jemand entspannt sei, sei er authentisch, war ihre Antwort gewesen, als er sie einmal dazu gefragt hatte. Sie vermied Stressaufbau, um jemanden aus der Reserve zu locken, die Leute würden nur panisch überreagieren und sich weit von der Realität entfernen. »Nachrationalisieren«, nannte sie das. Es schien nicht immer zu funktionieren, wenn er an ihren Besuch bei Sabine Gross' Eltern zurückdachte.

Obwohl sie jetzt bereits seit einigen Jahren zusammenarbeiteten, hatte Christian sich immer noch keine abschließende Meinung zu ihren Methoden gebildet. Zumal Frederica nie wirklich einen Plan zu haben schien, wenn sie in Verhöre gingen, geschweige denn, dass sie sich vorher mit ihm absprach. Das machte ihn regelmäßig irre und verunsicherte ihn etwas. Nicht nur, weil er ihr Vorgesetzter war und eigentlich den Ton angeben sollte, sondern weil sie damit meistens auch noch Erfolg hatte. Und sooft er die Verhöre nachbereitete, konnte er nie rekonstruieren, was denn genau sie anders gemacht hatte. Was soll's. Am Ende des Tages war schließlich alles Teamarbeit. Irgendwann würde er hinter ihr Geheimnis kommen.

Tanja nahm einen Schluck aus Fredericas Kaffeebecher und streichelte Alfred über die Schnauze. Heute trug sie lange blonde Zöpfe, mit denen sie fast langweilig aussah.

Seitdem sie ein Besoffener angefahren hatte – da war sie gerade 17 geworden – saß sie im Rollstuhl. Mehr wusste er nicht und mehr wollte er auch nicht wissen. Sie war die beste Rechercheurin, die er kannte, und eine gute Teamplayerin. Das war ihm Referenz genug.

Frederica sah auf und entdeckte ihn hinter der Scheibe. »Hey, Christian, was lungerst du draußen rum, wir haben Neuigkeiten!«

Er fuhr sich durchs Haar und öffnete die Tür. *Montage sind herrlich.* »Moin, die Damen, geht es endlich voran? Tanja, hat sich die Spusi schon gemeldet? Ich hab das Gefühl, als würde der Fall auf Messers Schneide stehen.« Zufrieden sah er die beiden an.

Frederica nippte weiter an ihrem Kaffee: »Auch einen? Ich hab dir einen Haselnuss mitgebracht. Steht auf deinem Tisch.«

Er wartete einen Moment, aber als niemand seinen großartigen Wortwitz kommentieren wollte, drehte er sich leicht beleidigt zu seinem Arbeitsplatz um.

»Ja, Chef, und ja, dein Gefühl trügt dich nicht. Die Spusi hat kein Schneidewerkzeug in der Nähe der Toten gefunden. Kein Messer, keine Klinge, kein gar nichts. Alle eingetüteten Objekte stammen aus der Küche. Wenn Frau Gross sich also nicht superordentlich erst die Pulsadern aufgeschnitten und das Messer gespült und wieder zurückgelegt hat, bevor sie ins Bad gestiegen ist, wird es wohl Mord gewesen sein.«

»Hallo, langsam wird es interessant.« Christian setzte sich und schlürfte gedankenverloren an seinem Kaffee. »Die Todesursache wäre klar: Verbluten. Wäre also noch die Todesart zu klären, nämlich wie sie wann die Schnittwunden erhalten hat. Wie sieht es eigentlich mit dem Todeszeitpunkt aus, ist der Obduktionsbericht schon da?«

Tanja wühlte erfolglos auf ihrem mit Papierberichten gefüllten Schreibtisch herum. Ihr kam offenbar ein Gedanke und sie sah zu einem Tisch in der Ecke, auf dem gestapelte Akten lagen. »Alfred, hol blau.«

Die Dogge sprang auf und brachte die oberste blaue Akte zurück, die er sabbernd in Tanjas Hände legte. Ungerührt wischte sie den Deckel mit der Handfläche trocken und schlug das Dokument auf.

»Tja, irgendwann in der Nacht von Donnerstag auf Freitag. Den Todeszeitpunkt von Leichen festzustellen, die in der Badewanne gestorben sind, ist immer schwierig. Die Auskühlung, die Ausbildung der Totenstarre und der entsprechenden Flecken sind ja temperaturabhängig und leider hat niemand daran gedacht, die Temperatur des Badewannenwassers zu messen. K. H. kann den Todeszeitpunkt also nicht weiter eingrenzen.«

»Hm. Mal sehen, ob uns das noch Probleme bereiten wird«, murmelte Christian. »Können wir anhand anderer Faktoren den Todeszeitpunkt eingrenzen? Wann ist überhaupt der Notruf eingegangen?«

»Gegen 9 Uhr am Freitagvormittag«, meldete Frederica sich zu Wort. »Die Nachbarin, du erinnerst dich, hatte gesehen, dass die Tür offen stand. Viel mehr Infos haben die Kollegen aber auch von ihr nicht aufgenommen.«

»Dann wollen wir mal herausfinden, wer sie zuletzt lebend gesehen hat.«

Frederica leerte ihren Kaffeebecher und pfefferte ihn in den Papierkorb. »Auf zum Ex?«

»Auf zum Ex.«

*

Die Werbeagentur von Malte Fischer lag in der HafenCity, einem neu zusammengeschobenen Stadtviertel mitten im Wasser, von dem die Stadtplaner immer noch hofften, dass es einmal bewohnbar werden würde. Momentan bekam man für horrende Mieten hellhörige Wohnungen mit Haustieren inklusive – vornehmlich Ratten und Wasserspinnen.

Frederica kam nicht gerne hierher. Ihr inneres Auge zeigte ihr jedes Mal plastisch, was einmal war und nicht mehr sein würde. Ihr kollektives Gedächtnis hatte die Jahrhunderte hanseatischer Kaufmannsgeschichte fest in ihr abgespeichert und jederzeit abrufbar hinterlegt. Segen und Fluch zugleich.

Sie schob sich vorbeugend ein Stück Nugatschokolade in den Mund. Ihr wurde immer kalt und ungemütlich, wenn sie an den Anlegestellen für die Cruiser vorbeikam. Ohne das Abfertigungswirrwarr wirkten die weit ausladenden menschenleeren Stege dystopisch. Wie nach einer Zombieapokalypse. Mit den vergnügungssüchtigen Menschenmassen im Vordergrund war der Ausblick etwas weniger endzeitlich.

Sie fuhren durch die Speicherstadt, heimatlich und warm, weiter in den Brooktorkai und von dort aus in die puristische Shanghaiallee. Sie hielten vor einer alten Lagerhalle, die in ihrer schlichten Eleganz dem Funktionalismus des 21. Jahrhunderts zu trotzen schien. Ihre streng gegliederte Backsteinfassade, typisch für den Hamburger Freihafen, verlieh ihr eine altehrwürdige, fast Furcht einflößende Ausstrahlung.

Frederica stieg aus und musterte kritisch das Gebäude. Sie liebte die denkmalgeschützten Speicher um ihrer selbst willen und fand es immer merkwürdig, wenn sich dahinter Event-Locations oder auch nur stinknormale Büros verbargen.

Willst du mich heiraten?

Wie kommst du denn auf diese bescheuerte Idee?

»Willst du hier Wurzeln schlagen oder hast du es dir anders überlegt?«, rief ihr Christian vom Toreingang zu. »Und bevor du auf falsche Gedanken kommst«, legte er nach, als Frederica sich endlich in Bewegung setzte, »der Mann gehört mir.«

Frederica rollte mit den Augen. »Echt jetzt? Der Spruch sollte es für dieses Verhör sein? Du kannst ihn gerne haben, ich mache ihn dir nicht streitig. Das heißt, solange er nicht tote Frauen beschimpft.«

»So dumm wird er hoffentlich nicht sein, er ist ja schließlich Werber.«

Frederica brach in schallendes Gelächter aus.

Christian sah sie verwirrt an, lächelte aber mit. Frederica war ihm in letzter Zeit eh zu still gewesen. Genau genommen, seitdem sie von Matthias angefangen hatte – mit dieser anderen Frederica hatte er sich zu überfordert gefühlt, um darauf angemessen reagieren zu können. Zwei Jahre hatte sie Matthias totgeschwiegen und dann baute sie ihn einfach mal so in einen Nebensatz ein. Er hatte sich nicht anders zu helfen gewusst, als so zu tun, als hätte er es nicht gehört. Hoffentlich hatte sie es nicht bemerkt.

Sie betraten den alten Speicher und sahen sich um. Licht fiel in breiten Bahnen in den großen Raum. Er war spärlich eingerichtet mit ein paar Sesseln und Sofas in einer Warteecke, die die Weitläufigkeit des Gebäudes perfekt in Szene setzte. Ein großer Empfangstresen war rechts an der Verbindungswand zur nächsten Lagereinheit eingebaut worden. Er war unbesetzt.

»Bist du sicher, dass wir hier richtig sind?«, fragte Frederica. »Hier scheint niemand zu sein.«

»Ich denke schon.« Christian sah auf sein Handy. »Ich ruf da noch mal an.« Kaum hatte er aufgelegt, hörten sie ein leises Surren aus der linken hinteren Ecke. Die Wandverkleidung teilte sich wie durch Zauberhand und es kam ein hochmodern anmutender Aufzug zum Vorschein.

Frederica betrat ihn zögerlich und sah nach oben. Ein Paternoster mit seiner einfachen und in Teilen unverkleideten Mechanik wäre ihr jetzt lieber gewesen. Selbst kopfüber.

Sie fuhren bis in den dritten Stock und wurden direkt hinter der Aufzugtür von einer sehr effizient aussehenden Mitarbeiterin der Werbeagentur »Slow Motion Ltd.« empfangen. Hinter ihrer schmalen Silhouette eröffnete sich ihnen eine weite Halle mit Großraumbüros, die mit Glaswänden voneinander abgetrennt waren. Frederica musste ihren Nacken verrenken, um Karen Schmidt – sie trug tatsächlich ein Namensschild – ins überschminkte Gesicht sehen zu können. Ein Blick zurück nach unten lüftete das Geheimnis – sehr hohe High Heels, die auf dem Parkett täuschend echt den Gleichschritt von Exekutionskommandos erschallen ließen.

»Sie sind von der Polizei? Kommen Sie bitte mit, Herr Fischer erwartet Sie bereits.«

Sofort wurden sie von einer steril und unpersönlich wirkenden Loftatmosphäre eingeschlossen. Frederica kramte in ihrem Rucksack nach einem Pfefferminzbonbon, um die Kälte abzuschütteln, die das harte Licht in ihr aufsteigen ließ. Sie sah sich die gestylten Menschen an, die eilig an ihr vorbeihuschten, und ihr drängte sich die Frage auf, ob man es hier zwölf Stunden täglich aushalten konnte. In Frau Schmidts Fall in unbequemen engen Miniröcken und auf Stelzen. Ohne chemische Hilfsmittel wahrscheinlich eher nicht.

Die Frau winkte sie in ein großes Eckbüro durch und trippelte auf ihrem Exekutionsteam in Richtung Empfang zurück.

Malte Fischers Büro war weniger als Arbeitsplatz, denn auf größtmöglichen Kundeneffekt hin eingerichtet. Es lag oder stand nichts herum, was auf das Erledigen von Aufgaben schließen ließ. Auf dem großen Schreibtisch aus Glas, der auf zwei handgeschweißten Stahlteilen aufgebockt thronte, lag nur ein I-Pad-Pro-Tablet.

Frederica konnte nirgendwo eine persönliche Note entdecken, Fotografien, ein Mitbringsel aus dem Urlaub oder Kunst an den Wänden. Von denen gab es sowieso nicht viel, denn die beiden Außenseiten bestanden aus riesigen Panoramafenstern, die einen zugegebenermaßen atemberaubenden Blick auf den Hafen und die Elbphilharmonie freigaben. Die Wand, die das Büro zu den Mitarbeitern hin abschirmte, wurde von einer großen Vitrine aus Vogelahorn dominiert, in der die üblichen Werberpreise im Dutzend um die vordersten Plätze miteinander rangelten. Frederica kramte erneut in ihrem Rucksack. Ein Pfefferminzbonbon war hier echt zu wenig.

»Guten Tag, die Herrschaften, entschuldigen Sie, dass ich Sie habe warten lassen.«

Frederica und Christian drehten sich zur Tür. Mit vermeintlich zufälligen Inszenierungen konnten beide nichts anfangen, sodass sie den Agenturinhaber zunächst kommentarlos stehen ließen.

Dieser verlor jedoch nicht so schnell die Fassung. »Bitte nehmen Sie Platz. Was kann ich denn für unsere Polizei tun?«

Malte Fischer war ein smart aussehender Mittdreißiger mit etwas überarbeiteten Gesichtszügen und sehr hellen blauen Augen. Seinem Kleidungsstil nach zu urteilen, orientierte sich seine Agenturphilosophie nicht an den jungen Wilden der Branche, denn er trug einen italienischen dunkelbraunen Maßanzug, dazu passende Lederschuhe sowie ein hellblaues Hemd. Seine makellose Erscheinung trug zu seiner beherrschten Ausstrahlung bei. Sofern ihn der Besuch der Polizei überrascht hatte, ließ er sich das mit keiner Regung anmerken.

»Sie sind Malte Fischer, der Verlobte von Sabine Gross?«, eröffnete Christian abrupt das Gespräch. Für seinen Geschmack war der Werber für einen Verdächtigen viel zu arrogant.

Malte Fischers Mimik wurde eine Spur dunkler. »Ex-Verlobter, wenn es nach Sabine geht. Ja, ich bin Malte Fischer. Hat sie also Anzeige gegen mich erstattet?«

Christian lehnte sich zurück und grinste zufrieden. »Warum sollte sie das tun? Haben Sie sie denn angegriffen?«

Malte Fischer ließ für einen Moment seine Profi-Maske fallen und sah etwas perplex aus. Er hatte sich aber sofort wieder im Griff. Hätte Frederica nicht auf diese Reaktion gewartet, wäre sie ihr vielleicht gar nicht aufgefallen. Für einen Verdächtigen wäre er eine Spur zu arrogant – wenn er wüsste, dass man ihn des Mordes verdächtigte. Wovon Frederica momentan nicht ausging.

Er sah sie erwartungsvoll an. »Ich? Natürlich nicht. Aber Sie sind von der Mordkommission, richtig? Hat Sabine jemanden umgebracht? Würde mich nicht im Geringsten wundern.«

Frederica sah zu Christian, der sich noch zufriedener in seinem Stuhl zurücklehnte – er hatte sein Opfer gefunden.

Der Werber ließ offen, ob er seine letzte Bemerkung als einen Witz verstanden wissen wollte, und setzte freundlich nach: »Aber wo sind meine Manieren, möchten Sie vielleicht einen Kaffee?«

»Nein danke«, blockte Christian ungerührt ab. Er sah zu Frederica, die ihm keine Hilfestellung anbot. *Gut, dann also auf meine Weise.* »Man hat Sie also nicht über die jüngsten Ereignisse informiert?«

Malte Fischer legte den Hörer wieder auf, den er abgenommen hatte, um Kaffee zu bestellen, und setzte sich neugierig auf. »Welche Ereignisse?«

»Frau Gross ist in der Nacht von Donnerstag auf Freitag verstorben.« Frederica war sich nicht ganz sicher, so flüchtig war der Moment aufgeblitzt und wieder verschwunden.

Aber da war etwas gewesen – ja, doch, ganz bestimmt. Ein leichtes Zucken im Augenwinkel, eine kaum wahrnehmbare Neigung des Kopfes.

Als er antwortete, klang Malte Fischers Stimme ruhig und fest. »Sabine ist tot? Jetzt schon? Ich wollte doch noch …« Weiter kam er nicht. Seine Stimme erstickte.

»Wann haben Sie Frau Gross zuletzt gesehen?«, fragte Christian in neutralem Ton weiter.

Malte Fischer hob den Blick und sah sich Hilfe suchend um. Sein schmerzverzerrter Blick blieb an Frederica haften. Als könnte sie alles wieder gut machen, wenn er nur ein braver Junge wäre, bedrängte er sie: »Sabine ist tatsächlich tot? Das kann nicht sein, sie fühlte sich doch schon viel besser. Ich wollte morgen zu ihr und mich entschuldigen.« Als wäre ihm soeben etwas Wichtiges eingefallen, weiteten sich seine Pupillen. »Oh Gott, das Letzte, was ich zu ihr gesagt habe, war doch gar nicht so gemeint!«

Frederica sah sich seine Aufführung fasziniert an. Der plötzliche Gefühlsausbruch passte so gar nicht zu seiner sorgfältig inszenierten Umgebung, zu seinem choreografierten Leben. Aber noch wollte sie sich alle Optionen offen halten. Sie entschied sich, vorläufig mitzuspielen. »Herr Fischer, sind Sie noch bei uns?«, fragte sie ihn mit besorgter Stimme. »Brauchen Sie ein Glas Wasser, soll ich Ihre Sekretärin rufen?«

Malte Fischers Blick fokussierte sich auf Fredericas Gesicht. Nervös fing er an, mit einem Stift zu spielen. »Nein, entschuldigen Sie, ich weiß nicht, was momentan mit mir los ist, außer dass Sabine mich verlassen hat, wo ich doch für sie da sein wollte bis zum bitteren Ende. Und dann will sie das plötzlich alleine durchziehen, einfach so.«

»Wann haben Sie sie denn nun zuletzt gesehen?«, fragte Christian etwas lauter.

Frederica fand, dass er langsam leicht entnervt wirkte, und hatte Sorge, dass Malte Fischer blockieren könnte. Zwar redete er wahrscheinlich Unsinn, aber auch Unsinn konnte Sinn ergeben.

Hatte Christian vielleicht recht? Warum war Malte Fischer plötzlich so nervös, was hatte er zu verbergen? Wusste er, wie Sabine Gross gestorben war, und wenn ja, hatte er etwas damit zu tun? Frederica hatte keinen alternativen Ermittlungsweg anzubieten. Christians Theorie war so gut wie jede andere.

»Moment mal, was geht Sie das eigentlich an? Vielleicht erzählen Sie mir endlich, was Sie eigentlich von mir wollen?«

Sie seufzte auf. Wie das Platzen eines Ballons knallte die plötzliche atmosphärische Verschiebung unangenehm in ihren Ohren. Für die beiden Männer war es nur eine kaum merkliche Temperaturveränderung. Wie bei einem Raubtier, gespannt vor dem Sprung, oder bei einer Bogensehne, kurz bevor der Pfeil sie verlässt. Der Mann, der vor wenigen Augenblicken mit zuckenden Mundwinkeln auf die Elbe gestarrt hatte, war verschwunden. Der neue Malte Fischer saß kerzengerade in seinem schicken Designerstuhl und hatte die Hände vor sich auf dem Tisch gefaltet. Seine Miene fast ausdruckslos, höflich, zurückhaltend. Das war kein Mann, den man herumkommandieren konnte, der sich von Unwägbarkeiten einschüchtern ließ. Das war ein Mann, dessen Ego täglich von hoch bezahlten Angestellten befriedigt wurde. *Ist er zu einem Mord fähig?*, fragte sich Frederica. Wer war das schon? Oder wer war es nicht, wenn der Preis hoch genug war, der mögliche Verlust zu groß? Frederica dachte an Sabine Gross und wie sie sich ihnen vorgestellt hatte. *Reinigend, erlösend.* War der Preis ein Neuanfang ohne eine beschädigte Frau, ohne die Schmach, von dieser beschädigten Frau verlassen worden zu sein? Sie würden es herausfinden.

»Frau Gross war nicht an Krebs erkrankt. Hat sie Ihnen das gar nicht erzählt?«

Der Werber sah sie an, als hätte er mit einem Schlag seine gesamten kognitiven Fähigkeiten am Straßenrand verloren. »Wie bitte?«

Auch Christian sah plötzlich etwas angeschlagen aus, ließ sie aber gewähren.

Frederica tat so, als würde ihr in diesem Moment etwas durch den Kopf gehen: »Schon komisch. Da erfährt eine Frau, dass sie nicht unheilbar krank ist, und was macht sie? Jedenfalls nicht mit ihrem Mann feiern gehen.«

Malte Fischer hatte sich etwas gefangen: »Nicht krank? Aber wie kann das sein? Ihre Brust … Nein, sie hat davon nichts gesagt. Aber ich verstehe das nicht. Wenn das kein schlechter Scherz sein soll, wüsste ich zu gerne, warum man ihr eine Brust abgenommen hat?«

»Das möchten wir auch gerne wissen. Mit wem könnte sie denn darüber gesprochen haben?«

»Vielleicht mit ihrem Vater? Die beiden standen sich etwas näher – soweit es ihre Mutter zuließ.«

»Nein, die Eltern haben wir bereits gefragt. Hatte sie denn keine Freundin? Oder nahestehende Freunde?«

»Ich habe Sabine immer nur allein gesehen. Sie hat nie über eine Freundin gesprochen. Nur die Nachbarin hat sie manchmal erwähnt, mit der hat sie sich ab und zu getroffen. Sie schien ihr gutgetan zu haben. Ich kenne sie allerdings nicht, ihr Name ist mir auch gerade entfallen.«

»Sie meinen Tatjana Horvath?«

»Ja, ich glaube, so heißt sie.« Malte Fischer sah Frederica wieder aufmerksam an. Er schien schuldbewusst. »Das ist doch alles Wahnsinn.« Ihm schien etwas einzufallen: »Aber wieso ist sie dann überhaupt tot? War es ein Unfall?«

»Sabine Gross wurde tot in ihrer Badewanne aufgefunden. Zunächst sah es nach einem Suizid aus, nach dem momentanen Ermittlungsstand müssen wir inzwischen von Mord ausgehen.«

Es hatte den Anschein, als würde die sprichwörtliche Stecknadel, die man in der Stille zu Boden fallen hört, zusätzlich einen Würgereiz in Malte Fischer hervorrufen. Der Werber wurde leichenblass, während er sich die Hand vor den Mund hielt und begann, merkwürdige Geräusche zu machen.

Frederica kramte in ihrem Rucksack nach einem Papiertaschentuch und hielt es ihm hin. »Geht's wieder? Möchten Sie vielleicht ein Pfefferminzbonbon?«

Er schüttelte den Kopf, nahm aber das Taschentuch dankend an und drehte sich zum Panoramafenster. Nach einigen Momenten drehte er sich um und sah Frederica aus nun stahlblauen Augen an: »Ich habe sie zuletzt vor ein paar Tagen gesehen, Anfang der Woche war das. Wir hatten uns zum Essen verabredet. Dabei hat sie mir völlig überraschend gesagt, dass sie sich von mir trennt. Wir haben uns daraufhin gestritten und ich bin zu mir nach Hause gefahren.«

»Danach haben Sie keinen Kontakt mehr zu ihr gehabt?«, fragte Christian. »Weder persönlich noch per Telefon, Mail oder SMS?«

»Nein, absolute Funkstille. Sie hat es so gefordert.« Seine Mundwinkel verhärteten sich merklich. »Nicht darum gebeten oder es sich gewünscht, sondern tatsächlich gefordert. Ich hatte für mich entschieden, ihr etwas Zeit zu geben, vielleicht eine Woche, dann hätte ich mich bei ihr gemeldet.« Er sah mit ausdruckslosem Blick über ihre Köpfe hinweg: »Mir hat niemand mitgeteilt, dass sie … tot ist.«

»Die Eltern von Sabine Gross haben Sie also nicht kontaktiert?«, fragte Frederica. »Haben Sie denn ein so gutes Verhältnis zu ihnen, dass Sie davon ausgehen konnten, von ihnen benachrichtigt zu werden?«

»Wir haben uns nicht geduzt, wenn Sie das meinen, und häufig haben wir uns nicht gesehen. Ich hatte irgendwann mal meine Kontaktdaten hinterlassen, für den Fall der Fälle.«

»Aha? Normalerweise trägt man für den Ernstfall die Kontaktdaten des Partners bei sich.« Christian sah ihn erwartungsvoll an. »Und zusammen gewohnt haben Sie auch nicht?«

Malte Fischer musterte ihn abschätzig. »Nein, wir hatten darüber gesprochen, aber als der Krebs vor circa zwei Jahren das erste Mal bei Sabine diagnostiziert worden war, hat sie davon Abstand nehmen wollen.« Malte Fischers Blick verengte sich. »Wie sie auch sonst die Beziehung immer weiter von sich weggeschoben hat.«

»Und was hat es mit der vermeintlichen Anzeige auf sich?«

»Welche Anzeige?«

Christian wurde wieder etwas lauter: »Sie hatten eine mögliche Anzeige von Frau Gross erwähnt, die sie gegen Sie stellen wollte!«

Malte Fischer strich sich mit der Hand über die Augen. Als er sie wieder ansah, war ihre Farbe erneut ins Stahlblaue übergegangen. »Ich sagte ja bereits, dass wir uns gestritten hatten. Und das in der Öffentlichkeit, was mir persönlich überhaupt nicht passt, Sabine aber in dem Moment in keiner Weise gestört hatte. Ich wollte in Ruhe zu Hause über alles reden, doch sie wurde immer hysterischer und fing an, mich ziemlich unflätig zu beschimpfen. Ich habe ihr ein Glas Wasser ins Gesicht geschüttet, um sie zu beruhigen. Dummerweise hatte das den gegenteiligen Effekt und sie wollte mit ihrer Gabel auf mich einstechen. Alles sehr peinlich.« Er sah zur Elbphilharmonie. »Ich habe sie geohrfeigt und nach draußen gezerrt. Jeder hat uns angestarrt, aber eingegriffen hat niemand. Inwieweit das Ganze eine Anzeige rechtfertigt, weiß ich nicht, sie hatte so etwas gebrüllt, während ich sie in ein Taxi verfrachtet habe.« Er blickte die Kommissare an. »Das war das letzte Mal, dass ich sie gesehen oder gesprochen habe.«

»Sind Sie da sicher?« Christian lächelte ihn süffisant an. »Wenn meine Frau mir eine solche Szene machen würde, stünde ich am nächsten Tag vor ihrer Tür, um ihr die Leviten zu lesen!«

»Das kann ich mir vorstellen.« Malte Fischer ließ mit keiner Gemütsregung erkennen, ob er die Bemerkung abfällig gemeint hatte, wovon Frederica ausging – bei ihr wäre es so gewesen. »Ich ziehe es in einem Konflikt vor, dass sich erst mal alle beruhigen, bevor sachlich weiterdiskutiert wird. Das ist meine Überzeugung und so leite ich die Agentur. Ihr Erfolg gibt mir da durchaus recht.«

»Mag sein.« Christian setzte sich auf. »Aber im Affekt passieren schon mal die merkwürdigsten Dinge. Eine Sekunde, in der man nicht nach seiner Überzeugung handelt, kann durchaus ein ganzes Leben verändern. Das habe ich oft genug erlebt.«

»Sie müssen es ja wissen. Ich kenne mich da weniger aus.« Malte Fischer sah auf seine Jaeger-LeCoultre: »War es das jetzt? Ich habe in zehn Minuten einen wichtigen Termin. Sie wollen sicherlich von mir wissen, ob ich Sabine umgebracht habe.«

»Natürlich.« Frederica fand es an der Zeit, das Gespräch zu beenden. »Aber wir haben die Erfahrung gemacht, dass eine direkte Frage nie eine direkte Antwort ergibt. Sie würden uns ja doch nur erklären, dass Sie sie geliebt haben und sie heiraten wollten, nicht wahr?« Etwas schelmisch legte sie ihren Kopf zur Seite und strahlte ihn an. »Kann ich Ihnen nicht doch ein Pfefferminzbonbon anbieten? Ich finde, dass so ein kühles Mint gerne mal das Eis bricht.«

Malte Fischers Erstaunen war echt. Gleichzeitig schien er sich etwas zu entspannen. »Nochmals danke, aber ich hasse Pfefferminze. Und nein, natürlich habe ich sie nicht ermordet. Kein Haar habe ich ihr gekrümmt. Niemals, bis auf die eine Ohrfeige bei unserem letzten Treffen, bin ich jemals gegen Sabine oder irgendjemand anderen gewalttätig geworden. Fragen Sie gerne jeden, der mich kennt, das passt einfach nicht zu mir.«

Frederica steckte sich beide Mints in den Mund. »Und Frau Gross selber ist auch nie vorher ausfallend oder gewalttätig geworden?«

»Nein, niemals.«

»Danke, Herr Fischer.«

Christian sah auf seinen Notizblock: »Eine letzte Frage, dann werden wir Sie vorerst nicht weiter belästigen. Wo waren Sie in der Nacht von Donnerstag auf Freitag?«

Der Werber schien etwas in sich zusammenzusinken: »Mit einem guten Freund einen trinken. Wir hatten uns lange nicht gesehen und so ist es spät geworden, ich war erst morgens wieder zu Hause.«

»Wann genau?«

»Das kann ich Ihnen leider nicht sagen, ich bin völlig betrunken eingeschlafen und erst gegen Mittag aufgewacht.«

»Hatten Sie keine Termine?«

»Nein, ich hatte mir den Freitag freigenommen.«

»Können Sie uns bitte noch den Namen des guten Freundes geben, zwecks Abgleich der Aussagen?«

Malte Fischer atmete hörbar ein und suchte Fredericas Blick. »Nein, das kann ich leider nicht tun.«

*

»Und? Was meinst du?«, fragte Christian, als sie wieder im Auto saßen und sich eine Tüte bunte Lakritze teilten. Die Schaumküsse hatte er dankend abgelehnt. Egal wann und wie sie den Dienstwagen nutzten, das Handschuhfach war immer prall gefüllt mit Süßigkeiten. Dabei hatte er noch nie gesehen, dass Frederica es nachgefüllt hätte. Ein Mysterium, das es zu lösen galt.

Frederica lutschte eines von diesen Weingummidingern mit Noppen ab, die er so hasste. Prüfend sah sie es an und steckte es sich in den Mund. »Ich weiß nicht, irgendwie kann ich ihn mir nicht als Sabine Gross' Mörder vorstellen. Du hast ihn ja erlebt, er ist sehr beherrscht. Wenn der einen Mord planen würde, wäre es bestimmt ein perfekter. Und wo soll das Motiv sein? Ja wohl kaum das Abwenden einer Anzeige? Verletzte Eitelkeit vielleicht?«

»Vielleicht war es ein Unfall. Er fährt zu ihr, sie geraten wieder in Streit, Mr. Perfect stößt oder schlägt sie, sie kommt zu Tode, und er inszeniert einen Selbstmord, um das öffentliche Interesse gering zu halten. Dass er gerne privat bleibt, hat er ja selber gesagt.«

»Wie soll sie denn bei einem Unfall gestorben sein? Klassisch mit dem Hinterkopf irgendwo gegen? K. H. hat keine entsprechenden Spuren an der Leiche gefunden. Weder Anzeichen für einen Kampf noch entsprechende Wunden. Und warum nimmt er das Messer oder was auch immer er genommen hat, um ihr die Pulsadern aufzuschneiden, wieder mit? Außerdem, wenn sie vorher gestorben und später in die Wanne gelegt worden wäre, hätte das Herz nicht mehr geschlagen und deshalb hätte in der Wanne kein Blut mehr austreten können.«

»Ja, okay. Aber in der Panik stellen Menschen merkwürdige Dinge an. Wenn man improvisiert, passieren Fehler.«

»Zugegeben, aber Malte Fischer wirkt mir zu organisiert, zu professionell, wenn du so willst. Ich glaube nicht, dass er selbst bei einer impulsiven Handlung einen solch offensichtlichen Fehler begehen würde. Weingläser nicht abwaschen und DNS-Spuren hinterlassen, okay, aber selbst die könnte er ja erklären, er war schließlich ihr Freund und sicherlich öfter über Nacht bei ihr.«

»Du weißt, dass im wirklichen Leben Todesfälle und Morde nur sehr selten einer inneren Logik folgen. Kommissar Zufall spielt öfter mit, als Otto Normalbürger es erahnen kann. Wir kennen immer nur ein paar Versatzstücke. Da ist es relativ egal, wie organisiert der Mörder vorgeht. Außer natürlich, er ist so organisiert, dass wir gar nicht erst gerufen werden, weil der Mord als solcher nicht erkannt wird. Wer weiß also schon so genau, was dieser Fischer an dem Abend getrieben hat, an dessen Ende eine Tote übrig blieb?« Christian suchte sich einen Lakritz-Vampir mit Fruchtgummiflügeln aus der Tüte. »Und was ist überhaupt mit dem Streit? Den hat er sich doch eben erst ausgedacht! Wenn sie wirklich gesund war, warum sollte sie dann Schluss machen und sich dabei auch noch so heftig aufführen? Feiern würde ich gehen, wie du schon gesagt hast!«

»Ja, ich weiß. Wir arbeiten selten mit Kausalitäten. Aber ob der Streit eine Schutzbehauptung war, lässt sich ja leicht nachprüfen. Ich denke, er war es nicht. Mir kommt es so vor, als wäre Sabine Gross in der letzten Woche ihres Lebens emotionalen Amok gelaufen. So eine Art umgekehrte Entschuldigungstour. Malte Fischer wird in der Vergangenheit ihrer Beziehung irgendetwas verbrochen haben, worüber sie letzte Woche ausgerastet ist. Ob das jedoch für ihren Tod relevant ist, weiß ich nicht.«

»Wir sollten ihn nicht zu vorschnell abschreiben«, sagte Christian. »Ich mag den Typen nicht, dem traue ich alles zu. Der wollte uns da drinnen verarschen mit dieser Mitleidstour. Werber sind doch per se alle Verbrecher.«

»Ja, wie Anwälte und Ärzte auch. Vielleicht wollte er tatsächlich nur von irgendwas ablenken, und natürlich kann ich nicht beweisen, dass er unschuldig ist. Aber wir sollten uns nicht zu früh auf ihn einschießen und damit alle anderen Hinweise ignorieren. Ich denke nämlich, irgendetwas stimmt da ganz gewaltig nicht, Malte Fischers Mordmotiv hin oder her.«

Plötzlich hörte sie auf zu kauen und starrte aus dem Fenster. »Ist dir eigentlich was aufgefallen?«

»Außer dass er uns kein Alibi geben wollte?«

»Ja, außer der Sache mit dem Alibi.«

Christian musste nicht lange überlegen. »Du meinst, dass er überhaupt nicht nach dem Mord an sich gefragt hat?« Grinsend startete er den Wagen.

*

Hannelore Müller war eine gute Chefsekretärin. Immer pünktlich, zuverlässig und mit äußerster Diskretion versah sie täglich ihren Dienst an vorderster Front. Sie meldete sich selbstverständlich niemals krank und nahm selten ihren vollen Jahresurlaub. Dasselbe Arbeitsethos erwartete sie selbstredend auch von ihren Chefs. Dabei hatte sie nicht immer Glück gehabt. Ihr letzter, Jörg Maier, war leider ein wahrer

Hallodri gewesen. Wenn er überhaupt ins Büro gekommen war, war er jedes Mal unrasiert gewesen und hatte zudem nach Alkohol gerochen. Angewidert hatte sie bereits nach vier Wochen gekündigt.

Malte Fischer war da ganz anders. Immer höflich, zuvorkommend und diszipliniert. So ein schicker Mann. Immer war er der Erste, der kam, und der Letzte, der ging. Bis auf heute Morgen, da war er nicht da gewesen. Was sehr merkwürdig war, denn sie hatte keinen Morgentermin für ihn vereinbart. Und als er irgendwann an ihr vorbeigerauscht war, hatte er irgendwie zerstreut gewirkt.

Und dann die Polizei. So etwas war ihr noch nie passiert. Sie würde diese unangenehme Entwicklung wohl besser im Auge behalten müssen.

Da, endlich. Die Polizisten gingen. Sie verabschiedete das merkwürdig aussehende Paar und griff zur Unterschriftenmappe. Als sie sah, wie ihr Chef mit besorgter Miene nach dem Telefon griff, nervös eine Nummer wählte, sich vertippte und erneut begann, legte sie die Mappe stirnrunzelnd zurück auf ihren Schreibtisch.

Ja, sie würde das Ganze definitiv im Auge behalten müssen.

*

»Ja?«

»Na, endlich. Die Polizei war heute bei mir.«

»Die Polizei? Warum das denn?«

»Mordkommission. Sabine ist tot, ermordet.«

»Sabine?«

»Meine Freundin, von der hatte ich dir doch erzählt.«

»Ach ja. Sorry, Mann. Aber was hat das mit mir zu tun? Du weißt, dass du mich nicht anrufen sollst.«

»Sie wollten wissen, wo ich Donnerstagnacht gewesen bin.«

»... das ist keiner deiner dummen Scherze wie damals in der Schule?«

»Ich wünschte, es wäre so.«

»Na gut. Was hast du denen erzählt? Hoffentlich nichts von mir?«

»Nein, noch nicht, aber sie werden sicherlich wiederkommen und noch mal Fragen stellen. Du bist schließlich mein Alibi, so leid mir das tut.«

»Malte, ich kann da nicht mit reingezogen werden, das weißt du. Dass wir uns überhaupt getroffen haben, war eigentlich schon das ganz große Spiel mit dem Feuer. Konntest du sie nicht an einem anderen Tag umbringen?«

»Sehr witzig. Sag mir lieber, was ich jetzt machen soll.«

»Das weiß ich leider auch nicht. Ich habe dir ganz klar gesagt, dass du niemandem von uns erzählen darfst, mein Leben steht sonst auf dem Spiel. Damit musst du alleine klarkommen. Du schaffst das, ich mach's irgendwann wieder gut.«

»Ja, sicher. Du mich auch.«

*

Frederica zog ihre Nagelfeile aus dem Rucksack und brach das Polizeisiegel auf. Dies tat sie durchaus mit gemischten Gefühlen. Nicht weil sie sich spontan und alleine auf den Weg gemacht hatte, um noch einmal die Wohnung abzusuchen, sondern weil sie eigentlich gar nicht wusste, warum sie überhaupt hergekommen war.

Als Christian sie vor dem Dezernat abgesetzt hatte, weil er noch etwas Privates hatte erledigen wollen, war sie unruhig auf dem Treppenabsatz stehen geblieben. Er hatte recht, als Verdächtigen mussten sie Malte Fischer beibehalten, da ihnen so ziemlich alle Puzzleteile fehlten. Hatte er Sabine geliebt? Hatte er wirklich an ihrer Seite bleiben wollen, sie beschützen, umsorgen und pflegen? Oder hatte sie, die beschädigte Frau, sich zu einer Unverschämtheit in seinem perfekten Kosmos entwickelt? Erweiterter Narzissmus sozusagen. *Ja, könnte sein.* Dann würde es Sinn machen, dass sie sich von ihm getrennt hatte, obwohl sie einen starken Partner an ihrer Seite gut hätte gebrauchen können.

Aber warum hätte er sie umgebracht? Oder war es tatsächlich ein Unfall gewesen – aber dann hätte er eher die Polizei gerufen und nicht so eine merkwürdige Inszenierung hingelegt. Wobei, die im Büro war ganz gekonnt gewesen …

Eine Sache schien jedoch klar – er hatte nicht geahnt, dass Sabine geheilt gewesen war. Oder nie krank. Hatte Sabine genau gewusst, was mit ihr los gewesen war? Und wenn ja, ab wann?

Frederica hatte in ihrer Handtasche nach ihrem Handy gewühlt. »Tanja? Ja, ich bin's. Sag mal, was hat K. H. beim Arzt von Sabine Gross über den Krankheitsverlauf herausgefunden? … Was heißt hier gar nichts? … Schweigepflicht? Du willst mich verarschen, richtig? … Okay, ist ja gut. Danke, bis später.«

Sie hatte daraufhin ein Taxi gerufen und war zu den Grindelhochhäusern gefahren. *Typisch Arzt. Lässt einen nie zu Wort kommen und versucht ständig, teure und nutzlose Vorsorgeuntersuchungen zu verkaufen, aber wenn es mal wichtig ist, verliert er seine Zunge. Schweigepflicht, schon klar. Aber nicht, um die Interessen der Patienten zu schützen.*

Frederica öffnete die Wohnungstür und betrat den Flur. Sie sah durch den Raum und versuchte bewusst, jede Kleinigkeit zu registrieren. Das Poster aus den 20er-Jahren des letzten Jahrhunderts, das nur von drei Stecknadeln gehalten wurde. Die vertrockneten Rosenblätter auf dem Dielenboden, die jemand verloren haben musste und die für die Spusi wohl nicht interessant genug gewesen waren. Abgestandene Luft, die in dicken Scheiben vor dem Wohnzimmerfenster lag. Sie sah aus dem Fenster auf ein trübes Hamburg. Es hatte angefangen zu schneien, kleine runde Styroporkügelchen, kaum zu erkennen vor dem weißen Horizont.

Der Schnee sah aus wie damals, als sie und Matthias in Dänemark gewesen waren. Es hatte das ganze Wochenende hindurch heftig geschneit und sie hatten sich tief in ihrem Ferienhaus verkrochen. Weil sie kurzfristig gebucht hatten, war nur noch dieses eine Haus frei gewesen. Erst hatte sie es fürchterlich gefunden, doch mit der Zeit hatte es sie beruhigt. Es war das einzige Mal gewesen, dass sie so etwas wie Heimatgefühl empfunden hatte.

Ich liebe dich.

Ich dich nicht … weniger.

Bleibst du für immer bei mir?

Für immer und darüber hinaus.

Frederica riss sich vom Fenster los und ging in die Küche. Das war immer der aussagekräftigste Raum einer Wohnung, der am meisten über deren Bewohner erzählte. Häufig traf sie auf lieblos zusammengestückelte Möbel mit einem jungfräulichen Herd, einem verkalkten Wasserkocher und abgelaufenen Konservendosen. Die Spüle passte nie zur restlichen Einrichtung, da Hamburger Vermieter verpflichtet waren, eine zu stellen, und natürlich immer die billigste nahmen. Sie sah hinter die Tür und fand erwartungsgemäß ein Sammelsurium aus leeren Weinflaschen und zerknickten Pappkartons. Tabernakel eines gehetzten Großstadtbewohners, dem sein

Leben abhandengekommen war. Nur die unzähligen Nahrungsergänzungsmittel neben der Spüle und der vertrocknete Farn auf dem Fensterbrett gaben Sabine Gross' Küche eine morbide Andersartigkeit.

Frederica öffnete den Kühlschrank, der immer noch angestellt war. Er war leer bis auf Marmeladengläser, Senf und Tomatenmark.

Der vermeintliche Krebs hatte Sabine satt gemacht.

Auch im Schlafzimmer gab es keine Spur von Heimat, von Leben, von Malte Fischer. Keine freigeräumte Schublade, keine vergessene Socke unterm Bett, nicht einmal Sexspielzeug oder vergessene Kondome in der Nachttischschublade. Frederica öffnete den Kleiderschrank. Ein leichter Duft von Sandelholz umwehte die ordentlich zusammengefalteten Jeans und Pullover. Immer noch ohne einen Plan durchsuchte sie lustlos die Kleidungsstücke. An den Bügeln hingen ein paar weiße Blusen, sicherlich für die Arbeit gedacht. Eine Abendgarderobe fehlte völlig.

Vorsichtig betrat Frederica das Bad und sah zur Badewanne. Sie war leer und wirkte sauber. Frederica entspannte sich. Sabine Gross lebte hier nicht mehr. Sorgfältiger als am Freitag suchte sie nach Spuren von Malte Fischer oder irgendeiner anderen Person. Sie fand ein paar Nassrasierer, die unbenutzt zu sein schienen. Auch in Sachen Parfüm war nichts Männliches vorhanden, es sei denn, Malte Fischer stand auf süßliche Düfte. Hatte er tatsächlich nie etwas dagelassen? Hatte er überhaupt jemals hier übernachtet? Hatte er vielleicht nicht gedurft? Nicht gewollt? Frederica schüttelte den Kopf. Merkwürdige Beziehung. So etwas sollte man ganz oder gar nicht durchziehen. Wenn man die Chance dazu hatte.

Sie ging zurück ins Wohnzimmer und setzte sich auf die

Couch. Aus dem Zeitungsständer griff sie sich eine »Vogue« und fing an, sie von hinten nach vorn durchzublättern. Der Duft einer Parfümprobe stieg ihr in die Nase. »Shalimar« von »Guerlain«. Angewidert warf sie die Zeitschrift auf den Couchtisch. Das dicke Hochglanzheft machte ein schmatzendes Geräusch und spie etwas Kleines, Glitzerndes in den weißen Flokati. Frederica bückte sich, besann sich kurz und holte ein Papiertaschentuch aus ihrer Hosentasche. Vorsichtig wühlte sie sich durch den verwirbelten Flor und zog im Taschentuch einen Manschettenknopf heraus. Sie ging zum Fenster und hielt ihn prüfend in das dämmrige Licht. Malte Fischer hatte kein Hemd mit Manschettenknöpfen getragen.

*

Christian saß im Büro von Thomas Wolf, kerzengerade und verschwitzt.

Der Leiter der Mordkommission hatte ihm durch seine Sekretärin ausrichten lassen, dass er ihn zu sprechen wünsche. Maureen Thalbach, seine fähige Assistentin, die erfolglos versuchte, optisch ihrem großen Idol, der Sängerin Pink, nachzueifern, hatte die Aufforderung in neutralem Ton überbracht.

Christian hatte nur kurz genickt und nervös auf seine Tissot gesehen. Wo steckte Frederica bloß? Warum ging sie nicht an ihr Handy? Er hatte definitiv keine Lust, alleine zum Chef zu gehen. Letztlich ging es immer um Statistiken und Politik. *Was steht an? Gibt es Verdächtige? Kann die Bevölkerung beruhigt werden, wenn die »Bild« mal wieder vom maskierten Mann erzählt, der alleinstehende Frauen in ihren Wohnungen überfällt? Womit kann die Erfolgsquote des Präses verschönert werden?*

»Solange man mich von der Arbeit abhält, wird das wohl noch länger dauern«, grummelte Christian vor sich hin, während er sich in sein Schicksal fügte und den Gang antrat. *So schlimm ist er nicht,* beruhigte er sich. Ihr Chef hatte Frederica und ihm schon manches Mal sowohl Präses als auch Presse vom Hals gehalten und Ärger erfolgreich abgewendet. Natürlich hatte es vorrangig immer ihm selber in den Kram gepasst.

»Und?« Thomas Wolf zog entspannt an seiner E-Zigarette und blickte Christian erwartungsvoll an. »Was gibt's Neues?« Mit einer Handbewegung bot er seinem Kommissar einen Stuhl vor seinem Schreibtisch an.

Christian setzte sich und versuchte, seine Ungeduld zu verbergen. Small Talk sollte es werden? *Echt jetzt?* Hatte der Mann nichts zu tun? War ihm seine 30 Jahre jüngere Frau etwa langweilig geworden? »Wir arbeiten an dem Fall Sabine Gross, ein vorgetäuschter Suizid. Wir haben bereits den Ex-Freund befragt sowie ihre Eltern.«

»Mord also? Schon was rausgefunden?«

»Noch nichts Konkretes. Verwertbare Spuren sind kaum vorhanden, das Tatwerkzeug ist verschwunden. Daher wissen wir allerdings auch, dass es kein Suizid gewesen sein kann.«

»Verstehe. Ich erwarte morgen konkrete Ergebnisse. Wo ist eigentlich Frau Moll?« Erwartungsvoll sah er zur Tür, als würde sie sich gleich in den Raum teleportieren.

Christian zupfte ein Haar von der Schulter seines Hemds. »Unterwegs, einem Hinweis aus der Bevölkerung nachgehen.«

Thomas Wolf zog erneut an seiner E-Zigarette. Leichter Vanilleduft zog an Christians Nase vorbei. Er musste husten. »Sie behalten Frau Moll weiter im Auge?«

»Natürlich, wie besprochen. Wenn der Fall eintritt, werde ich Ihnen Bescheid geben.«

»Gut, gut. Ich zähle in dieser Sache auf Sie. Unter keinen Umständen darf sie davon etwas mitbekommen. Und, wie gesagt, es dient nur zu ihrer eigenen Sicherheit.«

»Ja, ich weiß. Gibt es sonst noch etwas?«

Thomas Wolf musterte ihn stumm. »Haben Sie es etwa eilig? Ich vermisse noch Ihren Bericht über den toten Obdachlosen vom Jungfernstieg. Wurde er schon obduziert?«

»Nein, die Pathologie hat unter anderem unseren neuen Fall, Sabine Gross, vorgezogen. Der Obdachlose wird in den nächsten Tagen aufgemacht.«

»Bitte bleiben Sie da am Ball. Ich möchte mir nicht nachsagen lassen, dass unsere Abteilung nachlässig mit der Randbevölkerung umginge.«

»Natürlich. Bezüglich des Mordfalles melden wir uns spätestens morgen bei Ihnen?«

»Jaja, macht weiter, ich muss telefonieren.« Mit einem Winken wurde Christian entlassen.

*

»Mann, wo bist du gewesen?«, bellte Christian Frederica empört im Büro an. »Und wieso grinst du so blöd? Ich musste *alleine* zum Chef!«

»Du Armer. Dafür hab ich was für dich!« Frederica kramte in ihrer Handtasche herum und zog das zusammengeknüllte Papiertaschentuch wie ein Geburtstagsgeschenk hervor. Vorsichtig ließ sie den Manschettenknopf hervorlugen. »Guck mal, das habe ich in Sabine Gross' Wohnung gefunden!«

Christian starrte sie an, als hätte er sie gerade aus der Herbertstraße herauskommen sehen. »Du warst ohne mich in ihrer Wohnung? Und warum zum Teufel hast du vorher nichts gesagt?«

»Weil ich es selber nicht gewusst habe. Ich bin ganz spontan hin, einfach um mich noch mal in Ruhe umzusehen. Komm, dafür hast du doch beim Wolf Vanilleduft schnuppern dürfen.«

»Vorsicht, kleine Dame, nicht frech werden.«

Frederica lächelte ihn an, sie wusste, dass er nicht in der Lage war, den Vorgesetzten rauszukehren.

Und Christian wusste es auch. »Nun los, zeig schon.«

Frederica wedelte mit dem Manschettenknopf vor seiner Nase. »Passt nicht zu Malte Fischer, oder?«

Christian zog sich einen Handschuh über und nahm ihr das Beweisstück ab. »Nee, irgendwie nicht. Wo genau hast du ihn gefunden?«

»Er war zwischen die Blätter einer Zeitschrift geraten. Vielleicht ist er bei einem Kampf abgerissen worden. Sieh mal, da hängen noch blaue Fasern dran.«

Christians Miene hellte sich weiter auf. »Gut gemacht! Endlich kommen wir weiter. Mal sehen, was die KTU rausfinden kann.«

»Apropos rausfinden.« Frederica rekapitulierte ihr Telefonat mit Tanja. »K. H. konnte also beim Arzt nichts in Erfahrung bringen. Da müssen wir wohl selber hin und etwas Angst und Schrecken verbreiten.« Sie sah ihn hoffnungsvoll an. »Jetzt gleich?«

»Meinetwegen. Und wenn wir schon die Ärztetour machen, können wir auch zu ihrem Arbeitgeber, diesem Apotheker.« Hilfe suchend wandte er sich um, als er plötzlich bemerkte, dass ihm jemand in die Nieren atmete. »Tanja, gut, dass du kommst, gib uns mal bitte die Adressen vom Arzt und vom Apotheker. Und du, Alfred, geh woanders sabbern.«

*

Das Grindelviertel, einst das jüdische Zentrum Hamburgs, war durchzogen von kleinen Bistros, Einzelhändlern und jeder Menge Studenten, die achtlos durch die Straßen streiften. Der Schnee war zum wahrscheinlich zehnten Mal an diesem Tag in Regen übergegangen und durchnässte die Hamburger gründlicher, als jede Dusche es hätte tun können.

Frederica und Christian quälten sich durch den nachmittäglichen Berufsverkehr, der eigentlich ganztägig die Straßen verstopfte und den Regen zum Anlass nahm, so zu tun, als wäre Glatteis. Als Beifahrerin hatte Frederica Zeit, sich die herumeilenden Menschen anzusehen. Wie viele davon würden in diesem Jahr wohl noch sterben? Wie viele heute, an diesem Tag? Und wenn sie es wüssten, wem davon wäre es egal? Hätten sie alle Angst oder nur ein paar von ihnen? Wie viele würden ihren eigenen Tod bedauern? Und wieso saß in jedem der unzähligen vorbeifahrenden Autos nur eine Person?

Was für eine Verschwendung von allem.

Frederica öffnete das Handschuhfach und kramte nach den weißen Mäusen. Sie steckte sich gleich zwei in den Mund.

Am Empfang der Arztpraxis saß eine gelangweilte Sprechstundenhilfe, die trotz prall gefülltem Wartezimmer und zwei vor ihr wartenden Patienten offensichtlich privat telefonierte. Die gesamte Praxis hörte aufmerksam zu, während sie den neuesten Tratsch aus der Glamourwelt und die dazugehörigen Diätrezepte mit der unbekannten Zuhörerin austauschte.

Christian umrundete den Tresen und nahm ihr das Handy aus der Hand.

Sie sah ihn mit einem Blick an, der eines absolutistischen Herrschers würdig gewesen wäre, dem man gerade mitgeteilt hatte, dass er doch nicht von Gottes Gnaden eingesetzt worden sei. Sofort fauchte sie ihn an: »He! Was soll das denn? Geht's noch?«

»Das möchte ich Sie gerne fragen. Sehen Sie denn nicht, dass hier vier Menschen warten?«

Er legte das Handy sanft auf dem Tresen ab und stellte sich zurück neben Frederica, die zusammen mit den beiden Patienten halb ehrfürchtig, halb geschockt, die Szene beobachtet hatte. Er erwiderte nonchalant ihre Blicke und tat so, als wäre nichts passiert. Nachdem die beiden Patienten vor ihnen versorgt worden waren, sah die Sprechstundenhilfe sie spitz an. »Wir nehmen niemanden mehr auf.«

»Gut, das wird unsere Wartezeit verkürzen. Wir möchten mit Dr. Merseburg über eine seiner Patientinnen sprechen.« Er hielt ihr seinen Dienstausweis unter die Nase. »Und wenn's geht, heute noch.«

Frederica fand es faszinierend, wie man gleichzeitig aufbegehrend und beleidigt gucken konnte. Die Sprechstundenhilfe verschwand durch eine der weißen Türen. Die Kommissare stellten sich auf eine längere Wartezeit ein, doch zu ihrer Überraschung kam die Sprechstundenhilfe kurze Zeit später zurück und winkte sie durch. Frederica machte sich eine gedankliche Notiz, Christian ab sofort zu ihren Arztterminen mitzunehmen.

Ein junger dynamischer Arzt starrte auf seinen Monitor, während er sie nachlässig begrüßte. Er trug den obligatorischen weißen Kittel, unter dem ein ebenso weißes Designerhemd hervorlugte. Seine dunklen vollen Haare waren nach hinten gegelt und sahen dadurch etwas schmierig aus. »Die Polizei bei mir. Das ist ja spannend. Wie kann ich Ihnen helfen?«

Christian ließ sich ungebeten in einen Stuhl fallen: »Wir möchten mit Ihnen über Ihre Patientin Frau Sabine Gross sprechen. Sie ist am Freitag in ihrer Wohnung unter noch ungeklärten Umständen tot aufgefunden worden.«

Dr. Merseburg ließ sie wissen, dass er sehr beschäftigt war, indem er weiter in seinen Monitor starrte und auf der Tastatur herumklimperte.

»Herrje, wie furchtbar. Selbstmord?«

»Haben Sie noch nicht mit unserem Rechtsmediziner Dr. Hausschildt gesprochen?«

Dr. Merseburg hörte auf zu klimpern und sah mäßig betroffen in ihre generelle Richtung. »Ach ja, richtig. Ich hatte Ihrem Pathologen erklärt, dass ich ihm leider aus Datenschutzgründen keine näheren Auskünfte geben könne. Da Sie sich nun persönlich hierherbemüht haben, sind Sie sicherlich im Besitz einer richterlichen Verfügung?«

Frederica wandte sich bewusst von dem Arzt ab und fing an, in ihrem Rucksack zu kramen. Sie dachte an ihren alten Hausarzt, der sie auf die Welt geholt und durch die Pubertät gebracht hatte. Er war nicht nur im medizinischen Sinn ein guter Arzt gewesen, sondern hatte auch Verantwortung für die seelische Gesundheit seiner Schützlinge übernommen. Dr. Merseburg hingegen gehörte zu einer neuen, gefährlichen Generation von Medizinern. Irgendwann auf seinem Weg vom Assistenzarzt zur eigenen Praxis hatte er verstanden, dass es in der Medizin nicht darum ging, den Menschen zu heilen, sondern seine Leiden zu verwalten. Und das war ein einträgliches Geschäft, bei dem Gefühle ganz außen vor bleiben konnten.

Frederica konnte ihn sich nicht als Täter vorstellen. Ihm fehlte schlichtweg das Interesse.

Christian sah das offenbar anders. »Ich sehe, Sie tragen Manschettenknöpfe?«

Der Arzt griff sich an die Aufschläge und sah Christian zum ersten Mal interessiert an. »Ja, immer schon, ist eine zugegebenermaßen etwas unpraktische Angewohnheit. Das fällt allerdings nicht vielen Menschen auf.«

Frederica ärgerte sich darüber, dass sie offensichtlich zu diesen Menschen gehörte, und griff in das Gespräch ein. »Warum sind Sie so unkooperativ, Herr Dr. Merseburg? Frau Gross ist tot und Sie möchten doch sicherlich, dass wir ihren Mörder finden?«

Der Arzt war sichtlich geschockt und hielt sich an seinen Manschettenknöpfen fest. »Mord? Diesen Umstand hat mir Ihr Pathologe leider verschwiegen.« Er begann, mit den Füßen zu wippen. »Und trotzdem, ohne richterlichen Beschluss sind mir leider die Hände gebunden. Sie hätten sich den Besuch also wirklich sparen können.« Er sah Christian treuherzig an. »Das verstehen Sie doch sicherlich?«

Christian blieb ungerührt. »Nein, das verstehen wir ganz und gar nicht. Insbesondere verstehen wir nicht, dass Frau Gross völlig unnötig mehreren Chemotherapien unterzogen wurde, von der Amputation ihrer Brust ganz zu schweigen.«

Ehe der Arzt zu einer Erwiderung ansetzen konnte, setzte Frederica nach. »Herr Dr. Merseburg, wir möchten Ihnen überhaupt nichts unterstellen, falls Sie das jetzt denken sollten. Wir möchten nur so gut wie möglich unseren Job machen wie Sie auch. Und damit wir den Mörder finden können, müssen wir das Motiv erkennen. Dazu benötigen wir unbedingt Ihre Hilfe, und zwar schnell. Sie haben wahrscheinlich davon gehört, dass die ersten Tage entscheidend sind?«

Diesmal war es an Frederica, treuherzig zu gucken. Wie sie Ärzte hasste.

»Also gut. Irgendwie gehört das auch zu meinen Bürgerpflichten. Frau Gross war vor circa zwei Jahren das erste Mal bei mir. Sie hatte einen Knoten in der rechten Brust ertastet und war von ihrem Frauenarzt an mich überwiesen worden. Die Röntgenbilder waren bereits eindeutig, die Metastasen hatten sich in den Lymphen festgesetzt. Ich habe eine Biopsie veranlasst und der Tumor ist als bösartig diagnostiziert worden, ein Mammakarzinom. Wir haben es entfernt und Frau Gross erhielt eine auf sie zugeschnittene Behandlung, in ihrem Falle eine Chemotherapie nach der OP. Alles ging gut, bis vor ungefähr sechs Monaten erneut ein Tumor in der rechten Brust entstanden ist. Auch dieser war letztlich maligne.«

»Wie wurde die zweite Diagnose gestellt?«

»Na, wie in den meisten Fällen. Der Chirurg schickt während der OP eine Gewebeprobe ins Labor und wartet das Ergebnis ab, bevor er fortfährt und entweder brusterhaltend den Tumor entfernt oder sich im Zweifelsfall dazu entscheidet, die ganze Brust abzunehmen.«

Frederica richtete sich auf. »Verstehe ich das richtig, während der OP entscheidet der Chirurg darüber, ob die Brust abgenommen wird?«

Der Arzt musterte Frederica, als hätte sie eine ziemlich dumme Frage gestellt. »Nicht ganz. Es wird im Vorfeld natürlich mit der Patientin darüber gesprochen.« Er strich sich durchs Haar, während er versuchte, vom Thema abzulenken: »Sie erwähnten Mord? Wie ist es denn passiert?«

Das ging den Arzt nichts an. Aber Christian entschied sich, die Frage wahrheitsgemäß zu beantworten. Sie brauchten dringend Informationen, einen Hinweis auf einen möglichen Ermittlungsansatz. Der Arzt war ihre beste Option. »Ihr wurden die Pulsadern aufgeschnitten.«

»Sieh an. Die nächsten fünf Jahre hätte sie wahrscheinlich nicht überlebt, aber warum sie jetzt jemand ermorden sollte …«

»Hatten Sie mit Frau Gross über ihre voraussichtliche Lebenserwartung gesprochen?«, fragte Frederica. »Wie war ihre Reaktion?«

»Ja, wir hatten kürzlich, so vor zwei Wochen ungefähr, über mögliche Szenarien gesprochen. In der Regel gelten Krebspatienten nach fünf Jahren als geheilt. Da bei ihr der Krebs bereits nach anderthalb Jahren wiedergekommen war, waren die weiteren Prognosen nicht besonders positiv. Sie schien sehr gefasst, vielleicht hatte sie sich so etwas schon gedacht. Aufgrund ihrer beruflichen Erfahrung meine ich.«

»Wie ist sie mit der Amputation umgegangen?«

»Recht *modern* möchte ich es nennen. Sie hatte sich schon über die Möglichkeiten einer Rekonstruktion informiert, meine Kollegen aus der plastischen Chirurgie sind da ja mittlerweile sehr erfindungsreich.«

»Uns ist aufgefallen, dass Frau Gross zwar einen Port gelegt bekommen hat, aber keine sichtbaren Nebenwirkungen zu erkennen waren wie zum Beispiel Haarausfall. Können Sie sich das erklären?«

Dr. Merseburg runzelte die Stirn. »Nein, tatsächlich kann ich das nicht, die Therapie war gerade beendet, aber sie hatte während der vielen Wochen kaum Beschwerden gezeigt. Über ein leichtes Unwohlsein hinaus hat sie nie mit Nebenwirkungen zu kämpfen gehabt.«

»Unser Pathologe hat keinerlei Gewebeveränderungen feststellen können, keine erhöhten Tumormarker oder Ähnliches. Er meint, sie sei wahrscheinlich nie an Krebs erkrankt gewesen und hätte zudem nie Chemotherapien erhalten. Können Sie hierzu etwas sagen?«

»Da muss sich Ihr – Dr. Hausschildt war es, richtig? – wohl irren. Davon einmal abgesehen, wird ein Krebsgeschehen nicht zwingend von Tumormarkern über den Referenzwerten begleitet. Und die Zytostatika werden innerhalb weniger Tage wieder vollständig abgebaut. Außerdem müssen nicht in jedem Fall schwere Nebenwirkungen auftreten, bereits die erste Chemotherapie vor zwei Jahren hatte Frau Gross sehr gut vertragen.«

»Wie sieht es mit einer Zweitmeinung aus – hatte Frau Gross da jemanden konsultiert?«

Der Arzt sah sie abweisend an: »Davon weiß ich nichts.«

»Heißt das, dass Sie sich mit Frau Gross nie darüber unterhalten haben?«

»Ich hielt eine Zweitmeinung aufgrund der Laborergebnisse für nicht erforderlich und daher für reine Zeitverschwendung. Frau Gross war da meiner Meinung.«

»Hatte Frau Gross sich Ihnen irgendwie anderweitig anvertraut, zum Beispiel bezüglich ihres Privatlebens? Wie Familie und Freunde – ihr Freund – auf ihre Krankheitssituation reagiert haben?«

»Nein, nie. Sie war immer sehr auf die Therapie konzentriert und ich habe auch nie gefragt.« Der Arzt sah auf seine Breitling und dann wieder in den Monitor. »Ich habe heute noch sehr viel zu tun. Kann ich Ihnen noch weiterhelfen? Sonst würde ich gerne mit meiner Sprechstunde fortfahren.«

*

»Nie gefragt – na toll. Da muss sich eine Patientin ihre Brust abnehmen lassen und er fragt noch nicht einmal nach? So langsam habe ich den unangenehmen Verdacht, dass wirklich niemand die arme Frau unterstützt hat.« Frederica saß zusammengesunken auf dem Beifahrersitz und rieb sich die Hände, als wäre ihr kalt. Christian hatte das Gefühl, dass es nicht nur die niedrigen Temperaturen waren, die Frederica zu schaffen machten. Vorsichtig legte er ihr kurz seine Hand auf ihre Schulter, während er den Wagen weiter durch den Verkehr navigierte. »Sieht ganz danach aus. Umso wichtiger ist es, sich um den Mörder zu kümmern. Dr. Merseburg jedenfalls sah mir viel zu überzeugt von sich aus, um wegen eines möglichen Diagnosefehlers eine Patientin zu ermorden. Wäre ihm viel zu banal, wenn du mich fragst.«

»Sehe ich genauso. Außerdem glaube ich, dass er wirklich nicht davon ausgeht, dass es überhaupt einen Diagnosefehler gegeben hat. Was für ein selbstgefälliges Arschloch.«

»Bist du da nicht etwas zu hart? Lass uns kurz überlegen, wer da so alles an der armen Frau herumgedoktert hat. Gynäkologe? Radiologe? Pathologe? Onkologe? Chirurg? Alle zusammen können nicht irren, sagt einem der gesunde Menschenverstand. Tun sie aber doch, sagt die Statistik. Denn natürlich sind das auch nur Menschen. Wieso hat Sabine Gross denn keine Zweitmeinung eingeholt? Hätte die Kasse sicherlich bezahlt.«

»Na, weil ihr der Merseburg deutlich gemacht hat, dass das überflüssig sei und sie nur überreagiere, oder so in der Art. Du hast ihn doch erlebt, als wir ihn danach gefragt haben. Natürlich hast du recht, der Arzt ist auch nur ein Mensch. Und auch Ärzte müssen sich irren dürfen. Mit allen Konsequenzen. Das wollen sie aber nicht, denn ihnen wird beigebracht, dass sie etwas Besonderes seien. Und wenn es nicht ums Fehler-machen-Dürfen geht, sondern darum, die eigene Hybris tagtäglich neu zu füttern und die eigene Unfehlbarkeit zu zelebrieren, dann ist jede Fehldiagnose, die zum Tod führt, nichts anderes als Mord.« Frederica griff ins Handschuhfach und steckte sich eine Lakritz-Schnecke in den Mund, ohne sie abzurollen. Sie sah aus dem Fenster, um ihre Wut in den Griff zu bekommen, und fragte sich, wie sie auf eine Brustkrebsdiagnose reagieren würde. Nein, erst mal würde sie wahrscheinlich selber morgens beim Duschen etwas ertasten. Einen Knoten irgendwo, hart wie ein Kieselstein. Und was dann? Wahrscheinlich würde sie mechanisch zu Ende duschen und ohne Terminanfrage zum Arzt fahren. Vorher mit niemandem reden und niemandem Bescheid geben. Alles Weitere, der tiefe Fall, würde sich finden. Würde sie finden und sie angreifen.

Christians Stimme zog sie zurück in den Wagen. »Jetzt mal halblang. Dramatisierungen bringen uns wohl kaum weiter. Wir sind uns einig, dass der Merseburg von keiner Fehldiagnose wusste?« Auf Fredericas Nicken hin fuhr er fort: »Gut. Kurze Zusammenfassung also. Da haben wir eine Tote, die ermordet wurde, was aussehen sollte wie Selbstmord. Eine Frau, die eh sterbenskrank war. Zumindest offiziell. Und eine mögliche Fehldiagnose, die aber irgendwie niemandem aufgefallen ist. Also auch als Mordmotiv nicht infrage kommt. Eine Mutter, die ihre Tochter schon abgeschrieben hat, und ein Ex, von dem wir nur seine Aussage haben, dass er sich wieder mit ihr versöhnen wollte, und der kein Alibi vorweisen kann.« Er dachte kurz nach, während er einem Radfahrer auswich, der plötzlich von rechts auf die Straße fuhr. »Ich setze weiter auf den Ex. Sie hatten einen Beziehungsstreit und er hat sie im Affekt umgebracht. Oder sie ist gestürzt, meinetwegen auch das, und er hat es vertuscht.« Christian sah dem lebensmüden Radfahrer hinterher, der weiter quer über die sechsspurige Straße raste, und anschließend zu Frederica, die ihr Handy zückte. »Wen rufst du an? Wollten wir nicht zu ihrem Arbeitgeber?«

Frederica signalisierte ihm, dass am anderen Ende jemand abgenommen hatte: »Hi, Tanja, kannst du bitte mal unser Opfer online recherchieren? Ja, einfach das Übliche, Social Media, Blogeinträge, so was eben … Nein, etwas Konkretes hab ich auch nicht, versuch dir einfach ein Bild von ihr zu machen … Ja, die Forensik soll sich mal ihr Handy und den Laptop anschauen, warum auch immer sie erst jetzt damit anfangen, aber ich möchte erst mal wissen, was sie so im Netz getrieben hat. Wo taucht sie auf, wie hat sie sich präsentiert, was hat sie interessiert, wer waren ihre Freunde … Super, danke.« Sie sah Christian nachdenklich an: »Ich denke, wir sollten uns den Film von Anfang an ansehen und nicht erst in der Mitte einsteigen. Der Apotheker hat noch Zeit, lass uns zur Nachbarin fahren.«

*

»Nein, wirklich vielen Dank, Frau Horvath, aber wir dürfen im Dienst nicht trinken, auch wenn Ihr selbst aufgesetzter Schlehengeist wirklich köstlich riecht.« Christian hatte Mühe, nicht mit offenem Mund die Person anzustarren, die ihnen in ihrem Wohnzimmer gegenübersaß. Auch Frederica war leicht schockiert und nippte an ihrem wärmenden grünen Tee, den sie nach dem Besuch beim Arzt dankend angenommen hatte.

Eine ältere Dame von 68 – so hatte der Streifenpolizist Peter Neureuther Tatjana Horvath beschrieben, Sabine Gross' Nachbarin. Beide hatten sich, wenn auch mit leichten Unterschieden im Kleidungsstil (Christian im Kostüm, Frederica in Strickjacke, weißer Bluse und Hose), ein kleines, zaghaftes Persönchen mit grauem Dutt und Lesebrille vorgestellt, die ihnen, ängstlich zu ihnen heraufschauend, die Tür einen Spaltbreit öffnen würde. Stattdessen wurden sie von einer lässig in Jeans, Sweater und Turnschuhen bekleideten Frau empfangen, die nicht nur keinen Dutt hatte, sondern auch noch eine brennende Zigarette im Gesicht trug. Neben ihr stand ein Großer Münsterländer, der höflich mit dem Schwanz wedelte. Sie sah ziemlich tough und wesentlich jünger aus.

»Da entgeht Ihnen aber wirklich was, ich bin über die Stadtgrenzen hinaus für meine Aufgesetzten berühmt. Und ich muss zugeben, dass ich die letzten Tage mehr davon getrunken habe als üblich.«

Wenn sie sprach, umspielten feine Linien ihre Mundwinkel. Frederica konnte beim besten Willen nicht sagen, ob ihr Gesicht gemacht war. Die braunen Augen sahen sie wach, aber etwas müde an. *Der Geist der Toten, nicht der Götter.*

»Sabine war eine sehr lebenslustige und herzliche Frau. Wir haben ungefähr zehn Jahre lang Tür an Tür gewohnt. Gut befreundet waren wir nicht, aber wir haben uns das eine oder andere Mal Gesellschaft geleistet, wenn wir nichts Besseres vorhatten. Sie mochte Hunde und hat öfter auf Fritz aufgepasst.« Frau Horvath sah liebevoll zu ihrem Hund, der jetzt neben ihr auf dem Teppich schlief. »Ihr Tod hat mich auf eine seltsame Art und Weise durcheinandergebracht. Ich wusste vom Krebs, daher hätte es mich nicht unvorbereitet treffen dürfen. Aber so hatte ich mir ihren Tod nicht vorgestellt …« Sie brach den Satz ab und sah zum Fenster hinaus. Der graue Himmel konnte ihren Gedanken offensichtlich wenig Kontur geben. Enttäuscht nahm sie einen großen Schluck Schnaps und strich sich durch ihr kurzes Haar. Frederica sah sie mitfühlend an und legte ihr eine Hand auf den Arm.

»Sie haben sie gefunden? Das war sicherlich kein angenehmes Erlebnis. Selbst ich muss mich jedes Mal, wenn ich von einem Tatort komme, erst mal sammeln. Obwohl ich weiß, was mich erwartet – im Gegensatz zu Ihnen.«

Tatjana Horvath sah sie dankbar an. »Dabei bin ich gar nicht so zart besaitet. Aber das Bild wird mich noch lange begleiten.«

»Würden Sie uns bitte erzählen, was genau passiert ist?« Christian wollte sich endlich in das Gespräch einbringen, wenn es schon keinen Schnaps gab. »Die Wohnungstür von Frau Gross hat offen gestanden, als Sie vom Spazieren gehen wiedergekommen sind?«

»Ja, was ich natürlich merkwürdig fand. Sie hat immer zwei Mal abgeschlossen, wenn wir zusammen rausgegangen sind. Ich habe zunächst hineingerufen, und als niemand antwortete, bin ich vorsichtig reingegangen. Es hätten ja auch Einbrecher sein können, wobei mir schon aufgefallen ist, dass die Tür nicht beschädigt aussah.« Sie blickte erneut in den grauen Himmel. »Und dann habe ich sie gefunden. Sehr friedlich sah sie aus. Wie schon lange nicht mehr.« Sie sah zurück auf ihre Hände. »Auf Wiedersehen, meine Liebe.«

Christian musste kurz schlucken. »Ist Ihnen vielleicht an der Wohnung etwas aufgefallen?«

Obwohl Christian die Frage gestellt hatte, schaute sie Frederica an. »Nein, gar nichts. Ich bin aber auch schon lange nicht mehr in der Wohnung gewesen.«

Frederica erwiderte Frau Horvaths Blick aufmunternd. Sie konnte sich gut vorstellen, wie Sabine Gross bei dieser geradlinigen, warmherzigen Frau Halt gefunden hatte.

»Hat Frau Gross Ihnen gegenüber jemals Selbstmordabsichten geäußert?«

Tatjana Horvaths Hände zuckten fast unmerklich in ihrem Schoß. »Nein, niemals. Sie hat immer gesagt, insbesondere nach der Operation, dass sie sich niemals selbst umbringen könne. Vor dem Tod selber hatte sie keine Angst, wohl aber davor, ihren Vater zu enttäuschen. In seinen Augen sei ein Selbstmord etwas Verantwortungsloses. Ein Ausweg für Feiglinge, so hatte sie sich einmal ausgedrückt. Seinen Wunsch zu ehren, dafür habe ich sie immer bewundert.« Ihre Pupillen zuckten unruhig umher, und sie vermied es, die Kommissare direkt anzusehen. Fritz öffnete die Augen, gähnte herzhaft und machte ein paar Yogaübungen. »Der Hund muss gleich raus. Haben Sie noch Fragen?«

Frederica kam ein Gedanke. »Nein, wir haben so weit alles besprochen. Haben Sie denn noch Fragen an uns?«

Frau Horvaths Hand, die sie ausgestreckt hatte, um den Hund zu streicheln, blieb in der Luft hängen. »Wie bitte?«

»Haben Sie noch Fragen an uns?«, wiederholte Frederica geduldig.

»Nein, warum sollte ich?«

»Möchten Sie gar nicht wissen, wie weit wir mit den Mordermittlungen sind?«

Tatjana Horvath machte eine verwirrte Miene. »Ja, natürlich, wenn Sie drüber sprechen dürfen?«

»Nein, das dürfen wir natürlich nicht, aber die Frage hätte ich erwartet. Frau Horvath, haben Sie in der Wohnung etwas angefasst?«

»Nein, das habe ich nicht! Das habe ich dem Polizisten auch schon gesagt.«

»Welchem Polizisten?«

»Na dem, der an der Tür stand, mit dem Allerweltsnamen – Jan Meyer, glaube ich.«

»Vielen Dank, Frau Horvath, für Ihre Zeit. Das wäre dann vorerst alles.«

Jans flackernder Blick … Frederica erinnerte sich an die Begegnung. Und dass Peter Neureuther das Aussageprotokoll geschrieben hatte, nicht der Neue.

Interessant, dass sich Frau Horvath den Vornamen gemerkt hatte, bei einem Mann, dem sie nur einmal kurz begegnet war.

*

»Und? Was hast du herausgefunden?«

Niels sah zu dem bulligen glatzköpfigen Mann hinüber, der ihm an dem kleinen Tisch gegenüber saß und die Umgebung abscannte. Sie hatten sich in einem Café am Hauptbahnhof getroffen, das zu dieser Tageszeit wenig frequentiert war. Vor dem Fenster konnten sie die roten Hop-on-Hop-off-Doppeldeckerbusse abfahren sehen, die es mittlerweile in jeder europäischen Großstadt zu geben schien.

Der Mann war extrem langweilig angezogen und hatte eine solch puritanische Ausstrahlung, dass die Kennzeichnung »Polizist« als blinkende Leuchtreklame auf seiner Stirn seinen Beruf nicht offensichtlicher hätte verraten können.

Niels musterte ihn verstohlen von der Seite und bekam plötzlich Appetit auf Bockwurst. »Mein Kontakt ist endlich aufgetaut und so langsam werde ich eingeweiht. Ich brauche hoffentlich nur noch ein paar Wochen, um gewerbsmäßigen Abrechnungsbetrug nachweisen zu können.«

»Gewerbsmäßiger Abrechnungsbetrug also? Mit falschen Rezepten?«

»Nein, die sind echt. Wie auch die Patienten, für die die Rezepte ausgestellt werden. Haas handelt aber nicht mit den Medikamenten, sondern mit Informationen. Er hat sich ein Netz aus Patienten aufgebaut, die HIV-positiv sind und regelmäßig von seinen Eintreibern besucht werden. Die Patienten gehen auf Ärztetour und lassen sich viel mehr Rezepte ausstellen, als sie an Medikamenten benötigen. Die überzähligen Rezepte kauft Haas ihnen ab und vertickt sie weiter an seine Apotheker. Die rechnen sie dann mit den Kassen ab.«

Leuchtreklame trank seinen Espresso. »Verstehe ich nicht. Einzeldosen von Medikamenten, insbesondere bei HIV, können zwar mehrere tausend Euro kosten, aber die Handelsspanne, über die mit den Kassen abgerechnet wird, beträgt jeweils nur ein paar Euro, egal wie teuer das Medikament tatsächlich ist.«

»Richtig, aber du vergisst den Lagerkostenausgleich. Der beträgt drei Prozent vom Einkaufspreis. Bei hochpreisigen Medikamenten für das Weiterreichen eines Stück Papiers doch ein schöner Gewinn.«

»Ja, aber nicht mit deinem Haas als Zwischenhändler. Da muss noch einiges mehr laufen. Mich interessiert seine Vernetzung in den lokalen Menschenhandel. Hast du da mittlerweile was für mich?«

Niels zählte die Touristen in dem roten Bus, der gerade aus seiner Parkposition in die Straße einbog, um Leuchtreklame nicht aus dem Café zu brüllen. »Du hast mir von Anfang an gesagt, dass das ein dicker Fisch werden könnte, mit Thomas Haas als Einstieg. Und dass es mein Schaden nicht sein wird. Jetzt arbeite ich schon seit über einem halben Jahr an der Sache, ohne dass sich irgendwelche Hinweise auf große Geschäfte auch nur ansatzweise zeigen würden. Wieso genau bist du eigentlich der Meinung, dass da mehr sein müsste?«

»Weil das so ist. Bleib einfach dran, dann wird sich was ergeben. Da bin ich mir sicher. Ob mit oder ohne diesen Apotheker. Wissen wir eigentlich schon, wer das ist?«

Niels atmete tief durch. »Nein, noch nicht, aber ich habe da so eine Ahnung. Hast du denn was zu dem Toten rausgefunden?«

»Stimmt, du sagtest ja, dein Kontakt hätte vielleicht jemanden ermordet. Ich hab bei den Kollegen nachgefragt, die haben keinen passenden Vorgang auf den Tisch bekommen. Hast du denn einen Namen rausgekriegt oder zumindest, wo das passiert sein soll?«

»Nein, Torben wollte darauf nicht eingehen. Er hat einfach zugemacht, obwohl er eigentlich der Typ ist, der damit angibt. Daher bin ich davon ausgegangen, dass da was dran sein könnte.« Niels wollte sich eine Zigarette anstecken, da merkte er, dass er im Café und damit im Rauchverbot saß. Er sah Leuchtreklame nachdenklich an. »Vielleicht war sein Geständnis aber auch nur aufgeblasenes Gerede.«

»Warum meinst du das?«

»Weil, wenn ich so darüber nachdenke, ich nicht glaube, dass Haas so etwas dulden würde. Das wäre ihm viel zu heiß, der verdient sein illegales Geld lieber eleganter.«

»Kann sein, wäre den Aufwand wahrscheinlich tatsächlich nicht wert.«

»Ich informiere dich, wenn ich was rauskriegen sollte. Aber das steht nicht ganz oben auf meiner Agenda. Trotzdem, danke schon mal für die Recherche.«

»Ich würde dran bleiben, wäre auch zu deiner eigenen Sicherheit. Und sieh zu, dass wir an Beweise kommen. Der feine Herr Thomas Haas hat ordentlich Dreck am Stecken – und den will ich abkratzen.«

Nichts einfacher als das. Niels hatte sich schnell von

Leuchtreklame verabschiedet und stapfte durch den neu fallenden Schnee, der wie Styroporkügelchen herumwirbelte und sich trotzig in seinen Haaren und unter seinen Stiefeln verfing.

Was als Nächstes? Natürlich Torben anrufen, wen sonst? Und dem Apotheker auf den Zahn fühlen. Scheiß Auftrag.

Bevor er Torbens Nummer hatte wählen können, klingelte sein Handy.

Malte. Was will der denn?

*

Der Mann, der aus seinem Porsche Cayenne stieg, den Wagen mit der Fernbedienung abschloss und sich über die sechsspurige Dammtorstraße durch den fließenden Verkehr schlängelte, sah gar nicht entspannt aus. Immer wieder drehte er sich um, als hätte er Angst, verfolgt zu werden. Er trug einen dunklen teuren Anzug und einen hellen Trenchcoat, der im Bereich der Knie ziemlich verdreckt war. Sein Alter war kaum zu schätzen. Er schaffte es, die stark befahrene Straße zu überqueren, ohne sich totfahren zu lassen, und betrat die Apotheke.

Schlagartig wurde es still. Nur irgendwo im hinteren Bereich des Geschäftes hatte eine dunkle Melodie seinen Besuch angekündigt. Er schien allein zu sein.

Der mittelgroße, dunkelhaarige und ziemlich elegant aussehende Mann im weißen Kittel materialisierte sich plötzlich hinter dem langen weißen Tresen. Er hatte seinen Besuch bereits kommen sehen und war vorbereitet. Seine durchdringenden grauen Augen, die seine Lesebrille in den Hintergrund treten ließen, sahen den Mann gleichgültig an. »Wir waren für morgen verabredet. Ich habe wenig Zeit.«

»Ich weiß, aber ich konnte nicht länger warten.« Der Neuankömmling blickte nach draußen, als wären die Verfolger bald da. »Wir müssen reden.«

»Aber nicht hier. Meine Aushilfe kommt gleich zurück.«

»Wo dann? Es ist wirklich dringend.«

»Das hattest du bereits am Telefon gesagt.« Der Apotheker rückte seine Lesebrille zurecht und musterte einen Lieferschein. »Es geht um Sabine? Wollte sie mehr Geld?«

»Sabine ist tot.«

Der Apotheker sah den Mann immer noch gleichgültig an. Nur seine aufgestützten Hände, die plötzlich unnatürlich grell gegen das Weiß des klinisch reinen Tresens schimmerten, verrieten seine Gemütsregung. »Sabine ist was?«

Der Mann wischte sich mit der Hand über die Augen. Er vermied es, den Apotheker anzusehen, während er hastig weitersprach: »Es war ein Unfall. Sie war natürlich sehr aufgebracht und alles geriet irgendwie … außer Kontrolle. Ich habe alles so arrangiert, als wäre es ein Selbstmord. Ich musste natürlich etwas improvisieren, aber immer noch besser, als wenn wir in eine Mordermittlung verwickelt würden. Und da sie ja deine Mitarbeiterin war, kommt die Polizei sicherlich hierher.« Zweifelnd sah er den nach wie vor stummen Apotheker an. »Ich hab es für uns getan. Ich hielt es für das Beste. Das siehst du doch auch so?« Als der Apotheker keine Anstalten machte zu antworten, wurde er lauter: »Jens, sag was! Ich mache mir die schwersten Vorwürfe!«

»Natürlich können wir Ihnen die Tabletten besorgen, bis morgen früh sind sie abholbereit.« Der Apotheker war im freundlichen Kundenton, während eine junge Frau mit einer Einkaufstüte die Apotheke betrat und in einem Raum hinter dem Tresen verschwand. Er beugte sich nach vorn und sprach etwas leiser und weniger freundlich weiter. »Morgen. Wie besprochen. Und jetzt raus.«

Der Apotheker nahm seine Lesebrille ab und warf den unwichtigen Zettel in den Müll, auf den er während des Gespräches gestarrt hatte. Was für ein Idiot. Alles musste man selbst machen, wenn man Problemen aus dem Weg gehen wollte. Hoffentlich hielt er bis morgen die Füße still und richtete nicht noch mehr Unheil an. Aber so schnell würde die Polizei nicht auf ihn kommen, wenn überhaupt. Wahrscheinlich hätten sie Glück und kämen mit dem Suizid durch. Und falls nicht, bräuchte er nur etwas Zeit, um sich eine solide Strategie zu überlegen. Und um ihn wollte er sich sowieso mittelfristig kümmern, nun würde es also eher früher als später sein. Eine neue Mitarbeiterin musste er auch noch organisieren. Die Aushilfe taugte leider nichts. Grimmig ging er ins Büro, um zu telefonieren.

Viel Zeit zum Luftholen blieb ihm jedoch nicht. Bereits kurze Zeit später betraten ein großer Mann und eine kleine Frau seine Apotheke. Der Mann sah harmlos genug aus. Billiger Anorak, billige Armbanduhr, langweilige Jeans und ein freundliches, offenes Gesicht. Typ Toffel. Die Frau allerdings passte ihm ganz und gar nicht. Die Mischung aus Püppchengesicht und durchdringendem Blick ließ nichts Gutes erahnen. Viel zu wachsam. Und zu gut gekleidet. Eine Polizistin war sie sicherlich nicht. Obwohl er wiederum … In einem war er sich sicher. Die wollten keine Kopfschmerztabletten.

»Guten Tag! Sind Sie Dr. Jens-Peter Hansen?« Der Toffel hatte das Wort ergriffen.

»Ja, der bin ich.«

Der große Mann zückte seinen Dienstausweis. »Ich bin Hauptkommissar Christian Lauterbach und das hier ist meine Kollegin Kommissarin Dr. Frederica Moll. Wir möchten uns mit Ihnen über Ihre Mitarbeiterin Frau Gross unterhalten.«

»Ja, natürlich. Kommen Sie bitte mit.«

*

Was für ein unangenehmer Typ. Frederica saß zu Hause auf dem Sofa und hörte Käuzchen beim Flattern zu. Viel erfahren hatten sie bei Sabine Gross' Arbeitgeber nicht. Das Opfer hatte gerade seinen Jahresurlaub angetreten, drei Wochen am Stück, sodass der Apotheker sie gar nicht vermisst hatte. Komischerweise wusste er trotzdem Bescheid. Mit wem hatte er darüber geredet und warum? Ihren diesbezüglichen Fragen war er ausgewichen.

Anders als Malte Fischer hatte er jedoch ein Alibi für die Tatzeit vorweisen können, ein Symposium mit anschließender Abendveranstaltung. Tanja musste die Angaben noch überprüfen, aber Frederica ging davon aus, dass der Apotheker die Wahrheit gesagt hatte. Er hatte sich für eine Notlüge – spontan oder vorbereitet – zu detailreich geäußert und zu viele Zeugen benannt. Sie holte dennoch ihr Handy und schrieb eine Notiz. Tanja solle seinen Aufenthalt bei der Veranstaltung lückenlos recherchieren. Die Messehallen waren um die Uhrzeit immerhin nur fünf Autominuten von den Grindelhochhäusern entfernt. *Sicher ist sicher.*

Sie warf ihr Handy auf den Couchtisch und holte sich eine Tüte Gummibärchen. Es blieb immer noch die Frage: Wer, verdammt noch mal, hatte Sabine Gross zuletzt lebend gesehen? Ihre Eltern nicht, ihr Ex nicht, ihr Arbeitgeber nicht, die Nachbarin nicht. Aber von den vielen Menschen muss sie doch einer als Letzter gesehen haben, oder? Zumindest hatte

Frau Horvath behauptet, sie mehrere Tage nicht gesprochen zu haben. Eine Lüge? Mit welchem Motiv?

Der Ex. Sein Alibi konnten sie nicht überprüfen. Wenn er seinen Saufkumpan nicht freiwillig preisgeben wollte, müssten sie ihn vorladen. Aber ihr Gefühl sagte ihr, dass er es nicht gewesen war. Obwohl Christian anderer Meinung war.

Die Nachbarin. Sie hatte die offene Tür entdeckt. Warum sie überhaupt offen gestanden hatte, wussten sie auch immer noch nicht.

Der Apotheker. Der unangenehme Typ ging ihr nicht aus dem Sinn, aber erst mal war er nur der Arbeitgeber. Dass die beiden irgendwelche Probleme gehabt hatten, die zu einem Mord hätten führen können – dafür gab es keine Anhaltspunkte. Frederica steckte sich frustriert eine Handvoll Gummibärchen in den Mund. Konnte doch nicht sein, dass Christian sie wieder zum Ex zurückzerren würde. Frederica war sich sicher, dass Malte Fischer als Täter nicht infrage kam. Sie konnte allerdings ihre These nicht begründen, was Christian zum Anlass nehmen würde, seine vermeintlich heiße Spur weiterzuverfolgen. Wie sie ihn auf Anfang zurücklotsen könnte, wusste sie selber nicht.

Plötzlich klingelte es an der Tür. Frederica schreckte auf. So spät am Abend und dazu noch unangemeldet konnte es nur Steffen sein, der von ihrer Mutter geschickt worden war. Sie konnte das Gespräch förmlich vor sich sehen: *Kümmere dich mal um deine Schwester, ihr geht es nicht so gut.* Ganz davon abgesehen, dass es eher die Aufgabe der Mutter gewesen wäre, sich um ihre Tochter zu kümmern, sollte ihr die Aktion in erster Linie Informationen verschaffen. Und ihr kleiner Bruder Steffen war da ein williger Handlanger. Aber böse sein konnte Frederica ihm nicht, er wollte ja wirklich helfen. Seufzend ging sie zur Tür.

»Hey, ich bin's! Freust du dich?« Steffen war 30, gut aussehend und durchtrainiert. Voller Lebensfreude schleuderte er seine Trainingstasche der »Hamburg Freezers« in die Ecke und stürzte sich auf seine Schwester. Er überragte Frederica um volle 30 Zentimeter und warf sie wie eine Schaufensterpuppe durch die Luft.

»Schön, dass du deine kleine Schwester auch mal wieder besuchen kommst«, keuchte Frederica, als sie wieder wusste, wo oben und unten war. »Und was war deine Ausrede, um Mamas Geburtstag ausfallen zu lassen? Sag jetzt nicht Auswärtsspiel, ich weiß, dass du keins hattest.«

»Für Mama hat's gereicht. Aber sie hat eh genug damit zu tun, dich auf Spur zu bringen, sodass für mich keine Energie mehr übrig ist.« Zufrieden ließ er sich ins Sofa fallen und griff in die Gummibärchentüte. Käuzchen sah ihn missbilligend vom Türrahmen aus an und schüttelte den Kopf.

Frederica setzte sich neben ihren Bruder. »Denkst du eigentlich noch manchmal an Papa?«

Steffen hörte auf zu kauen und sah sie nachdenklich an. »Das ist mal ein heftiger Themenwechsel. Aber nein, nicht wirklich. Das Ganze ist ja schon ziemlich lange her.«

»20 Jahre, um genau zu sein. Ich war damals erst 18.«

»Ja, und ich zehn. Und du darfst nicht vergessen, dass unsere Eltern da schon getrennt waren. Ich habe ihn also auch nicht mehr allzu oft gesehen. Bei seinen heftigen Dienstzeiten sowieso nicht.«

»Ja, kann sein. Ich frage nur, weil Mama seinen ehemaligen Partner eingeladen hatte. Henning Marquardt.«

Steffen blickte sie verständnislos an. »Keine Ahnung, wen du meinst.«

»Ist ja auch egal, aber der ist jetzt mein oberster Vorgesetzter. Anbiedernder Typ, immer schon gewesen.«

»Na und?« Steffen steckte sich, noch an den alten kauend, eine weitere Handvoll Gummibärchen in den Mund. »Du musst ihn ja wohl kaum ertragen, oder?«

»Steffen, der Mann hat Papa ermordet!«

Ihr Bruder rollte demonstrativ mit den Augen. »Frederica, nicht schon wieder diese alte Geschichte. Du weißt so gut wie ich, dass ihn niemand ermordet hat. Papa hat sich selbst umgebracht. Er hat sich erschossen, mit seiner Dienstwaffe, wie du sehr wohl weißt.«

»Nein, das weiß ich sehr wohl nicht. Das hat man mir so gesagt, mehr nicht.«

Steffen sah sie etwas missbilligend an. »Okay, ich bin dabei. Lass es uns durchdeklinieren. Wer hat Papa ermordet?«

»Okay, vielleicht nicht Henning Marquardt direkt. Vielleicht stimmt es ja, dass er sich umgebracht hat. Aber das heißt nicht, dass er dabei keine Hilfe gehabt hat.« Etwas schmollend setzte sie nach: »Ich konnte den Marquardt noch nie leiden. Mit dem stimmt was nicht.«

Steffen nahm seine Schwester in den Arm. »Was auch immer genau passiert oder nicht passiert ist, eine Sache ist klar: Wir hätten nichts tun können. Du hättest nichts tun können. Sogar Mama hätte keine Chance gehabt, irgendetwas anders zu tun.«

Frederica kämpfte mit den Tränen. Dass sie Papas Tod noch immer so aufwühlen konnte, passte ihr nicht. Ihren aufkeimenden Ärger über sich selber lenkte sie auf ihren Vater um. »Ich will einfach nicht glauben, dass Papa sich so einfach umgebracht hat. Ohne dabei an uns zu denken. Wie kann man so etwas tun, seine eigenen Kinder zurücklassen? Muss man dafür nicht ziemlich fertig sein? Ich meine, so richtig?«

»Was fragst du mich das. Du bist hier die Fachfrau. Während des ganzen Studiums keine Idee gehabt?«

»Blödmann. Mit den Toten reden kann ich dann doch nicht. Obwohl ich es mir manches Mal wünschen würde.«

»Komm, lass uns über was anderes quatschen. Was sagt dein Kühlschrank? Ich hab mächtig Hunger!«

Papa, ist schon okay. Steffen weiß es nicht besser.

Als ihr Bruder gegangen war, tauchte in ihrem Kopf sofort wieder Henning Marquardt auf. Sie musste daran denken, wie er sie damals besuchen gekommen war, kurz nachdem sie Papa gefunden hatten. Sie hatte noch zu Hause gewohnt und war mitten in den Vorbereitungen fürs Abi gewesen. Das hatte sie dann auch erst mal für ein Jahr abhaken können.

»Hallo, Frederica. Es tut mir so leid, was passiert ist. Wenn ich dir irgendwie helfen kann …«

»Ist er wirklich … tot?«

»Ja, Frederica, dein Vater ist tot.«

»Und er hat mir nichts hinterlassen? Keine Nachricht?«

Henning Marquardt griff sich unwillkürlich an die Jackentasche. »Nein, es tut mir wirklich leid, aber dein Vater hat nichts hinterlassen.«

Papa, warum durfte ich dir nicht helfen?

Käuzchen flatterte auf ihre Schulter.

Weil du sonst mit mir gestorben wärst.

*

Man hat sich so sehr an die großen virtuellen Auftritte gewöhnt, die jederzeit unsere volle Aufmerksamkeit beanspruchen, dass wir überhaupt nicht mehr erkennen können, wenn tatsächlich jemand unsere Hilfe braucht.

Jetzt, in diesem Moment, wartet jemand auf uns. Jemand,

der sich sehnsüchtig wünscht, er wäre nicht allein. Der einen Freund braucht, der ihn an die Hand nimmt und ihm versichert, dass alles gut wird.

Jeder von uns wäre dieser andere Mensch, dieser Freund in Not, wenn man uns denn darauf hinweisen würde. Wenn es etwas gäbe, das uns sagte: »Hier, kümmere dich! Das ist dein Weg!« Es bedarf nur eines Vorbildes, jemand, der uns erklären kann, wozu wir eigentlich nütze sind. Und zwar jedem Einzelnen von uns.

Gäbe es dieses Vorbild – wie wäre es dann wohl um uns bestellt?

Das Vorbild gab es nicht und so saßen Henning Marquardt, Präses von Hamburg und Klaus Molls ehemaliger Partner, und Thomas Wolf, aktueller Dezernatsleiter der Mordkommission, einträchtig bei einem ausgedehnten Geschäftsessen im »Louis C. Jacob« beisammen, ohne sich irgendeiner Schuld bewusst zu sein.

»Mir hätte es gereicht, wenn sie dem Polizeidienst ferngeblieben wäre. Sie war auf einem guten Weg, warum, verdammt noch mal, musste sie ihrem Vater nacheifern?« Der Präses hatte sich mittlerweile über seinem Endiviensalat mit gebratener Entenleber so in Rage geredet, dass Thomas Wolf langsam um Hauptgang und Diskretion fürchtete.

Beschwichtigend redete er auf seinen Chef und langjährigen Freund ein: »Henning, ich unterstütze dich, wo ich kann, das weißt du. Ich stehe voll hinter dir, jederzeit. Auf deinen Wunsch hin lasse ich Frederica im Auge behalten und habe Christian Lauterbach eine wüste Theorie erzählt, warum er das tun soll. Ich habe Klaus' Akte sperren lassen, damit sie nicht auf falsche Gedanken kommt. Aber weder hat sie bislang Einblick gefordert noch weiß ich, was das Ganze überhaupt soll. Klaus' Selbstmord ist jetzt über 20 Jahre her. In seiner Akte steht nichts Besonderes. Und Frederica ist eine gute Ermittlerin, wenn nicht eine der besten. Dass sie ihrem Vater *nacheifert*, wie du es nennst, ist für uns ein eindeutiger Gewinn.« Ermutigt von der plötzlichen Stille seines Gegenübers beschloss er, einen Gang hochzuschalten: »Meinst du nicht, es wäre an der Zeit, entweder Vergangenes ruhen zu lassen oder mich endlich einzuweihen? Ich wäre ja für ruhen lassen und dafür, den Vorgang endlich ad acta zu legen.«

»Klaus Moll hat sich nicht erschossen.« Henning Marquardt hatte seine Vorspeise aufgegessen und seine Stimme wiedergefunden.

Thomas Wolf legte sein Besteck auf den Teller, sah ihn scharf an und bestellte eine zweite Flasche Rotwein. Etwas lässiger, als er sich fühlte, beendete er seine Foie gras und prüfte die neue Flasche auf Kork. Zufrieden nickte er dem Kellner zu, der den beiden daraufhin nachschenkte und diskret verschwand. »Ich bin mir nicht sicher, ob ich wissen möchte, was das genau zu bedeuten hat.« Er tupfte sich mit der Serviette die Mundwinkel ab. »Sofern ich nicht irgendwann damit von hinten erwischt werde.«

»Das wirst du sicherlich nicht, also nein, darüber möchtest du nichts weiter wissen. Die alte Regel hat immer noch Bestand, je weniger Leute darüber Bescheid wissen, umso besser. Ich werde mich nicht weiter dazu äußern.«

Thomas Wolf klang erleichtert. »Damit bin ich einverstanden. Das mit Frederica ist also nur eine Vorsichtsmaßnahme?«

»Ja, ich denke mittlerweile nicht mehr, dass sie etwas ahnt und deswegen in den Polizeidienst eingetreten ist. Aber du kennst mich, ich bin ein vorsichtiger Mensch. Und auch wenn ich nichts mit seinem Tod zu tun gehabt habe, würde eine erneute Ermittlung Fragen aufwerfen, die ich – sagen wir mal – nicht zu beantworten gedenke.«

»Gut, dann belassen wir es dabei. Aber ein bisschen tut sie mir schon leid. Erst verliert sie den Vater auf gewalttätige Weise und dann wird ihr Freund auch noch im Dienst erschossen. Von Gott verlassen, das arme Kind.«

Der Hauptgang war serviert. Henning Marquardt ließ sich sein argentinisches Rinderfilet schmecken, während er mit leicht gekräuselten Lippen antwortete: »Ja, das arme Kind. Ganz der Vater.«

DIENSTAG

Der Dienstag versprach ebenso sonnig zu werden, wie der Montag begonnen hatte. Der Hamburger war es gewohnt, an einem Tag mehr Klimawechsel durchzumachen als ein Vielflieger in einer Woche. Sonnig am Morgen, leichte Bewölkung gegen Mittag, etwas Schnee, in Regen übergehend, so gegen 16 Uhr, mit Sonnenuntergang ein klarer Nachthimmel und heftiger Frost bis morgens früh – so sah ein normaler Wintertag im Norden aus. Sich am Abend vorher Kleidung für den nächsten Tag rauszulegen war genauso müßig, wie sich Gedanken um seine Frisur zu machen.

Tanja trug heute Dreadlocks. In Pink. Schüttelte Alfred sich deshalb die ganze Zeit?

Frederica starrte gebannt auf das Kunstwerk. »Kannst du damit auf dem Kopf überhaupt denken?«

Tanja musste grinsen. Frederica fragte aus ehrlichem Interesse. »Ja, so einigermaßen. Aber die Frage ist berechtigt, sie ist ziemlich schwer. Ich werde sie wohl zukünftig nur zu besonderen Anlässen tragen.«

»Sei mir nicht böse, aber jedes Mal, wenn ich jemanden mit Dreadlocks sehe, muss ich mich kratzen.«

Tanja nickte. Und sie tat etwas, was Frederica sie noch nie hatte tun sehen: Sie nahm die Perücke ab.

»Wie geil ist das denn? Ein Afro!« Frederica war hin und weg. »Warum um Himmels willen versteckst du den immer? Und wieso hast du den überhaupt?«

»Du weißt doch, man will immer die Haare haben, die man nicht hat. Ich hätte also gerne lange glatte, seidige Haare, daher die Glatthaarperücken. Und das ist kein Afro, sondern ein Erbe meiner holländischen Vorfahren. Du weißt schon? Surinam? Ich hab einfach nur zu wenig Schmalz im Haar.«

»Weniger Haarfett? Man lernt nie aus. Aber apropos Schmalz: Was hast du rausbekommen?«

In dem Moment wurden sie von Christian abgelenkt, der ins Büro einfiel. »Moin, die Damen, was gibt's Neues?«

Frederica drehte sich auf ihrem Bürostuhl im Kreis. »Tanja und ich haben beschlossen, dass du uns erst mal einen Kaffee holen gehst. Haselnuss von ›Balzac‹, natürlich.«

Christian verzog keine Miene. »Selbstverständlich. Passt euch übermorgen?«

Die Damen seufzten in sich hinein. *Hätte ja klappen können.* Tanja kramte in ihrem Rechner rum. »Okay, erst mal zum Thema Sabine Gross und Social Media.«

»Lass mich raten – kaum Aktivität?«

Christian hob seine Hand. »Frederica, lass Tanja mal was dazu sagen. Du bist jetzt nicht dran.« Die alberne Stimmung, die Tanja und Frederica dazu gedient hatte, allgemeinen Stress abzubauen, schien endgültig verflogen. »Ja natürlich.«

Tanja räusperte sich. »Also, Sabine Gross war im Netz nicht wirklich aktiv. Sie hatte einen eher neutralen Facebook-Account, wohl um mit ihren Eltern Infos und Fotos auszutauschen, aber ohne, dass sie ihn wirklich benutzt hätte. Sie hat ein bisschen getwittert, ein bisschen gemailt, kein Instagram. Das war's im Prinzip auch schon.«

»Okay. Also kein Hinweis auf den Täter – Freund, Stalker, irgendwas?« Christian sah Tanja hoffnungsvoll an. »Was sagt das Handy, mit wem hat sie zuletzt telefoniert?«

»Ihr werdet es kaum glauben, aber so ziemlich mit niemandem.«

Beide sahen sie erstaunt an. »Was soll das heißen?«

»Sie hat sich – wie wir ja wissen – vor einer Woche mit ihrem Freund Malte Fischer zum Essen verabredet. Danach war mehr oder weniger Funkstille. Sie hat in der ganzen Zeit nur dreimal telefoniert, und das jeweils mit derselben Nummer. Die gehört einem Markus Sauerwein. Prof. Dr., wenn man ganz genau sein möchte. Seines Zeichens Pathologe.«

Christian pfiff vor sich hin. »Sieh an, sieh an. Was wissen wir über ihn?«

»Er hatte eine Professur für Zytopathologie, war außerdem Gerichtsmediziner und hat sich vor vier Jahren mit einem Labor selbstständig gemacht, mit dem er sämtliche zytologischen und histomorphologischen Untersuchungen anbietet.«

»Sieh an, sieh an«, wiederholte Christian überflüssigerweise, wie um auf seinen gestiegenen Erregungszustand hinzudeuten. »Da hat Frau Gross wohl auf eigene Faust recherchiert.«

»Und offensichtlich ins Schwarze getroffen, da sie kurze Zeit später tot ist.« Frederica ließ sich von Christians Unruhe anstecken. »Das hört sich an, als hätten wir endlich eine heiße Spur.«

»Ich will euch ja nicht bremsen«, wandte Tanja fast entschuldigend ein, »aber sie hat jeweils nur sehr kurz mit ihm telefoniert, unter einer Minute. Sie hat auch kein Handy angerufen, sondern eine Festnetznummer. Vielleicht ist sie gar nicht bis zu ihm vorgedrungen, sondern an der Sekretärin abgeprallt?«

»Wenn ich beschließe, mich von meinem langjährigen Freund zu trennen, es dann auch tue und dabei gleichzeitig mein dreiwöchiger Jahresurlaub losgeht – was mache ich wohl als Nächstes?« Frederica wollte einen Schluck aus ihrem Kaffeebecher trinken, bis ihr einfiel, dass Christian keinen geholt hatte.

»Na, mich bei 'ner guten Freundin ausheulen«, warf Tanja ein. »Oder wegfahren? Noch mal schön Urlaub machen, bevor ich sterbe?«

»Genau das ist es. Eine gute Freundin hab ich nicht …», beide sahen Frederica mitleidig an, »… nein, das meine ich damit nicht, sondern dass nicht jeder eine Schulter zum Ausheulen braucht. Aber wenn ich weiß, dass ich unheilbar krank bin, würde ich keine drei Wochen Urlaub einreichen. Ich würde meinen Job kündigen, mein Konto plündern und wegfliegen. Was bedeutet …«

Christians Blick hellte sich auf, »… was bedeutet, dass sie wirklich gesund war und wusste, dass sie nicht sterben würde.«

»Soll ich euch sagen, was ich denke?«, warf Frederica in den Raum. »Ich glaube, dass die Telefonate nur deshalb so kurz gewesen sind, weil sie sich verabredet haben.«

Tanja hatte zwischenzeitlich mit K. H. telefoniert. Triumphierend warf sie den Hörer aufs Telefon zurück und strahlte sie an. »Bingo. Das Labor von Sauerwein hat Frau Gross' Gewebeproben untersucht und die Befunde erstellt, anhand derer Dr. Merseburg therapiert und der Chirurg amputiert hat.«

»Dann werden wir dem Herrn Sauerwein einen Besuch abstatten.« Christian schnappte sich seine Lederjacke und klopfte Tanja auf die Schulter. »Gute Arbeit. Aber die Afro-Perücke ist nur ausgeliehen, oder?«

Alfred bellte entzückt auf.

*

Der Adler schlug kräftig mit den Flügeln. Niels stand frierend und mit hochgezogenen Schultern neben Torben und der Fischauktionshalle am Wasser und versuchte, die Götter zu beruhigen, indem er sein Blut in die Elbe tropfen ließ. Er zog mit klammen Fingern eine Zigarette aus der Packung und bemühte sich, sie in den aufkommenden Winden anzuzünden.

Aber Njörd war zu wütend und Torben war es auch.

»Mensch, Bro, hast du sie nicht mehr alle? Ich versuche hier, uns über Wasser zu halten, führe dich bei Thomas ein, der nun echt ein chico Typ ist, und du vermasselst mir die Show? Ich fass es einfach nicht!« Theatralisch warf er dem Wind die Arme entgegen, bevor er sich wieder der größten Enttäuschung seines Lebens zuwandte. »Und wenn ich genau darüber nachdenke, Thomas hatte mich auch noch vor dir gewarnt.« Er stieß Niels so heftig in die Rippen, dass er fast über das Absperrgeländer in die Elbe gestürzt wäre. »Mann, eh, du Penner, sag doch auch mal was!«

Niels rang um Zeit, in dem er sein Nasenbluten überdramatisierte und umständlich nach einem Papiertaschentuch kramte. Torben hatte ihm schließlich gerade eben mit einem Faustschlag ins Gesicht deutlich seine Meinung gesagt, und er brauchte gute Argumente, um für Abkühlung und erneutes Vertrauen zu sorgen. Dumm nur, dass ihm nichts einfallen wollte. Seine momentane Hilflosigkeit war so echt, wie seine Nummer von vorhin, über die sich Torben massiv aufregte, spontan gewesen war.

Sie hatten sich sehr früh, um 6 Uhr morgens, in der »Langen Reihe« verabredet. In der pechschwarzen kalten Nacht hatte Niels mit den Füßen tänzeln müssen, um nicht festzufrieren. Er hatte in seinem Leben schon an so einigen krummen Dingern gedreht, aber warum es neuerdings so früh am

Morgen sein musste, konnte er nur erahnen. Wahrscheinlich waren einige »Kunden« berufstätig und tagsüber schlichtweg nicht zu Hause anzutreffen. Was Torben bestätigt hatte, als er endlich, 30 Minuten zu spät, am Treffpunkt erschienen war.

»Da bist du ja, Bro. Hatte ich echt sechs gesagt? Ist doch viel zu früh. Lass uns erst zu Walther, der wohnt hier zwei Häuser weiter.« Ohne auf eine Antwort zu warten, war Torben losgetrabt und zwei Eingänge weiter in einem Hauseingang verschwunden. Als Niels um die Ecke gekommen war, hatte Walther schon an der Haustür gestanden und ihnen wortlos einen weißen Briefumschlag hingehalten. Torben hatte ihn ebenso wortlos an sich genommen und Walther einen anderen, ebenfalls weißen Briefumschlag zurückgegeben. Danach waren sie bei drei weiteren Kunden gewesen, die jeweils genauso wortlos Umschlag gegen Umschlag getauscht hatten. Alles Morgenmuffel, hatte Niels entschieden.

Bei Pia war es dann anders gelaufen. Sie hatten sich die »Lange Reihe« vorgearbeitet, vom Hauptbahnhof weg bis zur Sechslingspforte, als es endlich hell geworden war und Niels das Gefühl bekommen hatte, in einer echten und keiner surrealen, zweidimensionalen Welt existent zu sein. Direkt am Anfang der Sechslingspforte hatten sie einen breiten Glasbau betreten, der aussah, als wäre er auf Stelzen gebaut und für Ausstellungsobjekte vorgesehen. Tatsächlich was es ein Wohnhaus, wie Niels überrascht festgestellt hatte. Der Flur schien frisch gestrichen worden zu sein, es hatte angenehm klar und einladend gerochen. Sie hatten den sanierten Aufzug bis in den fünften Stock genommen und an der hinteren der vier Wohnungstüren geklingelt. Fast unmittelbar, als hätte man auf das schrille Läuten der analogen Klingel gewartet, war die Tür aufgerissen worden und ein muckibudengestähltes Michelinmännchen von 1,60 Meter Höhe und mit Migrationshintergrund hatte ihnen den Weg versperrt. Er hatte sie vertrauensselig angesehen und mit überraschend blecherner Stimme verkündet: »Was geht ab, ey?«

Torben war sofort leicht genervt gewesen. »Was soll abgehen? Wo ist Pia?«

»Pia lässt sich entschuldigen, sie ist schon los.« Aus dem Mund des Zwergs mit Ziegenbärtchen hatte die formvollendete Entschuldigung fast anmutig geklungen.

Niels hatte an die Episode mit der Dragqueen zurückdenken müssen. Auch im Gewerbe der Kleinkriminellen gab es skurrile Begegnungen.

»Hat sie nichts für uns da gelassen?«

Niels hatte belustigt das aufgeblasene Ziegenbärtchen gemustert und gleichsam beschlossen, sich konstruktiv einzubringen. »Was mein Partner hier meint, ist, dass wir mit Pia verabredet gewesen sind und wir uns jetzt fragen, ob sie uns vergessen hat und wer du eigentlich bist?«

»Ich bin, der ich bin.«

Damit war der gute Torben endgültig überfordert gewesen. Mit komplexen philosophischen Modellen konnte der Realschüler, zweimal sitzengeblieben, wenig anfangen. Er hatte zu seinem Klappmesser gegriffen, es aufspringen lassen, die scharfe Klinge in derselben Bewegung dem Hobby-Heraklit an die Halsschlagader gehalten und ihn in die Wohnung zurückgedrängt. »Wir kommen jetzt erst mal rein.«

In Niels hatte das Blut zu pochen begonnen. Was gerade noch wie ein freundlicher Schlagabtausch ausgesehen hatte, hätte schnell in etwas Bösem enden können. Und das wegen ein paar wenigen Rezepten? Schnell hatte er hinter den beiden die Wohnung betreten, die Tür geschlossen und beschwichtigend die Hände gehoben.

»Ich glaube nicht, dass Thomas möchte, dass hier irgendjemandem was passiert.«

Während Ziegenbärtchen versucht hatte, ohne Atmen auszukommen, hatte Torben seinen Partner verärgert angesehen: »Was weißt du denn schon? Ich habe hier einen klaren Auftrag. Pia hat mit uns einen Deal. Und wenn sie den Deal nicht einhält, hat das Konsequenzen.« Er hatte das Klappmesser etwas fester an den Hals des Mannes gedrückt, der vom Umfang her eher an ein Zwillingsrad erinnert hatte: »Das ist doch wohl klar, oder?«

»Bruder, kann es sein, dass du etwas angespannt bist, ey?«

Niels hatte die Chuzpe des Ziegenbärtchens nur bewundern können, eine kleine Handbewegung von Torben und er wäre mit ziemlicher Sicherheit verblutet – obwohl ein Krankenhaus gerade mal 500 Meter entfernt war.

Niels hatte beschlossen, dem Unglücklichen etwas zu helfen. »Torben! Lass ihn doch mal ausreden. Vielleicht hat Pia ja was dagelassen?«

Das hätte er lieber nicht getan. Sofort hatte das Ziegenbärtchen wieder die Gesprächsführung an sich gerissen, seine bedrohliche Lage vollkommen außer Acht lassend. »Entspaaaahnnnt euch, echt jetzt, alles wird gut! Ich hab den Umschlag. Aber wir wollen mehr Geld!«

Zu Niels' Überraschung hatte sich Torben tatsächlich etwas entspannt. »Mehr Geld? Warum hast du das denn nicht gleich gesagt?« Seine Miene hatte sich sofort wieder verfinstert: »Mehr Geld? Am Arsch!«

»Willst du nicht erst mal Thomas fragen?« Niels hatte nicht gewusst, ob die Frage so klug gewesen war, hatte sich aber nicht zurückhalten können.

Er hatte seine Einmischung sogleich bereut.

Torben hatte ihn noch nicht einmal angesehen, als er Ziegenbärtchen in einer kurzen, heftigen Bewegung die Halsschlagader durchtrennt hatte.

Das Blut hatte begonnen, in einer Fontäne im Takt des Kreislaufes herauszuquellen. Ziegenbärtchen hatte erst erstaunt Torben, dann flehentlich Niels angesehen, während er instinktiv seine Hand gegen seinen Hals gepresst hatte und vor Schock in die Knie gegangen war.

Niels hatte nicht weiter nachgedacht. Er hatte nach dem Telefon gegriffen, das er im Wohnzimmer hatte stehen sehen, hatte die 112 gewählt, die nötigsten Infos durchgegeben und sofort wieder aufgelegt. 500 Meter. Niels hatte aufgeatmet. Ziegenbärtchen hatte hoffentlich eine Chance.

*

Markus Sauerweins Labor lag im Nordosten Hamburgs im Stadtteil Rahlstedt. Frederica fuhr auf der A 24 Richtung Berlin, um die Ausfahrt Hamburg-Jenfeld zu nehmen. Alleine für die sieben Kilometer aus der Innenstadt bis hierher hatten sie unglaubliche 35 Minuten gebraucht. Völlig unsinnig, das wusste sie natürlich, wuchs in ihr der Ärger über die asozialen Verkehrsteilnehmer um sie herum stetig. Hatte der ADAC Hamburg nicht kürzlich zur autofahrer-unfreundlichsten Stadt Deutschlands gekürt? Sie griff Hilfe suchend zur Weingummi-Tüte. Bunt ist gut, immer das Richtige dabei. Ihre Miene verfinsterte sich sofort. »He, die ist ja leer!«

Christian hatte nicht aufgepasst und war über ihre hormonelle Verfassung nicht auf dem neuesten Stand: »Maul mich nicht an, ich kann nichts für den Verkehr.«

Frederica blitzte ihn an und gab überflüssigerweise Gas, nur um gleich wieder abbremsen zu müssen. Aber das war es ihr wert gewesen. Eigentlich fuhr sie sehr gern Auto. Aber wenn es in der Großstadt nur noch so von Baustellen wimmelte, an fast jeder Kreuzung die Spurverengungen ineinander übergingen und die Ortsunkundigen dadurch noch längere Staus produzierten, machte es keinen Spaß mehr.

Endlich hatten sie den Horner Kreisel erreicht, an dem man zwar mittlerweile auch an der roten Ampel stand, von dem es aber via Autobahn nicht mehr weit bis Rahlstedt war. Der Horner Kreisel war einst als ampelloser Kreisverkehr konzipiert gewesen, auf dem man zu jeder Tageszeit zügig vorangekommen war. Da der Hamburger aber offensichtlich nicht begreifen konnte, wie ein Kreisel funktionierte, und es zu viele Unfälle gegeben hatte, war er vor einigen Jahren mit etlichen Ampeln versehen worden. Mit dem Ergebnis, dass sich der Verkehr jetzt in alle Richtungen und zu allen Tageszeiten mehrere Kilometer weit staute.

Sie nahm die Ausfahrt und kroch hinter einem Laster her, der nicht geblinkt hatte, sondern einfach in kurzem Abstand vor ihr auf die Ausfahrt eingeschwenkt war. »Und? Wie hat er sich angehört?«, fragte Frederica.

»Ich hab nicht mit ihm gesprochen. Irgendeine Laborantin oder so hat mir nur bestätigt, dass er da wäre, und wollte ihm ausrichten, dass wir kommen. Ich bin also genau so gespannt wie du, was und wer uns gleich erwartet.« Christian zog eine Tüte mit weißen Mäusen aus dem Handschuhfach. Wie immer musste er Fredericas Dienstwaffe aus dem Weg räumen. »Wieso trägst du die eigentlich nie? Du weißt, dass du uns damit ziemlich in die Scheiße reiten könntest?« Die Verärgerung in Christians Stimme war deutlich zu hören. Er hatte Frederica das schon oft gesagt. Nie schien sie zuzuhören, wenn es um das Tragen der Dienstwaffe ging. Er selbst war da sehr genau und hielt sich zudem auf dem Schießstand mit regelmäßigen Trainingseinheiten in Form. Bei dem

Gedanken, jederzeit einsatzbereit zu sein, fühlte er sich einfach gut und trug seine Walther P99 mit Stolz. Auf die Idee, dass das sichtbare Tragen einer Waffe überhaupt erst eine aggressive Reaktion auslösen könnte, wäre er nie gekommen.

Frederica verkniff sich einen Kommentar und konzentrierte sich gedanklich auf das bevorstehende Treffen. Irgendwann im Laufe des Gesprächs würde sie sich ein Bild von Herrn Sauerwein machen. Auf seinem Gebiet sollte er eine Koryphäe sein, vor der selbst K. H. laut Tanja, die K.H. nach Sauerwein gefragt hatte, etwas in die Knie gegangen sei. Dieser Ruf passte wenig mit falsch-positiven Befunden zusammen. Ein ungutes Gefühl stieg in Frederica auf. Wie man es auch drehte und wendete, entweder war der Mann ein Idiot oder ein Krimineller. Beides nicht sehr aufmunternd. Vielleicht gab es eine harmlose Erklärung. Womöglich hatte ein Mitarbeiter die ganze Nummer verbockt? Und da würde Christian recht behalten, Sabine Gross hätte eine Zweitmeinung einholen sollen.

Kurz darauf mussten sie hinter einem Smart vor einer roten Ampel halten. Als diese auf Grün sprang, passierte nichts. Entnervt ließ Frederica ihre Hand auf die Hupe schnellen. Mit einem kurzen, schnellen Schlag das Zungenbein zertrümmern – bei wem genau, ließen Fredericas Gedanken offen. Vor ihnen drückte sich die Fahrertür des Smart auf und ein kleiner dicker Mann sprang ihre Seitenscheibe an. Amüsiert ließ sie sie runter, um sich seinen aggressiven Wortschwall besser anhören zu können. Hinter ihnen begann ein Hupkonzert.

»Wie können Sie es wagen, mich anzuhupen? Haben Sie denn nicht gesehen, dass ich gerade was gegessen habe? Sie werden ja wohl warten können, bis ich fertig bin! Aber keine Sorge, Sie bekommen eine Anzeige, ich hab das alles auf meiner Dashcam!«

Frederica und Christian sahen sich an und brachen in schallendes Gelächter aus. Auch Christian machte die Anmache sichtlich Freude. »Guter Mann, ziehen Sie Leine, und zwar schnell. Bevor wir Sie mit aufs Revier nehmen und Ihnen kurz erklären, was es mit Ihren illegal erworbenen Bildchen so alles auf sich hat. Und wenn Sie das nächste Mal vor einer grünen Ampel einschlafen, werden wir Sie in Ihren Träumen besuchen kommen!«

Der kleine dicke Biedermann starrte sie mit offenem Mund an.

Da er keine Anstalten machte, sich zu bewegen, ergriff Frederica das Wort: »Sie steigen sofort in Ihren Wagen und machen die Straße frei!«

Als würde er tatsächlich aus einem Traum erwachen, schüttelte der Mann sich kurz und trabte zurück zu seinem Smart.

Was für eine Verschwendung.

*

Bis zu dem Tag vor drei Jahren, als Matthias Carstensen spitzbübisch grinsend ins Dezernat geschossen gekommen war, hatte Frederica noch nie eine feste Beziehung gehabt. Im Sinne dessen, was man so fest nennt. Zusammen abends einschlafen und zusammen morgens aufwachen. Zusammen frühstücken und einkaufen und zu Ikea fahren. Gruselig eigentlich, wenn man genauer darüber nachdachte.

Die Liebe, das war nichts für Frederica, das hatte sie immer gewusst. Und nicht nur so, wie man Trauben betrachtete, die außer Reichweite hingen und eh zu sauer waren. So richtig verstanden hatte Frederica das Gleichnis sowieso nie; was außer Reichweite hing, hatte sie noch nie interessiert. Nein, sie wusste es in etwa so, wie eine althergebrachte Weisheit, die Kindern unter dem Siegel der Verschwiegenheit anvertraut wurde, sobald sie alt genug waren, deren Bedeutung zu begreifen. War das bei ihr auch so gewesen? Welcher Dorfälteste hatte sie eingeweiht? Sie konnte sich nicht erinnern.

Sie hatte ihn etwas hochmütig begrüßt, als Matthias ihnen als neuer Kollege bei der Sitte vorgestellt worden war. Warum sie das getan hatte, wusste sie selbst nicht so genau. Es war auch eher so eine Egal-Haltung gewesen. Er hatte so ausgesehen, als könnte er keinen Termin einhalten, geschweige denn einen Einsatz leiten. So weit würde es hoffentlich auch gar nicht kommen. Überflüssig also, sich näher mit ihm zu beschäftigen.

Aber sie hatte es vermieden, ihn direkt anzusehen. Irgendetwas hatte sie beunruhigt, es war ein Signal gewesen, das unter seinem Lächeln gelauert hatte, die Aufforderung, dazuzukommen und das Siegel zu brechen.

Frederica, komm nach Hause, spiel mit mir.

»Hi, ich wusste gar nicht, dass wir jetzt auch Kinder nehmen.« Er hatte sie regelrecht angeblitzt.

Oh Gott, was für ein Idiot. »Ja, extra für euch Sittenjungs, damit ihr auch mitkriegt, was so unterm Tisch abläuft.«

Das Büro war in schallendes Gelächter ausgebrochen. Matthias hatte mit eingestimmt, ob aus gesellschaftlichem Druck oder weil er schlagfertige Frauen tatsächlich gut fand, hatte sie nur vermuten können. Sie hatte jedoch schnell wieder an ihm vorbei gesehen und sich mit einigen Kollegen unterhalten, die sie länger nicht gesehen hatte. Matthias hatte sie ebenso konsequent wie erfolglos versucht zu ignorieren. Seine Blicke auf ihrem Rücken hatten wie Feuer gebrannt. Als sie sich zum Gehen gewandt hatte, hatte er plötzlich neben ihr gestanden und sie ziemlich unsanft am Arm festgehalten. Sie hatte keine Zeit gehabt, darüber erstaunt zu sein, denn in Zeitlupe hatte sie beobachten können, wie ihre Beine nachgegeben und der Raum sich zu drehen begonnen hatte. Erst langsam, dann schneller und immer schneller im Kreis. Panisch hatte sie an ihrem Arm gezogen. Doch der Raum hatte sie nicht loslassen wollen. Sie hatte versucht, den Kollegen auszumachen, mit dem sie sich zuletzt unterhalten hatte, ihn aber nicht fixieren können. Matthias' grimmiger Blick war die einzige Konstante gewesen. Sie wusste nicht mehr, ob sie tatsächlich laut aufgeschrien hatte oder ob es nur in ihrer Einbildung passiert war.

Um den Zauberspruch zu brechen, hatte sie all ihren Mut zusammengenommen und ihm direkt in die Augen gesehen. Sein Blick war unaufgeregt gewesen. Seine Bedeutung nicht.

Komm nach Hause, Frederica.

Aber als würden seine Gedanken zu jemand anderem gehören als seine Seele, hatte er sie abrupt losgelassen. »Bis morgen dann zum Workshop.«

Sie hatte sich wortlos abgewandt und war in ihre Abteilung zurück gerannt.

Damals hatte sie gedacht, sie hätte sich retten können. Dass das Siegel intakt geblieben wäre. Aber sogar heute noch, Jahre später, musste sie sich kurz schütteln, wenn sie an die Episode zurückdachte. Was auch immer das gewesen sein mochte, sie war seitdem wenig scharf auf eine Wiederholung gewesen. Und zu Hause war man besser allein.

*

Rahlstedt war ein ziemlich unspektakulärer Stadtteil. Grün und weitläufig mit Parks bestückt war es in Hamburg sowieso überall, sodass sich soziale Unterschiede nur an der Breite der Straßen und der Dichte der Gründerzeitvillen festmachen ließen. In Rahlstedt waren die Straßen eng und die Villen rar. Vor einem besonders prächtigen Exemplar mit ausladendem Vorgarten hielten Frederica und Christian jetzt an.

»Die Geschäfte scheinen ja prima zu laufen.«

»Die Geschäfte mit unnötigen Vorsorgeuntersuchungen.«

Bevor Frederica sich in Rage reden konnte, stieg Christian aus. »Dann lass mal hören, was Herr Prof. Dr. und so weiter Sauerwein so zu erzählen hat.«

In der Villa herrschte geschäftiges Treiben. Sie betraten einen weitläufigen Flur, der in seiner ursprünglichen Form erhalten geblieben zu sein schien und von dem mehrere Türen in wahrscheinlich großzügig geschnittene Zimmer abgingen. Männer und Frauen in weißen Kitteln kreuzten den lichtdurchfluteten Eingangsbereich. Auf dem Boden war hochwertiges Parkett verlegt, das trotz der vielen Füße auf Hochglanz poliert war. Okay, so ein Labor hatte wohl keine Laufkundschaft, machte sich Christian klar. Warum der Hausherr dann allerdings so ein ausladendes Entree unterhielt, wenn nicht zu Repräsentationszwecken, würde wohl sein Geheimnis bleiben. Es sah jedenfalls nicht so aus, als wäre die einstmals hochherrschaftliche Villa umgebaut worden, um einen Geschäftsbetrieb aufzunehmen. Ebenso fragte er sich, wo die Labore sein könnten. Im Keller vielleicht? Während sie auf die Rückkehr der Assistentin warteten, die sie bei Herrn Sauerwein ankündigen wollte, richtete sich ihre Aufmerksamkeit auf einen Mann, der die Treppe hinunterkam. Alles an ihm schien durchschnittlich. Größe, Gewicht, Geisteshaltung. Frederica steckte sich unauffällig eine weiße Maus in den Mund.

»Guten Tag, ich heiße Prof. Dr. Markus Sauerwein.« Seine Stimme klang etwas zu indifferent für einen Mann um die

50, der die Endlichkeit des Lebens in ihrer gewalttätigsten Form täglich auf den Tisch bekam. Indifferent und ausladend. Frederica mochte es eher schlicht. Warum sagte er nicht einfach *ich bin Markus Sauerwein*?

»Sie sind hier wegen Frau Gross?« Er sah sie beide etwas zweifelnd an. »Wenn ich auch nicht wirklich weiß, was ich für Sie tun kann.« Frederica bemerkte, wie seine Hand zu dem Ärmelaufschlag seines Hemdes wanderte, das unter seinem Laborkittel hervorlugte. Ein blaues Oxford-Hemd mit Button-Down-Kragen. Keine Maßanfertigung. Keine Manschettenknöpfe.

»Ich bin Hauptkommissar Christian Lauterbach und das ist meine Kollegin, Kommissarin Dr. Frederica Moll.« Beide zeigten ihre Ausweise. »Können wir uns irgendwo ungestört unterhalten?«

Prof. Dr. Sauerwein steckte seine weißen unberingten und sehr graziösen Hände in die Kitteltaschen. »Eine Doktorin als Polizistin? Wie spannend. Psychologin?«

»Psychoanalytikerin. Ich praktiziere aber nicht mehr. Hätten Sie ein paar Minuten Zeit für uns?«

»Natürlich, kommen Sie bitte mit in mein Büro.«

Sie gingen hinter ihm die breite Wendeltreppe hoch und folgten ihm in ein großzügiges Büro, in dem er ihnen die beiden Plätze vor seinem Schreibtisch anbot. Frederica sah sich neugierig um, während Christian den Arzt warmredete. Büro konnte man den Raum nicht nennen, eher herrschaftliche Bibliothek. An den Wänden wie auf dem Boden davor und auf dem Schreibtisch stapelten sich die Büchertürme. Und während der Eingangsbereich protzig wirkte, war hier zwar alles ebenfalls teuer, aber geschmackvoll und schlicht gehalten. Es sah nur etwas unordentlich aus, so, als ob immer alles in Gebrauch wäre und es sich deshalb nicht lohnen würde, etwas wegzuräumen. Alles in allem eine beruhigende und angenehme Atmosphäre.

»... nein, ich kenne die Patienten in der Regel nicht und habe auch Frau Gross nicht gekannt.«

Frederica horchte auf.

»Sie haben mit Frau Gross nicht telefoniert?«, fragte Christian nach. Dass er den Wahrheitsgehalt der Antwort bezweifelte, ließ er sich nicht anmerken.

»Nein, wie gesagt, wir untersuchen hier die Proben und fertigen die Expertisen an, die ich dann an die Praxen weiterreiche. Wer da genau an was leidet, ist nicht weiter von Belang für mich.«

»Verstehe. Wäre es denn grundsätzlich möglich, dass sich ein Patient bei Ihnen meldet? Sind Ihre Kontaktdaten irgendwo verzeichnet?«

»Ja, insbesondere jemand, der privat versichert ist und daher meine Rechnungen sieht, könnte hier anrufen. Aber noch mal: Ich wüsste nicht, warum.« Wieder der Griff zu den Hemdsärmeln. Ganz unwillkürlich, als wäre es eine langjährige Angewohnheit.

»Wie erklären Sie sich dann, dass Frau Gross in der Woche vor ihrem Tod dreimal bei Ihnen angerufen hat?« Christian und Frederica sahen ihn durchdringend an, als wollten sie bei einem eingetrübten Teich unbedingt auf den Grund sehen, weil ihnen etwas Wichtiges hineingefallen war. Die Hand wanderte hoch zum Scheitel und strich langsam und akkurat darüber hinweg. »Gar nicht. Wie oft soll ich noch sagen, dass ich Frau Gross nicht kenne und nie mit ihr gesprochen habe? Mag sein, dass sie im Labor angerufen hat, aber wir haben nicht miteinander telefoniert.« Die Hand wanderte weiter zum Telefon. »Und nun entschuldigen Sie mich bitte, ich habe zu tun. Alles Weitere können Sie mit meiner Sekretärin klären.«

Frederica steckte sich erneut eine weiße Maus in den Mund. Aber anstatt sie möglichst dezent zu kauen, ließ sie sie im Mund liegen – und den Schwanz raushängen. Dabei sah sie den Arzt unverwandt an. Sie saß leicht von Christian abgewandt. Ihm fiel nur auf, dass Dr. Sauerwein Frederica anstarrte, als wäre sie gerade aus einem schleimigen Ei geschlüpft und müsste dringend mit einem Flammenwerfer zur Strecke gebracht werden. Die Hand des Professors, die sekundenlang über dem Telefon geschwebt hatte, wanderte zurück in die Kitteltasche.

Unnatürlich beherrscht, gleichzeitig selbstunsicher. Frederica rief sich eine Patientin in Erinnerung, die mit einer dependenten Persönlichkeitsstörung diagnostiziert worden war. Sie war eine Allgemeinärztin mit gut gehender Praxis, die allerdings so von ihrem Mann abhängig gewesen war, dass sie ihm dabei geholfen hatte, Raubüberfälle zu begehen. Ein Bild, das auf jeden verstörend wirken musste. Die Ärztin hatte dieselben Züge gezeigt. Sauerwein hier und jetzt zu diagnostizieren würde zu weit gehen. Aber was wäre, wenn er von einem anderen Menschen abhängig wäre, dass er für diesen morden würde? Dafür müsste sein eigener Leidensdruck enorm sein. Bezogen auf seine Arbeit, sein Labor als Lebenswerk? Was konnte in einem Labor schiefgehen? Natürlich. Das konnte es sein. Was wäre, wenn sie einfach … Frederica konnte nicht anders, sie musste es probieren.

Während Frederica ihre Gedanken ordnete, schob Christian einen Zettel über den Schreibtisch. »Diese Nummer hat Frau Gross angerufen. Und sie gehört zu Ihrem Labor.« Christian sah zu Frederica, die etwas runterschluckte und ihn unschuldig ansah. »Die letzten zwei Ziffern könnten eine Durchwahl sein. Würden Sie sich die Nummer bitte einmal ansehen?«

Der Arzt beugte sich über den Zettel, als wäre der der verlängerte Arm von Monster-Frederica und fixierte Christian. »Ja, das ist meine Durchwahl. Mein Anschluss ist allerdings in der Regel auf meine Sekretärin umgeleitet.«

»Also hat Ihre Sekretärin mit Frau Gross gesprochen?«

»Sehr wahrscheinlich.«

»Dann bitten Sie sie doch kurz rein, damit wir das klären können?«

»Aber natürlich.« Da war sie wieder, die weiße, graziöse Hand über dem schwarzen Telefon. Als wollte sie den Hörer segnen, verharrte sie wieder in ihrem Schwebezustand. »Obwohl, wann sagten Sie, ist Frau Gross verstorben? Letzte Woche? Da hatte meine Sekretärin Urlaub. Wir hatten da jemanden als Ersatz. Von der Zeitarbeit. Ich bin mir sicher, dass wir die Kontaktdaten irgendwo haben, wir werden sie Ihnen zukommen lassen.«

»Das ist sehr liebenswürdig von Ihnen. Es ist uns auch sehr unangenehm, so viel Ihrer wertvollen Zeit in Anspruch nehmen zu müssen, aber wir hätten da noch eine andere Frage, diesmal eine aus Ihrem Fachgebiet. Wir hoffen, dass Sie uns da weiterhelfen können.« Frederica sah ihn liebenswürdig an. »Falls Sie noch fünf Minuten erübrigen könnten?«

Der Arzt nahm einen hochmütigen Gesichtsausdruck an. »Ich habe wirklich viel zu tun. Wenn Sie sich beeilen, meinetwegen.«

»Wie häufig passiert es Ihnen, dass Sie falsche Befunde herausgeben?« Neugierig beobachtete Frederica seine Reaktion auf ihre ungeheuerliche indirekte Anschuldigung.

Anstelle des freundlichen Hinweises, dass natürlich bedauerlicherweise Fehler passieren könnten und er selbstverständlich nicht abschließend wissen könne, bei welchen der Tausenden Untersuchungen pro Jahr dies der Fall sei, obwohl alle Standards selbstverständlich strikt eingehalten würden, wurde der Arzt aschfahl. Jedoch nicht vor Wut oder Entrüstung, wie Frederica fand. Eher wie jemand, der auf der Kirmes mit seinem kleinen Kind unterwegs war und beim Umdrehen feststellte, dass es verschwunden war.

Schnell brachte sie den Punkt nach Hause. »Wollen oder können Sie meine Frage nicht beantworten?« Sie sah ihn süffisant an. »Vielleicht führen Sie ja auch nur nicht Buch darüber.«

Christian zog in Gedanken den Kopf ein. Aber das große Donnerwetter blieb aus. Statt sie dramatisch rauszuwerfen, wie es Schuldige wie Unschuldige gleichermaßen gerne inszenierten, blieb er etwas zusammengesunken in seinem Schreibtischstuhl sitzen und sah nirgendwo hin. »Ich möchte Sie jetzt bitten zu gehen. Falls Sie noch Fragen haben, wenden Sie sich an meinen Anwalt.«

*

Tanja kam surrend auf sie zugerollt und fixierte Frederica. »Na, du siehst ja aus, als hättest du Spaß gehabt.«

Christian legte seine Jacke ab und sah Frederica prüfend an, als müsste er Tanjas Bemerkung überdenken. Die Rückfahrt ins Dezernat hatten sie schweigend zugebracht. Frederica, weil sie komplett in Gedanken gewesen war, und Christian, weil er nicht gewusst hatte, was er hätte fragen sollen. Er vertraute seiner Kollegin, aber in letzter Zeit ging sie ihm öfter eine Spur zu weit. Und er wusste nicht, ob es an diesem Fall lag oder ob Frederica etwas ganz anderes belastete.

Frederica nickte Tanja zu. »Das hast du völlig richtig erkannt. Und in gewisser Weise habe ich sogar großen Spaß gehabt. Und ich hab da eine Idee. Guckst du mal bitte, ob der Jan Meyer Dienst hat, der bei dem Auffinden von Sabine Gross dabei gewesen ist? Und wenn ja, bestellst du ihn ein, für jetzt gleich?«

»Was hast du denn vor?«, grummelte Christian sie an. »Wollen wir nicht erst mal das Gespräch mit dem Sauerwein aufarbeiten? Außerdem hätte ich ihn gerne noch ein paar Sachen gefragt, was du mal wieder mit deiner ruppigen Art zunichte gemacht hast!«

Frederica blieb von der Kritik unberührt. »Der hätte sowieso nichts erzählt, dazu hätten wir ihn konkret etwas fragen müssen. Hätten wir ihn mit Beweisen konfrontieren können, wäre er wahrscheinlich eingeknickt. So viel konnte ich sehen, als ich geblufft habe, um seine Reaktion zu testen. Aber so? Momentan haben wir einfach zu wenig Informationen. Außerdem werden wir uns noch länger mit ihm beschäftigen dürfen, da kann er etwas warten. Momentan interessiert mich eher, was uns Frau Horvath und Jan Meyer verheimlichen. Irgendetwas ist da, und ich will wissen, ob das mit unserem Fall zusammenhängt.«

»Also, ich hab kein Problem mit den beiden. Ich glaube auch nicht, dass die Streife uns da weiterhelfen kann. Der Mörder wird seit Stunden über alle Berge gewesen sein, als Frau Horvath den Notruf abgesetzt hat. Und warum sollte sie uns anlügen? Oder meinst du, sie steckt mit dem Täter unter einer Decke?«

»Oder mit der Täterin, kann ja auch eine Frau gewesen sein. Nein, das glaube ich nicht. Aber Frau Horvath weiß irgendetwas oder hat etwas getan, und das will sie uns nicht sagen.« Frederica lehnte sich in ihrem Stuhl zurück und schloss die Augen. *Habt ihr euch vielleicht etwas versprochen? Einen Pakt geschlossen? Oder hast du etwas getan, ohne dass Sabine davon wusste? Oder nur dir selbst etwas versprochen?*

»Meinetwegen. Wir sollten uns aber nicht zu lange damit aufhalten und lieber endlich den Ex einbestellen. Für mich ist das immer noch unser Hauptkandidat. Es ist doch immer der Lover.«

Frederica setzte sich wieder auf. »Ich glaube nicht, dass wir uns mit Malte Fischer beeilen müssen. Wenn er kein Alibi hätte, wäre es doch einfacher gewesen, es zuzugeben oder sich eines auszudenken. Aber zu sagen, dass er sich mit jemandem getroffen habe, dessen Namen er uns nicht geben könne – das ist doch als Ausrede eher anstrengend?«

»Für einen Auftragskiller halte ich ihn auch nicht. Das war weder durchstrukturiert geplant noch eiskalt durchgeführt. Der Durchschnittsmörder sieht das Ganze nicht als Job, den es zu erledigen gilt. Ihn holen irgendwann seine Taten ein und er sucht dann verzweifelt nach einer Entschuldigung für sein Tun. Ich hab da schon die merkwürdigsten Alibis gehört.«

»Zugegeben, Morde sind immer ambivalent. Man tötet nicht nur aus einem Grund, sondern aus vielen verschiedenen Bedürfnissen heraus. Man tötet gleichzeitig aus Liebe und aus Hass, aus Gier und aus Nächstenliebe, aus sexuellem Antrieb und aus Scham. Wenn die Tat im Nachhinein rationalisiert wird, kann das Alibi natürlich schon mal auf der Strecke bleiben. Lass uns annehmen, es hätte einen Unfall gegeben und er hätte das Ganze spontan als Suizid getarnt. Dafür hätte er zu wenig Spuren hinterlassen. Die fehlende Tatwaffe könnte hierfür ein Indiz sein.«

»Aber dazu würde nicht passen, dass die Wanne voller Blut war«, entgegnete Christian.

»Ja, das sehe ich genauso«, meinte Tanja. »Aber um ein Alibi hätte er sich dann sicherlich gekümmert, heutzutage weiß doch jeder, dass zuerst der Lebenspartner dran ist. Jan Meyer ist übrigens in zehn Minuten da.« Tanja schob sich ihre Perücke zurecht, »nur so zur Info, warmlaufen müsst ihr euch ja nicht mehr, so wie ich das sehe.«

»Müsste Alfred nicht mal wieder raus?« Frederica sah Tanja fragend an.

»Nö, eigentlich nicht.« Tanja bemerkte Fredericas Blick und verstand. »Muss er müssen?«

»Ja, das wäre gut, wenn der Junge irgendwie Unsinn gemacht hat, müssen wir das ja nicht sofort in großer Runde besprechen.«

»Okay, wir sind schon weg.«

Frederica kramte in ihrer Handtasche nach Süßigkeiten und hielt Christian eine Lakritz-Schnecke hin. »Um was wollen wir wetten, dass wir über den Ex nicht weiterkommen?«

*

»Komm jetzt, wir müssen los!« Niels, der zuerst das Bad und dann darin ein Handtuch gesucht hatte, das Ziegenbärtchen gegen seinen Hals hatte pressen können, hatte nebenbei registriert, wie gleichgültig Torben das Messer an der Hose seines Opfers abgewischt und langsam eingesteckt hatte.

Als Nächstes hatte Torben den Briefumschlag gefunden und ebenfalls eingesteckt. Danach hatte er an der Wohnungstür gestanden und Niels entgeistert angesehen. »Willst du hier Wurzeln schlagen? Die Sanis sind gleich da. Los jetzt!«

»Gib ihm den Umschlag mit dem Geld.« Niels hatte selber nicht gewusst, warum er das gesagt hatte.

»Spinnst du? Der wollte uns verarschen!«

»Und dafür hast du ihn bestraft. Gib ihm das Geld.«

Torben hatte ihn prüfend angesehen und tatsächlich den Umschlag rausgefischt und auf den Boden geworfen. »Aber nur, weil wir dringend weg müssen. Das wird noch Thema!«

Und das Thema hatte nicht lange auf sich warten lassen. Stumm waren sie nebeneinanderher zum Ausgang getrabt und Richtung Niels' Wagen, den er in einer Seitenstraße hinter der »Langen Reihe« abgestellt hatte. Ebenso stumm waren sie zum Hafen runtergefahren.

Und jetzt standen sie hier, am Fischhafen, und Niels putzte sich sehr umständlich die lädierte Nase, um Zeit zu gewinnen. Endlich kam ihm eine Eingebung. »Hör mal, Bro, Thomas soll doch wohl von der Aktion gerade nichts mitbekommen, oder?«

Torben sah ihn misstrauisch an. »Was meinst du damit?«

»Na ja, ich denke nicht, dass er mit einem Mord in Verbindung gebracht werden möchte, egal wie weit weg von ihm der passiert ist – oder?«

Falls Torben bereits selber auf die Idee gekommen war, ließ er es sich nicht anmerken. Der Wind nahm zu und es wurde unangenehm feucht. »Was weiß ich. Und tot haben wir den Kerl ja nicht zurückgelassen.« Er nahm sich eine von Niels' Zigaretten und steckte sie sich trotz Böe problemlos an. »Und was kümmert dich das überhaupt?«

»Hör mal, wir stehen füreinander ein. Das heißt auch, dass man den anderen vor …«, Niels musste kurz schlucken, »… Dummheiten bewahrt. Ein paar Rezepte sind doch wohl keinen Mord wert, oder?« Er sah Torben prüfend an. »Oder gibt es da noch was anderes, was du mir erzählen solltest? Hast du eben tatsächlich für ein paar Hundert Euro jemandem die Halsschlagader aufgeschlitzt? Ist das normal bei dir?«

Torben wich einige Schritte vor Niels zurück, wie um sich besser in Kampfstellung zu bringen. »Sag mal, was fragst du mich das jetzt schon wieder? Reicht es dir etwa nicht, wenn so 'n Troll uns verarschen will? Das muss sofort unterbunden werden, das spricht sich sonst rum! Wenn dir das nicht spektakulär genug ist, kannst du ja wieder dahin verschwinden, von wo du gekommen bist. Scheint da ja super für dich gelaufen zu sein!«

Niels hob beschwichtigend die Hände. »Schon gut, Alter. War ja nur 'ne Frage. Ich muss mich eben noch zurechtfinden. Aber ich finde es echt stark von dir, dass du dich so für mich einsetzt. Wäre nur schön, wenn du mich das nächste Mal vorher einweihen würdest.«

Einen Moment lang war es vollkommen windstill. Dann krachte wieder eine Böe um das Geländer und zerrte an ihren viel zu leichten Jacken. Torben brach in schallendes Gelächter aus, was Njörd ziemlich irritierte und ihn den Angriff abblasen ließ. Torben stieß Niels fast über die Brüstung vor Zuneigung. »Aber sein dummes Gesicht war es mir wert!«

*

»Thomas, mein Lieber, wie schön dich zu sehen!« Dr. Jens-Peter Hansen sah tatsächlich so aus, als würde er sich über Thomas Haas' Besuch freuen. »Was verschafft mir die Ehre? Ich wollte mich nach Marbella bei dir melden, aber du weißt ja, wie das ist. Man kommt hier kaum noch raus. Trotzdem, Asche auf mein Haupt, ich gelobe Besserung.«

Thomas Haas ließ den Entschuldigungsschwall regungslos über sich ergehen, während sie ausgiebig Hände schüttelten. Er hatte kein Problem mit dem Apotheker – noch nicht, jedenfalls. Nach seinem Geschmack konnte das gerne so bleiben. Mit dem Gewinn aus ihrer kleinen Zusammenarbeit konnte man sich zwar nicht zur Ruhe setzen, aber bedachte man den marginalen Aufwand und das geringe Risiko aufzufliegen, konnte man sehr zufrieden sein. Und es kam niemand zu Schaden. Skrupel hatte er sich als langjähriger Vertriebsleiter eines Pharmaunternehmens zwar längst abtrainiert, aber irgendwie lebte es sich angenehmer, wenn man nachts im Dunkeln nicht auf Geister traf. In erster Linie Spaß bereiten sollten seine Nebengeschäfte, in ihm den nötigen Nervenkitzel für sein Tagesgeschäft aufbauen und ihm so nebenbei das eine oder andere Luxusobjekt ermöglichen. Er atmete zufrieden durch. Lief doch. Bis auf die Kleinigkeit, derentwegen er hergekommen war.

»Kein Problem, Jens. Es ist sowieso besser, wenn wir nicht zu häufig miteinander verkehren. Es soll ja schließlich alles schön seriös bleiben.«

Ja, alles hatte hochseriös angefangen, damals vor etwa fünf Jahren, als sie sich auf einem Event der Luxusklasse, das Haas im Auftrag seines Arbeitgebers für besondere Kunden auf Ibiza ausgerichtet hatte, kennengelernt hatten. Haas hatte Dr. Hansen bewusst eingeladen, denn er konnte den alteingesessenen Apotheker aus Hamburg gut in seinem Netzwerk gebrauchen. Einige Zeit vor Ibiza nämlich hatte er sich während eines Workshops mit seinem direkten Kollegen aus Italien angefreundet. Der Italiener hatte ein paar Tipps gehabt, wie man zusätzliche Einnahmen generieren könnte. Die hatte er so unbekümmert in den Raum geworfen, als wäre der Begriff Compliance nur für den Overhead erfunden worden. Und Thomas Haas war um einige Ideen reicher nach Hamburg zurückgereist, die er nach und nach umgesetzt hatte. »Ich bin auch wegen etwas anderem hier.«

Sie waren mittlerweile in eines der Büros gegangen. Das Büro des Apothekers war rein funktional eingerichtet und verströmte eine ungemütliche, kalte Atmosphäre. Es war in denselben Materialien und demselben Weiß gehalten wie der Tresen im Verkaufsraum. Dr. Hansen ließ die Tür offen stehen und Thomas Haas bemerkte auf der gegenüberliegenden Flurseite eine dicke Tür, über der ein Schild angebracht war: »Reinraum – bitte Tür zu allen Zeiten geschlossen halten.« Die Tür darunter stand sperrangelweit offen.

Thomas Haas wunderte sich nicht weiter, sondern konzentrierte sich auf sein Anliegen. »Ich wollte mich mit dir über meinen neuen Botenjungen unterhalten. Du erinnerst dich, er hat am Freitag meine Rezepte bei dir eingelöst?«

»Ja, natürlich, du hattest ja angerufen und darum gebeten, dass ich ihn mir mal ansehe. Wie ein Polizist sah er mir nun nicht aus. Eher das Gegenteil.«

»Du bist ja auch kein Kleinkrimineller vom Kiez. Glaub mir, ich habe es aus sicherer Quelle, dass er als verdeckter Ermittler arbeitet. Da hat sich nämlich ein etwas träger Staatsbediensteter ziemlich ungeschickt verplappert. Aber das interessiert mich momentan weniger. Solange ich ihn an der kurzen Leine halte, kann ich die Informationen kontrollieren, die er sammelt. Und solange ich ihn nicht auffliegen lasse, kann man mir auch keinen neuen unterschieben.« Er setzte seine Verkaufsmiene auf. »Jens, ich möchte, dass du ihn mir abnimmst, bis ich herausgefunden habe, was genau hier gerade passiert.«

Der Apotheker sah ihn zweifelnd an. »Dir abnehmen? Wie genau soll das gehen? Und warum denkst du, dass ich den Spitzel bei mir haben möchte?«

Thomas Haas sah sich übertrieben forsch um: »Das hier ist doch eine Apotheke, oder? Und du hast doch genug zu tun für einen Kurierfahrer? Es sind nur ein paar Tage. Torben wird weiterhin unsere Specials bedienen, lass Niels die offiziellen Aufträge erledigen.«

Jens-Peter Hansen sah durch die geöffnete Tür zum Reinraum. Er stand auf, schloss dessen dicke Tür und kam wieder zurück. »Ich weiß nicht, ob das eine so gute Idee ist. Aber was soll's, einen Gefallen bin ich dir schuldig. Er soll morgen vorbeikommen.«

*

»Spätestens gestern hätte ich etwas sagen müssen, ich weiß. Aber ich dachte ja erst, es wäre ein ganz normaler Selbstmord. Aufgeschlitzte Pulsadern in der Badewanne, das Übliche eben.«

»Das Übliche? Wie viele Badewannenselbstmorde haben wir denn so in der Woche?« Christian stand mit verschränkten Armen vor Jan Meyer, der auf einem Besucherstuhl kauerte und verschämt irgendwohin sah, nur nicht zu den beiden Ermittlern.

Er hatte erst kürzlich seine Ausbildung beendet und hätte sich nicht träumen lassen, so schnell Probleme zu kriegen. Irgendwann mal, ja, blieb ja nicht aus, wenn man Erfolg haben wollte, aber doch nicht jetzt schon. Er hätte auf jeden Fall mehr Zeit zur Vorbereitung gebraucht. In seiner Lieblingsserie »Lethal Weapon« wirkte es immer ziemlich cool, wenn Martin Riggs zum Lieutenant zitiert wurde. Und wie er jedes Mal aus der Nummer wieder rauskam, war echt vom Feinsten. Von einer Assistentin eine Ansage zu kriegen, war da hingegen kein Highlight in seinem Tagesablauf.

Frederica, die glücklicherweise von diesen Gedankengängen verschont blieb, stand am Fenster und sah auf die Straße hinunter. Die Baustelle vor der Tür wollte bei dem frostigen Wetter nicht fertig werden. Mal sehen, wie lange die Spurverengung den Anwohnern und Durchgangspendlern noch auf die Nerven gehen würde. Die Szene hinter ihr schien sie hingegen nicht weiter zu interessieren.

Jan hatte, abgelenkt durch seine Grübeleien, Christians Frage wohl als rhetorisch verstanden und redete munter, wenn auch etwas desillusioniert weiter. »Aber dann hab ich gestern zufällig von Peter gehört, dass es doch Mord war. Ich hatte ihn nach dem Bericht gefragt, aber der war schon fertig, sodass ich erst mal Mittag gemacht habe.« Er zuckte mit den Schultern. »Konnte ja erst mal eh nichts mehr dran ändern.«

Christian rollte mit den Augen. »Einfach mal hier anrufen und Bescheid geben, das wäre doch was gewesen? Ich rette dir den Arsch, als du unerlaubt von deinem Posten am Tatort verschwunden warst, und so dankst du es mir?«

Endlich drehte sich Frederica zu den beiden Männern um. »Davon weiß er doch gar nichts, Christian.« Sie wandte sich Jan zu. »Aber das Rätsel könnten Sie bitte für uns lösen.«

Jan Meyer sah Frederica an wie ein Labrador, der die gedeckte Kaffeetafel leer gefegt hatte und unbedingt wollte, dass Frauchen den Nachbarhund verdächtigte. »Welches Rätsel?«

Frederica blieb geduldig. »Wo Sie waren, als wir am Tatort angekommen sind. Zu der Zeit waren Sie von Peter an der Haustür eingeteilt worden. Da hatten wir Sie aber erst wieder angetroffen, als wir gehen wollten.«

Jans Blick fing wieder an zu flackern, so wie damals, als sie ihn am Tatort kennengelernt hatte. Eine leichte Röte stieg ihm ins Gesicht.

»Bei der Nachbarin Frau Horvath.« Er sah auf den Boden. »Sie hatte mir etwas von ihrem selbst aufgesetzten Schnaps angeboten.« Schnell sah er wieder auf, als Christian zu sprechen ansetzte. »Den hab ich aber nicht getrunken. Wir dürfen nichts annehmen, ist doch so.«

»Und das war's? Für kurz mal den Posten verlassen und nichts im Dienst getrunken …», er sah Jans fragenden Blick,

»… beziehungsweise nichts im Dienst angenommen, scheinst du mir zu nervös zu sein.« Er trat einen Schritt näher an Jan heran. »Komm, wir kriegen eh alles raus, lass dir doch nicht alles einzeln aus der Nase ziehen.«

Jan Meyer seufzte kurz auf, als sähe er schon seine Abmahnung vor sich.

»Jan! Hallo!«

Er biss sich reflexartig in die Wange. »Es war das Blut. Ich hatte mir an der Haustür schon 'ne Weile die Beine in den Bauch gestanden, als Frau Horvath mit ihrem Hund den Flur runtergekommen ist. Sie hat mich angelächelt und gefragt, wie es so läuft. Dabei blieb sie stehen und ich sah die Blutspritzer auf ihren Sneakers. Die waren weiß – die Sneakers, nicht die Spritzer – und die sind mir aufgefallen, weil das die neuesten von ›New Balance‹ waren, die ich auch haben will, aber erst noch das Geld dafür zusammensparen muss. Und dann seh ich die plötzlich vor mir an so 'ner alten Frau.« Verschreckt unterbrach er seinen Monolog und sah zu Frederica.

Sie grinste nur und bot ihm aus einer Tüte ein Stück Schokolade an, das er dankend ablehnte.

»Sie haben eine gute Beobachtungsgabe, Jan. Ich darf doch Jan sagen? Erzählen Sie weiter, was war mit den Blutspritzern?«

Jan sah zu Christian, der sich an seinen Schreibtisch gesetzt hatte und ihn nicht weiter zu verfolgen schien. Er lehnte sich etwas entspannter zurück. »Na ja, viel ist da nicht mehr. Mir kam das alles echt harmlos vor, aber als sie meinen Blick auf ihren Sneakers gesehen hat, ist die ganz weiß geworden. Und der Hund hat kurz gebellt, so, als hätte sie ihn am Halsband gezogen. Das hat sie irgendwie noch mehr verschreckt, und sie hat gefragt, ob ich sie zur Tür bringen könne. Hab ich dann auch gemacht, war ja nicht weit und wie gesagt für mich war das ein langweiliger Suizid. Konnte ja nicht ahnen, dass der Job an der Tür so wichtig ist.«

Er wollte jetzt doch in die Tüte greifen, aber Frederica zog sie ihm weg. Ihre Stimme blieb weiterhin ruhig. »Hat sie etwas zu den Schuhen gesagt? Irgendetwas?«

»Nein, sie hat mir nur gesagt, dass es ihr jetzt besser ginge und ob ich einen Schnaps wolle. Den hab ich abgelehnt und bin zurück auf meinen Posten gegangen.«

»Und dann hast du die ganze Sache sofort wieder vergessen.« Christian sah ihn durchdringend an. »Hättest du gleich Meldung gemacht, hätten wir die Zeugin bei ihrer Vernehmung darauf ansprechen können. So müssen wir noch mal los.«

Jan ließ den Kopf sinken. »Hab ich jetzt ein Problem?«

Christian sah zu Frederica rüber, die den Kopf schüttelte. Er machte eine Handbewegung zur Tür. »Nein, und jetzt raus, bevor wir es uns anders überlegen.«

*

»Sag mal, du hast mir immer noch nicht erzählt, was da eigentlich genau los gewesen ist, als unser Boss mich zum Italiener bestellt hat. Du hast mir ganz schön Angst gemacht.«

Niels und Torben saßen in Niels' Wagen auf dem Parkplatz eines McDonald's in Wandsbek und schoben sich ein paar Burger mit Pommes in den Mund. Niels hatte länger überlegt, wie er Torben darauf ansprechen sollte. Leuchtreklame hatte in dem Punkt recht, irgendetwas war noch im Busch, und das hatte das Potenzial, ihn den Kopf zu kosten. Er hatte sich für die »Beiläufig fragen«-Variante entschieden und Torben auf einen Döner bei seinem Lieblingstürken um die Ecke eingeladen. Torben hatte ihn zweifelnd angesehen und stattdessen einen Trip nach Wandsbek vorgeschlagen. »Du, ich muss da mal etwas kürzertreten. Ohne Soße schmeckt der nicht, aber die Blähungen sind mittlerweile nicht ohne. Langsam wird das peinlich. Was hältst du von einem Burger?« Niels hatte mit den Schultern gezuckt und den Wagen geholt.

»Ach, Bro, manche Dinge darfst du nicht auf die Goldwaage legen.« Torben wischte sich mit dem Handrücken die Burgersoße aus dem Mundwinkel, während er auf seiner Jeans nach einer heruntergefallenen Tomate suchte. »Als ich sagte, er hätte ein ernstes Problem mit dir, wollte ich nur checken, ob du cool bist. Du weißt schon.«

»Nee, weiß ich nicht. Also wollte Thomas gar nichts Bestimmtes von mir?«

»Na ja, sehen, ob du überhaupt auftauchst – oder eben nicht. Wärst du nicht aufgetaucht, hätte er dich suchen und abholen lassen. Von mir.« Er hatte die Tomate gefunden, inspizierte sie auf ihren Ekelgrad, befand sie für noch essbar und steckte sie sich in den Mund. »Nachdem du mir ja quasi das Leben gerettet hattest, war ich dir einen besseren Job schuldig, und ich dachte, es wäre an der Zeit, dass der Boss dich kennenlernt. Aber irgendwie kann er dich nicht leiden. Keine Ahnung, warum. Ich musste also dem Test zustimmen, sonst wär das gar nichts geworden. Du weißt schon, Bro.«

Niels seufzte und nahm sich seine dritte Portion große Pommes vor. Wenn er es wüsste, säße er jetzt nicht hier … »Ja klar. Was geht nachher noch? Jetzt, wo ich endlich dazugehöre?«

Torben trank seine große Cola aus, bis der Strohhalm schlürfende Geräusche machte. Er schielte dabei auf einen

Schoko-Milkshake, den er noch nicht probiert hatte und der gleich fällig wäre. »Du sollst morgen früh zum Apotheker. Der hat eine Aufgabe für dich.«

Niels blieb vor Aufregung fast das Salatblatt im Hals stecken. »Zum Apotheker? Meinst du den in der Innenstadt, wo ich am Freitag gewesen bin?«

»Ja, genau der. Löcher mich aber nicht nach Einzelheiten, ich weiß auch nicht mehr. Ich schwöre.«

Niels ließ sich zufrieden in den Sitz zurückfallen und warf die Essensreste durch sein Seitenfenster auf die Straße. *Endlich. Das Warten hat ein Ende. Es soll schließlich nicht umsonst gewesen sein. Es muss zählen.*

*

»Frau Horvath, so hat das alles keinen Sinn!« Christian lehnte mit seinen Händen auf dem Vernehmungstisch vor der eingeschüchterten Frau und sah gar nicht zufrieden aus. »Wenn Sie nichts mit dem Mord zu tun haben, kann Ihnen nichts passieren!«

»Wieso haben Sie mich dann abholen und herbringen lassen, wenn Sie mir den Mord eigentlich nicht zutrauen?«

Christian schlug mit der flachen Hand auf den Tisch. »Verdammt noch mal, ich will doch nur wissen, woher das Blut auf Ihren Schuhen stammt!«

»Das habe ich Ihnen schon mehrfach gesagt. Ich habe mich geschnitten. Es hat ziemlich geblutet und da muss wohl etwas runtergetropft sein.«

»Und wo ist der Schnitt? Frau Horvath, verarschen kann ich mich alleine!«

Frederica sah mitleidig auf die verfahrene Szene. So kamen sie hier sicherlich nicht weiter. Sabine Gross' Nachbarin war das Verhör sichtlich unangenehm und von Christians Anbrülltaktik wurde sie immer weiter in die Defensive getrieben. Bald würde sie überhaupt nichts mehr sagen.

Eigentlich waren sich alle einig, dass Frau Horvath nicht die Täterin war. Aber sie hatte wichtige Informationen, da war sich Frederica ebenso sicher. Sie kramte in ihrer Jackentasche. Es war an der Zeit, die Handlung voranzutreiben.

»Frau Horvath? Möchten Sie?« Frederica hielt ihr ein Snickers hin. »Ich hoffe, Sie sind nicht allergisch gegen Erdnüsse? Das kann hier noch länger dauern und die Marsriegel sind leider alle.«

Frau Horvath sah Frederica mit halb geöffnetem Mund an und griff nach dem Riegel. Frederica hatte mit einer Finalität in der Stimme gesprochen, dass unmissverständlich klar wurde, dass sie nicht lockerlassen würden.

Tatjana Horvath blickte in die Runde, als wäre sie eben aufgewacht. »Ein Schnaps täte mir jetzt gut.« Wohl wissend, dass der in diesem Moment nicht verfügbar war, nahm sie das Snickers und pulte das Ende auf. Sie setzte sich gerade hin, biss hinein und fing mit vollem Mund an zu sprechen: »Vor circa einem halben Jahr hat Sabine eines Abends bei mir Sturm geklingelt. Sie war sehr ungeduldig und, wie ich dann feststellte, ziemlich betrunken. Ich war nicht angezogen und habe einen Moment gebraucht, da fing sie schon an, gegen die Tür zu hämmern. Da war mir klar, dass etwas Schlimmes passiert sein musste.« Sie biss noch mal ab und sah frustriert über die Köpfe der beiden Polizisten hinweg an die kahle Wand des Verhörzimmers.

Der Raum, der über keine Fenster verfügte, schien sich zu verdunkeln. Christian und Frederica hatten sich kurz vorher darüber gestritten, ob sie Frau Horvath, die noch als Zeugin und nicht als Verdächtige geführt wurde, nicht lieber in ihr

Büro bitten sollten, aber Christian war hart geblieben. Frederica zuckte innerlich mit den Schultern.

Zumindest redete die Frau jetzt. »Der Brustkrebs war zurückgekommen und es sah nicht gut aus. Sie hatte sich an dem Nachmittag ein Herz gefasst und bei ihren Eltern angerufen, um ihnen die Nachricht beizubringen. Und natürlich, um sich trösten zu lassen. Das Verhältnis zwischen Sabine und ihren Eltern war nie besonders gut, wobei es hauptsächlich die Mutter war, die immer gegen Sabine gearbeitet hat. Sabine hatte angenommen, dass ihre ernste Erkrankung ihre Mutter etwas aufweichen würde. Das schien nicht passiert zu sein. Im Gegenteil.« Tatjana Horvath fing an, mit dem Fuß zu wippen. Der Erdnussriegel war aufgegessen und sie strich die Verpackung auf der kahlen Tischplatte glatt. »Sabine hat sich ganz fürchterliche Dinge anhören müssen, so als wäre der Krebs irgendwie ihre Schuld, ein gesellschaftlicher Makel, der jetzt an ihnen allen kleben würde. Ich konnte es mir kaum anhören.« Sie sah Christian und Frederica durchdringend an. »Selbst wenn sie übertrieben hätte und nur die Hälfte wahr gewesen wäre – mir hätte es dicke gereicht. Wir haben die Nacht durch getrunken und dabei viel geredet. Über Malte Fischer und warum das alles nicht so glattlief.«

Frederica und Christian wechselten einen Blick, ließen sie aber weiterreden.

»Auch über Selbstmord.« Sie zerknüllte die Verpackung und fing sofort erneut an, sie glatt zu streichen: »Ich hatte zunächst einen Schreck bekommen, weil ich dachte, sie wolle mich um Sterbehilfe bitten, wenn es so weit wäre. Damit wäre ich wahrscheinlich ziemlich überfordert gewesen. Tatsächlich ging es ihr darum, sie davon abzuhalten.« Die Verpackung hatte endlich ausgedient. Sie ließ sie zerknüllt auf dem Tisch liegen und suchte in ihrer Handtasche nach Zigaretten. Ohne darüber nachzudenken, zündete sie sich eine an.

Geflissentlich sahen alle drei über das »Rauchen verboten«-Schild hinweg.

»Sie hatte Angst vor den Schmerzen und dass sie schwach werden könnte.«

»Schwach werden? Sie meinen, dass sie sich selbst umbringen würde, um die Schmerzen zu beenden?«

»Ja genau. Ich hatte ja gesagt, dass ihr Vater da eine sehr strikte Meinung zu hat. Warum, das hat Sabine mir nicht gesagt. Selbstmord sei etwas für Feiglinge, die Flucht vor der Verantwortung oder so ähnlich. Und da Sabine Respekt vor ihrem Vater hatte, wollte sie ihm das nicht antun. Als ich sie dann so in der Wanne gefunden habe …« Frau Horvaths Stimme brach ab. Schnell nahm sie einen tiefen Zug und stieß den Rauch hastig wieder aus. »Jedenfalls bin ich davon ausgegangen, dass sie es doch getan haben musste. Und da habe ich das blutige Messer vom Beckenrand mitgenommen.« Sie sah die beiden mit einem schlechten Gewissen an: »Ich habe nicht richtig drüber nachgedacht, was ich damit anrichte.« Sie wühlte erneut in ihrer Handtasche und zog ein Küchenmesser heraus, das in ein Geschirrtuch eingewickelt war. »Hier, ich habe es Ihnen mitgebracht. Ich hatte es allerdings in der Spülmaschine, um es zu säubern.«

Bevor Christian über sie herfallen konnte, nahm Frederica ihr schnell das Päckchen ab. »Danke, Frau Horvath, dass Sie uns die Wahrheit gesagt haben. So können wir einen Punkt auf unserer Liste abhaken. Und wenn man es genau nimmt, war es ja von Vorteil für uns, dass Sie das Messer mitgenommen haben. Sonst hätten wir ja nie über einen Mord nachgedacht.«

Tatjana Horvath war im Begriff aufzustehen, unterbrach jedoch ihre Bewegung. Es hatte den Anschein, als würde sie einen Zensurschalter im Kopf umlegen. »Sie hat immer wieder gesagt, dass er ein Mörder sei.« Hilfe suchend sah sie die beiden an, die ebenso reglos zurückstarrten.

»Wer?«, mehr konnte Christian nicht herauspressen, zu aufgeregt waren beide vor dem nächsten Satz. »Na, Malte Fischer natürlich.«

*

»Jetzt sollen wir ihr also noch dankbar sein? Du spinnst ja!« Christian ging in ihrem Büro hektisch auf und ab, um seine aufgeflammte Zerstörungswut wieder einzufangen. »Es ist ihre verdammte Pflicht, mit uns zu kooperieren. Wieso wir ihr Honig ums Maul schmieren müssen, verstehe ich wirklich nicht!«

Frederica und Tanja sahen sich an.

Frederica traute sich: »Weil wir ansonsten nichts aus ihr herausbekommen hätten.«

»Sie hätte schon noch geredet!« Christian setzte sich an seinen Schreibtisch. »Tanja, ist das Messer bei der KTU?« Als Tanja genickt hatte, setzte er nach: »Und was ist eigentlich mit den Fasern an dem Manschettenknopf? Sind da schon Ergebnisse zurück?« Tanja wollte Alfred eine Akte apportieren lassen, besann sich aber eines Besseren und rollte selbst rüber. »Ja, es sind Fasern eines blauen Baumwollhemdes, teurer Zwirn. Wahrscheinlich eine Maßanfertigung.«

»Kann der Stoff zurückverfolgt werden?«

»Nein, leider nicht.«

»Damit kommen wir also nicht weiter. Was ist mit dem Manschettenknopf?«

»Sterlingsilber, kann man bei ›Wempe‹ kaufen, nichts Besonderes.«

»Verdammt noch mal, Wolf will heute Ergebnisse sehen und wir sind keinen Schritt weiter!«

Frederica griff in ihre Schreibtischschublade und warf Christian einen Marsriegel zu. Er fing ihn elegant auf und grinste sie an. »Ich dachte, die wären alle?«

»Und ich dachte, du wärst pfiffiger. Was Tatjana Horvath getan hat, hat sie aus Freundschaft getan, nicht aus Gleichgültigkeit oder Hass. Daher hättest du sie nie mit deinen Einschüchterungsversuchen bekommen, ihre Loyalität Sabine Gross gegenüber wäre immer stärker gewesen. Und den Wolf können wir sicherlich bis morgen hinhalten, ich mach das schon. Und überleg mal, ohne sie wäre der Mord unentdeckt geblieben.«

»Du meinst, erst weil sie das Messer mitgenommen hat, sind wir auf die Idee gekommen, dass es Mord sein könnte.«

»Ja, und wie so viele andere wäre der Vorfall von einem überarbeiteten Notarzt sonst als natürliche Todesursache bescheinigt worden.«

»Oder später in der Pathologie übersehen worden. Und hey, selbst dein Lieblingsverdächtiger ist durch Frau Horvaths Aussage wieder stärker im Rennen.«

Christians Miene hellte sich sichtlich auf, bevor er die Süßigkeit vernichtete. »Das ist auch gut so. Ihr werdet sehen, dass er etwas damit zu tun hat. Sein Alibi kann er gerne für sich behalten.« Sein Blick verfinsterte sich wieder. »Moment mal – jetzt, wo wir wissen, dass ein Messer am Beckenrand gelegen hat – war es vielleicht doch Selbstmord?«

Tanja kratzte sich unter der Perücke. »Da ist was dran.«

Frederica griff erneut in die Schublade, um sich selbst einen Riegel herauszuholen. Sie hielt jedoch inne und sah ihre Kollegen an. »Wisst ihr was? Ich brauche etwas Herzhaftes.«

Tanja und Christian starrten sie an.

»Bist du krank?«, fragte Christian endlich.

»Nein, nur hungrig.«

»Soll ich mitkommen?«, fragte Tanja.

»Nein, ich gehe nur schnell etwas in der Kantine essen und komme dann wieder.« Eigentlich wollte sie fünf Minuten für sich haben, aber Hunger hatte sie tatsächlich, und warum nicht das Nützliche mit dem Angenehmen verbinden?

Sie stellte sich an die Salatbar und inspizierte unentschlossen das Angebot. Da es bereits relativ spät für einen Kantinengang war, sah das Büfett bereits unappetitlich ausgeräubert aus. Nur von den Kidneybohnen gab es noch genug. Sie sah unwillkürlich zum Eingang. So wie damals, als sie das zweite Mal auf Matthias getroffen war. Sie hatte ihn zufällig reinkommen sehen und sich hier hinter der Salatbar versteckt.

Da hatte er sie auch prompt gefunden. »Hey, da ist ja Shorty wieder. Du solltest deine Haare wachsen lassen, würde dir besser stehen.«

Seit ihrem Zusammentreffen bei seinem Einstand hatte sie es vermeiden können, ihm über den Weg zu laufen, und trotzdem täglich an ihn gedacht. Und dann hatte Matthias Carstensen wie selbstverständlich hinter ihr gestanden und ihr dabei zugesehen, wie sie die Kidneybohnen einzeln auf ihren Teller gezählt hatte.

»So wie du dich rarmachst, könnte man meinen, du würdest mir aus dem Weg gehen!«

Wie in Trance hatte sie weitergezählt, ohne zu reagieren. Erschrocken hatte sie feststellen müssen, dass ein Blackout und Hitzewallungen sie völlig gelähmt hatten. Es war ihr unmöglich gewesen, sich umzudrehen und eine passende Antwort zu geben. Sie hatte natürlich ebenso wenig so tun können, als hätte sie ihn nicht gehört. Also hatte sie kurz und heftig in die Armbeuge gehustet, um den Druck abzuleiten, sich zusammengerissen und den Kopf gedreht.

Der Schmerz hatte sie wie ein Schlag ins Gesicht durchfahren. Warum hatten seine Augen sie so unverschämt in den Arm genommen? Hatte sein Grinsen ihre Kniekehlen umspielt, bis sie gedroht hatten einzuknicken? Sie hatte sich am Tablett festgehalten und gehofft, dass die Lähmungserscheinungen ihrer Zunge bald nachlassen würden.

»Nenn mich nicht Shorty«, hatte sie sich schließlich ziemlich unsexy abgerungen.

Wie erwartet hatte Matthias sich davon nicht beeindrucken lassen. »Wie soll ich dich denn sonst nennen? Vielleicht *meine* kleine Shorty? Aber du weißt sicherlich, dass das pleonastische Züge aufweisen würde?«

Intelligent, schlagfertig, auch das noch. Sie hatte gewusst, dass er sie nur aufzog, sie war nun mal klein und niedlich. Dieses Verhalten bei Männern kannte sie zur Genüge und es interessierte sie nicht. Aber bei ihm hatte es ihr etwas ausgemacht. Dabei war er überhaupt nicht ihr Typ gewesen. Ein Draufgänger obendrein. Er hatte unten am Hafen im Alleingang einen Container überprüfen wollen, weil er dort verschleppte Mädchen aus Russland vermutet hatte. Sein Informant hatte wohl damit recht gehabt, ihm aber vergessen zu sagen, dass die harten Jungs bereits auf dem Weg gewesen waren, die Mädchen weiterzuverteilen. Die Verstärkung war gerade noch rechtzeitig gekommen. Und Matthias hatte man als Held gefeiert.

»Was ist los, Shorty, hast du dich verzählt?«

»Wobei denn bitte?«

Er hatte zuerst in ihre verschwommenen Augen, dann auf ihren Teller gesehen. »Schon gut, ich werde dich nicht weiter belästigen.«

Wann hatte es eigentlich genau begonnen? Hier in der Kantine oder doch erst später? Frederica schüttelte die Erinnerung ab, bevor sie sie überwältigen konnte. Sie stellte den Teller zurück und verließ die Kantine. Sabine Gross wartete. Wartete Matthias auch?

Komm zurück, geh nicht, bleib bei mir …

MITTWOCH

Es hatte in der Nacht erneut angefangen zu schneien, und es schneite immer noch heftig, als Frederica gegen 8 Uhr morgens die Reventlowstraße in nördlicher Richtung befuhr, um von ihrer Wohnung in Othmarschen nach Groß Flottbek zu kommen. Da der Straßendienst mit der Räumung nicht hinterherkam, stand auch auf den Hauptstraßen zentimeterhoch der Schnee. Heute hatten die Hamburger endlich einen Grund, miserabel Auto zu fahren, und den nutzten sie schamlos aus. Für die Strecke, für die sie sonst zehn Minuten gebraucht hätte, stand sie heute Morgen bereits seit 20 Minuten im Stau. Und sie war noch lange nicht in der Wentzelstraße angekommen. Der Grund ihres morgendlichen Exkurses ließ ihre Laune weiter in den Keller sinken. Ihre Mutter hatte nach ihr verlangt. Sie hatte gestern Abend bedeutungsvoll angerufen und sie für heute Morgen zum Frühstück in ihr Lieblingscafé einbestellt. Freyas Lieblingscafé, nicht Fredericas.

Auf Fredericas Bemerkung, warum es denn so eilig und so kurzfristig sein müsste, konnte sie sich die übliche schnippische Bemerkung ihrer Mutter anhören. »Ich hätte dich natürlich auch tagsüber auf dem Handy anrufen können, aber du hast mir verboten, dich bei deiner Arbeit zu stören.« Selber schuld, wieso hatte sie gefragt. Wahrscheinlich, um überhaupt etwas zu sagen, die Stille war ihr immer noch unerträglich.

»Ja, natürlich komme ich. So gegen acht?«

Ihre Mutter hatte gnädig zugestimmt und gleich wieder aufgelegt.

Frederica hatte danach minutenlang auf ihr Handy gestarrt und sich gefragt, warum sie sich das antat. Was hieß »blutsverwandt sein« eigentlich genau? Und warum bedeutete es so viel anderes als das Verhältnis zu den Menschen, die man freiwillig um sich scharte? Vielleicht weil diese immer nur ein Vexierbild dessen waren, was man im Elternhaus vermisst hatte und niemals finden würde.

Niemals erfüllt. Niemals entspannt. Niemals satt. Niemals sein.

Plötzlich hatte Frederica Angst bekommen. Wovor? Nicht vor dem *niemals sein*, damit kam sie gut zurecht. Und natürlich auch nicht vor ihrer Mutter und dem, was sie ihr morgen wieder zu erklären hätte. Aber wovor dann? Wie so oft war sie in ihren Überlegungen nicht weitergekommen. Als gäbe es eine unsichtbare Barriere, die sie davon abhielt weiterzuforschen. Woher kam diese Furcht? Die Angst war weiter angeschwollen, bis sie Frederica regelrecht ausgefüllt und gezwungen hatte, aufzustehen und ein Glas Wasser zu holen.

Es war nicht ihre Mutter. Es war auch nicht ihr Leben. Sie hatte das Glas in einem Zug ausgetrunken und versucht, sich zu erinnern. Es war der Sommer gewesen. Der einzige Sommer, den Matthias und sie gehabt hatten. An den sie sich nicht erinnern konnte. Nicht an sein Gesicht und nicht an die kurzen, hektischen Nächte, die sie beide intakt zurückgelassen hatten. Sie konnte sich einzig an einen bestimmten Geruch erinnern, nach frisch gemähtem Gras und Oleander. Und sie sah die Rosenbüsche vor sich, dicke, ausladende Äste, die sie immerzu hatten festhalten wollen, als hätten sie geahnt, dass es auf der anderen Seite des Gartens nur das Ende gäbe. Was hatten sie ihr zugeflüstert?

Sie betrat das Café und sah ihre Mutter auf ihrem Stammplatz sitzen. Freundlich lächelnd ging sie auf Freya zu, die sie bereits erspäht hatte.

»Da bist du ja endlich. Ich habe uns schon Tee bestellt, ich hoffe, das ist dir recht.« Die kurze Begrüßung hatte Freya Moll gereicht, um ihre Tochter eingehend von Kopf bis Fuß zu mustern.

Frederica war die Überprüfung durchaus nicht entgangen, sie hatte aber schon lange aufgehört, sie in irgendeiner Art und Weise zu kommentieren. Das würde ihre Mutter tun und sie wappnete sich insgeheim vor ihrem Urteil.

»Du könntest mal wieder zum Friseur. Und ein paar Pfund abnehmen, deine Größe verzeiht da keine Fehler. Isst du immer noch so viele Süßigkeiten? Zu viel Zucker ist nicht gut für den Teint. So wird sich kein Mann ernsthaft für dich interessieren.«

Frederica blieb stumm. *Schon überstanden? Hat gar nicht so wehgetan.* »Ja, ist gut, Mama. Ich habe Samstag einen Friseurtermin.« Sie zupfte ihren dunkelblauen Kaschmir-Rolli am Bauch zurecht. »Warum bin ich hier?«

Frau Moll lehnte sich entspannt zurück, sie hatte ihre mütterlichen Pflichten erfüllt. Sie lächelte sogar die Bedienung an, die soeben den Tee brachte. »Darjeeling First Flush« mit Milch. Fredericas Mutter war wie immer tadellos gekleidet. Sie trug eine blaue Matrosenhose aus Wolle, eine beigefarbene Schluppenbluse aus Seide und ein orangefarbenes Halstuch von »Hermès«. Trotz der feuchten Luft stand kein Ponyhaar schief. »Hast du es wieder eilig?«

»Du weißt, dass wir mitten in einer Mordermittlung stecken? Ich habe um zehn ein Meeting mit dem Team und das Wetter ist nicht gerade berauschend.« Die Elbchaussee verband die Elbvororte mit der Innenstadt und war als einspurige Landstraße ein Albtraum für jeden Pendler.

»Ja, natürlich. Nachdem du Henning so unhöflich abserviert hattest, habe ich mich noch sehr gut mit ihm unterhalten. Ein sehr guter Freund, ich weiß wirklich nicht, warum du immer noch so obstinat bist. Dein Vater ist lange genug tot.«

»Wir wollen uns jetzt aber nicht über Papi unterhalten?« Frederica schob angewidert die warme Milch zu Seite. »Ich muss spätestens in einer halben Stunde los.«

Freya Moll nahm einen Schluck karamellfarbenen Tee und seufzte. »Es hatte schon seinen Grund, warum ich Henning eingeladen habe. Und es war natürlich gesetzt, dass er die Einladung annehmen würde, um der alten Zeiten willen. Ich habe nur leider unterschätzt, wie wenig du von mir gelernt hast. Wenn du schon einen Beruf haben musst, dann solltest du mit Mitte 40 wenigstens deine eigene Abteilung leiten.«

»... ich bin 38.«

»... unterbrich mich bitte nicht. Profilerin möchtest du ja nicht sein ...«

»... doch, aber das gibt es in Deutschland nicht, wie du es dir vorstellst.« Langsam hatte Frederica Spaß an dem Gespräch.

»... mag sein, aber das gehört jetzt nicht hierher. Dein Studium nützt dir wenigstens noch etwas bei der Polizei, und Henning hat mir versprochen, dir behilflich zu sein. Was er so hört, scheinst du deinen Job ja ganz gut zu machen, und da dieser Wolf – so heißt er? – bald in Pension gehen soll ...«

»Was? Hat er das so gesagt?« Frederica setzte das Marmeladenbrötchen wieder ab, in das sie gerade hatte hineinbeißen wollen. »Will das mein Chef, Thomas Wolf heißt er übrigens, denn selber?«

Freya Moll warf einen angewiderten Blick in Fredericas Gesicht. »Das weiß *ich* doch nicht. Am besten unterhältst du dich mal mit Henning, was du am Samstag schon hättest tun können, und lässt dich beraten. Ich treffe ihn morgen und werde ihm deinen Anruf avisieren.«

Der Biss in das süße, fluffige Mohnbrötchen befriedigte Frederica diesmal wenig. Sie war diese Networking-Gespräche mit ihrer Mutter wirklich leid. Wenn sie sich wenigstens um ihr berufliches Fortkommen gesorgt hätte, weil sie zum Beispiel wüsste, dass Frederica selber viel daran läge, dann wäre das – aus vielleicht Nächstenliebe? – ja vertretbar gewesen. Aber sie wollte nur sicherstellen, dass sie bei den Treffen mit ihren Freundinnen nicht hintenanstand, wenn es um die Errungenschaften der Zöglinge ging, die regelmäßig reihum zum Besten gegeben wurden. Wenn da der Sohn in New York bei der UN einen – wenn auch völlig unbedeutenden – Verwaltungsjob ergattert oder die Tochter in eine Industriellendynastie in Norditalien eingeheiratet hatte, musste Frau Moll, geborene Anckelmann, natürlich mit Ähnlichem aufwarten können. Ihr erfolgreicher Eishockeyspieler-Sohn war da von Vorteil, er konnte aber nicht immer herhalten. Frederica musterte ihre Mutter unauffällig. Wusste sie wirklich weiter nichts von Wolf oder hatte sie nur nicht zugehört? Aber selbst wenn, wäre es ihr ja tatsächlich egal. Es nützte also nichts, nach auffälligen Zeichen im Gesicht ihrer Mutter zu suchen. Sie bedeuteten in der Regel nichts.

Während Frederica darin geübt war, ohne darüber nachzudenken, die passenden Antworten auf den Small Talk ihrer Mutter zu geben, überlegte sie insgeheim, ob sie Hennings Angebot annehmen sollte. Auf Wolfs Posten war sie keineswegs scharf, im Gegenteil. Aber wenn der Wolf wirklich gehen sollte, wäre es natürlich sehr interessant zu erfahren, was der Präses sich denn so in der Nachfolge vorstellte. Christian wäre kein schlechter Kandidat. Sie schenkte sich Tee nach. Zugegebenermaßen war er etwas holprig in seiner

Ansprache. Frederica runzelte die Stirn. Wenn man länger darüber nachdachte … sehr holprig. Und wenig politisch versiert. Ihn zu empfehlen, würde wahrscheinlich wenig Sinn ergeben. Während Frederica ihre Gedanken hin- und herkreisen ließ, sah sie aus dem Fenster. Da spannten sich ihre Gesichtszüge an. Ihr Blick fokussierte sich auf die gegenüberliegende Straßenseite. War das nicht …? Tatsächlich, was für ein Zufall.

Prof. Dr. Markus Sauerwein höchstpersönlich hastete an den Geschäftszeilen entlang. Sein Trenchcoat flatterte offen durch den Schnee und war auf Höhe der Knie völlig verdreckt. Er sah unrasiert und übernächtigt aus. Warum er allerdings für Frederica aus der Masse herausstach, konnte sie sich schnell beantworten. Er sah sich ständig verstohlen um, während er sich selbst hastig vorantrieb. Der unangenehme Schnee und die Kälte schienen ihm nichts auszumachen, als hätte er ganz andere Sorgen, die ihn momentan beschäftigten. Während Frederica überlegte, was sie mit dieser Information anfangen sollte, blieb er plötzlich stehen. Seine Gesichtszüge entspannten sich, er wirkte auf einmal erleichtert. Frederica drehte sich etwas, um in seine Blickrichtung zu sehen. Sie schüttelte leicht den Kopf. Warum überraschte sie das nicht? Dr. Jens-Peter Hansen kam auf den Pathologen zu. Sie begrüßten sich kurz und gingen gemeinsam in die Richtung, aus der Markus Sauerwein gekommen war.

»… dabei könntest du mir ja vielleicht helfen, wenn es deine Zeit erlaubt.«

»Natürlich, Mama, aber jetzt muss ich leider los. Ich melde mich. Vielen Dank für das Frühstück.« Ohne auf die Antwort ihrer Mutter zu warten, schielte sie angestrengt aus dem Panoramafenster des Cafés, während sie ihre Sachen zusammenklaubte und noch einen Schluck heißen Tee trank. Sie wusste nicht, wann sie das nächste Mal aus dem Matsch ins Warme kommen würde. Hastig verließ sie das Café, in dem sie ihre verstimmte Mutter zurückließ.

Es war einfach, jemanden zu verfolgen, wenn derjenige völlig ahnungslos war und außerdem der Schneefall eine Tarnkappe zur Verfügung stellte. Frederica hatte nur genügend Abstand halten müssen, um bequem den beiden Männern zu dem Wagen des Apothekers zu folgen, der einige hundert Meter weiter geparkt war. Die beiden hatten sich auf dem Weg dorthin angeregt unterhalten, wobei es so ausgesehen hatte, als hätte der Apotheker den Pathologen immer wieder beschwichtigt. Er hatte beruhigend auf ihn eingeredet, während der Pathologe regelmäßig stehen geblieben war, um seine Erwiderungen mit ausladenden Handbewegungen zu untermauern. Dabei war er immer hektischer geworden, panisch. Frederica hätte gerne gehört, worüber sie sich unterhielten, traute sich aber nicht näher heran, da sie Angst hatte, erkannt zu werden. Sie blieben am Wagen ein paar Minuten stehen und unterhielten sich weiter.

Der Pathologe wurde dabei immer lauter. »… das kannst du nicht machen!«, hörte Frederica, bevor der Apotheker Sauerwein einfach stehen ließ, in seinen Wagen stieg und davonfuhr.

Markus Sauerwein blickte ihm mit ausdrucksloser Miene lange hinterher. Dann schien er sich zusammenzureißen, blickte konzentriert um sich und setzte sich in nördlicher Richtung in Bewegung.

Frederica musste nicht lange überlegen. Sie folgte ihm.

*

»Da bist du ja endlich! Wir haben das Teammeeting ohne dich gemacht, der Wolf schäumt!« Tanja kam aufgeregt auf sie zugerollt. Heute trug sie einen schwarzen Pagenkopf mit Pony. Er sah aus wie ein Lackhelm. »Ich wusste mir nicht zu helfen und habe gesagt, du hättest dich krank gemeldet. Wieso bist du nicht ans Handy gegangen?«

Frederica sah sie missbilligend an. Während ihrer improvisierten Observation hatte sie ihr Handy ausgeschaltet gelassen. Das Teammeeting war ihr in dem Moment egal gewesen. Was ihr aber nicht egal war, war, wenn andere klüger sein wollten als sie selbst. »Das war sehr nett von dir, aber bring dich bitte nicht meinetwegen in Schwierigkeiten. Wenn ich gedacht hätte, es wäre wichtig, hätte ich mich selber abgemeldet. Sag einfach zukünftig die Wahrheit, nämlich dass du nicht weißt, wo ich bin.« Sie drehte sich suchend um, nicht zuletzt, um ihre Anspannung in den Griff zu bekommen. »Wo ist Christian?« Frederica ging zu ihrem Schreibtisch und legte ihre Sachen ab. Als Tanja nicht antwortete, sah sie sie an. Ihre Stimme klang immer noch distanziert. »Tanja?«

Die Rechercheurin versuchte, sich zusammenzureißen. Fredericas Verhalten hatte sie tief verletzt, aber sie rang darum, sich nichts anmerken zu lassen. Frederica wusste, dass sie zu ihr aufsah. Auch wenn sie gerade etwas hart reagiert hatte, würde Tanja verstehen, dass sie recht gehabt hatte. »Beim Wolf.« Sie drehte sich um und rollte zu ihrem Schreibtisch zurück.

Alfred legte ihr mitfühlend seinen Kopf in den Schoß. Bevor Frederica das Büro Richtung Chefetage verließ, blickte sie sich noch einmal kurz zu dem Pärchen um, als wollte sie sichergehen, dass man die beiden allein lassen konnte.

»Frau Moll?« Thomas Wolf sah seine Mitarbeiterin mehr verwirrt als verärgert an. »Ich dachte, Sie wären krank?«

Christian war aufgesprungen, als sie das Büro betreten hatte, und hatte sich nicht wieder gesetzt. »Gut, dass du da bist, dann können wir ja weitermachen. Ich wollte gerade unsere Ermittlungsergebnisse präsentieren. Möchtest du vielleicht?« Er ließ sich erleichtert in seinen Stuhl zurückfallen.

»Da ich das Meeting leider verpasst habe, ist es wohl nicht sinnvoll, wenn ich das mache.«

Wolf sah beide amüsiert an. »Sind wir hier im Kindergarten? Bitte, Herr Lauterbach. Ich warte.«

*

»Wie heißen Sie?«

Niels trat von einem Bein aufs andere und hoffte, der Apotheker würde es nicht bemerken. »Niels Lauritz.«

»Sie haben einen Führerschein?«

»Ja, natürlich.«

»Dann melden Sie sich bitte bei Annette Lührs am Tresen, Sie können Kurierdienste übernehmen.«

»Okay, Chef, wird gemacht. Was für Kurierdienste sind das denn?«

»Medikamententransporte. Mehr müssen Sie dazu nicht wissen.«

Verstanden, das war deutlich. Und mehr als frustrierend. Dabei war Niels voller Tatendrang aus dem Bett gesprungen, um sich pünktlich bei der Apotheke einzufinden. Torbens Ansage hatte ihm neuen Mut gemacht. Vielleicht war ja doch was dran an Leuchtreklames Behauptungen, Haas würde international mitmischen. Wenn nicht im Menschenhandel, woran Niels immer noch nicht glaubte, womöglich in Sachen Medikamentenbetrug. Und da war eine Apotheke sicherlich ein guter Start.

Doch nun kamen ihm erneut Zweifel. So wie der Apotheker sich gab, würde er wohl tatsächlich als Kurierfahrer eingesetzt werden. Er versuchte, sich noch einmal unauffällig umzusehen, bevor er das Büro des Apothekers verließ, um das Mädel zu suchen, das er beim letzten Mal kurz gesehen hatte. Vielleicht kam er dort weiter. Eher zufällig sah er zur gegenüberliegenden Tür und las das Schild, das über der schweren Tür angebracht war. »Reinraum« – was immer das sein mochte. Mischte der Typ da seine Medikamente an?

Niels machte die Tür auf und sah hinein. Vor dem eigentlichen Raum war eine Art Zugangsschleuse eingebaut, in der Matten ausgelegt waren. Kittel und Schutzanzüge hingen sauber an Haken aufgereiht an jeder Seite. Im Raum selbst schien nicht viel zu sein. Alles war in Weiß gehalten, der lange Tresen und die Schränke, die darunter standen und dahinter an der Wand hingen. In der Ecke ein paar Stangen, so wie die im Krankenhaus, an denen die Tröpfe aufgehängt wurden. Ihm fielen große dunkle Flecken auf dem Boden auf, die so sicherlich nicht in einen »Reinraum« gehörten. Zusätzlich stand in der hinteren linken Ecke ein Müllsack, aus dem benutzte Gaze und leere Behälter herausquollen. Auf dem Tresen …

Die Stimme, die plötzlich unangenehm dunkel in Niels' rechtes Ohr sprach, klang herrisch: »Was machen Sie da?«

Niels zuckte zusammen. »Ich suche … Wie hieß sie noch gleich?«

»Annette Lührs, sie ist vorne im Verkaufsraum.«

»Sorry, danke, ich geh dann mal.« Dieser Apotheker konnte böse gucken. Niels nahm sich vor, zukünftig etwas vorsichtiger zu sein. Und zu recherchieren, was ein Reinraum überhaupt war.

*

Jens-Peter Hansen ließ sich wieder in seinen Stuhl zurücksinken und blickte seiner neuen Aushilfe nach. *Der soll Polizist sein?* Der war ja noch dämlicher als dieser Idiot von der Mordkommission. Er setzte seine Lesebrille auf und suchte nach den Visitenkarten, die ihm das ungleiche Paar hinterlassen hatte. Mit denen musste er sich auch noch beschäftigen. Hauptkommissar Christian Lauterbach. Er schüttelte den Kopf. Der würde ihm kaum gefährlich werden können. Und wenn das blinde Huhn ein Körnchen finden sollte, konnte sich immer noch Henning Marquardt darum kümmern. Sein Verbindungsbruder aus Studientagen hielt sich aus seinen Geschäften raus, dafür besorgte er ihm regelmäßig üppig bemessene Spendengelder. Sein Blick verfinsterte sich. Kommissarin Dr. Frederica Moll. Nun ja. Wenn er mit seinen Vermutungen nicht immer recht behalten würde … Nachdenklich warf er die Visitenkarte in den Papierkorb.

Der Toffel hatte die üblichen Fragen gestellt, bei denen er nur hatte aufpassen müssen, seinen eigenen Wissensstand nicht zu verraten. Er hatte nicht preisgeben wollen, dass er von Sabines Tod bereits gewusst hatte, um sich keine unangenehmen Fragen nach seiner Informationsquelle stellen lassen zu müssen. Seine nichtssagenden Antworten schienen dem Mann gereicht zu haben. Als er seinen ärgerlichen Besuch gedanklich bereits verabschiedet hatte, war *sie* gekommen. Die kleine gut gekleidete Frau, die aussah wie ein Mädchen Anfang 20, hatte stumm daneben gestanden und ihn aufmerksam gemustert. Und dann war das Undenkbare passiert. Auf ihre Frage: »Wer hat Ihnen vom Tod Ihrer Mitarbeiterin erzählt?«, war seine Wahrnehmung verschwommen und eine Antwort war er schuldig geblieben. Er, der zu jeder Zeit souverän jedes Gespräch dominierte. Da hatte er beschlossen, sie im Auge zu behalten. Nachdem er später dann noch erfahren hatte, wessen Tochter sie war, war ihm klar, dass er für die Lösung des Problems etwas mehr Energie würde aufbringen müssen.

Henning hatte zwar versichert, dass er sie unter Kontrolle habe, aber er war sich da nicht so sicher. Es blieb wahrscheinlich an ihm hängen, ihren wunden Punkt herauszufinden und sie damit zur Kooperation zu überreden. Er griff zum Telefon und wählte Haas' Nummer. Es war an der Zeit, sich neue Freunde zu suchen.

*

»Was interessiert mich ein Reinraum?« Niels und Leuchtreklame hatten sich wieder in dem Café am Hauptbahnhof getroffen. *Das nächste Mal muss es aber definitiv eine Würstchenbude sein,* beschloss Niels sofort, als ihn erneut der Appetit auf Bockwurst überkam.

»Weil da irgendwas nicht mit rechten Dingen zugeht.« Niels sah ihn etwas beleidigt an. »Der Hansen hat mich regelrecht aus dem Raum geprügelt, als ich ihn mir zufällig angesehen hatte. Warum sollte er das tun, wenn das nur ein weiterer Raum in seiner Apotheke wäre?«

Leuchtreklame zeigte sich wenig begeistert. »Sag du es mir.«

»In einem Reinraum mixt der Apotheker Medikamente an. Bei Hansen sind das hauptsächlich Chemobeutel auf Rezept der Ärzte oder Krankenhäuser. Die müssen kurzfristig ausgeliefert werden, innerhalb einer Stunde, sodass da auch noch Termindruck hinter steht. Dafür müsste er also einige Assistenten haben. Die hat er aber nicht. Und dieser Raum, in denen die Beutel hergestellt werden, muss absolut steril sein. Ist er aber nicht. Ich habe mit eigenen Augen gesehen, wie verdreckt er war. Außerdem hat nicht jeder Apotheker so einen Reinraum, sondern nur um die 300 in ganz Deutschland. Die müssen regelmäßig behördlich überprüft und auf Sterilität getestet werden. Was bei dem Hansen augenscheinlich nicht passiert. Was sagt uns das alles?«

Leuchtreklame hatte sich einen weiteren Espresso bestellt, den er in einer schnellen Bewegung trank. »Und? Was?«

Niels machte sich eine mentale Notiz über den Würstchenstand. »Medikamentenpfusch natürlich. Und gezahlte Schmiergelder. Oder meinetwegen ›Spenden‹, wie man das halt heutzutage so nennt.«

Leuchtreklame blieb ungerührt. »Das hört sich für mich eher wie Recherchepfusch an. Und was machst du da überhaupt? Ich meine, wie bist du da hingekommen?«

»Thomas Haas hat mich dorthin ausgeliehen. Ich weiß nicht, warum, aber ich habe beschlossen, besser mitzuspielen.«

»Spiel nicht zu lange. Wir haben Infos, dass eine neue Schleuserroute für Mädchen aus dem Nahen Osten, vornehmlich Syrien, aufgemacht hat. Ich will wissen, ob Haas was damit zu tun hat.«

»Meinetwegen. Aber Haas ist Pharmavertreter. Als Mädchenhändler ist er bisher nicht in Erscheinung getreten. Ich hab euch gleich gesagt, dass da nicht viel zu holen ist. Erzählst du mir eigentlich irgendwann mal, wieso du so auf den fixiert bist?«

Die blinkende Leuchtreklame sah ihn teilnahmslos an. »Das geht dich nichts an. Und jetzt mach hinne.«

*

Drei Augenpaare sahen Frederica durchdringend an. »Es tut mir leid. Familiärer Notfall.«

»Du hast keine familiären Notfälle.« Diesmal war Christian richtig verärgert.

Frederica mied seinen Blick. Es war ihr unangenehm, ihre Kollegen anzulügen. Aber ihr Gespräch mit dem Pathologen musste vorerst geheim bleiben, bis sie wusste, wie Dr. Sauerwein sich weiter verhalten würde.

Sie war ihm durch Flottbek gefolgt, bis er sich auf einer kleinen Grünfläche an der Ebertallee auf eine Parkbank gesetzt hatte. Es hatte heftig weitergeschneit, die Bank hatte nasskalt und ziemlich ungemütlich ausgesehen. Trotzdem hatte es so ausgesehen, als hätte er vorgehabt, dort länger zu bleiben. Ohne sich um die Kälte zu kümmern, hatte er regungslos ins weiße Treiben gestarrt.

Frederica hatte die Straße überquert und sich zu ihm gesetzt. »Guten Morgen, Herr Sauerwein.«

Er schien sie nicht gehört zu haben.

Frederica war sich etwas albern vorgekommen. »Herr Sauerwein?«

Langsam hatte er seinen Kopf in ihre Richtung gedreht und sie angesehen. »Kennen wir uns?«

Frederica war sich noch alberner vorgekommen, während sie gleichzeitig wütend geworden war. »Kommissarin Frederica Moll, wir haben gestern miteinander gesprochen?«

Er hatte sie abwesend angesehen, während der Schnee bereits an seinen Augenbrauen kleben geblieben war. »Ja natürlich. Was für ein Zufall. Oder haben Sie mich gesucht?« Seine Miene hatte totales Desinteresse an ihrer Person verraten.

Fredericas Wut war Ungeduld gewichen. Trotz des herumwirbelnden Schnees hatte den Mann ein Vakuum umgeben. Eine bestimmte Art der Leere, die alles um sich herum aufsaugte, bevor sie lautlos in sich zusammenfiel. Sie hatte sich unwillkürlich ein Stück weggesetzt. »Nein, ich habe Sie nicht gesucht. Aber ich dachte mir, dass Sie mir mit ein paar Informationen aushelfen könnten, wenn wir uns schon zufällig begegnen.«

»Natürlich, nur zu.«

Frederica hatte nicht oft das Gefühl, dass man sie am ausgestreckten Arm verhungern ließ, aber wenn es mal vorkam, traf es sie umso härter. Mit Mühe hatte sie sich zusammenreißen können. »Sie kennen Dr. Jens-Peter Hansen?«

»Ja.«

Frederica war weiter geduldig bei der Sache geblieben. »Wie lange kennen Sie sich schon?«

»Wir sind zusammen zur Schule gegangen.«

Sie hatte ihn überrascht angesehen. »Damit wird mir einiges klar.«

Der Pathologe hatte sie zum ersten Mal genauer gemustert. »Was meinen Sie damit?«

»Ich frage mich, was wohl Ihr Motiv gewesen sein könnte, Sabine Gross zu töten. Genauer: Für wen Sie Sabine Gross ermordet haben und was dabei für Sie der Vorteil gewesen sein mag. Welcher Leidensdruck hat Sie angetrieben? Ich bin nicht weiter als bis zu dem Schluss gekommen, dass sie Ihre statistisch relevanten falsch-positiven Befunde an die zuständigen Behörden melden wollte. Sie bei der Ärztekammer anzeigen, es an die Presse geben, so etwas in der Art. Aber das hat mir für einen Mord nicht ausgereicht. Leute wie Sie morden nicht. Sie zerstören.« Frederica zog ihren langen dicken Schal fester um den Kopf. »Aber wenn Sie vielleicht Ihrem besten Freund aus Jugendtagen beistehen wollten? Ihm aus irgendeiner Bredouille helfen?« Sie sah den Pathologen prüfend an. »Oder irre ich mich da, Herr Sauerwein?«

Der Wind hatte zugenommen. Markus Sauerwein war es mittlerweile sehr kalt geworden, seine Lippen hatten sich bläulich gegen seine grauen Bartstoppeln abgesetzt. Irgendwo neben Frederica hatte wahrscheinlich irgendwann ein Mensch auf der Parkbank gesessen, der nun unter Abertausenden von Eiskristallen verschwunden war.

»Ich weiß nicht, wovon Sie reden. Und nun lassen Sie mich bitte allein.«

»Was machen Sie eigentlich hier in der Gegend? So weit weg von zu Hause? Hatten Sie einen geschäftlichen Termin? Wollten Sie sich vielleicht von Ihrem besten Freund Rat holen und sind abgeblitzt?«

Die Eiskristalle zerfielen in ihre molekularen Einzelteile und fügten sich in neuer Anordnung wieder zusammen.

»Sie wissen gar nichts! Und nun gehen Sie!«

»Das hier ist eine öffentliche Parkbank, Herr Sauerwein. Und mir gefällt es hier.« Frederica hatte es sich gemütlich gemacht. »Ich liebe es, wenn der Schnee noch unberührt ist. Das möchte ich eine Weile genießen.« Sie hatte einen Moment in den Park gesehen. *Reinigend, erlösend.* »Ich habe eine Idee. Wollen wir nicht zusammen eine Gedenkminute einlegen für eine Frau, die dachte, sie müsste viel zu früh an Krebs sterben, die aber, alleine gelassen von allen, die ihr etwas bedeutet haben, feststellen musste, dass sie all die Jahre nur missbraucht worden ist? Auf eine so schändliche Art und Weise, Herr Sauerwein, wie man es sich, ob Mann oder Frau, kaum in seinem ganzen Ausmaß vorstellen kann, die tatsächlich heranreicht an die übelste Vergewaltigung, von der man je gehört hat? Die, als sie diesen unerhörten Missbrauch realisiert und verinnerlicht hatte, nichts sehnlicher wünschte, als dem Mann gegenüberzutreten, der diesen Missbrauch zu verantworten hat? Oder von dem sie glaubte, dass er dahintersteckte, ohne zu wissen, dass es wahrscheinlich jemand ganz anderer war? Lassen Sie uns der Frau gedenken, die doch nicht vor ihrer Zeit hätte sterben müssen. Die ein erfülltes Leben mit einem Mann, mit Kindern und ihren Freunden für die gesamte Dauer eines Menschenlebens hätte genießen können. Und die dann von genau den Menschen, die sie jahrelang missbraucht haben, noch mal getötet wurde.« Sie hatte auf den vor Kälte zitternden Mann in seinem dünnen Trenchcoat gesehen, der zusammengesunken mit sich selbst um seine Seele rang. Sie musste an Njörd denken, den Gott des Meeres, der in der Regel sanftmütig war, ihr aber heute Rückendeckung zu geben schien. »Das sehen Sie doch auch so, nicht wahr, Herr Sauerwein?«

»Sie haben nichts in der Hand. Weder gegen mich noch gegen Jens. Wir haben immer nur das getan, was richtig war. Wir haben nie jemandem geschadet. Ich werde jetzt gehen.« Der Pathologe war abrupt aufgestanden, hatte den Schnee von den herabhängenden Schultern abgeschüttelt und war mit seiner neu gewonnenen Energie im Park verschwunden. Frederica hatte ihn gehen lassen. Frustriert hatte sie realisiert, dass sie gar keine andere Wahl hatte. Sie hatte tatsächlich nichts in der Hand. Es war ein Schuss ins Blaue gewesen, der zwar ins Schwarze getroffen, sie aber keinen Schritt weitergebracht hatte.

*

Sie steckte sich ein Karamellbonbon in den Mund und sah aus dem Fenster in den weißen Himmel. Gut, dass sie nie ihre Dienstwaffe dabeihatte. »Noch mal: Es tut mir leid. Jetzt bin ich ja da. Irgendwas, was ich wissen muss?«

»Du hast doch gerade beim Wolf neben mir gesessen. Also nein.« Christian ließ sich so schnell nicht beschwichtigen. »Weißt du, Frederica, manchmal werde ich einfach nicht schlau aus dir. Ich hatte eigentlich das Gefühl, dass dir dieser Fall besonders nahegeht. Vielleicht schon zu nahe, um professionell bleiben zu können.« Frederica sah ihn schuldbewusst an, was ihm offenbar entging. »Ich meine, dass du dich hier fast zu sehr engagierst. Aber dann passiert so etwas wie heute Morgen, dann sagst du nicht mal, wo du warst, und ich stehe da wie ein Depp.«

Frederica blieb eine Antwort erspart. Tanja hatte sich zwischenzeitlich diskret an ihren Schreibtisch zurückbewegt und ein Telefonat angenommen. Sie blickte beide Kommissare erwartungsvoll an. »Das war der Wolf. Ihr sollt noch mal zu ihm kommen.«

Stumm machten sich beide auf den Weg.

Maureen Thalbach musterte die beiden neugierig. Heute trug sie eine Boyfriend-Jeans, eine weiße Synthetikbluse und rosa Sneakers mit Plateauabsatz. »Na, habt ihr was ausgefressen? Zwei Termine innerhalb von einer Stunde schafft kaum jemand, das kann ich euch versichern.«

Christian funkelte sie an. »Sag du's mir.«

Thomas Wolf erschien an seiner Bürotür. »Darf ich bitten? Setzen Sie sich, es wird nicht lange dauern.« Ihr Chef steckte sich eine Nachfüllpatrone auf seine E-Zigarette und begann, angestrengt zu saugen. Der altbekannte süßliche Vanilleduft fing an, unangenehm den Raum zu füllen. »Entgegen unserer vorhin getroffenen Absprache bezüglich der weiteren Ermittlungsstrategie möchte ich, dass Sie sich wieder verstärkt auf den Ex-Freund Malte Fischer konzentrieren. Wir müssen davon ausgehen, dass er dringend tatverdächtig ist.« Er vermied es, die beiden anzusehen, und sprach zügig weiter. »Er hat ein Motiv und kein Alibi für den Zeitraum.« Er blätterte in ihrem Bericht. »Und dann auch noch diese Zeugenaussage von der Horvath – das mit dem Mörder? Beschaffen Sie mir also die Beweise.«

Christian und Frederica musterten ihren Chef überrascht. Was war in der letzten halben Stunde passiert? Frederica konnte es sich denken, während Christian die Informationen dazu fehlten.

Entgegen seiner sonstigen Gewohnheit übernahm er allerdings die Gesprächsführung. »Mir soll es recht sein, wir haben eh keine anderen Tatverdächtigen. Am besten fahren wir gleich hin und nehmen ihn mit, wenn er nicht kooperiert.«

»Er soll ein Motiv haben? Ist mir da was entgangen?« Frederica hatte Mühe, sich zu beherrschen. »Und was ist mit dem Pathologen, wir müssen seine Befunde noch überprüfen? Mit Sabine Gross' Arbeitgeber sind wir auch noch nicht fertig! Und was heißt hier Beweise ›beschaffen‹? Bei Sauerwein haben wir einen Ermittlungsansatz, beim Freund nicht. Was sagt denn überhaupt die Staatsanwaltschaft dazu?« Sie sah ihren Chef giftig an. »Ihre Entscheidung, welche Ansätze wir verfolgen, ist das nämlich nicht, falls Sie sich dunkel erinnern!«

Thomas Wolf legte langsam seine E-Zigarette auf den Tisch und sah Frederica nachsichtig an wie ein Vater, der gleich bedauerlicherweise sein geliebtes Kind maßregeln musste. »Frederica, wie lange sind Sie jetzt bei uns?« Er benutzte ihren Vornamen, registrierte Frederica eher missbilligend als eingeschüchtert.

Obwohl der Vorname und das »Sie« für Hamburger ganz gewöhnlich war, kam ihr ihr Name aus dem Mund ihres

Chefs gerade sehr intim vor. Zu intim, zu possessiv. Sie sah ihn ausdruckslos an: »Über drei Jahre.«

»Schon ganze drei Jahre? Da kann man natürlich auf die Idee kommen, einen Fall ganz alleine leiten und aufklären zu wollen. Insbesondere, wenn kein Hauptkommissar in der Nähe ist.«

Sie musste sich zusammenreißen, um das Würgegefühl zu unterdrücken, das heftig in ihr hochstieg. Christian sah sie fragend an. Er schien von der Spannung im Raum ausgenommen zu sein.

»Ihr Vater war da allerdings nicht anders. Ich kann Ihnen daher nur raten, öfter zuzuhören und den erfahrenen Kollegen über die Schulter zu schauen.« Wollte er altväterlich ihre Hand tätscheln?

Schnell zog Frederica sie in den Schoß zurück.

Papa, das müssen wir uns nicht gefallen lassen.

»Herr Wolf, ich habe gehört, dass Sie bald in Pension gehen? Wann ist es denn so weit?«

Christian zog hörbar neben ihr die Luft ein.

Thomas Wolf sah sie regungslos an. Sein Pokerface war seit Langem legendär, und Frederica wusste in diesem Moment, warum. Der Mann war gut. »Ich weiß nicht, aus welcher Quelle diese Information stammt, aber ich habe noch viel vor, machen Sie sich da keine Sorgen.« Frederica stellte erstaunt fest, dass trotz seiner äußeren Gelassenheit plötzlich ein paar Lachfältchen seine Mundwinkel umspielten. »Ganz der Vater, sag ich doch. Und jetzt raus zu dem Ex, wenn ich bitten darf.«

Er blieb sitzen, bis die beiden sein Vorzimmer verlassen hatten, und erteilte seiner Assistentin einen Auftrag: »Maureen, rufen Sie bitte im Sekretariat von Henning Marquardt an und lassen ihm ausrichten, dass alles erledigt sei.« Irritiert sah er sie genauer an. »Und gehen Sie sich bitte endlich umziehen. Auch wenn Sie offensichtlich anderer Meinung sind, das hier ist kein Ponyhof.« Ohne auf ihre Antwort zu warten, inspizierte er die Schüssel mit Süßigkeiten: »Und wieso sind hier nur Karamellriegel drin?«

*

Fröstelnde Stimmung vor dem Präsidium. Eisiges Schweigen auf St. Pauli. Betretene Atmosphäre in der Speicherstadt. Frederica hielt Christian eine Packung mit Schaumküssen hin. Die guten aus dem Osten. »Wann redest du wieder mit mir?«

Christian riss sich förmlich einen aus der Packung und stopfte sich die klebrige Masse in den Mund. »Erst mal gar nicht. Und willst du auch wissen, warum? Weil du mich heute echt überfordert hast. Ich meine, wir sind hier zwar nicht im Wilden Westen, Rückendeckung zu garantieren heißt nicht, dass du mich zweimal täglich irgendwo rausschießen musst. Aber wir sind auch mehr als bloße Kollegen, die sich ein Büro teilen. Wir sind Partner. Gerade bei deiner Vergangenheit bin ich davon ausgegangen, dass du wüsstest, was das bedeutet. Was es mir bedeutet.« Leise, mehr zu sich sprechend, ergänzte er: »Was es für mich bedeutet.«

Frederica bot ihm noch einen Schaumkuss an, den er geistesabwesend inhalierte. Sie war froh, dass er nicht ahnte, wie nahe er ihr mit dieser Bemerkung gekommen war. Berufliche Loyalität, kollegiales Miteinander, persönliche Hilfe in der Not. All das gehörte für Frederica ganz selbstverständlich zu ihrer Identität, verankert in ihrer DNS. Doch was passierte mit dem genetischen Code eines Menschen, wenn die Zellen in jungen Jahren ein tiefes Trauma erlitten? Würden die einzelnen Bausteine kaum messbar, millimeterweit verschoben und veränderten dadurch ihre Bestimmung? Sie konnte sich nicht ganz auf Christian einlassen, das wusste sie schon lange. Sie wollte ihm gerne bedingungslos vertrauen, sie wollte annehmen, dass er kompromisslos zu ihr stehen würde, egal was sie sagte oder tat. Einfach deshalb, weil sie Partner waren und er ihr vertraute. Falls er es denn tat. Dann wäre sie in der Lage gewesen, das Vertrauen zu erwidern. Sie wäre geradezu verpflichtet gewesen, es ebenso zu tun. Aber etwas hielt sie zurück. Und sie konnte, verdammt noch mal, nicht rauskriegen, ob sie dafür einen guten Grund hatte.

Geistesabwesend registrierte sie, dass sie bald da waren. Sie verstaute die Schaumküsse wieder im Handschuhfach und klappte den Deckel zu.

Papa, nicht weinen. Es ist, wie es ist.

Erleichtert über diese Erkenntnis schaute sie zu Christian. »Es tut mir leid, wenn ich dich enttäuscht haben sollte. Das war nicht meine Absicht.«

Sie hielten vor der Lagerhalle in der Shanghaiallee und Christian parkte den Wagen in zweiter Reihe ein. Seine Antwort auf ihr kühles Friedensangebot klang wenig überzeugend. »Meinetwegen.« Aber er wäre nicht er gewesen, wenn seine Gutmütigkeit nicht die Oberhand gewonnen hätte. Er unterdrückte das Bedürfnis, ihr wie einem kleinen Jungen durch die Haare zu fahren. »Wir raufen uns noch zurecht, bist ja eine Gute.«

Frederica sah ihn misstrauisch von der Seite an: »Du wolltest mir nicht gerade durchs Haar gehen, oder?«

*

Hannelore Müller sah aus ihrem Fenster auf die Straße. Entsetzt stellte sie fest, dass da schon wieder diese beiden Polizisten waren. Was konnten die noch wollen? Sehr unangenehm, das alles. Sie sollte morgen bei der Zeitarbeitsfirma anrufen und nach Jobs fragen. Vorerst reichte ihr eine süffisante Bemerkung Richtung Chefbüro: »Herr Fischer, es scheint, als käme die Polizei noch einmal zu Besuch.«

Die Wirkung ihrer Worte war spektakulär. Malte Fischer, der ins Headset telefonierend in seinem Büro auf- und abging, blieb wie vom Donner gerührt stehen und sah seine Sekretärin an. »Ich rufe zurück«, konnte er gerade noch in das Mikrofon hüsteln, bevor er sich, beide Arme am Schreibtisch aufgestützt, kreidebleich an seine Sekretärin wandte. »Bitten Sie die Herrschaften doch herein. Ich hätte übrigens gerne einen Kaffee.«

Auf dem Weg durch die Lagerhalle fuhr sich Frederica unwillkürlich durch die Haare. Christians Bewegung hatte eine wehmütige Erinnerung in ihr losgetreten. Sie musste grinsen. Matthias hatte sie immer in den Schwitzkasten genommen und ihre Frisur zerstört, wenn er sie wegen irgendeiner Kleinigkeit hatte ärgern wollen. Und sie hatte dabei jedes Mal wohlig aufgeschrien wie ein dummer Teenager.

Damals, nach der Kidneyzählung in der Kantine, hatten sie sich lange nicht gesehen. Was sie nicht davon abgehalten hatte, weiter an ihn zu denken. Sehr zu ihrem eigenen Verdruss. Eine chemische Reaktion mache noch lange keine Beziehung, hatte ihre Ratio ihr immer wieder eingetrichtert. *Nimm ihn einfach mal für eine Nacht mit nach Hause und dann ist gut,* hatte ihre Libido vorgeschlagen. Was One-Night-Stands anging, war Frederica zwiegespalten. Wenn beide das toll fanden, war dagegen nichts einzuwenden. Aber für sich hatte sie darin nie eine Notwendigkeit gesehen. Doch die Funken, die tatsächlich und nicht nur als Metapher wie Nadelstiche die Haut ritzten, wenn zwei Menschen dasselbe dachten, die waren großartig. Ja, das würde es gewesen sein. Nicht ihre erste Begegnung und nicht die Kantine. Die Funken waren schuld.

»Shorty, was machst *du* denn hier?«

Oh Gott. Sie hatte ohnehin keine Lust auf das Konfliktlösungsseminar in Wiesbaden gehabt und nun das noch. Mehr als eine dumme Gegenfrage hatte sie nicht zustande gebracht. »Matthias. Was machst du denn hier?«

Er hatte sie angegrinst wie bei ihrer ersten Begegnung, als würde er damit nichts weiter verbinden. »Hab ich das nicht dich gerade zuerst gefragt?«

Sie hatte schnell weggesehen und sofort angefangen, in ihrer Handtasche nach Süßigkeiten zu kramen. »Möchtest du auch?« Wie ein Schulmädchen, das ihren Lehrer nach einem Streich beschwichtigen wollte, hatte sie ihm eine Lakritz-Schnecke hingehalten.

»Hast du was ausgefressen?«

Sie hatte schlucken müssen, bevor sie eine Antwort rausbekommen hatte. »Sei nicht albern. Hier, nimm endlich.«

Matthias hatte angefangen, die Schnecke auszurollen, und sich suchend umgesehen: »Komm, lass uns verschwinden. Ist echt öde hier.«

»Spinnst du? Wir sind gerade erst angekommen.« Sie hatte einen Schritt zurück gemacht, aber es war bereits zu spät gewesen. Ihr Körper war angesprungen. Wie aus dem Winterschlaf erwacht hatte er die Systeme hochgefahren, tief Luft geholt und zu atmen begonnen. Sie hatte für einen Moment die Augen schließen müssen. Helle Blitze waren an ihrer Retina vorbeigepfiffen. Verschreckt hatte sie ihn wieder angesehen. Direkt in seine hellblauen Augen. Dort lagen alle Antworten auf ihre Fragen.

Frederica zwang sich in die Gegenwart zurück. Zu spät. Es war zu spät. Zu spät für die Liebe und zu spät für Sabine Gross. Sie gab sich einen Ruck und hielt den Aufzug an. »Christian, wir müssen reden.«

»Schon wieder? Wollen wir nicht erst den Ex verhaften?«

Frederica rollte mit den Augen. »Genau darum geht es. Was glaubst du denn, was da gleich passieren wird? Ein schnelles Geständnis, weil der nächste Termin ruft? Oder präferierst du eher den moralischen Nervenzusammenbruch? Nur weil er uns kein Alibi geben will, willst du ihn mitnehmen? Nennst du das etwa saubere polizeiliche Ermittlungsarbeit? Da bin ich von dir Besseres gewohnt. Außerdem hat uns der Wolf die Frage, was die Staatsanwaltschaft eigentlich will, nicht beantwortet. Ist dir das gar nicht aufgefallen?«

»Danke für die Blumen. Und nö. Mir reicht das, was mir mein Chef und mein Bauch sagen.« Er musste grinsen. »Und manchmal auch das, was Annabelle will. Aber …«

Frederica konnte sich nicht beherrschen, sie schlug ihm auf den Arm. Sie hätte das Gesicht genommen, wenn sie hochgekommen wäre. »Hattest du mir nicht gerade etwas zum Thema Partnerschaft gepredigt? Wenn der Sauerwein so viel kriminelle Energie besitzt, wie ich denke, und Hunderte von Frauen und Männern aufgrund seiner falschen Befunde behandelt werden, ist doch wohl absolute Eile geboten, diesem Menschen das Handwerk zu legen. Und vielleicht finden wir bei der Gelegenheit heraus, was der Hansen damit zu tun hat!«

»Nun übertreib nicht gleich. Ein alteingesessener Apotheker und ein renommierter Pathologe sollen bewusst Menschenleben aufs Spiel setzen? Und wofür das Ganze, für ein paar Euro mehr Umsatz?«

»Davon mal abgesehen, dass Kleinvieh auch Mist macht,

ist es doch umso verwerflicher, wenn gegen ein paar Euro ein ganzes Menschenleben gesetzt wird.« Frederica sah ihn durchdringend an und sprang ins kalte Wasser: »Beschattest du mit mir den Sauerwein?«

Christian setzte den Fahrstuhl in Bewegung. »Du spinnst ja. Und selbst wenn er pfuscht, wie willst du das rauskriegen? Da müsste ein IT-Forensiker ran, nicht unsere Wenigkeit. Und der müsste sich erst mal wo reinhacken. Dafür kriegst du niemals einen Durchsuchungsbefehl. Und außerdem ist das auch gar nicht unser Job, wir suchen den Mörder von Sabine Gross.«

Frederica drehte sich Richtung Fahrstuhltür und holte tief Luft. Wäre er doch noch am Leben. Und jetzt hier.

Es tat weh, an Matthias zu denken.

»Herr Fischer, schön, dass Sie noch einmal Zeit für uns haben.«

Frau Müller hatte ihre Gäste zu Malte Fischer hineinbegleitet und formvollendet den Kaffee serviert. Sie musste sich dann jedoch zusammenreißen, das Büro wieder zu verlassen und die Tür hinter sich zu schließen. Nur durch das Glas konnte sie den drei Menschen bei ihren Pirouetten zusehen.

»Aber natürlich, ich möchte genauso wie Sie wissen, was mit Sabine passiert ist. Haben Sie schon etwas herausgefunden?«

»Leider nicht sehr viel. Wir hatten gehofft, dass Sie uns weiterhelfen könnten.« Christian schaufelte sich Zucker in seinen Kaffee. »Sie wissen ja sicherlich, warum wir hier sind, nicht wahr?«

Malte Fischer fixierte Frederica mit seinen hellblauen Augen. Sie waren elektrisierend. Anders als bei Matthias blieben sie allerdings stumm. »Nein, das weiß ich wirklich nicht.«

»Sie wissen also nicht mehr, dass sie einen Mord begangen haben?«

Wie elegant, Frederica war beeindruckt. Die nonchalante Überrumpelungstaktik hatte sie Christian noch nie anwenden sehen. Muss er heimlich geübt haben. Schade, dass er sich das falsche Versuchskaninchen ausgesucht hatte. Sie lehnte sich zurück, um die Show zu genießen.

Zunächst einmal brach Malte Fischer in schallendes Gelächter aus.

»Herr Lauterbach, wenn das alles nicht so traurig wäre, ich würde sie als Comedian vermarkten.« Er schmunzelte seiner Rhetorik hinterher. »Wirklich, das hat fast schon Stand-up-Charakter. Haben Sie sich mal daran versucht?«

Christian grinste zurück. »Nein, das wäre nicht sinnvoll, da ich es so häufig mit Spaßbremsen zu tun habe.«

»Dann sehen Sie ja, wie das ist. Und nur weil ich ein höflicher Mensch bin, sage ich es noch einmal: Ich habe natürlich noch nie jemanden ermordet. Wie kommen Sie überhaupt auf die Idee, wenn ich fragen darf?«

»Dürfen Sie.«

»Aha.« Malte Fischer ließ sich nicht provozieren. Er entspannte sich und verschränkte die Arme vor dem Oberkörper. »Dann kann ich auch nichts weiter dazu sagen. War's das dann?«

Christian hielt durch, das musste Frederica ihm lassen. »Keineswegs. Wir müssen Ihr Alibi für die Tatzeit überprüfen. Nennen Sie uns bitte den Namen Ihres Freundes, mit dem Sie unterwegs gewesen sind.« Er klappte seinen Notizblock auf und sah den Werber erwartungsvoll an.

Dieser setzte sein Zehn-Millionen-Euro-Pitch-Gesicht auf. »Es tut mir leid, aber das kann ich nicht tun. Er möchte nicht genannt werden, und das habe ich zu respektieren.«

»Sie können nicht oder Sie wollen nicht? Wie in: Es gab keinen Freund und Sie haben in dieser Nacht Ihre Ex-Freundin, Ex-Verlobte oder wie auch immer Sie sie nennen wollen umgebracht?« Christian sah ihn erwartungsvoll an.

Frederica musste unwillkürlich den Kopf schütteln.

Malte Fischer, geübt im Erkennen von Parteizugehörigkeiten, sah sie ernst an. »Frau Moll, Sie scheinen mir zuzustimmen? Loyalität einem Freund gegenüber ist ein hohes Gut, das ich zu ehren gedenke.«

»Sie reden von Ganovenehre?« Christian ließ sich genüsslich gegen die Lehne seines Stuhls sinken. »Die kommt im Gefängnis natürlich immer gut an. Kann ich Ihnen tatsächlich nur raten, wenn Sie demnächst einsitzen. Fangen wir mal mit Beugehaft an und sehen dann weiter.«

Der Werber setzte sich auf und richtete seine Manschetten. Frederica fiel entsetzt auf, dass er heute Manschettenknöpfe trug. »Ist das wirklich notwendig? Können Sie mein Alibi nicht anderweitig nachprüfen? In dem Restaurant und den Kneipen nachfragen, in denen wir uns aufgehalten haben?« Malte Fischer verzog dabei die Mundwinkel.

Christian deutete seine Mimik als Blasiertheit. Seine Erwiderung fiel dementsprechend scharf aus. »Sie waren im ›Nil‹ am Neuen Pferdemarkt bis circa 23 Uhr. Das haben wir bereits überprüft. Da Sabine Gross aber erst im Laufe der Nacht umgebracht worden ist, reicht uns das nicht. Und bezüglich der Kneipentour sind Sie nicht sehr redselig gewesen. Wollen Sie das jetzt nachholen? Alternativ können wir Sie gerne gleich mitnehmen, dann sparen sich die Kollegen vom hiesigen Revier später die Fahrt.«

»Mitnehmen? Sie meinen zum Verhör? Auf welcher rechtlichen Grundlage soll das bitte schön erlaubt sein? Ich habe Ihnen gesagt, dass ich mit Sabines Tod nichts zu tun habe und auch nicht in der Nähe ihrer Wohnung war! Wenn Sie also nicht morgen von Ihrem Lapsus in der Zeitung lesen möchten, erwarte ich, dass Sie jetzt gehen und herausfinden, was mit meiner Verlobten passiert ist!«

»Sie wollen es tatsächlich auf die harte Tour? 48 Stunden hören sich vielleicht nicht so lange an, aber allein in einer Zelle und abgeschnitten von aller Kommunikation …«, Christian sah sich auffordernd in dem gestylten Ambiente um, »… und Ihren Spielzeugen kann das verdammt unangenehm werden. Und alles nur, weil Sie einem Freund einen Gefallen tun wollen? Gerade Sie?«

Frederica bemerkte, wie sich die Spannung im Raum unangenehm veränderte. Die beiden Männer hatten in den Kampfmodus geschaltet und genossen sichtlich die Konfrontation. Nachdem sie einen Moment umeinander herumgetänzelt waren, hatten sie ihre Rüstungen angelegt, sich auf ihre Pferde helfen lassen, die Lanzen aufrecht gestellt und waren ohne weitere Verzögerungen im Galopp aufeinander zugeritten. Aber anders als im ehrenhaften Ritterturnier wartete Frederica nicht züchtig an der Balustrade auf den Ausgang des Sattelwurfes, sondern warf sich unladylike dazwischen. »Herr Fischer, warum können Sie uns Ihr Alibi nicht nennen? Loyalität einem Freund gegenüber wird sicherlich nicht Ihr einziger Grund sein?«

Beide Männer sahen sie enttäuscht an. Spielverderberin. Malte Fischer atmete hörbar aus. Die niedliche Polizistin hatte ihm einen Ausweg aus einer Situation gezeigt, aus der er nicht als Sieger hervorgegangen wäre. »Sie haben recht, es geht nicht darum, einen Freund aus Ihren Mordermittlungen herauszuhalten.« Er sah Frederica erneut in die Augen. »Matthias kenne ich schon aus der Schule. Wir hatten uns lange aus den Augen verloren und auch letzten Donnerstag hätten wir uns nicht treffen sollen, denn er ist einer Ihrer Kollegen.«

»Einer ... unserer Kollegen?« Frederica starrte ihn dümmlich an. Wie viele Polizisten mochten wohl Matthias heißen?

»Ja.« Der Werber konnte sich eine gewisse Süffisanz nicht verkneifen. »Hatte ich das etwa noch nicht erwähnt? Am besten fragen Sie mal intern nach den Kollegen, die momentan undercover arbeiten.«

»Undercover?« Jetzt war es an Christian, die Antworten des Werbers sinnlos nachzuplappern.

Malte Fischer musste unwillkürlich grinsen. »Ja, die V-Männer oder wie Sie sonst Ihre Leute nennen, die sich irgendwo bei Kriminellen einschleusen lassen. Mein Alibi ist einer davon. Nicht zu verwechseln, er hat ein markantes Tattoo.«

Was ist denn jetzt schon wieder los? Hannelore Müller hatte Mühe, unauffällig den Überblick zu behalten. Sie hatte sich das eine oder andere Mal zu weit zur Seite gelehnt, um die drei besser beobachten zu können. Ihr Telefon hatte sie sicherheitshalber auf den Empfang umgeleitet. Sollte ihr Chef sie brauchen, würde sie das schon mitbekommen. Bislang war das Ganze eher eine enttäuschende Veranstaltung gewesen. Erst war es etwas schleppend vorangegangen, bis ihr Chef sein Präsentationsgesicht aufgesetzt und von da an hochmütig die Fragen der Polizisten beantwortet hatte. Die kleine Polizistin hatte wenig gesagt und die Männer ihre Spiegelgefechte austragen lassen. Sie hatte nachsichtig den Kopf geschüttelt. Offensichtlich war es ihr zu bunt geworden, und sie hatte etwas gesagt, was Frau Müller natürlich nicht hatte verstehen können. Die beiden Männer waren zunächst verstummt. Aber dann – den Blick kannte sie nur zu gut – hatte ihr Chef zum Gegenschlag ausgeholt. Die beiden Polizisten hatten ihn daraufhin scharf gemustert.

Frau Müller setzte sich unwillkürlich aufrechter hin, um doch noch irgendwie etwas von dem darauffolgenden Schlagabtausch mitzubekommen. Sie seufzte, es war sinnlos.

Was nun passierte, entschädigte sie jedoch für so einiges: Die kleine Polizistin sprang auf, sagte kurz etwas und gab Malte Fischer eine Ohrfeige, deren Druckwelle noch bei Frau Müller draußen zu spüren war.

*

»Bro, was ist los? Gefällt dir der Job beim Apotheker nicht?« Niels hatte sich den halben Vormittag mit einem altersschwachen Lieferwagen der Apotheke durch die Hamburger Innenstadt gequält und irgendwelche Medikamentenbeutel ausgeliefert, bis er vor Frust hätte aufschreien können. Was sollte das Ganze? Das einzige Illegale, was ihm begegnet war, waren die Autofahrer, die ohne Winterreifen unterwegs gewesen waren. Gegen frühen Nachmittag hatte der starke Schneefall etwas nachgelassen, und er hatte den Wagen in der Bellevue an der Alster geparkt, um sich die Beine zu vertreten und Torben anzurufen. Der war zur Abwechslung mal ans Telefon gegangen.

»Doch, ist schon okay, ich bin dir ja dankbar für die Chance, die ihr mir gebt. Aber irgendwie hatte ich gedacht, ich könnte mehr machen, als Beutel ausliefern.«

»Kurierdienste also? Mach dir nix draus, jeder hat mal klein angefangen. Und wenn du den Job gut machst, kannst du bestimmt bald größer einsteigen. Du musst zeigen, dass dir auch die kleinen Arbeiten wichtig genug sind, um sie gut zu machen.«

Niels starrte ungläubig auf sein Handy. So viel Führungspsychologie hätte er bei Torben niemals vermutet. Er musste ihn bei Gelegenheit fragen, was er denn früher so gemacht hatte. »Ich bin fertig für heute, der Apotheker hat nichts weiter für mich zu tun«, log Niels ins Handy. »Hast du noch was?«

»Hm. Ich hab da jemanden kennengelernt. Du weißt schon, sie hat aber nur heute Nachmittag Zeit.« Niels konnte Torben förmlich grinsen hören. Leckte er sich gerade die Lippen? Igitt. »Aber Thomas will, dass ich was aus seiner Wohnung hole und in Lübeck zur Post bringe. Da wäre ich locker zwei bis drei Stunden mit beschäftigt und die Zeit könnte ich anderweitig verbumsen. Das könntest du übernehmen, jetzt, wo du Kurierfahrer bist.«

Niels überhörte geflissentlich die testosterongesteuerte Witzelei und sprang innerlich auf dem Autositz auf und ab. »Klar doch, schulde dir ja was. Wo treffen wir uns zwecks Schlüsselübergabe?«

»Bei mir natürlich. Sie kommt gleich, beeil dich. Wo bist du gerade?«

»Bellevue.«

»Perfekt, ich erwarte dich in zehn Minuten.«

Niels brauchte 15, was Torben dazu veranlasste, vor seinem Wohngebäude in der Schanzenstraße hin und her zu trippeln. Als er Niels ankommen sah, konnte man ihn spürbar aufatmen hören. Er warf den Schlüssel zu Haas' Wohnung durch das Seitenfenster auf Niels Schoß. »Isestraße 25, mach was draus!«, war seine Begrüßungsformel, bevor er sofort wieder im Gebäude verschwand.

Niels schob den Schlüssel in seine Hosentasche und machte sich auf den Weg. Die Straße in Eppendorf war gesäumt von teuren Altbauten, deren schneebedeckte Fassaden im Tageslicht glitzerten. Dass er eine halbe Stunde nach einem auch nur halbwegs legalen Parkplatz suchen musste, hätte ihn fast dazu gebracht, die Aktion abzublasen. Schließlich hatte er Glück in einer nahe gelegenen Seitenstraße und konnte seinen Golf abstellen.

Als er endlich in der großzügigen Altbauwohnung stand, entschädigte ihn der Anblick für alles. Was für eine geile Bude. Stäbchenparkett, Putten mit Obst an der Decke, Designermöbel, alles auf 140 Quadratmetern, bewohnt von nur einer Person. Niels pfiff anerkennend durch die Zähne. Verbrechen lohnte sich einfach. Auf der Konsole neben der Eingangstür lag ein kleines Päckchen, eine braune Versandtasche, die zugeklebt und adressiert war. Wie Torben gesagt hatte. Er steckte sich das Päckchen ein und sah sich erst mal zufrieden um. Er vermochte sein Glück kaum zu fassen, ungestört und so lange er wollte in der Wohnung rumschnüffeln zu können. Thomas Haas war auf Geschäftsreise, hatte Torben gesagt, und bis zu seiner Rückkehr würde niemand vorbeikommen. Er rieb sich die Hände und suchte als Erstes nach der Küche. Die war einfach der wichtigste Raum einer Wohnung, um ihren Besitzer kennenzulernen, das hatte Shorty ihm beigebracht. Die große Wohnküche war komplett mit Möbeln von »Bulthaup« und Elektrogeräten von »Miele« eingerichtet. Die schwarzen Arbeitsoberflächen spiegelten sich selbst im dumpfen Winterlicht so stark, als wäre noch nie ein Messer über sie hinweggeglitten. Was wahrscheinlich auch nicht passiert war. Alles sah steril und unbenutzt aus. Nirgendwo stand etwas herum, keine Gewürze, Kochutensilien oder auch nur Untersetzer. Hier hätte man einen echten Reinraum einrichten können, dachte Niels, während er zum Kühlschrank ging und ihn öffnete. Er beherbergte nichts zu essen, aber jede Menge Flaschen »Piper-Heidsieck«. Leider kein Bier. Na dann, auf ins Arbeitszimmer. Der lange Flur war gesäumt von Fotos, auf denen der Vertriebschef Thomas Haas immer irgendjemandem lächelnd die Hand schüttelte. Manchmal hielt er sogar etwas, das wie ein Preis aussah. Niels schüttelte den Kopf. Mit so viel Bigotterie war er noch nie klargekommen. Da hatte er die echten Kriminellen lieber, die nicht behaupteten, etwas anderes zu sein als das, was sie waren – Menschen, die außerhalb des rechtlichen und gesellschaftlichen Systems versuchten, ihr Auskommen zu finden. Shorty hatte immer betont, die seien mittlerweile vom Aussterben bedroht, aber das hatte er ihr nie glauben wollen. Er mochte seine Farben eindeutig und nicht verwaschen.

Mittlerweile war er am Wohn- und am Schlafzimmer sowie am Bad vorbeigekommen. Ein letztes Zimmer, hinten links in der Ecke, hatte er noch nicht begutachtet. Es konnte nur ein Arbeits- oder Gästezimmer sein. Er hoffte auf Ersteres.

Kaum hatte Niels die schwere Altbautür aufgestoßen, stöhnte er verärgert auf. Er hatte schon die Küche zum Reinraum deklariert und wusste nicht, wie er nun diesen Raum nennen sollte. Ausgeräumt? Ein Arbeitszimmer war es zwar definitiv, mit Schreibtisch, Lampe, Bürostuhl und einem Sofa in der Ecke, das man wahrscheinlich für Gäste ausklappen konnte. Aber ansonsten war da nichts. Niels betrat den Raum und ging hinter den Schreibtisch. Er sah sich um und war auf der Stelle frustriert. Kein Laptop, kein Tablet, kein Telefon. Kein Papier, keine Rollschränke, nicht einmal welche, die außer Sichtweite verschoben worden waren. Nichts. Rein gar nichts. Enttäuscht ließ er sich in den Stuhl fallen.

Plötzlich sah er erstaunt an sich herunter. Irgendetwas hatte ihm gerade die Beine weggezogen. Doch weder hatte er

Kreislaufprobleme noch war es die Frustration über den leeren Raum. Merkwürdig. Er drückte die Füße auf den Boden, um zu prüfen, dass seine Beine ihren Dienst verrichteten, und stand wieder auf. Wahrscheinlich sollte er mal wieder etwas essen. Er war im Begriff, Leuchtreklame am Telefon mitzuteilen, dass selbst Thomas Haas' Wohnung nicht viel hergab, als ihm etwas einfiel. Er legte sein Handy auf den Tisch und zog das Päckchen aus der Jackentasche. Es war klein, gerade groß genug … Aufgeregt zerrte er an dem Klebverschluss, ohne sich um mögliche Konsequenzen zu scheren, und zog das heraus, was er vermutet hatte – einen USB-Stick.

In dem Moment hörte er das charakteristische Klappern eines Schlüssels, der im Schloss der Eingangstür gedreht wurde.

*

Hass. Wut. Ungläubigkeit. Rache. Liebe. Wie viele Emotionen konnte man gleichzeitig durchleben? Frederica wusste, dass Multitasking ein Mythos war. Das Gehirn konnte immer nur eine Aufgabe nach der anderen abarbeiten, auch wenn es sich anders anfühlte. Aber wieso, verdammt noch mal, traf das nicht auf die Gefühlswelt zu? Und warum musste gerade ihr das passieren? Wie peinlich. Wie erbärmlich. Die Nachricht, dass Matthias noch leben könnte, hatte sie völlig unvorbereitet getroffen. Konnte es denn wahr sein? Sein Tattoo war einzigartig. Hatte sie zumindest bis heute gedacht. Vielleicht doch nicht? So einen Zufall konnte es nicht geben. Nach der ersten Kurzschlussreaktion, Malte Fischer eine Ohrfeige zu geben, blieb sie zunächst ungerührt, gelähmt von den sich auftürmenden neuen Möglichkeiten. Wie im Auge des Sturms blieb sie regungslos. Bis der Name sich in ihrem Kopf zu dem aufbaute, was er bedeutete. Der Name, von dem sie lange Zeit gedacht hatte, dass ihn nie wieder irgendjemand in den Mund nehmen würde. Schon gar nicht sie selbst. Sie schloss die Augen. Nichts anmerken lassen. Einen Moment weiter Haltung bewahren. *Komm, du schaffst das.* Malte Fischer ansehen, der zwar begriff, dass irgendetwas in ihr vorging, den Sinn aber nicht erfassen konnte. *Ja, prima, ein schön neutrales Gesicht.* Unbespielt wie eine weiße Filmleinwand. Aber sie konnte nicht im Auge des Sturms bleiben. Etwas wollte, dass sie weiterzog. Hass. Wut. Ungläubigkeit. Rache. Liebe. *Frederica, du bist stark. Lass dich nicht beirren. Reiß dich zusammen, gleich hast du es geschafft. Gleich?*

Papa, kommst du mich abholen? Die Party ist bescheuert.

Frederica sah Malte Fischers Gesicht viel zu nah vor ihrem eigenen auftauchen. Warum er dabei eine so verdatterte Miene zog, konnte sie sich nicht erklären. Sie sah sich zu Christian um und registrierte erstaunt, dass er ebenso zurückstarrte.

Die Gegenwart holte sie aus den Gedanken. Sie errötete und wandte sich von den Männern ab. »Herr Fischer, Ihre sehr neugierige Sekretärin kann mir bitte ein Glas Wasser bringen. Dann lassen wir Sie allein. Falls sich Ihr Alibi bestätigen sollte, werden Sie nichts weiter von uns hören.« Sie hoffte inständig, dass die Ohrfeige, die sie gerade einem Zeugen verpasst hatte, nicht weiter thematisiert würde.

Und Malte Fischer spielte tatsächlich den Gentleman und ging auf ihr Stichwort ein. »Sie werden mir doch Bescheid geben, wenn Sie wissen, was mit Sabine passiert ist?«

»Natürlich, das werden wir.«

*

Das Leben ist schön, fand Janosch. Und ließ seine Tigerente vor Freude hin- und herrollen. In der Tat? Wenn eine Tigerente aussah wie eine genmanipulierte Hummel, sollte man dem Künstler nicht alles glauben. Frederica saß auf ihrem Sofa und ließ Janoschs berühmteste Figur am seidenen Faden vor Käuzchens Schnabel vorbeiziehen. Käuzchen fand die Hummel Gott sei Dank genau so langweilig wie sie und schloss beide Augen.

Frederica folgte seinem Beispiel und verlor sich sofort im Dunkeln. Matthias lebte also? Gab es nicht mehrere Polizisten, die Matthias Carstensen hießen? Malte Fischer hatte den Adler so detailliert beschrieben, dass eigentlich kein Zweifel bestehen konnte. Aber war es wirklich so? Lebte er, ohne es für nötig befunden zu haben, ihr zumindest Bescheid geben zu lassen? Sie war Polizistin, verdammt noch mal, und Analytikerin, natürlich konnte sie Dinge für sich behalten. Hatte er nicht gewollt? Fand er es in Ordnung, sie in dem Glauben zu lassen, er sei tot? Ungeheuerlich. Er hatte sie einmal geliebt, das wusste Frederica sicher, und vielleicht tat er es immer noch. Aber loyal war er definitiv nicht. Musste man das nicht sein, wenn man jemanden liebte? Kam die Loyalität nicht sogar vor der Liebe? Die Liebe konnte man als süße Verzierung auf dem Kuchen gerne mitnehmen, doch als Hauptkomponente in einer Beziehung, in einer Ehe war sie nicht besonders geeignet. Und als Entschuldigung taugte sie überhaupt nichts. Wie oft hatte sie in ihrer Praxis gehört: »Ich habe es doch nur gut gemeint«? Oder: »Ich habe es doch aus Liebe getan«? Wenn sie weiter darüber nachdächte, würde sie ihn suchen und eigenhändig erwürgen.

Sie ging in die Küche, um sich etwas zu essen warm zu machen. Christian würde sie in einer Stunde abholen kommen. Nach ihrem Auftritt bei Malte Fischer war es ihm ganz recht gewesen, dass sie erst mal nach Hause gewollt hatte. Schweigend hatte er sie nach Othmarschen gefahren und sie hatten sich auf später verabredet.

Auf dem Weg zurück zum Sofa klingelte es an der Tür. Frederica bog in den Flur ab und sah auf den Monitor. Annabelle. *Christian ist einfach eine Labertasche.* Sie seufzte Käuzchen an, das ihr hinterhergeflogen gekommen war, und drückte auf die Gegensprechanlage.

»Hi, Frederica, ich weiß, Christian ist eine Labertasche. Kann ich trotzdem hochkommen? Ich hab auch meine eigenen Gummibärchen mitgebracht. Die ganz leckeren.« Grinsend hielt sie eine große Tüte Saft-Bären in die Kamera.

Frederica musste lachen. Für Annabelle war die Tigerente ganz einfach eine Tigerente. Vielleicht würde ihr das jetzt ganz gut tun. Sie drückte auf den Türöffner.

*

Niels hatte gerade noch Zeit gehabt, auf die andere Flurseite ins Wohnzimmer zu verschwinden, bevor die Haustür aufgeflogen war. Von seinem Versteck hinter der Tür konnte er eine kleine Frau mit dunklem Teint erkennen, die sich nach ihren Einkaufstüten bückte. Dabei sang sie sich etwas vor, das wie portugiesisch klang. Mit Gesang und Geraschel betrat sie die Wohnung und ließ die Haustür hinter sich ins Schloss fallen. Die Putzfrau, mutmaßte Niels und hatte bei dem schrill-lauten Soundtrack wenig Mühe, sich auf den knarzenden Dielen unhörbar zum Ausgang durchzuschlängeln.

»Quem são eles e o que eles querem aqui?«

Die Klinke der Wohnungstür schon in der Hand, blieb er wie vom Donner gerührt stehen. Langsam drehte er sich um. Die Putzfrau, inzwischen mit Gummihandschuhen und einem Leuwagen bewaffnet, sah ihn fragend an.

Matthias setzte sein Lausbubengrinsen auf. »Ich sollte hier etwas abholen und wollte gerade gehen.« Wie zur Bestätigung ließ er Haustürschlüssel und Päckchen vor ihrer Nase tanzen. »Tschüüüsss!« Ohne sich noch einmal umzusehen, sprang er förmlich durch die Tür und nahm fast alle Treppenstufen auf einmal, bis er keuchend auf der Straße stand.

Halb geduckt, als würde sie jetzt aus dem Fenster um Hilfe schreien, blickte er sich um. *Blöde Idee, hier stehen zu bleiben. Lieber schnell zur Leuchtreklame und ab nach Lübeck.* Befriedigt pfeifend stieg er in seinen Wagen und fuhr Richtung Kiez.

Die Putzfrau hatte ihm ruhig nachgesehen und war anschließend zum Telefon gegangen.

*

Leuchtreklame war sichtlich begeistert, als Matthias ihm den Stick vor die Nase hielt. »Von Haas? Gute Arbeit. Weißt du schon, was drauf ist?«

»Nein, hab ihn gerade erst geholt. Wollte dir den Vortritt lassen.« Matthias sah den Polizisten erstaunt an. Leckte er sich gerade die Lippen, obwohl das Essen noch nicht da war?

Sie hatten sich diesmal beim Asia-Imbiss in der Susannenstraße getroffen. Leuchtreklame hatte sich geweigert, einen Döner essen zu gehen, aber anstelle einer Bockwurst tat es auch gebratene Ente mit Erdnusssoße. Der Kontaktmann steckte die Speicherkarte des Sticks in sein Smartphone. Seine Pupillen begannen, im fahlen Licht der Handybeleuchtung wirr zu tanzen. Matthias musterte ihn verstohlen von der Seite. Warum war der Typ so geil auf Thomas Haas? Er rief sich in Erinnerung, woher dieser Auftrag überhaupt gekommen war.

Damals, als er zerschossen und halb verfault auf der Intensivstation gelegen hatte und sein Chef von der Sitte,

Siegmar Paulsen, ihn besuchen gekommen war. Und zwar nur er. Matthias' Familie war lange tot und Freunde hatte er sich nie leisten können. Aber wieso aus dem Dezernat nie jemand gekommen war, hatte er sich zuerst nicht erklären können. Zugegeben, er war mal wieder allein, ohne die angeforderte Verstärkung abzuwarten, auf den abgestellten Container zugestürmt. Gefahr im Verzug war seine Ausrede gewesen. Falscher Heldenmut hieß die bittere Wahrheit, wie er sich später eingestanden hatte. Aber deshalb so gedisst zu werden, war ihm dann doch sehr unfair vorgekommen.

Er hatte sich extrem unwohl gefühlt. Sein Nacken hatte steif auf den Kissen gelegen und an seiner Nase hatte es heftig gejuckt. Vorsichtig hatte er erst den linken, dann den rechten Arm zu bewegen versucht, um eine Hand zu heben. War alles nicht gegangen. Resigniert hatte er die Augen geschlossen. Und an Frederica gedacht. Scheiße, da war ja noch Frederica. Seine Shorty. Wirklich seine? Lieber nicht. Die tanzenden blauen Lichter sollten für ein Menschenleben reichen. Noch mal konnte er sie nicht riskieren. Er wollte es ihr noch sagen. Ihr erklären, warum er dieses Gefühl nie mehr wieder erleben dürfe. Weil er vorher so viel gewesen sei und seitdem kaum noch etwas. Und daher alles tun müsse, um zu verhindern, dass er noch weniger werden würde. Das war wichtiger als ihre Verbindung. Wenn man so dem Leben abgeschworen hatte wie er, füllte sich die Seele nicht mehr auf. Auch nicht, wenn man es wollte. Wenn Shorty es wollte.

Er hatte versucht, sich wieder zu drehen, was in einem kläglichen Versuch geendet hatte. Alles hatte geschmerzt. Er hätte sich gerne an die Wand gedreht. Weg von den tanzenden Lichtern und von Frederica. Aber auch sie war ferngeblieben. Nicht einmal eine Nachricht. Bis sein Chef aufgekreuzt war und ihm einen Vorschlag gemacht hatte. Undercover, mit neuer Identität. Die Schmerzen wurden weniger. Matthias Carstensen war an dem Nachmittag im Hafen erschossen worden. Es lebe Niels Lauritz, Kleinganove. Da war ihm klar geworden, warum ihn niemand besuchen gekommen war – für das Dezernat und Frederica war er bereits Geschichte. Und wenn er zustimmen würde, würde es am nächsten Tag seine offizielle Beisetzung gegeben.

Er hatte die Bedenkzeit weggeschüttelt und sofort Ja gesagt.

Er war tot und nur Siegmar Paulsen und Leuchtreklame wussten Bescheid. Und irgendjemand von oben.

Es folgten kleinere Einsätze beim Menschenhandel, alle über Leuchtreklame gesteuert, den er bis jetzt immer nur als ruhig und professionell erlebt hatte. Warum also nun dieser persönliche Einsatz? Matthias hoffte, dass das seine weitere Arbeit nicht gefährden würde.

»Von wem kam eigentlich der Befehl, Thomas Haas zu beschatten?«

Leuchtreklame blickte irritiert von seinem Versuch hoch, der Karte ihre Daten zu entlocken.

»Was geht dich das an?«, raunzte er zurück. »Sag mir lieber mal, wie ich hier rankomme. Hat dein Kontakt dir nichts hinterlassen?«

»Nein. Ich sollte es ja nur nach Lübeck zur Post bringen. Nun sag schon, wer leitet den Einsatz?«

Leuchtreklame warf sein Smartphone auf den Tisch und lehnte sich genervt zurück. »Irgend so ein hohes Tier. Keine Ahnung, warum, vielleicht weil der Haas Vertriebschef von diesem Pharmakonzern ist.«

»Und was treibt dich persönlich an?«

»Verdammt noch mal, das hab ich dir gesagt, es geht dich nichts an!«

Matthias wäre nicht der Mann, der er war, wenn er nachgegeben hätte. Er lehnte sich seinerseits zurück und griff nach seinem Telefon. »Hab lange nicht mehr mit Siegmar telefoniert, mal sehen, wie es ihm so geht.«

»Okay, ist ja gut.« Leuchtreklame blickte nach rechts und links wie in einem alten Spionagefilm. »Er hat meine Schwester gevögelt und sie schwanger sitzen lassen.«

Matthias blickte ihn amüsiert an. »Echt, im Ernst jetzt? Und du machst hier einen auf Blut und Ehre, oder so?« Leuchtreklames grimmiger Gesichtsausdruck ließ ihn verstummen. Der Mann meinte es wirklich ernst. Nun gut, dann wusste er jetzt wenigstens Bescheid. Ab sofort würde er Leuchtreklame etwas im Auge behalten müssen, aber vielleicht hatte der Mann ja recht und Haas würde sie zu größeren Fischen führen. »Was ist denn jetzt auf der Karte?«

»Keine Ahnung, ich denke, dass das Ding passwortgeschützt ist. Ich muss den Stick auf einem Rechner auswerten.«

Matthias ließ sich seine Enttäuschung nicht anmerken. »Willst du ihn mit ins Dezernat nehmen und ihn knacken lassen? Dann beeil dich, ich muss damit nach Lübeck.«

»Jaja, schon gut. Ich weiß schon, wem ich den gebe. Tanja ist die Beste! Fährst du mich hin? Dann geht's schneller.«

»Bist du wahnsinnig? Was ist, wenn mich jemand erkennt?«

»Bleib um die Ecke im Wagen, dir passiert schon nichts. Wer tot ist, wird nicht erkannt.«

*

Noch Jahre später würde Frederica darüber lachen, wie zwei Männer auf die Idee hatten kommen können, einen Totgeglaubten vor dem Dezernat parken zu lassen. Vielleicht war er auch nur für sie so offensichtlich Matthias und für alle anderen wirklich nur ein Wartender? Eine Sache war ihr bei dem Gespräch mit Annabelle klar geworden. Hätte sie ihn nicht in diesem vergammelten Golf warten sehen – sie hätte ihn niemals auf eigene Faust ausfindig gemacht. Aber jetzt stach er wie eine von innen beleuchtete Gartendeko in dieser kleinen vollgeparkten Straße hervor. Sie blieb einen Moment im Wagen sitzen, um sich darüber klar zu werden, was sie als Nächstes tun wollte. Mit schmalen Lippen und spitzen Augenwinkeln sah sie in den anderen Wagen.

»Kommst du?« Christian musterte sie ungeduldig. Er hatte sie schweigend abgeholt und mit keinem Wort den Besuch seiner Frau erwähnt. Wahrscheinlich wusste er bereits alles – was Frederica völlig in Ordnung fand. Er sollte ruhig Bescheid wissen. Aber weder wollte sie über den Vorfall noch über Matthias selbst mit ihm reden. Daher machte sie Christian auch nicht auf den anderen Mann aufmerksam.

Sie kramte nach einer Tüte Karamellbonbons und packte sich eins aus. Es blieb an ihren Fingern kleben. »Ja gleich, geh schon mal vor, ich muss telefonieren.«

»Vergiss nicht abzuschließen.« Christian warf ihr den Autoschlüssel in den Schoß und verschwand um die Ecke ins Dezernat.

Frederica blieb sitzen, mit dem verklebten Bonscher an den Fingern. Matthias flackerte immer noch hell gegen das Wageninnere. Gestochen scharf wie eine gestanzte Pappfigur, die man an den perforierten Rändern aus dem Karton lösen konnte. Frederica starrte auf ihre Finger. Es tat weh zu atmen. Und das war gut so. Sabine Gross war gestorben, wahrscheinlich weil sie sich den Bullshit der Ärzte nicht länger hatte gefallen lassen wollen. Das Mindeste, was sie tun konnte, war, dieses Andenken zu ehren.

»Hey, das freut mich, dass du mich endlich mal wieder besuchen kommst! Ist ja eine Ewigkeit her, seitdem wir uns zuletzt gesehen haben!«

Wäre Matthias frontal von einem Siebeneinhalbtonner überfahren worden, sein Gesicht hätte keinen überraschteren Ausdruck annehmen können. Er hatte die Seitenscheibe einen Spalt geöffnet, um den Zigarettenrauch abziehen zu lassen, und da er sie nicht hatte kommen sehen, traf ihn Fredericas Stimme mit voller Wucht und unvorbereitet. Dass die zierliche Frau so ziemlich auf Augenhöhe neben ihm stand und ihn amüsiert musterte, half nicht weiter. Er starrte sie aus ausdruckslosen Augen und mit halb geöffneten Lippen, von denen gefährlich schief eine Zigarette balancierte, ziemlich dämlich an.

Frederica war mit der Wirkung ihres Auftritts zufrieden und entspannte sich etwas. Diskret suchte sie nach Zeichen in seinem Gesicht. Er hatte sich überhaupt nicht verändert. Selbst seine Strubbelfrisur war dieselbe geblieben. Und die Windjacke, die er trotz der eisigen Temperaturen ohne Pullover und Schal trug, kannte Frederica von früher. Ja, er war immer noch derselbe. So, wie sie ihn kennengelernt hatte. Als hätte es sie beide nie gegeben und als wäre Niels Lauritz genau so Matthias Carstensen, wie Matthias Niels war. Beide ohne Frederica. Loyalität und Respekt waren wichtiger als Liebe. Und er hatte alle drei verraten.

Sie hielt ihm das Karamellbonbon hin, das immer noch an ihren Fingern klebte. »Hier, nimm.« Mechanisch fummelte er den Bonscher ab und steckte ihn sich in den Mund.

»Was machst du denn hier?«, presste er endlich aus sich heraus.

Er sah dabei so unglücklich aus, dass Frederica unwillkürlich lachen musste. »Ich arbeite hier, schon vergessen? Aber was machst du? Zu mir wolltest du ja wohl kaum.«

Matthias schluckte die Reste des zähen Karamells runter. »Nein, mein Kontaktmann und ich verfolgen eine heiße Spur. Er wollte zu einer Tanja, die gut mit Technik umgehen können soll. Wir haben etwas, das sie sich ansehen muss. Ich dachte, ich gehe besser nicht rein, und wollte hier warten.«

»Tanja? Das muss unsere Tanja Buchholz sein.« Frederica sah auf das Gebäude. »Und ich sollte jetzt lieber rein. Willst du nicht mit hoch auf einen Kaffee?« Sie sah seinen skeptischen Gesichtsausdruck. »Es wird dich schon sonst keiner erkennen – außer Christian natürlich, aber der wird nichts sagen. Und du kannst mir erzählen, wie das Leben als V-Mann so ist. Wir haben ja einiges aufzuholen. Ich freue mich schon auf deine Geschichten.« Frederica musste selbst bei ihrer unverschämten Lüge grinsen, aber ob Matthias ihr glaubte oder nicht, war ihr herzlich egal. Sie hatte kein Problem damit, ihm sachlich zu begegnen.

Sie musste sich eingestehen, dass sie nicht ganz fair war. Hätte Annabelle sie nicht besucht, hätte sie die Konfrontation wahrscheinlich nicht so lässig bewältigen können.

Soll ich ihn für dich erledigen, Süße?

Nein, Papi, ist schon gut. Er hat es nicht anders gelernt.

Matthias, immer noch etwas angeschlagen, stieg wortlos aus und trottete hinter ihr her.

Im Büro hatten Tanja und Matthias' Kontaktmann ihre Köpfe über dem Monitor zusammengesteckt. Christian telefonierte. Als er sie reinkommen sah, blieb sein Blick an Matthias hängen. Er wollte etwas sagen, aber Frederica signalisierte ihm, still zu bleiben. Der Kontaktmann blickte auf und wurde blass. »Bist du irre?«

Frederica setzte sich nonchalant auf ihren Stuhl. »Wenn er schon vor der Tür parkt, kann er auch hochkommen. Ist ja schließlich hier die Polizei und keine illegale Kaschemme. Ich bin übrigens Frederica Moll.«

Der Mann zuckte mit den Schultern. Er hatte Wichtigeres zu tun. »Lars.«

Matthias blickte sich um. »Sieht ja noch alles so aus wie früher. Ich fühle mich wie in einer Zeitschleife. Und? Kommt ihr weiter?«

Es fühlte sich tatsächlich an wie früher, musste Frederica erstaunt feststellen. Woher plötzlich diese Erkenntnis kam, konnte sie selbst nicht einordnen, aber die Liebe und die Trauer, nichts davon hatte sie nachhaltig verändert. Sie war kein anderer Mensch geworden, so wenig, wie Matthias sich in Niels verwandelt hatte. Aber was waren der Schmerz und die Leere der letzten Jahre dann gewesen? Bloß ein Schnupfen, den ihre Abwehrzellen heute aus ihrem System gespült hatten? Während sie geistesabwesend in den Raum sah, veränderte sich ihr Blick. Er blieb an Matthias hängen, dessen Aureole plötzlich zu verblassen schien. Was sie sah, war ein 40-jähriger Mann, der sich wie ein Teenager stylte und einen dämlichen Adler auf dem Hals tätowiert hatte. Und sie stellte überrascht fest, dass es kein Wunder war, dass sie in all den Jahren nicht vorwärtsgekommen war. Matthias war vom einen auf den anderen Moment einfach weg gewesen und dadurch hatte ihr immer ein Abschluss gefehlt. Den sie heute in Lichtgeschwindigkeit nachgeholt hatte. Sie kramte erneut nach den Karamellbonbons, packte zwei aus und steckte sich beide gleichzeitig in den Mund.

Alle zuckten zusammen, als Lars plötzlich mit der flachen Hand auf den Tisch schlug. »Scheiße, verdammt noch mal!«

»Nicht so laut!« Christian telefonierte immer noch, offensichtlich hatte er versucht, Malte Fischers Alibi überprüfen zu lassen, bis es in sein Büro hereinspaziert gekommen war. Nun versuchte er, in Schachtelsätzen das Gespräch zu beenden.

»Habt ihr das Passwort geknackt?« Fredericas voller Mund konnte gerade so die Wörter formen.

Tanja nickte ihnen unglücklich zu. »Ja, aber scheint nicht interessant zu sein.«

»Keine neuen Routen für Menschenhandel aufgedeckt?«, fragte Matthias.

Der Polizist war zu aufgebracht, um den süffisanten Unterton zu bemerken. »Nein, nicht ansatzweise. Nur irgendwelche Zahlenkolonnen auf Basis von Rezeptabrechnungen, sieht mir wie Verkaufserlöse aus. 2.000 hier und 5.000 da.« Er drehte das Päckchen um, in dem der Stick verschickt werden sollte. »Ist an einen Briefkasten auf den Caymans adressiert. Wahrscheinlich sein Buchhalter.« Er steckte den Stick zurück in den Umschlag und warf ihn Matthias in den Schoß. »Hier, bring den nach Lübeck, ist mir ein zu kleiner Fisch.«

Matthias sprang auf und wollte gehen. »Soll mir recht sein, ich muss mich eh sputen, der Hansen sucht mich sonst.«

Frederica und Christian sahen ihn an. Christian fragte nach: »Rezepte? Hansen? Du sagst uns jetzt aber nicht, dass du den Apotheker in der Dammtorstraße meinst?«

»Doch, den meine ich. Fahre für den seit heute Beutel aus. Habt ihr mit dem was vor?«

»Eigentlich nicht, aber das scheint sich gerade zu ändern. Seine Assistentin ist letzte Donnerstagnacht umgebracht worden.«

Matthias setzte sich wieder hin. Er pfiff leise durch die Zähne. »Sieh einer an. Endlich krieg ich Spaß.« Er schaute zu Frederica. »Du solltest einen Streifenkollegen bitten, das Päckchen nach Lübeck zu fahren. Wir haben einiges zu besprechen.«

Christian hatte es zwischenzeitlich geschafft aufzulegen und platzte förmlich vor Aufregung. In Gesellschaft schien er keine Hemmungen zu haben, das brisante Thema anzusprechen. »Matthias? Du bist es also wirklich? Wie kann das sein?« Er sah von Matthias zu dem Polizisten und wieder zurück. »Du bist also als V-Mann unterwegs?« Er drehte sich zu Frederica um. »Und du wusstest das nicht?«

»Nein, ich wusste das nicht. Und eigentlich ist es jetzt auch egal, oder?« Ihr an Matthias gerichteter Blick hatte etwas Herausforderndes.

Matthias nickte leicht, so dezent, dass Frederica glaubte, es sich eingebildet zu haben, und schaute danach Tanja an. »Wir beide kennen uns ja noch gar nicht. Das sollte auch so bleiben. Du kannst mich Niels nennen.« Er blickte in die Runde. »Das gilt übrigens für euch alle.«

Alfred setzte sich auf und bellte zustimmend.

In der darauffolgenden Stunde hatte Frederica wenig Zeit, sich mit ihrer neu gewonnenen inneren Freiheit zu beschäftigen. Lars ging irgendwann und Alfred legte sich schlafen. Der Rest war fieberhaft damit beschäftigt, die verschiedenen Informationen zu sortieren und einzuordnen. Frederica ließ der Gedanke an den Apotheker Hansen nicht los. Er hatte ihnen nicht die Wahrheit gesagt, und auf ihre Frage, wie er von dem Tod seiner Mitarbeiterin erfahren hatte, war er die Antwort schuldig geblieben. Sauerwein wiederum war in ihren Augen dringend tatverdächtig. Doch ein abgestumpfter Mörder war er nicht. Es muss einen Zusammenhang geben.

»Was ist dieser Hansen denn eigentlich für ein Typ?«, fragte Frederica niemanden im Speziellen.

Tanja klickte sich durch einige Rechercheergebnisse auf ihrem Rechner: »Dr. Jens-Peter Hansen, 45, Apotheker in dritter Generation, alteingesessener Hamburger Kaufmannsadel, also bestens vernetzt zu den Honoratioren der Stadt. Eltern beide verstorben, keine Frau oder Kinder.« Sie wühlte weiter. »Sonst kann ich nicht viel finden. Er lebt eher zurückgezogen, spendet viel und engagiert sich sozial.«

Matthias runzelte die Stirn. »Keine Verbindung zum organisierten Verbrechen? Handel mit Luftrezepten?«

Tanja schüttelte den Kopf. »Zumindest besteht nirgendwo ein Anfangsverdacht.«

»Was sind Luftrezepte?«, fragte Christian.

Matthias drehte sich in seine Richtung. »Das sind von einem kriminellen Arzt ausgestellte Rezepte für Patienten, die das Medikament gar nicht verordnet bekommen. Die Rezepte für in der Regel teure Medikamente werden bei einem eingeweihten Apotheker gegen preiswertere Alternativen eingelöst, der die Differenz als Gewinn einstreicht. Die teuren Medikamente werden dann auf dem Schwarzmarkt wieder vertickt, zu höheren Preisen, versteht sich. Wahlweise kann man so auch Musterpräparate der Pharmafirmen noch mal abrechnen oder – wie im Falle von Haas – kann man das Ganze auch andersrum betreiben: Die Patienten besorgen sich mehr Rezepte, als sie brauchen, und verkaufen die überschüssigen Rezepte an Dealer. In der Regel besteht so eine Betrügerbande aus einem Arzt, dem Pharmavertreter als Boten und einem Apotheker.«

Christian lehnte sich zurück und verschränkte die Arme. »Hört sich nicht sonderlich spektakulär an. Was kann man damit denn an Umsatz machen?«

»Oh, vertu dich da mal nicht«, sagte Matthias fast ärgerlich. »Das geht in den Bereich gewerbs- und bandenmäßigen Betrugs und gilt damit als organisiertes Verbrechen. Außerdem sind Rezepte so was wie Gutscheine, die jeder einlösen kann. Früher hätte man sie auch Barschecks genannt. Der Kassenpatient bekommt ja keine Rechnung zu sehen und wird daher nie erfahren, dass auf seinen Namen zum Beispiel teure Zytostatika verschrieben worden sind. Das ist ein potenziell riesiger Markt und mehr oder weniger ungefährlich für die Teilnehmer. Selbst wenn man einigen auf die Schliche kommt, was immer noch rein zufällig passiert, kann man jedem für sich allein kaum etwas nachweisen. Die Warenwirtschaftssysteme der Apotheker werden nicht kontrolliert oder mit den Abrechnungen bei den Krankenkassen abgeglichen. Und dem Pharmavertreter kann man so gut wie gar nichts nachweisen. Mit einer Verurteilung als Bote, das heißt Beihilfe zum Betrug, kommt der mit ein paar Tagessätzen davon und wäre nicht einmal vorbestraft.«

Frederica konnte gut nachempfinden, wie Matthias sich fühlen musste. Ohnmächtig danebenzustehen, während skrupellose Geschäftemacher ein irgendwann als sozial geplantes Gesundheitssystem aushebelten.

»Genau.« Matthias sah Frederica und Christian hoffnungsvoll an. »Aber wenn ich jetzt einen Mord in die Szene verlinken kann, sieht das alles ganz anders aus. Entweder kriegen wir sie, weil sie von einer Mordanklage runter wollen und sie einen Deal machen, oder wir können über den Mord tiefer ermitteln und kommen eher an justiziable Informationen. Ich brauche nur etwas Zeit, um mir von Hansen irgendwas zu holen, einen Beweis, der einen Anfangsverdacht rechtfertigt.«

»Denkst du denn, dass er etwas mit dem Tod von Sabine Gross zu tun hat?« Christian konnte sich nicht so einfach von seiner Theorie des Ex als Täter verabschieden, musste Frederica beinahe belustigt beobachten. Und das, obwohl Matthias ihnen bereits bestätigt hatte, dass er am Donnerstagabend mit Malte Fischer auf Tour gewesen war, und der Werber somit ein sicheres Alibi vorweisen konnte. »Nur weil er vielleicht falsche Rezepte einlöst, heißt das ja noch lange nicht, dass er auch mordet.«

»Aber wir wissen genau so wenig, dass es kein vertuschter Unfall gewesen ist«, musste Frederica einwerfen. »Ob Mord oder Rezeptbetrug, irgendwo müssen wir anfangen. Und da scheint Hansen das Bindeglied zu sein. Also ist es folgerichtig, dass wir unsere Ermittlungen in seine Richtung intensivieren sollten, oder?«

Matthias griff sich in seine strubbelige Frisur, als wollte er neue Ideen an der Wurzel greifen und ans Tageslicht zerren. »Ich bin wenigstens schon mal bei ihm beschäftigt und habe einen Fuß drin. Ich weiß nur noch nicht, wie ich weiter vorgehen soll, ohne dass wieder Wochen ins Land gehen. Nur abwarten, bis sich etwas ergibt, können wir uns alle nicht leisten. Eure Leiche wird nicht wärmer und ich muss langsam Land sehen, sonst komme ich nie aus dem Fall raus.«

»Nichts einfacher als das«, meinte Frederica. »Treib ihn vor dir her, bis er einen Fehler macht.«

»Gut gebrüllt, Löwe. Und wie soll ich das anstellen? Ihn etwa provozieren, so von Mann zu Mann?«

Frederica gab eine Runde weiße Mäuse aus, selbst Alfred bekam eine ab, was ihr einen mahnenden Blick von Tanja einbrachte. »Finde seinen Initial-Trigger und drück drauf.«

»Seinen was?«, fragte Tanja, die versuchte, die klebrigen, weißen Zuckerreste aus Alfreds Schnauze rauszufischen. Sie hatte sich in den letzten Stunden ruhig verhalten, da sie offensichtlich überlegt hatte, wer Matthias-Niels denn eigentlich war.

Frederica wandte sich ihm zu. »In der Schnittmenge zwischen dem Gutmenschen Hansen und dem Kriminellen Hansen muss der Auslöser für seine Handlungsweisen liegen. Irgendetwas hat initial zu seinen Beweggründen geführt und ihn zu dem gemacht, der er heute ist. Wenn man diesen initialen Trigger findet, drückt und so Stress bei Hansen auslöst, wird er in eine unüberlegte Handlung gezwungen, die ihn wiederum entlarven wird.«

»Er befriedigt also irgendein grundlegendes Bedürfnis durch seine krummen Dinger, etwas, das für ihn persönlich wichtig ist, und dieses Grundbedürfnis ist durch irgendetwas entstanden, was angestoßen werden kann?«

»Ja genau. Grundbedürfnisse haben wir alle, zum Beispiel nach Sicherheit, einem Dach über dem Kopf oder Liebe. Aber es schlummern in uns jede Menge anderer Bedürfnisse, die zum Teil unbewusst befriedigt werden wollen. Und die uns Dinge sagen und tun lassen, die uns ebenso unbewusst sind. Wir sind die Opfer unserer Bedürfnisse, wenn man so will.«

»Und je besser man über seine Bedürfnisse Bescheid weiß, umso besser kann man sie beeinflussen und sein Leben bestimmen?«

»Und alles eindämmen, was grundsätzlich schädlich für einen selbst ist, ja genau. Wobei ich vermute, dass es bei Hansen sogar leichter sein dürfte, ihn über seine Bedürfnisse zu manipulieren, als bei anderen. Er gibt sich sehr selbstsicher. Er wird meinen zu wissen, was ihn ausmacht, was er will und warum er es will. Wenn solche Menschen plötzlich getriggert werden, wirft sie das ganz schnell aus der Bahn.« Frederica zog die Augenbrauen nach oben. »Der schwierige Part ist das Aufspüren dieser Bedürfnisse. Matthias, weiß Hansen mehr von dir, als dass du ein Vollidiot bist?« Frederica hatte das wenig schmeichelnde Substantiv genussvoller rausgeworfen, als es notwendig gewesen wäre.

Matthias sah sie kurz an, verkniff sich aber einen Kommentar. »Ich denke nicht. Über meinen Kontakt Torben beziehungsweise diesen Pharmaboss Thomas Haas weiß er nur, dass ich irgendein Strandgut bin. Ich habe allerdings keine Ahnung, warum Haas mich an Hansen ausgeliehen hat. Eigentlich war ich schon so weit, dass Torben mich mit zum Rezepte-Einsammeln genommen hat. Endlich. Seit gut einem halben Jahr bin ich schon dran gewesen, ohne dass irgendwas passiert wäre.« Er dachte kurz an die Dragqueen und musste grinsen. »Auch wenn das teilweise mit organisiertem Verbrechen wirklich nur wenig zu tun hatte.« Er nahm sich eine weiße Maus und biss ihr versonnen den Schwanz ab. »Aber Hansen ist so arrogant und selbstherrlich, das ist garantiert ein selbstverliebtes Arschloch. Wenn ich mich noch dümmer stelle als sonst, aber mich ihm ganz selbstverständlich für ebenbürtig halte, wird er bestimmt ausrasten und einen Fehler machen. Sein Ego auf so eine einfache Art und Weise wieder geradezurücken, indem er einen dummen Lakaien aus dem Weg räumt, wird ihm längst zur zweiten Natur geworden sein.«

»Guter Ansatz, aber so ganz kann ich deiner Theorie nicht zustimmen.« Frederica nahm ihm den Rumpf der Maus weg und steckte ihn sich in den Mund. »Ein Narzisst ist er sicherlich, aber die nehmen einen nur wahr, wenn man sie umschmeichelt. Wenn man sie provoziert, kann es zwar sein, dass sie um sich schlagen, aber das würde garantiert nur ihr Opfer mitbekommen; sich dabei auf irgendeine Art öffentlich verraten würden sie in der Regel nicht. Und definitiv werden sie dich danach nur noch ignorieren, denn Narzissten halten sich selbst für die Größten. Strandgut wird einfach links liegen gelassen.«

»Anders also als bei Psychopathen?« Tanja streichelte Alfred über den Kopf, der lostrabte, um die Akte mit dem grünen Deckel zu apportieren.

»Ja, richtig. Psychopathen suchen den großen Auftritt, sie kommen zum Beispiel gerne an den Ort des von ihnen verübten Verbrechens zurück. Oder sind beleidigt, wenn man sie nicht findet, sodass sie der Polizei Hinweise liefern. Hansen ist kein Psychopath, deshalb wird er anders reagieren. Er muss für sich selbst der Größte sein, nicht zwangsläufig für andere. Und da wir Beweise brauchen, sollten wir die Nummer über Dritte spielen. Thomas Haas bietet sich an, da hier noch einige Fragen offen sind, deren Beantwortung uns helfen könnte. Warum hat er dich zu Hansen geschickt? Was haben Haas und Hansen für einen Deal? Weiß Haas von dem Mord an Sabine Gross? Ist Haas selber im Tötungsgeschäft, siehe Torbens Vorgehensweise? Und – last, but not least – wie kannst du Hansen den Tag vermiesen, sodass er sich auf dich konzentriert, um seine Geschäfte ins Lot zu bringen?«

Tanja blätterte in der angesabberten Akte und rollte damit zu Christian. »Mein Reden. Als Matthias …«, sie sah schuldbewusst zu dem V-Mann hinüber, »… Niels von Torben erzählte, fiel mir ein Bericht ein, den ich kürzlich gelesen hatte. Erinnert ihr euch an den Toten in der Schanze letzte Woche? Der zu Tode geprügelte Kleindealer?«

Matthias horchte auf: »Im dritten Stock, eine verwahrloste Wohnung in der Schanzenstraße?« Als Tanja nickte, schlug er mit der Handfläche auf den Tisch. »Verdammt, Torben hat also nicht rumgeprahlt. Und Lars hatte gemeint, da wäre nichts eingegangen. Und das, obwohl ich ihm nach unserem Treffen sogar noch den Ort durchgeben konnte.« Er sah zu Tanja. »Kann es sein, dass er davon nichts weiß?«

»Nur, wenn er nicht nach dem Bericht gesucht hätte.« Tanja sah ihn bedauernd an. »Der Fall ist in der Datenbank.«

Der Adler machte einen langen Hals und schlug heftig mit den Flügeln.

*

»Arschloch!« Frederica hielt ihren Wagen in einer Grundstückseinfahrt an und schlug mit den Handballen gegen das Lenkrad. Sie wechselte zu »dummes Arschloch!«, weil es taktmäßig angenehmer zu hämmern war.

Wie konnte der Idiot schon wieder im Alleingang losrennen und sie stehen lassen? »Ich mach das schon« war das Einzige, was sie von ihm zu hören bekommen hatten, bevor er aus dem Dezernat gestürzt und mit seiner Klapperkarre erstaunlich schnell abgehauen war. Sie hatte sich ein paar Minuten mit der Illusion betrügen wollen, er sei so schnell verschwunden, weil er die Konfrontation mit ihr gefürchtet hätte. Aber sie wusste es natürlich besser. Es ging ihm nicht um die Aufklärung etwaiger Befindlichkeiten und es ging Matthias nicht um den Fall. Oder irgendeinen Fall. Es ging ihm darum, sich etwas zu beweisen. Da war sie sich sicher, sie wusste nur nicht, was. Und wahrscheinlich würde sie es niemals herausfinden.

Wollte sie ihn überhaupt noch mal wiedersehen? Selbst wenn, wie sollte das gehen, wo er als V-Mann unterwegs war? »Freunde bleiben« wollte sie sowieso nicht. Und was wollte er? Jedenfalls nicht sie. Sie hörte auf, die Windschutzscheibe anzuschreien, und sah auf ihre Hände. Langsam taten ihr die Handballen weh. Rot und aufgequollen waren sie, wie abgestorben. Matthias war tot und dabei sollte es bleiben. Sie griff zum Handschuhfach und zog sich die Notfall-Scheibe

Nugat raus. Eine dunkle, fettige und einfach herrliche Masse an Haselnusscreme. Sie öffnete vorsichtig die Zellophanverpackung und biss hinein.

Dummes Arschloch.

*

Sie betrat gerade ihre Wohnung, als ihr Handy klingelte. Ihr Puls beschleunigte sich etwas, als sie die Nummer der Einsatzzentrale erkannte. Sie antwortete sofort: »Frederica Moll.«

»Frau Moll, ich bin Polizeikommissarin Turgay. Ich habe hier eine Anruferin, die Sie dringend sprechen möchte. Es geht um den Fall Sabine Gross.« Die weibliche Stimme am anderen Ende der Leitung klang unaufgeregt und verbindlich.

Frederica warf ihren Kamelhaarmantel auf das Sofa und zog sich ihre Lammfellstiefel von den Füßen, während sie das Handy geschickt zwischen Schulter und Ohr eingeklemmt hielt.

»Sabine Gross? Tatsächlich? Aber damit sind wir doch noch gar nicht an die Öffentlichkeit gegangen.«

»Deswegen habe ich auch gedacht, es könnte wichtig sein. Die Anruferin heißt Heike Fuchs, behauptet, wichtige Informationen zu haben, und wollte sofort mit den leitenden Beamten sprechen. Ich habe zunächst Herrn Lauterbach angerufen, aber er hat sein Handy ausgeschaltet. Wollen Sie das Gespräch annehmen?« Die verbindliche Stimme klang jetzt gebieterisch.

»Ja, bitte, stellen Sie durch, Frau Turgay, vielen Dank.«

Frederica hörte ein kurzes Klicken und sprach weiter: »Hallo? Hier ist Frederica Moll. Spreche ich mit Frau Fuchs?«

Durch die Leitung konnte Frederica leise Musik und Stimmengewirr hören. Dazu sprudelnde Geräusche und klapperndes Glas. Eine Kneipe. »Ja, ich bin Heike Fuchs. Betreuen Sie den Fall Sabine Gross?« Frederica konnte die Anspannung spüren, die die andere Frau antrieb.

»Ja, ich bin im Ermittlungsteam. Sie haben Informationen für uns?«

Es wurde stiller in der Leitung, nur noch leise Musik war zu hören. Heike Fuchs hatte sich wohl in eine ruhigere Ecke verzogen. »Sie hat sich nicht selbst umgebracht, richtig?« Frederica überlegte kurz, ob sie die Wahrheit sagen sollte. Bevor sie antworten konnte, sprach Heike Fuchs schnell weiter. »Nein, natürlich nicht. Denn ich weiß, wer sie umgebracht hat. Ihr Chef war es, und ich kann es beweisen.«

Frederica starrte durchs Wohnzimmerfenster zu Käuzchens Voliere, als könnte die Eule alle offenen Fragen beantworten. Stattdessen fing Käuzchen an, seltsame Klagelaute auszustoßen. Sie riss sich von dem Tier los und konzentrierte sich auf das Gespräch. »Inwiefern?«

»Was meinen Sie?«

»Was haben Sie genau für Beweise?«

»Die sind alle auf meinem Laptop. Sabine hatte ihn sich ausgeliehen, weil sie Angst hatte, dass man auf ihrem nach ihrem Tod alles löschen könnte.« Heike Fuchs hörte sich plötzlich peinlich berührt an. »Ich kann damit nicht viel anfangen, aber Ihre Leute bestimmt.«

Frederica überlegte kurz: »Wo sind Sie denn gerade?«

»Warum fragen Sie?« Heike Fuchs klang nicht mehr nervös, sondern ängstlich.

Frederica versuchte, beruhigend auf die Frau einzuwirken. »Ich überlege nur, wie wir uns am besten treffen. Sie möchten doch sicherlich der Polizei das Beweismaterial übergeben, deswegen haben Sie angerufen, oder?«

Die Frau antwortete nach einer kurzen Pause: »In einer kleinen Kneipe in Othmarschen.«

»Prima, das trifft sich gut, da wohne ich. Ich schicke Ihnen gleich eine Nachricht mit meiner Adresse und Sie kommen kurz bei mir vorbei. Wir sollten das nicht in der Öffentlichkeit besprechen und bis morgen möchte ich nicht warten. Könnten Sie das einrichten?«

Die Stimme am anderen Ende wurde misstrauisch: »Wieso bei Ihnen?«

Frederica entschied sich, ehrlich zu antworten: »Weil wir beide gerade hier im Stadtteil sind, ich Sabines Chef Dr. Hansen aber hier auch schon mal gesehen habe. Auch wenn er Sie vielleicht nicht kennen sollte – mich kennt er gewiss.«

Ob sie Frau Fuchs mit ihrer ruhigen Stimme oder dem Furcht einflößenden Argument überzeugt hatte, war Frederica egal, Hauptsache, sie hatte sie überzeugt: »Gut, ich komme gleich vorbei.«

Um sie nicht weiter zu verschrecken, beschloss sie, Christian nicht dazuzubitten. Er würde sowieso zu lange nach Othmarschen brauchen, falls er sein Handy überhaupt eingeschaltet hatte. Sie ging in die Küche und holte Gläser und Getränke. Er würde früh genug davon erfahren, obwohl er natürlich ziemlich sauer sein würde.

Keine zehn Minuten später klingelte es an ihrer Tür. Sie sah durch die Kamera der Gegensprechanlage und öffnete einer großen korpulenten Frau, die sich kurz umsah und sich schnaufend das Treppenhaus hoch bewegte. Warum um Himmels willen nahm sie nicht den Aufzug? An der Wohnungstür angekommen, wirkte sie überraschenderweise weniger korpulent. Frederica sah ihre Besucherin genauer an, die, ohne auf ein Zeichen von Frederica zu warten, anfing, sich aus ihren Überwürfen herauszuschälen. Sie hatte offensichtlich zum Schutz gegen die Kälte einige Lagen Wolle in Form von mehreren Loop-Schals um den Hals geschlungen. Dazu trug sie einen überdimensionierten Poncho über einer Strickjacke, der ihre Gestalt aufgrund ihrer breiten Schultern sehr viel voluminöser hatte aussehen lassen, als sie es tatsächlich war. Sie schien leicht zu frösteln, hatte Frederica für sich entschieden, während sie ihrem Gast weiter stumm bei seinen Auspackbemühungen zusah. Sie hatten sich bereits kurz zugenickt, wie zwei Verschwörerinnen auf einer dunklen Brücke, als ihre Besucherin ihre Pudelmütze erreichte und sie mit einem Ruck vom Kopf riss – womit sie den Blick auf eine Glatze freigab. Sie war blank wie eine Bowlingkugel. Frederica musste kurz innehalten, um ihre Überraschung nicht zu zeigen.

Heike Fuchs schien sie trotzdem bemerkt zu haben: »Ja, ich habe Brustkrebs. Und meine dritte Chemo hinter mir.« Trotzig warf sie hinterher: »Noch Fragen?«

»Jede Menge, aber nicht zu Ihrer Frisur. Ich finde es gut, dass Sie keine Perücke tragen. Glatze steht Ihnen, da kommen Ihre kornblumenblauen Augen noch besser zur Geltung.«

Heike Fuchs schien es zu gefallen, dass Frederica sich nicht in peinlichen Entschuldigungsfloskeln verheddert hatte, und taute etwas auf. »Danke. Wo geht es ins Wohnzimmer?«

Frederica zeigte den Weg und ging voraus. Erst jetzt schien ihrer Besucherin aufzufallen, wo sie sich gerade befand.

»Ist das Ihre Wohnung?«

Frederica drehte sich erstaunt um. Noch nie hatte ihr jemand diese Frage gestellt. Viel Besuch bekam Sie nicht und ihre wenigen Freunde kommentierten ihren Lebensstil nicht. Ihr fiel plötzlich auf, dass sich die andere Frau unwohl fühlte. Sie stand verloren im Flur, mit einer Aldi-Tüte am Handgelenk, in der Frederica den Rechner vermutete. »Sehr gut, Frau Fuchs, den Rechner in einer Aldi-Tüte zu transportieren. Hatten Sie eine Eingebung?«

Die Frau sah sie verwirrt an: »Wieso? Irgendwo drin musste ich ihn ja herschaffen.«

»Ja, natürlich, aber so wird niemand auf die Idee kommen, ihn zu stehlen.« Frederica grinste sie an, während sie sich aufs Sofa setzten und sie Frau Fuchs ein Glas Wein anbot. »Wissen Sie, die Reichen dieser Welt, die Wertvolles transportieren oder damit verreisen, verstauen es nie in teuren Taschen oder Koffern. Ein Freund von mir ist Fotograf und erstellt Katalogbilder für die großen Marken. Wenn er den Schmuck durch Hamburg spazieren fährt, benutzt er für den Transport immer eine Plastiktüte von Aldi oder Lidl. Niemand würde auf die Idee kommen, dass da teurer Schmuck drin herumklimpert.«

Heike Fuchs trank einen Schluck Wein und musste zurückgrinsen. »Darüber habe ich noch nie nachgedacht.« Sie runzelte die Stirn. »Und was ist in all diesen Louis-Vuitton-Taschen, die überall herumgetragen werden? Gestopfte Socken?«

»Ganz genau.« Frederica sah ihren Gast prüfend an. »Wohnen Sie hier in der Gegend?«

»Nein, ich wohne in Altona.«

»Das ist ja eine ganze Ecke von hier. Haben Sie jemanden besucht?«

Das war wohl die falsche Frage gewesen. Heike Fuchs zog sich in sich zurück wie eine Schnecke in ihr Haus. »Nein.«

Frederica sah sie erstaunt an, ließ es aber dabei bewenden. »Geht mich auch nichts an. Aber jetzt erzählen Sie mal – woher kannten Sie Sabine Gross? Von der Chemotherapie?«

»Ja genau, wir haben uns vor ein paar Monaten kennengelernt. Wir sind beide Patientinnen von Dr. Merseburg und lagen bei den Sitzungen nebeneinander. Da kommt man zwangsläufig ins Gespräch.« Heike Fuchs nahm noch einen Schluck und stellte das Weinglas vorsichtig auf den italienischen Couchtisch zurück. Er war aus Teakholz und glänzte edel im gelben Licht der Stehlampe. Gut, dass sie nicht wusste, dass das Weinglas mundgeblasenes Marienglas war – sie hätte es wahrscheinlich nicht noch einmal in die Hand genommen. Verstohlen sah sie sich die Bilder an der Wand an. Es waren Fotografien in Schwarz-Weiß, und sie sahen aus, als wären sie alle vom selben Künstler. Schlau wurde Heike Fuchs aus den Objekten offenbar nicht. Es waren komische Anmutungen von bekannten Dingen. Hier etwas Rundes, da etwas Eckiges, und viel nackte Haut. Heike Fuchs hielt die Luft an, als sie das Bild erblickte, auf dem jemand einen Blowjob bekam.

»Mögen Sie Man Ray?« Frederica sah sie amüsiert an. »Auf mich hat er immer eine beruhigende Wirkung. Und wenn man bedenkt, wie alt die Fotografien sind, war er ein sehr mutiger Mann.«

Heike Fuchs überhörte die Frage. »Sabine und ich, wir hatten den gleichen Humor. Auch in Bezug auf den Krebs. Wir mochten uns sofort und haben schnell festgestellt, dass wir vieles gemeinsam haben.« Sie sah plötzlich etwas verbittert aus. »Vom Krebs einmal abgesehen. Wir sind beide nie verheiratet gewesen, haben keine Kinder und sind fast gleich alt.«

Frederica sah sie erstaunt an – sie hätte Heike Fuchs auf mindestens zehn Jahre älter geschätzt. Sie unterbrach ihre Besucherin aber nicht.

»Sabine hatte gerade den Port gelegt bekommen …«, sie warf Frederica einen fragenden Blick zu, die zustimmend nickte, »… und fragte mich nach meinen Erfahrungen. Wir haben uns seitdem regelmäßig getroffen. Entweder bei der Chemo oder auch nur mal so. Wir haben dann was unternommen, um uns auch mal was zu gönnen. Uns abzulenken.« Sie sah an Frederica vorbei auf eine Fotografie mit Schablonen von Malutensilien. »Wissen Sie, was ich am schlimmsten finde? Dass ich neidisch auf Sabine war.«

»Inwiefern? Weil sie einen Freund hatte?«

»Diesen Werber? Den hat sie ja zum Schluss endlich abgeschossen. Was für ein Blender. Tat nach außen hin immer so, als würde er sie unterstützen, dabei konnte man genau sehen, wie lästig ihm das Ganze war.« Heike Fuchs schnaubte verächtlich.

»Sie reden von Malte Fischer?«

Die Frau nickte zustimmend.

»Und Sie haben die beiden zusammen erlebt?«

»Einmal, da ist er dazu gekommen, als wir uns zur Happy Hour in der Bar vom Atlantic Hotel getroffen haben. Wir hatten gerade Chemo-Halbzeit und wollten das feiern. Die beiden waren abends zum Essen verabredet und er war Sabine abholen gekommen. Sabine hatte in Richtung Foyer gesessen, und als sich ihr Blick plötzlich verfinsterte, habe ich mich umgesehen. Ich kannte ihn ja nicht, aber es konnte nur der eine Typ sein. Dieses Gehabe war unverkennbar Marke selbstverliebt. Wie ein Pfau kam er anstolziert in seinen teuren Klamotten. Überall hatte er hingesehen, jeden gemustert, nur Sabine, die hat er nicht beachtet. Wenn mich ein Mann so ignorieren würde … Sabine hatte mich nur kurz vorstellen können und er ist gleich mit ihr abgezogen.«

»Sabine schien nicht erfreut gewesen zu sein, ihn zu sehen?«

»Nee, nicht wirklich. Sie wollte zwar nicht glauben, dass er nicht zu ihr stand, aber mit dem Instinkt einer Frau wusste sie es. Sie hatte nur noch nicht den Mut gehabt, ihm den Laufpass zu geben.«

»Und die beiden sind gleich gegangen?«

Heike Fuchs trank das Glas leer. »Es war geplant gewesen, dass wir drei etwas zusammen trinken. Sabine wollte, dass ich ihn kennenlerne und ihr meine Meinung über ihn sage. Was sie ihm wohl nicht vorher gesagt hatte, war, dass mir bereits alle Haare ausgefallen waren. Gesagt hatte er nichts, so dumm sah er mir nicht aus. Aber der Blick hat Bände gesprochen.«

Frederica dachte an ihre Gespräche mit dem Werber zurück und wusste sofort, was Heike Fuchs meinte. »Sie hatten gesagt, dass Sie auf Sabine neidisch gewesen seien? Was meinten Sie damit?«

»Sabine und ich hatten die Tumorart gemeinsam und bekamen eine ähnliche Chemo. Uns war gleich zu Beginn aufgefallen, dass wir sehr unterschiedlich darauf reagiert haben. Mir war sofort schlecht, ich musste mich regelmäßig übergeben und mir sind eben die Haare ausgefallen.« Sie ergänzte trocken: »Überall.«

»Und bei Sabine ist das nicht passiert?«

Heike Fuchs nickte. »Nicht nur das mit den ausfallenden Haaren. Sie hatte alle behalten. Sondern es ging ihr – wenn das Wort in diesem Zusammenhang nicht so unpassend wäre – blendend. Durchweg. Strahlende Haut. Glänzende Haare. Keine Übelkeit. Wir hatten uns zunächst darüber lustig gemacht. Aber irgendwie habe ich es dann gar nicht mehr lustig gefunden. Ich war einfach nur noch … genervt.« Sie sah in ihr leeres Glas, das Frederica ihr aus der Hand nahm und wieder auffüllte. »Es tut mir so leid um Sabine.«

»Das muss es nicht, es ist eine ganz normale Reaktion und sehr verständlich. Vor allen Dingen, wenn man nicht weiß, warum das so ist.«

Heike Fuchs trank und sah sie zweifelnd an. »Das habe ich mir auch gesagt. Aber mal im Ernst: Glauben Sie an den Scheiß?« Der Wein zeigte langsam Wirkung. Angeregt redete sie weiter: »Und wir haben dann ja auch rausgefunden, was los war.« Sie zerrte die Aldi-Tüte hervor, die halb unter das Sofa gerutscht war, und fummelte den Laptop aus dem Plastik. Es war ein altes MacBook, ziemlich ramponiert und mit allen möglichen Aufklebern versehen. Sie waren durchweg bunt und niedlich. Einige glitzerten vor sich hin. Es sah aus wie ein altes Poesiealbum, nur noch kitschiger. Frederica konnte kaum hinsehen und fragte sich, wie jemand jenseits der 13 so was gut finden konnte. Wortlos hielt ihr Heike Fuchs den Rechner hin. Sie nahm ihn, klappte ihn auf und schaltete ihn an.

»Was muss ich mir ansehen?«

Heike Fuchs rückte näher an Frederica ran. »Die Mails. Sabine hat den Mailverkehr zwischen ihrem Chef, diesem Hansen, und seinem Labortypen abgefangen. Als sie erst mal gewusst hatte, wonach sie suchen musste, war es fast zu einfach gewesen. Sie hat gewartet, bis Hansen seinen Rechner unbeaufsichtigt angelassen hatte, und sich alle Mails des letzten Jahres auf einen Stick kopiert. Und da hat sie es gefunden.«

Frederica ging das Ganze etwas zu schnell. »Moment mal, ich kann nicht folgen. Wieso wusste sie, wonach sie suchen musste, und was hat sie in den Mails gefunden?«

Heike Fuchs sah Frederica kurz an und lehnte sich zurück. »Sie wissen gar nichts, oder?« Seufzend, aber auch ein wenig stolz fing sie von vorn an: »Also, wie schon gesagt, irgendwie fanden wir es komisch, dass sie so gar keine Nebenwirkungen hatte. Und Dr. Merseburg nahm die Nummer zu sehr auf die leichte Schulter. Er sagte nur, wir sollten uns keine Sorgen machen, das hätte alles seine Richtigkeit. Und manchmal wäre das einfach so. Dass jemand keine Nebenwirkungen hat. Aber Sabine war ja vom Fach und wollte das nicht so hinnehmen. Sie meinte, das wäre alles Quatsch, und hat immer wieder davon angefangen, im Netz recherchiert und sich mit Frauen unterhalten, denen es ebenso ergangen war. Haben die zumindest so gesagt, aber ich hab immer gemeint: ›Sabine, die wollen sich nur wichtigmachen.‹ Und schlauer geworden ist sie dadurch auch nicht. Irgendwann wurde es mir zu viel, und ich habe ihr gesagt, dass es doch egal sei, solange es ihr besser ging. Da hatte sie sich aber schon verrannt – zumindest hatte ich das damals so gedacht – sie hat mich angeschrien und mich stehen lassen. Wir haben ein paar Wochen nicht miteinander geredet, trotz Chemo.« Heike Fuchs nahm einen weiteren Schluck. Die Erinnerung schien sie sichtlich mitzunehmen. Plötzlich sah sie Frederica direkt in die Augen. »Hatten Sie schon einmal Todesangst? So richtig fies, mit allem Drum und Dran?« Sie starrte in ihr Glas. »Selbst, wenn Ihnen schon mal jemand eine Waffe ins Gesicht gehalten hätte – Sie haben keine Ahnung, was es bedeutet, wenn Ihnen ein Arzt im Nebensatz erzählt, dass eventuell die Brust ab müsse. Aber man würde mal schauen, wie das Wetter morgen würde, eventuell könne sie ja auch dranbleiben. Wenn Ihre Gesundheit nur davon abhängt, dass jemand anderes Lust hat, heute seinen Job gut zu machen, dann verändert Sie das. Und nicht zum Guten. Aber das war mir egal, als Sabine mich kurz nach der Diagnose angerufen hatte, waren wir sofort wieder ein Herz und eine Seele, so als wäre nichts gewesen. Aber wenn ich so drüber nachdenke, es war ja auch nichts gewesen. Gestritten hatten wir uns nie, nur über ihre blöde Chemo. Aber ihre Zweifel waren jetzt natürlich stärker als vorher. Der Krebs ließ nicht locker, und sie wusste nicht, was passieren würde. Und da ich sie sehr lieb gewonnen hatte, beschloss ich, ihr zu helfen.«

»Und da sind Sie auf die Mails gekommen?«

»Wie gesagt, nicht sofort. Sabine wusste ja nicht, wo sie mit der Suche anfangen sollte. Aber irgendwann hatte sie einfach Glück.«

»Sie hat etwas beobachtet?«

»Ja genau. Als Hansens Mitarbeiterin bekam sie natürlich immer von dort ihre Mischung. Der Hansen darf ja die Rezepte anmischen, das dürfen wohl nicht viele Apotheker, hatte Sabine gesagt, und da das so 'n High-Tech-Zeug ist, muss man dafür einen besonderen Raum haben, damit man die Mischung nicht verunreinigt und sich selber dazu. Der Hansen hat Sabine die Beutel nie zu den Terminen mitgegeben, sondern immer anliefern lassen. Was Sabine komisch fand, da man die Mischung erst kurz vorher zusammenstellen darf. Ihr die Beutel einfach mitzugeben, wäre ja praktisch gewesen. Aber eines Tages passierte es. Der Hansen hatte wohl eine schlechte Nacht gehabt, zu viel gesoffen, was auch immer. Er war jedenfalls am nächsten Tag nicht konzentriert und hatte die Beutel nicht fertig.«

»Mischt Dr. Hansen sie immer alle selbst an?«

»Das weiß ich nicht, Sabine hat das häufig gemacht, aber nie Kollegen erwähnt. Und ihre eigenen hat sie nie angerührt.« Heike Fuchs schielte auf den Wein, nahm sich aber ein Glas Wasser. »Sabine war nur kurz reingekommen, weil sie selber einen Chemo-Termin an dem Morgen hatte und was aus dem Büro holen wollte. Und da hat sie es gesehen.« Sie hielt dramatisch die Luft an, bis sie nicht mehr konnte. »Da hat sie den Hansen gesehen, wie er im Reinraum stand – so nennt man diesen Raum – wie er ohne Schutzkleidung und so weiter die Beutel anmischte. Die Tür stand sperrangelweit offen und um ihn herum war alles durcheinander. Was sie aber am merkwürdigsten fand, war, dass die Medikamente, die man zum Anmischen braucht, gar nicht da waren. Sie hat ihn gefragt, was los sei, und er hat sie angeblafft, das wäre nicht wichtig und sie solle verschwinden. Er riss dann einen Beutel von einem Ständer und gab ihn ihr mit. Es war ihr eigener. Warum sie vorher nicht auf die Idee gekommen war, wusste sie selbst nicht, wahrscheinlich, weil der Hansen eh so ein Arschloch ist und sie Angst um ihren Arbeitsplatz hatte – auch mit dem Krebs und so. Aber sie hatte sich den Beutel zum ersten Mal so richtig angesehen und festgestellt, dass die Flüssigkeit nicht schäumte.«

»Die muss schäumen?«

»Ja, wenn das Gift in die Kochsalzlösung gespritzt wird, muss das schäumen, wenn man es schüttelt. Das hat gefehlt und auch das kleine Einstichloch von der Spritze, mit der das Gift in den Beutel kommt. Aber damit war ihr klar, dass da was nicht stimmte und ihr Chef mittendrin steckte.«

»Und was hat sie gemacht?«

»Den Termin sausen lassen und den Beutel zu dem Pathologen gebracht, mit dem Hansen immer zusammenarbeitet. Sie wollte sehen, was tatsächlich drin ist.«

Frederica schloss die Augen und lehnte sich zurück. Hatte Sabine Gross damit ihr Todesurteil unterschrieben? »Wann war das?«

Heike Fuchs schien nachzurechnen. »Vor circa fünf Monaten, oder so.«

»Und was ist dabei herausgekommen?«

»Das war ja das Komische. Er hat gesagt, dass mit dem Inhalt alles in Ordnung sei. Und er wollte wohl genau wissen, wieso sie damit zu ihm gekommen war.«

»Hat sie es ihm erzählt?«

»Nein, da wurde sie misstrauisch und hat nur gemeint, sie würde ihrem Onkologen nicht trauen.«

»Und wie ging es weiter?«

»Sabine hatte es erst mal auf sich beruhen lassen. Ihr ging es gut und das war letztendlich die Hauptsache.« Heike Fuchs schien plötzlich ärgerlich zu werden und griff wieder zur Weinflasche. »Bis vor ein paar Wochen, als sie die Amputation hatte – und mehr Chemo.« Sie trank das Glas in einem Zug aus. »Sie war völlig fertig, verständlicherweise. Und als sie wieder angefangen hatte zu arbeiten, da hörte sie ein Telefonat von Hansen mit Sauerwein mit. Sie rief mich danach ganz aufgeregt an, ich weiß das noch wie heute. Die hätten sich über Patienten unterhalten, die gar nicht krank seien, aber eine Chemo bekommen würden. So hatte sich das jedenfalls angehört, und sie wollte an seinen Rechner, um mehr rauszufinden. Ich hab ihr dabei geholfen.« Nicht ohne Stolz in der Stimme sah Heike Fuchs Frederica an. »Ich habe mich als Kundin ausgegeben und Hansen so lange im Verkaufsraum seiner Apotheke beschäftigt, bis sie die Daten hatte.«

»Und da haben Sie was gesehen?«

»Dass die beiden Befunde austauschen. Sabine hat dann ein paar von den Patienten recherchiert und kontaktiert, und – Bingo! – die hatten alle keine Nebenwirkungen von der Therapie.«

»Warum sind Sie nicht zur Polizei gegangen? Ich meine, als Sie die Mails hatten?«

»Weil Sabine meinte, dass die nicht ausreichen würden. Zwar gibt der behandelnde Arzt die Mischungen in Auftrag, aber die Befunde vom Pathologen dazuhaben, ist ja keine Straftat, oder? Außerdem sind die Befunde wertlos, wenn man die Proben dazu nicht hat. Und den eigenen Chef zu belasten, ist sowieso noch mal ganz was anderes.«

»Wann haben Sie Sabine das letzte Mal gesehen?«

»Das war so vor anderthalb Wochen. Sie wollte Hansen alles an den Kopf werfen, nämlich dass Sauerwein falsche positive Befunde ausstellt und Hansen daraufhin Beutel ohne Krebsmittel anmischt und den Gewinn einstreicht.« Sie sah Frederica eindringlich an. »Und sie wollte wissen, ob es mit ihr genau dasselbe Spiel gewesen war und warum dann ihre Brust …« Heike Fuchs brach in Tränen aus. »Ich hatte ihr gesagt, sie solle das lassen, das sei zu gefährlich. Wer so eiskalt mit Menschen umgeht, der schreckt auch vor einem Mord nicht zurück. Und so ein Apotheker hat doch tausend Mittelchen, mit denen er einen umbringen kann, ohne dass das jemand mitkriegt, oder? Der muss wahrscheinlich nur nach hinten ins Regal greifen und die Polizei hätte keinen blassen Dunst. Aber sie hat sich nicht abhalten lassen. Ich hatte noch überlegt, ihr anzubieten mitzukommen, aber ich hatte zu viel Angst.« Sie sah an Frederica vorbei in die Luft. »Sie hatte sich das Ganze noch ein paar Tage aufsparen wollen, um zuerst mit diesem Fischer Schluss zu machen. Ich habe gewartet und gewartet, und als heute immer noch nichts zu hören war, habe ich ihre Eltern angerufen und dann bei der Polizei. Wäre ich doch nur mit ihr mitgegangen!«

Frederica ging ins Badezimmer und kam mit einem feuchten Waschlappen zurück. Sie hielt ihn Heike Fuchs hin. »Sabine Gross war auf dem Kriegspfad. Sie hätten nichts tun können, um sie davon abzubringen. Ich bin mir nicht sicher, ob Sie ihr hätten helfen können, indem Sie früher zu uns gekommen wären.«

Heike Fuchs hörte auf zu weinen. »Ich habe mir das schon x-mal selbst gesagt. Aber das nützt überhaupt nichts, denn wenn eine Sache dich gepackt hat, dann verändert sie dich und du wirst jemand anders. Und damit muss man klarkommen, so einfach ist das.«

Frederica musste lächeln. »Sind Sie denn geheilt?«

Heike Fuchs sah plötzlich zuversichtlicher aus. »Ja, sieht so aus. Haare sollen demnächst wiederkommen.«

»Dann machen Sie was draus. Auch um Sabines willen. Nehmen Sie die Veränderung, die sie in Ihnen bewirkt hat, und starten Sie durch. Nehmen Sie Sabines Mut mit auf Ihre Reise. Sie wird sicherlich aufregend und wunderbar.« Frederica lächelte. »Und ich darf den Laptop erst mal behalten und unseren Forensikern geben?«

»Ja natürlich. Und bitte sagen Sie denen, dass ich ihn von meiner Nichte geerbt habe – wegen der dämlichen Sticker.«

*

Frederica sah auf die Uhr – schon nach elf. Ihren Gast hatte sie vor einer halben Stunde verabschiedet, aber an Schlaf war erst mal nicht zu denken. Sie wühlte digital durch die Mails, die Hansen und Sauerwein in den letzten 13 oder 14 Monaten ausgetauscht hatten. Da waren Einladungen zu Abendessen und Galas sowie sonstige uninteressante Informationen. Die Mails zu den Befunden hatte sie sich genauer angesehen – musste aber zugeben, dass sie damit nichts weiter anfangen konnte. Dazu brauchte man die untersuchten Proben, und an die kam sie so ohne Weiteres natürlich nicht ran. Sie schüttelte den Kopf. Ihr Bauchgefühl hatte mit Sauerwein recht gehabt. Doch um ihm die Tür einzutreten und den Kiefer zu brechen, reichte das Beweismaterial längst nicht aus. Immerhin waren sie einen Schritt weiter. Was für eine perfide Nummer. Da fälscht ein Pathologe falsch-positive Befunde zusammen, damit sein Jugendfreund, der angesehene und in dritter Generation handelnde Apotheker, ein paar Euro mit Kochsalzlösungen macht. Rechnete sich das? Wie hoch war das Risiko, überführt zu werden? Sehr gering, fürchtete Frederica. Und was war mit den Patienten, die völlig gesund in Todesangst leben mussten? Na ja, zumindest waren sie gesund ... Aber was war mit Sabine Gross geschehen? Frederica blieb der nächste Gedanke förmlich im Schädel stecken wie in Treibsand. War es tatsächlich vorstellbar, dass eine völlig gesunde Brust abgenommen wurde? In Deutschland, mit einer vollkommen durchgetakteten Laborlandschaft?

Sie ließ sich in ihre Couch fallen und griff zum Rotwein. Erstaunt fühlte sie eine Art Irritation in sich aufsteigen, die sich rasend schnell in einen Wutausbruch verwandelte. Noch so ein Arschloch. Nur auf eine ganz andere Weise, aber ebenso gleichgültig. *Ihr Chef hat sie umgebracht und ich kann es beweisen.* Das hatte Heike Fuchs am Telefon behauptet. Frederica sah bedauernd in den Monitor. Da war wohl der Wunsch der Vater des Gedankens gewesen. Hansen war zu kaltschnäuzig, um sich die Hände schmutzig zu machen. Sie biss sich auf die Lippe, während sie aufstand und im Wohnzimmer hin und her lief. *Einer von beiden muss es gewesen sein.* Sie war der Schlüssel. Der Pathologe war nicht nur das schwächste Glied in der Kette, sondern konnte auch eher in Beweisnot kommen als der zu selbstsichere Hansen. Aber wie sollte sie es anstellen?

Frederica erschrak heftig, als ihr Handy sie zum zweiten Mal an diesem Abend aus ihren Überlegungen riss.

*

»Bin wieder da, Chef!« Niels betrat jovial lächelnd die Apotheke am Dammtor. Es wurde bereits dunkel und es roch nach neuem Schnee. Es versprach ein ungemütlicher Abend zu werden. Vielleicht hatte sich Hansen einen frühen Feierabend gegönnt und die Restkundschaft des Tages an diese niedliche Aushilfe delegiert. Dann müsste er eben bis morgen warten.

»Wo sind Sie gewesen?«

Es heißt, dass man einfach einschläft, wenn man erfror. Dass man von der schmerzenden Kälte gar nichts mitbekam, sondern sogar süße Träume das langsame Sterben verkürzten. Niels war sich jedoch sicher, dass das heftige Kribbeln, das gerade sein Rückgrat hochfuhr, definitiv zum Erfrierungsprozess gehörte. Der Apotheker war da und arbeitete an Papieren, die breit verstreut auf dem hinteren Tresen lagen. Seine stahlgrauen Augen musterten ihn hinter der eisern wirkenden Lesebrille vermeintlich teilnahmslos. »Wenn Sie nicht zuverlässig sind, kann ich Sie hier nicht gebrauchen. In Zukunft sind Sie ab 8 Uhr morgens zehn Stunden täglich verfügbar oder Ihr Herr Haas wird davon erfahren. Haben wir uns verstanden?«

Niels wischte sich in Gedanken den Raureif von den Schultern und riss sich zusammen. »Natürlich, Chef. Ich war nur …«

»Wo Sie gewesen sind, interessiert mich nun wirklich nicht. Meine Eingangsfrage war rein rhetorisch.« Er setzte seine Lesebrille ab und musterte Niels sehr langsam von oben bis unten. »Falls Ihnen das ein Begriff sein sollte.«

Niels sah etwas dämlich am Apotheker vorbei an die weiße Wand. »Äh, klar. Sie wollen gar nicht wissen, wo ich gewesen bin, schon verstanden. War auch nicht besonders aufregend. Mein Kumpel Torben, müssen Sie wissen …«

»Nein, muss ich nicht. Hier liegen ein paar Medikamente, die noch ausgeliefert werden müssen. Danach können Sie gehen.«

»Logo, geht gleich los.« Niels nestelte an seinem Handy herum. »Dann muss ich nur Torben schnell …«

»Sind Sie noch ganz bei Trost? Sie haben diesen Job nur, weil ich Herrn Haas einen Gefallen tun wollte. Ich persönlich kann nämlich mit Leuten wie Ihnen nicht viel anfangen.« Angewidert setzte der Apotheker wieder seine Lesebrille auf und vertiefte sich in die Lieferscheine. Ohne Niels anzusehen, sagte er: »Ich rate Ihnen zur Eile. Sonst können Sie gerne in das Loch zurück verschwinden, aus dem Sie einstmals gekrochen gekommen sein mögen. Dort wird sicherlich ein Plätzchen für Sie warm gehalten.«

Niels versuchte, verletzt auszusehen. »Mann, so sollten Sie aber nicht mit anderen Menschen reden, das könnte sie kränken. Und außerdem war der Haas immer nett zu mir, und wenn er hört, wie Sie mich behandeln, wird ihm das gar nicht gefallen!« Um seine Aussage zu bekräftigen, hielt er sein Handy in die Höhe. »Dann kann ich ihm auch gleich erzählen, was Sie hier sonst noch so treiben!« Vielsagend deutete Niels mit einer Kopfbewegung auf den Reinraum.

»Das weiß … Ich weiß nicht, wovon Sie sprechen, aber nur zu.«

Niels schaute unbekümmert zum hinteren Teil der Apotheke. »Dabei hat mein Chef nur Gutes über Sie gesagt. Sie würden gut zu uns passen. Und dass ich hier schon mal zukünftige gemeinsame Projekte anschieben soll. Und dass es ganz gut wäre, wenn ich mir ein paar Sporen verdienen könnte. Sie und ich, wir wären ein gutes Team, hat er gesagt. Aus demselben Holz geschnitzt.« Niels fuhr nachdenklich fort: »Er sah richtig bekümmert aus, als er meinte, dass irgendwer in seinem Büro was gemerkt habe und er jemanden bräuchte, der mit Rezepten handelt und bei dem wir abliefern könnten. So wichtig sind Sie nicht, dass die Behörden auf Sie aufmerksam werden könnten.«

Hansen sah ihn durchdringend an. »Wissen Sie was?

Wahrscheinlich ist es wirklich keine schlechte Idee, wenn Sie Ihren Freund Torben anrufen, er kann Ihnen helfen und dann sind Sie schneller mit der Auslieferung fertig.«

»Sie sind cool, wusste ich's doch.« Niels konnte sich selber nicht erklären, warum er Torben tatsächlich anrief. Aber warum nicht, zwei waren besser als einer und etwas Hilfe konnte man immer gebrauchen. Er hatte sich zum Telefonieren vom Apotheker abgewandt und war gerade dabei, seine Kontakte durchzuscrollen, als er einen leichten Druck von der Seite spürte. Instinktiv griff er sich an den Hals, nachdem er ein kurzes Stechen gespürt hatte. Da begannen seine Beine, unter ihm wegzusacken, seine Muskulatur erschlaffte und er ließ das Handy fallen. Es war ihm unmöglich, seine Gliedmaßen zu kontrollieren. Plötzlich lag er auf dem PVC-Boden der Apotheke und blickte aus starren Pupillen an die Decke. Erstaunt stellte er fest, dass sie ähnlich bemalt war wie in der Sixtinischen Kapelle im Vatikan, die er mal auf Bildern gesehen hatte. Schwebende Engel und dicke kleine Putten buhlten abwechselnd mit grünem spiralförmig rankendem Efeu um die Aufmerksamkeit des Betrachters. Helle Blitze setzten ein, die sich kreisförmig um die Wände herum bewegten. Niels wollte blinzeln, schaffte es aber ebenso wenig, wie sich zu rühren. Sein Gehirn befahl seinen Beinen, sich aus der verdrehten Haltung unter seinen Hüften anständig zu ordnen und ihn aufrecht hinzustellen. Gleichzeitig erwartete er wie selbstverständlich und wie seit 40 Jahren gewohnt von seinen Armen, dass sie seine Aufstehbemühungen unterstützten.

Nichts passierte. Was war das? Er war wach, niemand hielt ihn zurück, aber er konnte sich nicht bewegen. In Niels stieg ein nie gekanntes Gefühl der Panik auf. Er wollte weg und irgendjemand, irgendetwas Unsichtbares hielt ihn fest.

Er war zehn Jahre alt und schrie sich durch seine Gefangenschaft, schrie so lange und so laut, bis er endlich die blauen Lichter sah. Seitdem hatte er nie mehr geschrien. Er öffnete den Mund oder dachte zumindest, dass er es täte. Die Engel betrachteten ihn mitfühlend. *Armes stummes Menschenkind, je mehr du dich wehrst, umso heftiger wird es.* Er spürte kalten Schweiß, der ihm die Schläfen hinunterrann. Seine Atmung wurde flacher, langsamer …

Nun trat der Apotheker in sein Sichtfeld, immer noch mit einer Spritze bewaffnet, die er ihm vor ein paar Sekunden in den Hals gerammt hatte. Er musterte Niels eindringlich, kniete sich zu ihm hinunter und kontrollierte seinen Puls. »Sie haben nicht wirklich gedacht, dass Sie mich so einfach kriegen? Gerade Sie?« Er schien mit seiner Untersuchung zufrieden zu sein, denn er stand lächelnd auf. »Keine Sorge, ich möchte nicht, dass Sie hier auf dem Boden meiner Apotheke sterben. Das Muskelrelaxans, das ich Ihnen soeben gespritzt habe, habe ich so dosiert, dass es nicht zum Atemstillstand kommt. Ich hatte mir schon gedacht, dass Sie mir Ärger machen würden, und die richtige Dosis bereits aufgezogen.« Zufrieden sah er auf den Boden. »Dass es immer die Dümmsten sind, die meinen, ganz besonders schlau zu sein. Wenn Ihr Freund Torben erst mal erfährt, dass Sie Polizist sind – wie auch immer Sie die Einstellungsprüfungen gemeistert haben mögen –, wird er sich sicherlich eine schöne Liegestätte für Sie überlegen. Und für meine Unannehmlichkeiten soll er vorher noch etwas Schönes mit Ihnen anstellen.«

Niels schrie los, so laut und so lange und so stumm, wie seit 30 Jahren nicht mehr.

*

Lars blickte kurz um sich, bevor er sich mit dem Schlüssel, den Matthias ihm überlassen hatte, in Haas' Wohnung einließ. *Hurensohn, so billig kommst du mir nicht davon. Wenn Matthias es nicht schafft, dich dingfest zu machen, dann passiert das eben auf meine Weise …*

Er überprüfte kurz, ob jemand da war, und blieb mucksmäuschenstill am Anfang des lang gezogenen Flurs stehen. Die Wohnung lag still und einsam vor ihm, seelenlos wie ein leer gefegter Pausenhof nach Schulschluss. Sehr schön. Es war fast Mitternacht, Haas müsste jeden Moment von seiner Geschäftsreise wiederkommen. Lars hatte seinen Flugplan überprüft und war ihm vom Ankunftsgate des etwas außerhalb gelegenen Flughafens bis in die Innenstadt zu einem kleinen Restaurant am Eppendorfer Baum gefolgt. Dort hatte er so lange vor der Tür gewartet, bis Haas Anstalten gemacht hatte zu gehen, und war zur Wohnung vorgerannt. Jetzt hatte er Durst. Er ging in die Küche und öffnete den Kühlschrank. Angeekelt musterte er den Champagner. Kein Bier – hätte er wissen können. Er öffnete den Wasserhahn und hielt seinen Mund unter den Strahl. Unvermittelt zuckte er zusammen, schluckte hastig die letzten Tropfen und drehte das Wasser aus. Er hatte sich eingeschlossen, um keinen Verdacht zu erregen, und hörte in diesem Moment, wie die Wohnungstür aufgeschlossen wurde. Endlich.

Er lehnte sich mit dem Rücken gegen das Waschbecken und verschränkte seine Arme vor der Brust. Seine Dienstwaffe schmiegte sich vertrauensvoll in seine Armbeuge. Jemand ließ die Haustür zufallen und stellte etwas Schweres auf die Dielen. Das Flurlicht ging an und schnelle Schritte machten sich in Richtung Küche auf. Lars drückte sein Kreuz durch, als das Licht in der Küche anging und Haas wie angewurzelt im Türrahmen stehen blieb.

»Was machst du hier?«

»Hallo, Thomas. Lange nicht gesehen.«

Haas ging zum Kühlschrank und zog sich eine Flasche Champagner heraus. Langsam begann er, den Korken freizulegen. »Das sollte eigentlich so bleiben. Was verschafft mir die Ehre deines späten Besuches?«

»Och, da sind ein paar Dinge, die ich mit dir besprechen wollte. Meiner Schwester geht es übrigens gut.«

Die Flasche war entkorkt und das Glas eingeschenkt. Haas hielt es in Lars' Richtung. »Ich habe leider kein Bier im Haus, ich gehe recht in der Annahme, dass du mit Champagner immer noch überfordert bist?«

Mit zwei schnellen Schritten hatte Lars die drei Meter überbrückt, die die beiden Männer trennten, und Haas das Glas aus der Hand geschlagen. »Noch ein Satz aus deinem dummen Maul und ich werde dich dahin bringen, wo man sich über deinen Besuch sehr freuen wird. Als Konsequenz wirst du zwei Wochen nicht auf deinem blasierten Arsch sitzen können. War dir das vornehm genug ausgedrückt?« Lars war zehn Zentimeter kleiner als Haas, was ihn allerdings nicht davon abhielt, sich auf die Zehenspitzen zu stellen und seinem Erzfeind seinen Atem ins Gesicht zu blasen.

Haas beugte sich leicht nach hinten und tupfte sich Champagnertropfen von seinem Revers, die wie Brillanten im Licht der Küchenlampe funkelten. Seine Augen nahmen einen gefährlichen Glanz an, dunkel und geheimnisvoll wie ein tückisches Moor. Er gähnte den Polizisten gelangweilt an. »Also wirklich, ich bin ein schwer arbeitender Mann und brauche jetzt meine Ruhe. Sag endlich, wofür du in meine Wohnung eingebrochen bist, und verschwinde wieder in die Absteige, in der ich deine Schwester zurückgelassen habe.« Während Haas sprach, hatte er sich umgedreht, um ein neues

Champagnerglas aus dem Küchenschrank zu holen. Die kalte Waffe, die ihm Leuchtreklame Sekundenbruchteile später an die Schläfe hielt, überraschte ihn. Er hielt in der Bewegung inne. »Für so dumm habe ich dich eigentlich nicht gehalten. Du wirst mich doch sicherlich nicht mit deiner Dienstwaffe erschießen wollen?« Langsam bewegte sich sein Arm weiter, holte sich das Glas und stellte es auf den Küchentisch. Er sah dem Polizisten selbstbewusst in die Augen und behielt ihn weiterhin fest im Blick, als er weitersprach. »Ich hatte nie vor, deiner Schwester wehzutun, das musst du mir glauben. Wir haben einfach nicht zueinander gepasst, das hat sie selber eingesehen.«

Lars versetzte ihm mit der Waffe einen solchen Schlag gegen die Schläfe, dass Haas strauchelte. Er rückte etwas von dem blutenden Mann ab und richtete wieder seine Waffe auf den Pharmavertreter. »Willst du Arschloch immer noch leugnen, von ihrer Schwangerschaft gewusst zu haben? Du willst nicht wissen, dass sie eine Fehlgeburt hatte? Und seitdem keine Kinder mehr bekommen kann? Und dass sie die Fehlgeburt überhaupt nur hatte, weil du ihr ohne ihr Wissen eine Abtreibungspille verabreicht hast, die nicht einmal klinisch getestet war? Willst du das etwa alles leugnen?«

Thomas Haas' Gleichgültigkeit schien unerschütterlich. »Ich habe keine Ahnung, was du von mir willst. Und seid ihr euch überhaupt sicher, dass das Kind von mir war?«

Auf den nächsten Schlag war er offensichtlich vorbereitet gewesen. Er duckte sich, machte eine Vierteldrehung, packte Lars am Handgelenk und schlug ihm die Waffe aus der Hand. Sofort beförderte er sie mit einem geschickten Fußtritt außer Reichweite. Der Polizist hatte sich sofort wieder gefangen und nahm Haas in den Schwitzkasten. Mit derselben Bewegung fing er an, ihn zur Balkontür zu schleifen, die sich an der hinteren Küchenwand befand. »Ein wenig frische Luft wird dir guttun, bevor du in den Hinterhof knallst. Mit etwas Glück bleibst du querschnittgelähmt am Leben. Das ist mehr, als du meinem Fleisch und Blut zugestanden hast. Und wenn ich dir erst mal den Mord an dem Kleindealer nachgewiesen habe, bei dem deine Finger bis in den Darm hoch in der Scheiße stecken, wird auch kein Hahn mehr nach deiner Version der Geschichte krähen.«

Haas konnte auf dem glatten Küchenboden keinen Halt finden und sackte immer mehr in den Würgegriff des Polizisten ein. Er fing bereits an zu röcheln. »Wir haben euren verdeckten Ermittler im Visier.«

Lars hörte augenblicklich auf, den größeren Mann über den Küchenfußboden zu schleifen, behielt den Klammergriff aber bei. »Was sagst du da? Und wer sind wir?«

»Das werde ich dir wohl kaum sagen, solange du mir die Luft abdrehst. Lass mich los und wir können darüber reden.«

Lars zögerte kurz, öffnete seinen Griff und ließ den Mann unzeremoniell auf den Boden fallen. Er suchte seine Waffe und richtete sie wieder auf Haas. »Rede. Jetzt.«

»Als dein Niels vor einigen Monaten bei mir aufgetaucht ist, dachte ich ja, der sei einfach nur ein Idiot. Er war auch eigentlich nicht bei mir, sondern bei einem meiner … sagen wir mal Mitarbeiter … wie Strandgut angespült worden. Ich hab ihn für kleinere Botengänge einsetzen lassen, mehr nicht. Als mir dann vor ein paar Wochen gesteckt wurde, dass er ein Bulle sei, wollte ich, dass mein Mitarbeiter ihn abstößt. Aber da hatte er schon einen Narren an ihm gefressen.« Er zuckte mit den Schultern. »Warum auch nicht, wenn man auf den Bubi-Look steht – und natürlich habe ich sonst niemandem erzählt, dass er einer von euch ist. Auch dir nicht.« Haas war zu clever, um selbstgefällig zu grinsen. »Daher hab ich ihn an der kurzen Leine gehalten und letztlich weitervermittelt.«

Lars sah ihn prüfend an: »An den Apotheker, ich weiß. Wer hat dir gesteckt, dass er Polizist ist?«

»Ein Freund. Ihr solltet euren V-Mann lieber abziehen. Ich hoffe nur, dass er nicht so dämlich ist, wie er aussieht. Mehr sage ich nicht dazu.«

Lars wusste, wenn er sich geschlagen geben musste. »Was ist dein Preis?«

»Mein Seelenheil.«

»Ach, halt die Fresse, ich lass dich ja schon in Ruhe. Fürs Erste.«

Noch während der Polizist zum Handy griff, um Matthias anzurufen, klingelte Haas' Telefon.

*

»Ich danke dir, mein Lieber. Setz dich. Möchtest du was trinken? Ich habe einen guten Roten da.«

Dr. Jens-Peter Hansen sah seinen Schulfreund etwas zweifelnd an, während er sich in die Sofaecke fallen ließ. Seinen Mantel behielt er bei sich, demonstrativ über dem linken Arm gefaltet. Er hätte kaum deutlicher machen können, dass er jederzeit das Gespräch abbrechen und gehen könnte. Die linke Manteltasche hielt er verdeckt.

Dr. Jens-Peter Hansen und Prof. Dr. Markus Sauerwein. Schulfreunde und Geschäftspartner. Sie waren zusammen eingeschult, versetzt und mit dem Abi wieder aus dem Schulleben verabschiedet worden. Und seit damals war der schüchterne, etwas linkische Markus die ideale Plattform für Jens-Peters ausgeprägtes Geltungsbewusstsein gewesen. Während ihrer Studienzeit hatten sie sich zunächst aus den Augen verloren. Markus war in Hamburg geblieben, während Jens-Peter nach München gegangen war. Markus hatte sehr darunter gelitten und nur auf den Moment gewartet, in dem sein bester Freund endlich nach Hause kommen und die elterliche Apotheke übernehmen würde. Wie es dann auch vor knapp zehn Jahren der Fall gewesen war. Seitdem hatte Markus seinen Freund wieder und Jens-Peter seinen Lakaien.

Den er jetzt allerdings nicht mehr brauchen konnte.

»Wir müssen dringend reden.« Der Pathologe goss sich und seinem Gast mit zitternden Händen den Rotwein ein. Schraubverschluss. Wie erbärmlich. Aber das Büro war immer noch exquisit, das musste der Apotheker seinem Jugendfreund lassen. Die Atmosphäre war wie in einer Bibliothek, ruhig und ehrwürdig. Die Geräusche des geschäftigen Treibens im Labor drangen kaum bis zu ihnen vor. Hier und da hörte man manchmal ein Telefon leise klingeln oder eine Tür auf- und zugehen. Ihm fiel auf, dass er noch nie in den Laboren gewesen war. Wo mochten die sein – im Keller vielleicht? Eigentlich war es ihm auch egal. Je weniger er sich mit dem Thema beschäftigen musste, umso besser. Es war zwar immer praktisch gewesen, einen fleißigen Bewunderer und später auch Zulieferer für seine lukrativen Geschäfte in Rufweite zu haben, aber langsam machte er mehr Arbeit, als er Nutzen brachte. Er, Hansen, musste bald die Reißleine ziehen, bevor ihm der Pathologe mit seinen schwachen Nerven gefährlich wurde. Sein Blick schweifte über die Bücherwände. Er machte sich gedanklich eine Notiz, bei der Versteigerung der Erbmasse vorbeizuschauen.

»Bei mir sind sie auch gewesen, kurz nachdem du gegangen warst. Die beiden sind so ahnungslos, wie es Deppen von der Polizei nur sein können. Worüber regst du dich also auf?«

»Die wissen was, Jens, auf den Kopf zugesagt haben sie es mir!« Er trank sein Glas in einem Zug aus und schenkte sich nach.

»Was genau haben sie dir denn auf den Kopf zugesagt?« Der Apotheker hatte Mühe, sich zu beherrschen. Wenigstens war dem Idioten nicht aufgefallen, dass die Polizisten zuerst bei ihm gewesen waren und er ihn hätte vorwarnen können. Was er absichtlich nicht getan hatte, aber auf die Vorhaltungen konnte er gerne verzichten. »Oder geht deine Fantasie wieder mit dir durch?«

»Sie haben mich gefragt, wie viele Berichte ich denn schon gefälscht hätte! Und dabei haben die mich so abschätzend angesehen. Ich konnte ihre Blicke kaum ertragen.« Er stockte kurz. »Und dann war da noch im Park …«.

Hansen musterte ihn aufmerksam. »Was war im Park?«

Sauerwein sah an seinem Jugendfreund vorbei zur Wand. Sein Blick trübte sich. »Nichts weiter. Was sollen wir nur tun?«

Hansen sah über die Bemerkung hinweg. »Wir tun gar nichts. Sie haben einen Testballon gestartet und du bist drauf reingefallen. So arbeiten die. So lange im Trüben fischen und im Schlamm stochern, bis ihnen einer an den Haken geht. Und der weiß dann selbst nicht, wie das passieren konnte. Und von gefälschten Befunden war garantiert nicht die Rede, sonst hätten sie Beweise mitgebracht oder dich gleich mitgenommen.« Volltrottel. Immer schon gewesen. Ihm wurde langsam warm und er legte den Mantel beiseite. Seine Hände blieben leer. »Und wieso wollten die sich mit dir über deine Befunde unterhalten? Vielleicht erzählst du mir lieber, was mit Sabine passiert ist? Die Polizei weiß, dass es kein Selbstmord war. Die Mordermittlung läuft also entgegen deinen Bemühungen bereits auf Hochtouren.« Er konnte sich ein selbstzufriedenes Grinsen nicht verkneifen, als Markus Sauerwein aschfahl in sich zusammensackte. »Hat man denn nicht mit dir darüber gesprochen?«

Wieder der Griff an die Manschette, ein unbedachter Moment zurück in ein anderes Leben. »Nein, sie haben nur erwähnt, dass Sabine gestorben sei.« Er blickte verwirrt auf. »Ich habe nicht nachgefragt.« Sein Kopfkino nahm sichtlich an Fahrt auf und presste seine Tonlage etwas weiter nach oben. »Oh Gott, glaubst du, dass das ein Fehler gewesen ist? Wissen die jetzt, dass ich was damit zu tun hatte?« Er fing an, die gestapelten Bücher auf seinem Schreibtisch zu verschieben. »Ich muss mich besser zusammenreißen. Das kann so nicht weitergehen. Vielleicht muss ich mal richtig ausschlafen. Dann kann ich auch wieder klar denken. Wenn ich wüsste, wie sie auf den Mord gekommen sind – bist du sicher, dass sie von Mord gesprochen haben?« Er sah seinen besten Freund hoffnungsvoll an, als könne der mit bloßen Händen den ICE aufhalten, der ungebremst auf ihn zugerast kam. In dem Apotheker zischte so etwas wie ein Funken Fürsorge für ein verunfalltes Wildtier auf, weshalb er sanfter antwortete, als er es eigentlich vorgehabt hatte. »Was ist denn genau am Donnerstag bei Sabine passiert? Was ist falsch gelaufen? Wir hatten doch alles genau durchgesprochen. Du solltest ihr die 50.000 Euro geben und einen Anteil am Umsatz versprechen, wenn sie dichthält und mitmacht.«

»Ich weiß es doch auch nicht genau. Sie hatte mir ihren Beutel vorbeigebracht und ich habe ihr weisgemacht, er sei in Ordnung. Danach war die Sache vom Tisch. Aber dann hat sie sich irgendwie alles selber zusammengereimt. Sie wusste auf einmal, dass du regelmäßig Zytostatika-Medikamente mit Kochsalzlösung streckst. Sie wurde stutzig, als sie dich ohne Schutzkleidung aus dem Reinraum hat kommen sehen. Dann hat sie die bestellten Mengen an Medikamenten mit denen in den ausgelieferten Mixturen verglichen und Diskrepanzen festgestellt. Aber es fehlten ihr die Beweise. Da die Beutel immer innerhalb von einer Stunde auf Rezept angemischt und ausgeliefert werden müssen, konnte sie sich natürlich keinen einfach so in die Tasche stecken und zur Staatsanwaltschaft bringen.« Er machte eine neue Flasche auf, schenkte sich ein und trank das Glas in einem Zug aus. Als er sich mit dem Handrücken über den Mund wischte, verblieb auf seiner weißen Manschette ein rostroter Striemen. Es sah aus wie getrocknetes Blut. »Und natürlich wollte sie von mir wissen, ob sie auch so einen Beutel von dir bekommen hat. Oder mehrere. Und ob ich sie angelogen hätte.«

Jens-Peter Hansen sah ihn gelangweilt an. »Und? Was hast du ihr erzählt? Die Wahrheit vielleicht? Nämlich, dass du zu dumm, zu unorganisiert oder beides zusammen bist, um deine Befunde auseinanderzuhalten? Dass dein Ablagesystem so vorsintflutlich funktioniert, dass du die Daten selbst nicht mehr nachträglich zuordnen kannst? Dass Sabine einen falsch-positiven Befund von dir bekommen hat, weil du nicht lesen kannst? Und dass du in deiner Not und in deinem Unvermögen zu mir gekrochen gekommen bist, ich solle dir helfen?« Genüsslich nahm der Apotheker seinen ersten Schluck Wein. »Und was habe ich daraufhin getan? Dir natürlich geholfen. Ohne die Gefahren zu bedenken, in die ich mich für dich begeben habe.« Als er sah, welche Wirkung seine Worte auf den verzweifelten Mann hatten, lehnte er sich zufrieden zurück. »Und jetzt überleg bitte mal, was deine vorschnelle Aktion für mich bedeutet. Jemanden umzubringen ist nun wirklich kein Kavaliersdelikt. So bringt man garantiert halb Hamburg gegen sich auf. Und ich als ihr

Arbeitgeber werde ebenfalls nicht verschont. So belohnst du also meine bedingungslose Freundschaft?«

»Aber das wollte ich gar nicht! Es war alles ganz anders geplant. Ich bin dir selbstverständlich für alles sehr dankbar, was du für mich getan hast. Aber es ist ja nicht so, als hättest du in den letzten Jahren von unserem Arrangement nicht sehr gut profitiert. Wahrscheinlich mehr als ich.«

Hansen zog die linke Augenbraue hoch. »Soso. Mag sein. Aber wenn ich dir helfen soll, musst du mir genau sagen, wie du Sabine getötet hast.«

»Wieso mir helfen? Du steckst genau so tief drin wie ich.«

»Ach, tatsächlich? Ich wüsste nicht, dass ich jemals bei meiner Mitarbeiterin in der Wohnung gewesen wäre.«

»Das meine ich nicht, und das weißt du. Mag ja sein, dass mich die Leitung des Labors überfordert hat. Und ich habe mich wohl etwas bei der Finanzierung übernommen.« Sein Gesicht hellte sich plötzlich auf. »Aber aus der Not eine Tugend zu machen und über falsch-positive Befunde gestreckte Zytostatika-Rezepte rauszugeben, muss uns erst mal einer nachmachen! Wir sind einfach ein gutes Team, du und ich!«

Der Apotheker schüttelte den Kopf. »Gesunden Menschen Kochsalzlösung zu verabreichen ist keine Kunst. Die richtige Menge Medikamente beizumischen, damit die Nebenwirkungen nicht vollständig ausbleiben und jemand Verdacht schöpft, schon eher.« Die beiden grinsten sich an. »Ja, wir waren ein gutes Team. Bis du es übertrieben hast und ich gezwungen war, Sabine darauf hinzuweisen, dass sie versucht, in einer für sie unerreichbaren Liga mitzuspielen.« Dr. Hansen legte die Fingerspitzen aneinander. »Sie hatte es zunächst gar nicht verstanden, dass ich in der Lage bin, an gesunden Frauen Mastektomien durchführen zu lassen. Die Warnung hat sie dann leider ignoriert. Aber für die Idee habe ich dir zu danken. Wenn du nicht so ein Stümper wärst und dir nicht schon ein paar gesunde Brüste abhandengekommen wären – von selber wäre ich da nicht drauf gekommen. Dann lieber echten Krebspatienten gestreckte Beutel anmischen, die sterben ja eh.«

Markus Sauerwein sah seinen Jugendfreund mit schmerzhaft verzerrtem Gesicht an. »Warum hast du bei Sabine keine Medikamente beigemischt? So musste sie ja etwas merken. Und sie war außer sich, als sie realisierte, dass ihr völlig überflüssigerweise eine Brust abgenommen worden war. Als Warnung wolltest du das verstanden wissen? Eingeschüchtert hat sie das jedenfalls nicht. Angespuckt hat sie mich, die blöde Kuh. Aber sie hätte sich nur eine Zweitmeinung einholen müssen, dann wäre das alles nicht passiert.« Der inzwischen betrunkene Pathologe drohte langsam abzuschweifen. Es wurde Zeit.

»Natürlich. Und dann hast du sie bewusstlos geschlagen, in die Wanne gelegt und ihr die Pulsadern aufgeschlitzt?«

»Nein, dann hätte der Gerichtsmediziner ja die Prellung entdeckt. Ich bin erst einmal gegangen, Sabine war eh dabei gewesen, sich eine Wanne einzulassen. Ich habe so getan, als würde ich die Wohnungstür von außen zuziehen, in Wirklichkeit habe ich sie von innen geschlossen und mich hinter der Garderobe versteckt und überlegt, was ich als Nächstes tun sollte. Sie hätte es natürlich merken können, aber glücklicherweise war sie zu abgelenkt, um darauf zu achten. Als sie in der Wanne lag, bin ich zu ihr und habe ihre Füße hochgezogen, sodass ihr Gesicht unter Wasser kam. Sie hatte Musik auf den Ohren, es war fast schon zu leicht.«

»Ich verstehe nicht. Sie ist ertrunken?«

»Nein, verblutet. Dadurch, dass das Wasser plötzlich über den Mund und die Nase eingedrungen ist, wurde reflexartig ein Blutdruckabfall ausgelöst, der zur Bewusstlosigkeit geführt hat. Ich musste ihr dann nur noch die Pulsadern aufschneiden und gehen.«

»Und was ist jetzt genau schiefgelaufen?

»Das ist ja das, was mich so fertigmacht, ich weiß es nicht! Du weißt, dass ich mal dort gearbeitet habe. Ich weiß, wie die ticken. Der Gerichtsmediziner kann unmöglich etwas anderes als Tod durch Verbluten festgestellt haben. Keine Ahnung, was die wissen!« Plötzlich erinnerte sich der Pathologe an etwas und griff sich an die Manschettenknöpfe. »Ich vermisse einen meiner silbernen Manschettenknöpfe und ich weiß nicht, ob ich ihn verlegt oder verloren habe.« Er sah ängstlich zu dem Apotheker. »Was ist, wenn ich ihn bei ihr in der Wohnung verloren habe? Oh Gott!«

»Schon gut, schon gut.« Jens-Peter Hansen stand auf und zog sich den Mantel über. »Den Manschettenknopf – wenn du ihn denn in der Wohnung verloren haben solltest – werden sie wohl kaum zuordnen können. Ich werde versuchen, über meine Kontakte etwas herauszufinden. Und du redest mit der Polizei nur noch über einen Anwalt.«

»Du glaubst also, dass sie noch einmal zurückkommen wird?« Er schien sich an etwas zu erinnern, denn er wurde aschfahl.

Hansen fragte sich nicht, wen Sauerwein mit »sie« im Singular meinte. »Aber natürlich. Das Ganze hast du gründlich verbockt. Auf Wiedersehen.«

Markus Sauerwein sah seinen Freund aus glasigen Augen ungläubig an. »Du gehst doch nicht einfach?«

»Bitte werde nicht peinlich. Reiß dich zusammen. Ich melde mich bei dir, wenn ich etwas herausgefunden habe. Und hör auf zu trinken, das hilft nicht weiter.«

Jens-Peter Hansen nahm die Treppe mit eiligen Schritten.

Er hatte einige Bedenken, dass ihm der weinerliche Markus hinterherlaufen und ihm eine Szene machen würde, emotional aufgeladen wie eine betrogene Ehefrau. Aber er erreichte ohne Störung die Eingangstür, stieg in seinen Wagen und ließ sich in den bequemen Ledersitz fallen. Mit einem satten Plopp fiel die Autotür des Mercedes GLS zu.

Er schloss die Augen und überdachte seine Optionen. Mit dem Mord an Sabine konnten sie ihn nicht in Verbindung bringen. Er musste unwillkürlich lächeln. Praktischerweise hatte sich damit sein Whistleblower-Problem gelöst. Dafür könnte er Markus einen kleinen Gefallen tun – womit er natürlich sich selber helfen würde. Ein geständiger Pathologe würde ihn zwar erst mal in Erklärungsnot bringen, er war aber zuversichtlich, dass er ansonsten unbehelligt aus der Affäre herauskommen würde. Wie sollte man ihm gepanschte Medikamente nachweisen? Und dass tatsächlich jemand dadurch zu Schaden gekommen war schon gar nicht. Ein Mensch, der von vorneherein gesund gewesen war? Lachhaft. Und jemand, der durch die Chemo ein Jahr Leiden extra geschenkt bekam? Nicht der Rede wert. Er sah zufrieden in den Rückspiegel und startete den Wagen Richtung Innenstadt. Was dazu hatte dienen sollen, Markus etwas runterzubringen, materialisierte sich inzwischen zu einer praktischen Idee. Er gab eine Nummer ein und ließ das Handy läuten.

Nach drei Summtönen nahm eine Frauenstimme ab. »Büro von Henning Marquardt, Sie sprechen mit Melanie Dombek, wie kann ich Ihnen helfen?«

NACHT VON MITTWOCH AUF DONNERSTAG

Ein Feuer. Ein herrliches, reinigendes, erlösendes Feuer. Schneller, mein Feuerchen, brenn schneller. Komm, mein Feuerchen, brenn heller. Ja, sehr schön so, das machst du gut. Du hast doch noch Hunger? Komm, hier hab ich noch was für dich. Schmeckt es dir? Schmeckt gut, oder? Wie warm und gemütlich du es mir machst. Ich fühle mich so geborgen bei dir wie schon lange nicht mehr. Ganz ruhig werde ich, wie schön. Alles entspannt sich. Wie angenehm. Hier möchte ich sein. Schön machst du es mir. So lieb. Ich möchte immer bei dir bleiben, auf ewig – und darüber hinaus.

Frederica und Christian standen vor der schwelenden, halb abgebrannten Villa. Es war 3 Uhr nachts, unnatürlich heiß und es stank erbärmlich nach toten Tieren und verbranntem Leben. Hier und da trieben ein paar Funken gegen die triefenden Reste der Wände und Türzargen, bevor sie feststellen mussten, dass sie keine Chance hatten, und zischend weiter gen Himmel zogen. Der teuer angelegte Vorgarten war von den breiten Rädern der Löschfahrzeuge völlig zerfurcht worden. Alles, was normalerweise den Winter überdauerte, war vergewaltigt und zerschunden. Die Blumenbeete hatten den Kies der Gehwege aufgenommen. Niemand würde sich die Mühe machen, sie von dieser Last zu befreien. Wo am frühen Abend noch eine hochherrschaftliche Villa aus der Gründerzeit gestanden hatte, blieben jetzt nur ein paar Anmutungen eines halb ausgeführten Bauplans, den niemand mehr in Bezug setzen konnte. Selbst die dunkelgraue Wolkenfront schien sich verwirrt am Kopf zu kratzen, als sie neugierig vorbeigezogen kam, um zu sehen, was es mit dem ganzen Trubel auf sich hatte.

Die beiden Polizisten blickten sich stumm an. Hier hatte jemand ganze Arbeit geleistet. Sie hatten mit dem Einsatzleiter der Feuerwehr gesprochen, der ihnen erklärt hatte, dass sich der Brandherd in der ersten Etage auf der rechten Seite befunden haben musste. Die Bibliothek also, wie Frederica sich etwas schwermütig an den gemütlichen Büroraum erinnerte, in dem sie trotz böser Vorahnungen, ein Gefühl der Geborgenheit erlebt hatte. Zerfressen und zerstört.

Sie schauten zu dem Loch, das einmal die Eingangstür gewesen war und aus dem gerade zwei Männer mit einem Zinksarg herauskamen. Dahinter erschien K. H. in einem einstmals weißen, nun dunkel verschmierten Schutzanzug. Lange besah er sich die skeptischen Wolken, als müsste er überlegen, ob er ihrer Meinung sei, und zündete sich eine Zigarette an. Da bemerkte er die beiden Polizisten und kam auf sie zu. Ohne sich mit Small Talk aufzuhalten, fing er an zu referieren, während er genüsslich an seinem Glimmstängel zog. »Da ist nicht mehr viel zu holen. Die Leiche ist bis zur Unkenntlichkeit verbrannt, da sie mitten im Brandherd gelegen hat. Sie hat die dabei typische gekrümmte Haltung angenommen, wir haben sie kaum in den Sarg bekommen. Ich brauche Ihnen wohl nicht extra zu sagen, dass die Identifizierung etwas dauern wird.«

»Wir können ja mal eine begründete Vermutung abgeben«, meinte Christian. »Gibt's sonst noch irgendwas Interessantes für uns?«

»Es gab nur die eine Leiche, keine Verletzten. Spuren werden wir da kaum sichern, was der Brand übrig gelassen hat,

hat das Löschwasser vernichtet. Es ist definitiv Brandstiftung, sagen die Kollegen.«

»Todesursache?«

»Sind Ihnen die ganzen Sätze ausgegangen?« K. H. sah sogar für das Wetter und die Tageszeit ziemlich verärgert aus. Man sollte meinen, dass er unter den gegebenen Bedingungen über solche Dinge hinweggesehen hätte.

Christian kam ihm lieber entgegen. »Können Sie schon etwas zur Todesursache sagen? Ist das Feuer gelegt worden, um einen Mord zu vertuschen oder umgekehrt?«

»Sie meinen, ob die verkohlte Leiche, als sie noch ein lebendiges Wesen war, sich durch das Legen eines Feuers selbst gerichtet hat?«

Christian strahlte ihn an, begeistert über seinen Erfolg. »Ja genau!«

K. H. betrachtete ihn liebenswürdig, als wäre er ein studienwürdiges Insekt. »Ich habe kein Loch im Schädel gefunden, wenn Sie das meinen. Alles Weitere erst nach der Obduktion – wie immer.« Er sah erneut nach oben und anschließend an den beiden vorbei auf die Straße. »Aber, just for fun, falls Sie darüber nachdenken, die restliche Nacht aufzubleiben, sollten Sie mal in den Keller gehen.«

»Warum denn?« Frederica spürte in dem Pathologen eine unbestimmte Regung, die ihr etwas Angst machte.

»Ach, einfach nur so.« K. H. grinste etwas hilflos und trat seine Zigarette aus.

Frederica sah ihn durchdringend an. Ihr wurde langsam schlecht. Was meinte er damit? Was machte diesen Fall so anders? Was war im Keller? Und überhaupt, war das da im Sarg vielleicht ihr Werk? *Bitte, lieber Gott, lass es nicht ihn gewesen sein … Markus Sauerwein ist auf Geschäftsreise und ein Mitarbeiter hat versehentlich das Labor gesprengt. Oder*

Jugendliche haben die dunklen Nischen der ausladenden Villa gesucht, um zu kiffen. Oder … Plötzlich musste sie über sich selbst lachen. Die Situation war eindeutig. Da im Sarg lag Sauerwein und er hatte sich aufgrund ihres Gespräches umgebracht. Gott hatte damit nichts zu tun. Sie war keineswegs religiös, und schon gar nicht war es ihre Gewohnheit, sich selbst zu belügen. Sie sah nach oben. Die neugierigen Wolken hatten sich verzogen. Jegliche Gebete wären sowieso zwecklos gewesen.

Zielgerichtet steuerte sie auf den Seiteneingang zum Keller zu, der etwas abseits neben der Villa lag. Langsam stieg sie die muffige, halb weggebrochene Stiege hinunter und stand in einem kleinen Vorraum. Sie konnte gerade noch aufrecht stehen, was den klaustrophobischen Eindruck, der weiter stetig in ihr hochkam, verstärkte. Sie hatte das dringende Bedürfnis, nichts anzufassen, und wusste nicht so recht, was sie als Nächstes tun sollte. Warum war sie hier? Hilfe suchend sah sie hinter sich zum Eingang. Wo war Christian abgeblieben? Sie sah ihn draußen schemenhaft neben einem Feuerwehrmann stehen. Sie würde ihn nicht rufen. *Nur Mut, geh vorwärts.* Im trüben Schein einer Glühbirne sah sie sich weiter um. Von dem kleinen Vorraum gingen vier Türen ab, jeweils symmetrisch zwei an jeder Längsseite angeordnet. Alle standen offen und hatten Holztüren, die sich in unterschiedlich vermoderten Zuständen befanden, so, als ob die Zimmer nie alle gleichzeitig bespielt worden wären. Sie steckte die Hände in ihre Manteltaschen und sah in den ersten Raum rechts hinein. Er war erstaunlicherweise sehr tief, Frederica schätzte ihn auf mindestens acht Meter. Er war ausgefüllt mit billigen Ikea-Regalen, die Platz sparend hintereinander aufgereiht standen. Alle waren randvoll mit Aktenordnern, die alle notdürftig und mit der Hand beschriftet waren. Frederica vermied es, einen der Ordner aus dem Regal zu ziehen, zum einen, um keine Spuren zu verwischen, zum anderen, weil sie sie alle viel zu eklig fand. Kopfschüttelnd wanderte sie durch die Regalreihen. Eine Systematik ließ sich nicht erkennen. Wenn das hier ein Archiv sein sollte, dann wäre das Wiederauffinden von Unterlagen so gut wie unmöglich. Frederica aktivierte die Taschenlampe ihres Handys und traute sich bis in die hinterste Ecke. Der muffige Geruch schien hier am stärksten zu sein, einige Aktenberge waren angefressen und breit mit Schimmel bedeckt. Sie sah die Wände hoch und an die Decke. Hier gab es keine Belüftung, keine Heizung und auch keine Fenster.

Angeekelt drehte sie sich um und verließ den Raum. Diese Endzeit-Unordnung war sicherlich nicht das, was K. H. so angefressen hatte aussehen lassen. Sie grinste in sich hinein. Ein Wortspiel, das eines Christian würdig gewesen wäre. Im zweiten Raum bot sich ihr dasselbe Bild. Ikea-Regale und modrige Akten. Auch dieser Raum endete ohne weitere Durchgangsmöglichkeiten an einer salpeterverseuchten Wand. Der Keller schien komplett von der Villa abgeschnitten zu sein, wahrscheinlich war er seinerzeit als Kühlhaus angelegt worden, als es noch keine Kühlschränke gegeben hatte. Frederica fiel auf, dass es hier unten tatsächlich sehr kalt war. Das erklärte, warum es hier nirgendwo gebrannt hatte. Dem Feuer hat einfach ein Zugang gefehlt. Neugierig geworden betrat sie den dritten Raum. Hier waren zwar dieselben Ikea-Regale hintereinander angeordnet, aber es fehlten die Aktenberge. Stattdessen lagerten Hunderte von Archivierungskästen aus Wellpappe auf den Holzbrettern. Sie trat an den Nächstbesten heran und zog vorsichtig eine der Schubladen auf. Darin fand sie kleine Kassetten, in denen Gewebeproben eingelagert waren. Wenn alle Pappkästen gefüllt wären, müssten das Tausende sein, überschlug Frederica ihren Fund. Und keines der Kästchen war beschriftet.

Lagerte der Pathologe hier etwa offiziell seine untersuchten Proben? Mitten im feuchten, kalten Dreck eines ehemaligen Kühlhauses auf festgetretenem Lehmboden? Und waren die Aktenberge in den beiden anderen Räumen etwa die dazugehörigen Untersuchungsergebnisse? Also doch ein Archiv. Mit einem Archivierungssystem, das mehr als fragwürdig daherkam.

Sie überlegte, was das Ganze ihr sagen sollte, als sie heftig erschrak und sich instinktiv umdrehte.

Irgendetwas hinter ihr hatte geraschelt. So, wie nur etwas rascheln kann, das lebendig ist. Mit ihrem Handy leuchtete sie die Ecken aus. Nichts. Sie horchte kurz nach und entschied dann, es auf sich beruhen zu lassen. Hastig verließ sie den Aufbewahrungsraum und blinzelte in die letzte, vierte Kühlkammer. Von den Dimensionen her war sie genau so geschnitten, wie die anderen drei, aber komplett anders ausgefüllt. Mitten im Raum war ein Generator aufgestellt, der eine riesige Gefriertruhe mit Strom versorgte. Aufgrund der Tatsache, dass es totenstill war, ging Frederica davon aus, dass er nicht lief. An der Decke hing eine nackte Glühbirne, der Frederica mit dem Betätigen eines Schalters an der Tür ein funzeliges Licht entlocken konnte. Um die Truhe herum lagerten Dutzende gelbe Plastiksäcke. Sie hatten alle denselben schwarzen Aufdruck: »E-Abfall«. Frederica sagte das nichts. Doch ihre Neugier war stärker als ihre Vorsicht. Sie zog sich ein paar Einweghandschuhe an und öffnete einen der Säcke. Der beißende, faulige Geruch, der sofort aus dem großen Sack entwich, ließ sie nach hinten zurückweichen. Gleichzeitig sprang sie aus einem Reflex heraus kurz in die Höhe. Etwas Kleines, Wuseliges war an ihrem Hosenbein entlanggelaufen. Eine

Ratte. Aus dem Augenwinkel konnte sie mitverfolgen, wie sie um die Ecke verschwand. Sie hielt die Luft an und wandte sich wieder dem offenen Sack zu. Der Inhalt war ihr durchaus bekannt. Verfaultes Fleisch. Der Geruch nach Verwesung erfüllte schnell den ganzen Raum. Frederica hielt erneut die Luft an und beugte sich über den Sack. Schwabbelige Fleischstücke, übereinander geschichtet wie an einem Dönerspieß, starrten sie an. Starrten sie an? Frederica zuckte zusammen. Plötzlich wurde sie von widersprüchlichen Gefühlen überwältigt. Abscheu, Mitleid, Furcht und Bedauern wechselten sich zu schnell für eine Analyse in ihrem Hirn miteinander ab. Sie konnte nur im Kopf behalten, was sie soeben realisiert hatte.

Dass unzählige Brustwarzen sie stumm gemustert hatten.

»Haben Sie sich schon einmal gefragt, wo die amputierten Körperteile bleiben?« K. H.s Stimme klang seltsam sanft, als würde er einem Sterbenden seinen letzten Wunsch erfüllen und zusammen mit ihm beten.

Frederica verneinte stumm.

»Natürlich werden die Amputate fachmännisch gelagert, abgeholt und entsorgt, das heißt verbrannt. Wir sind ja schließlich in der zivilisierten Welt. Aber auch das kostet Geld, und das scheint der gute Professor gerade nicht flüssig gehabt zu haben. Ethischer Abfall ist das. Dazu gehören übrigens auch Föten. Auf den Müll geworfen und irgendwann abgeholt. Wenig ethisch, wenn Sie mich fragen.«

Frederica hatte sich langsam wieder gefangen. »Und wieso hat Sauerwein die überhaupt hier? Gehören die nicht in ein Krankenhaus oder zumindest irgendwie anders gelagert?« K. H. hatte seinen Schutzanzug ausgezogen und kramte in seiner Jackentasche. Er holte ein Päckchen Marlboro Lights heraus und zündete sich eine an. Frederica war Nichtraucherin. Dankend nahm sie an.

»Ganz einfach, er muss auch nach einer Mastektomie das Gewebe untersuchen, um sicherzustellen, dass alle Krebszellen entfernt wurden. Zu diesem Zweck bekommt er das freizügig entfernte Gewebe zur Analyse zugeschickt. Was er danach damit macht, interessiert niemanden. Niemand will ein abgeschnittenes Körperteil zu Hause haben.«

»Und was sind das für Gewebeproben in den anderen Räumen? Und diese Aktenberge, einfach alles unbeschriftet? Markus Sauerwein hatte das Labor doch erst seit ein paar Jahren. Kann da so viel zum Einlagern angefallen sein?«

»Bei einer einzigen Untersuchung können an die 100 Proben anfallen. Die müssen 15 bis 20 Jahre aufbewahrt werden, um die Untersuchung jederzeit wieder durchführen zu können. Da kommt in ein paar Jahren bei vollen Auftragsbüchern so einiges zusammen.«

»Das wäre ein Motiv für eine Brandstiftung. Das Vernichten von Beweisen über falsche Befunde. Wobei man hier im Keller wahrscheinlich eh nichts mehr hätte zuordnen können.« Frederica und der Pathologe hatten zwischenzeitlich den Keller verlassen und standen wieder vor den Resten der Villa.

»Von welchem Motiv redet ihr?« Christian hielt den beiden Kollegen eine Packung Schaumküsse hin. »Sind noch ganz frisch, nicht so gummiartig.« Zufrieden stopfte er sich einen in den Mund. Er sah sie entschuldigend an, als er merkte, dass sie nicht zugreifen würden. »Feuer machen mich immer so hungrig.«

Frederica drehte sich wortlos um und ging zu ihrem Wagen. Zu diesem Anlass passten Schaumküsse nun wirklich nicht. Zumindest hatte sich wohl das Thema mit der Beschattung erledigt.

Welche Ironie des Schicksals. Da hat jemand versucht, den Mord an Sabine Gross wie einen Selbstmord aussehen zu lassen. Was geglückt wäre, wenn nicht jemand anders versucht hätte, einen Selbstmord zu vertuschen und ihn wie einen Mord aussehen zu lassen. Falls Dr. Sauerwein Sabine Gross' Mörder wäre, hätte er sich sicherlich den Kopf darüber zerbrochen, was schiefgelaufen sein könnte. Es müsste etwas gewesen sein, worauf er trotz sorgfältigster Planung niemals hätte kommen können. Dass jemand nach ihm die offene Wohnung betritt und nicht sofort den Notarzt ruft, sondern das Szenario ändert. Das war kein Schicksal, das war Realität.

Sie setzte sich auf den Beifahrersitz und versuchte, ihre widersprüchlichen Emotionen unter einen Hut zu bringen. Trotz des aggressiven Nachhalls der versehrten Frauenkörper, die einem Mann zum Opfer gefallen waren, der entweder skrupellos oder – eigentlich noch tragischer – wohl nur mit seinem Beruf überfordert gewesen war, fühlte sie sich längst nicht so zynisch, wie ihre Gedanken ihr weismachen wollten. Dass dort drin Markus Sauerwein verbrannt war, stand für sie fest. Dass er sich durch das Legen des Feuers, durch das er Beweise hatte vernichten wollen, selbst umgebracht hatte, ebenfalls. Selbst nach seinem Tod sollte den Opfern keine Gerechtigkeit widerfahren. Ob ihr Gespräch ihn zu seinem Entschluss getrieben hatte? Vielleicht. Zumindest hatte es dazu beigetragen. Konnte sie damit leben? Wahrscheinlich. Trotzdem berührte sein Tod sie auf eine Art und Weise, die sie meinte, längst in ihren Erinnerungen vergraben gehabt zu haben. Eine Form der Reue, die sich an den Bedürfnissen der anderen zu orientieren schien. Wie ein altes Musikstück, verehrt und geliebt, das man lange nicht mehr gehört hatte und dem man Jahrzehnte später, als Fahrstuhlmusik verhöhnt, unerwartet wieder begegnet.

Gab es Selbstmorde, die für die Überlebenden heilsam waren?

Sie zog ihren Schal fester um den Hals, bis er unangenehm eng an ihrem Kehlkopf lag. Das weiche Kaschmir schnitt ihr wie Stacheldraht in die Hände. Um sie herum Dunkelheit und Kälte. Und überflüssiges Leben. Sie war sich doch nicht so sicher, ob sie mit seinem Suizid würde umgehen können.

Papa? Hörst du mir zu?

DONNERSTAG

Nach der langen Nacht hatte Frederica wenig Lust gehabt, früh aufzustehen, doch jetzt hatte sie es eilig. Nach einem kurzen Blick auf den Wecker hatte sie erschrocken festgestellt, dass es bereits halb neun war. Schnell war sie aufgestanden, um die Gardinen aufzuziehen. Und obwohl sie keine Zeit hatte, hielt sie in der Bewegung inne und sah überrascht nach draußen. Der Anblick, der sich ihr bot, war gewaltig. Das Matschwetter, das den Dingen die Konturen raubte, hatte sich gelegt und dem Sonnenaufgang freie Hand gegeben, der sich nicht lumpen ließ und den Himmel blutrot färbte. Fasziniert blieb sie minutenlang vor ihrem Panoramafenster stehen, während sich in ihrem Gesicht abwechselnd dunkelrotes Licht und heller Schatten duellierten. Sie blinzelte in den Horizont, bis sie vor Kälte bibbernd die Arme um sich schlang. *Reinigend und erlösend.*

Hatte Sabine Gross etwas für sie vorbereitet?

Sie schloss die Augen und stand sofort wieder bei den überquellenden gelben Mülltüten im Kühlhaus der Villa. Hörte es in den Ecken rascheln und knistern. Sah das prasselnde Feuer, nicht wie es ein Haus zerstörte, sondern wie es in einem Kamin vor sich hin knackte und wohlig wärmte. Sie war in der Bibliothek und hatte es sich in einem tiefen Ohrensessel gemütlich gemacht. In dem anderen Ohrensessel ihr gegenüber saß eine Frau. Sie hatte es sich unter einer riesigen Decke gemütlich gemacht und las in einem Buch. Als sie Frederica sah, schlug sie es zu, nickte leicht und lächelte sie an. Dann legte sie ihren Zeigefinger auf ihre Lippen, um Frederica zu warnen. Als hätte sie damit ihre Aufgabe erledigt, lehnte Sabine Gross sich tief in den Sessel zurück und verblasste langsam gegen das verschwindende Morgenrot. Frederica öffnete ihre Augen.

Papa, pass auf sie auf.

*

Als Frederica endlich im Dezernat auftauchte, waren Tanja und Christian bereits in ihre Arbeit vertieft. »Oh, heute mal oben ohne?« Tanja trug ausnahmsweise keine Perücke, sondern ihren eigenen Afro, den sie etwas geglättet zu einem Pferdeschwanz gebunden hatte. Frederica griff in ihre Laptoptasche aus teurem Rindsleder und legte Tanja den Rechner von Heike Fuchs in den Schoß. Die unzähligen Sticker erstrahlten im Licht von Tanjas Schreibtischlampe, die man in Hamburg gelegentlich direkt am Morgen anschalten musste. Dazu reichte sie ihr kommentarlos einen großen Latte macchiato von »Balzac«. Bevor Christian etwas sagen konnte, gab sie ihm den zweiten riesigen Kaffeebecher, den sie in einem Papptablett eingeklemmt mühsam hertransportiert hatte. Sie selbst trank einen großen Schluck aus dem letzten und dritten Becher. Erwartungsvoll sah sie in die Runde. »Okay, wer will mir die Frage stellen?«

Christian schnippte mit den Fingern. »Ich, ich, bitte, darf ich?«

Tanja hatte währenddessen den Laptop wie ein Buch zwischen die Hände genommen, um sich die Sticker näher anzusehen. Sie sah Christian mit einem fast mütterlichen Gesichtsausdruck an. »Aber natürlich, Chef!«

Christian nahm einen tiefen Schluck, bevor er sich aufrecht hinsetzte und die Frage aller Fragen stellte: »Woll'n wir Sticker tauschen?«

»Gerne. Du darfst sie alle behalten. Zurück zur Tagesordnung? Gut. Gestern hat mir die Zentrale eine Heike Fuchs durchgestellt, die behauptete, etwas über den Mord an Sabine Gross zu wissen.« Sie blickte weiterhin Christian an. »Du hattest dein Handy aus, sie hatte es zunächst bei dir versucht.«

Anstatt beleidigt zu sein, sah Christian eher schuldbewusst aus. »Wir hatten Hochzeitstag. Aber wie konnte sie von dem Mord wissen?«

»Eben, daher habe ich den Anruf angenommen. Heike Fuchs war Sabine Gross' Freundin. Leidensgenossin trifft es wahrscheinlich besser. Und sie wusste nichts von dem Mord, aber sie hatte es geahnt. Und herzlichen Glückwunsch!«

Tanja klappte den Laptop auf und schaltete ihn ein. »Auch Brustkrebs?«

»Ja, und mit heftigen Nebenwirkungen bei der Chemo. Die bei Sabine Gross ausgeblieben waren, weshalb die beiden misstrauisch geworden sind und auf eigene Faust angefangen haben zu recherchieren. Tanja, du müsstest dir mal bitte die Mails genauer ansehen, vor allen Dingen die zwischen Hansen und Sauerwein. Mein Bauchgefühl hat nicht danebengelegen, als ich Sauerwein mit dem Ausstellen von gefälschten Befunden konfrontiert habe. Laut Heike Fuchs haben Hansen und er da wohl einen Deal gehabt. Sauerwein stellt falsch-positive Befunde aus und Hansen mischt die Zytostatika quasi nicht an. Er belässt es bei der Kochsalzlösung und streicht die Gewinne ein.«

»Und woher wissen wir, dass die Patientinnen tatsächlich keinen Krebs hatten?« Tanja streichelte Alfred wütend über den Kopf. »Wenn jemand so drauf ist, sieht das ja schon fast barmherzig aus, wenn er sich nur an Gesunden bereichert.«

»Das wissen wir nicht. Genau das war das Problem von Sabine Gross und Heike Fuchs. Ohne die untersuchten Proben konnten die beiden nichts beweisen.« Fredericas Miene hellte sich etwas auf. »Aber der Umstand hat sich seit gestern Nacht zu unseren Gunsten geändert. Mit etwas Glück wird die KTU Proben zuordnen können. Und dann kriegen wir auch das zweite Arschloch dran.« Zufrieden nahm sie einen weiteren Schluck Haselnuss-Kaffee.

»Hat sie irgendwas zu dem Mord gesagt? Weiß sie da was drüber?«, fragte Christian, der bemüht war, an Wissen aufzuholen.

»Nein. Sie hatte Sabine gut eine Woche vorher zum letzten Mal gesehen, das heißt also noch vor Malte Fischer, und sich dann gestern besorgt an uns gewandt. Sie hat behauptet, Dr. Hansen wäre der Mörder. Tanja, kannst du bitte nach Indizien Ausschau halten? Vielleicht finden sich ja Andeutungen dazu in den Mails. Jeder noch so kleine Hinweis würde uns zum derzeitigen Ermittlungsstand enorm weiterhelfen.« Frederica sortierte im Kopf die Fakten und dachte laut weiter: »Dr. Sauerwein scheint sich nicht erklärt zu haben, und ich gehe nicht davon aus, dass uns der Hansen ein unterschriebenes Geständnis vorbeibringt. Ich bin mir aber sicher, dass einer von beiden Sabine getötet hat. Wer von ihnen ist es also gewesen – wenn nicht beide zusammen? Gebt die Bilder von Hansen und Sauerwein an die Streife, sie sollen sich in der Gegend um die Grindelhochhäuser und direkt bei Sabines Nachbarn umhören, ob sie einen von beiden schon mal dort gesehen haben.« Sie drehte sich zu Christian um. »Wann wissen wir, ob die Leiche Sauerwein ist?«

»Wolf hat den Fall nach vorne gezogen, wir können in

etwa einer Stunde bei K. H. aufschlagen. Sauerwein hatte kürzlich eine aufwendige Zahnbehandlung. Ein paar Papiere aus dem Büro, unter anderem Zahnarztrechnungen, haben den Brand überlebt. Der Zahnarzt ist schon bei K. H., und sie versuchen, aus den Kieferresten schlau zu werden.«

*

K. H. sah die beiden zufrieden an. Er schien die kurze Nacht gut verkraftet zu haben. Im Gegensatz zu Frederica und Christian musste er nicht ständig gähnen – wobei wahrscheinlich sein regelmäßiger Nikotinnachschub half. Frederica war dankbar gewesen, dass er sie ausnahmsweise nicht in einen seiner Leichensäle zitiert hatte, sondern in sein Büro. Nur fragte sie sich, während sie sich in dem ungemütlichen Raum umsah, ob dieses Gefühl nicht verfrüht gewesen war. War sie hier schon einmal gewesen? Erinnern konnte sie sich nicht daran. Was sich Büro nannte, war ein kaltes, unpersönliches und fensterloses Viereck, tief in den Katakomben der Rechtsmedizin. Das Fehlen persönlicher Gegenstände ließ darauf schließen, dass sich mehrere Kollegen den Schreibtisch im Schichtbetrieb teilten. Grelles Neonlicht flutete den Boden. Frederica steckte sich ein Macaron in den Mund. Das zarte Mandel-Baiser-Gebäck war in Rosa und Grün gemischt eingefärbt. Beruhigt sah sie in ihre Tasche: Es waren noch einige in Lila da. Sie versuchte, heimlich zu kauen, und spürte bereits die Blicke der Männer auf sich. Wortlos griff sie in ihre Tasche, um ihnen von der französischen Süßigkeit anzubieten. Leider griffen beide zu.

»Wir haben die Leiche eindeutig anhand der zahnärztlichen Befunde als die von Prof. Dr. Markus Sauerwein identifiziert.« Der Pathologe lehnte sich zurück und mümmelte genüsslich vor sich hin.

»Konnten Sie Fremdeinwirkung nachweisen?«, mümmelte Christian zurück.

Frederica verschränkte die Arme vor der Brust. Hätte sie die Packung lieber zu Hause gelassen.

»Soweit ich das einschätzen kann anhand dessen, was von der Leiche noch übrig war, sieht es nicht nach Mord aus. Die KTU hat ebenfalls keine Spuren gefunden, die auf die Anwesenheit einer weiteren Person hindeuten. Die Tür zu seinem Büro war außerdem von innen verschlossen.« Der Pathologe hatte fertig gemampft und legte eine Kunstpause ein. Als Frederica keinen Nachschub anbot, redete er weiter: »Und er hat so eine Art Abschiedsbrief hinterlassen.«

»Was heißt ›so eine Art‹?« Frederica hätte sich die Frage verkniffen und so lange gewartet, bis K. H. weitergesprochen hätte, doch Christian konnte es nicht abwarten. Genau wie Matthias.

»Er hatte etwas verschluckt, kurz bevor er beschlossen hat, als lebende Fackel zu enden.« K. H. griff sich ein kleines Beweistütchen und hielt es gegen das Licht. »Ich kann mir gut vorstellen, dass Sie das Gegenstück irgendwo in der Asservatenkammer haben«, grinste er und warf ihnen das Beutelchen zu. Frederica fing es geschickt auf und blinzelte durch die Plastikverpackung auf einen alten Bekannten. Es war ein silberner Manschettenknopf.

*

»Bro, wie konntest du mir so was antun? Ich hab dich geliebt, Mann, wie meinen eigenen Bruder hab ich dich gern gehabt. Als dein Handy klingelte und du nicht dran warst, hab ich sofort Panik gekriegt. Als wäre dir was passiert. Ich hätte mir das nie verziehen, wenn dir was passiert wäre. Dann war da dieser Apothekertyp dran, und der hat gesagt, du wärst ein Bulle und ob ich dich nicht mal abholen will, er hätte dich schon reisefertig verpackt. Ich hab erst kein Wort verstanden, muss der Schock gewesen sein. Und dann hab ich kapiert, dass er dich meint. Und dass der Boss das alles wusste. Mann, was bin ich für ein Idiot gewesen. Nie wieder werd ich jemandem vertrauen. Das ist alles so ungerecht, Mann!«

Während Torben seinen großen Schlussmonolog hielt, der eines Dramoletts von Samuel Beckett würdig gewesen wäre, lag Matthias gefesselt und geknebelt auf der Rückbank seines eigenen Golfs und sah in den zerschlissenen Wagenhimmel. Wieso war ihm nie aufgefallen, wie verdreckt das Auto eigentlich war? Und wie sehr es ihm ans Herz gewachsen war? Er dachte an Frederica, an ihr plötzliches Wiedersehen, das er sich Tausende Male in seiner Fantasie vorgestellt hatte, natürlich ganz anders, als es in Wirklichkeit abgelaufen war. Wieso war sie so verdammt cool gewesen, wie hatte sie es geschafft, ihn so von oben herab zu mustern und lässig abzustrafen? Er hatte einen wichtigen Job, verdammt noch mal, da mussten persönliche Wünsche eben hintanstehen. Und wer das nicht begreifen konnte, obwohl selbst Polizist, der war es eben nicht wert. Leider. Wie schnell und endgültig er damals dem Undercover-Einsatz zugestimmt hatte, hatte er geflissentlich aus seinem Gedächtnis gestrichen. Geradezu panisch hatte er auf die neuen und gefährlichen Gefühle reagiert, die Frederica damals in ihm hervorgerufen hatte. Dabei schien sie selbst nichts davon bemerkt zu haben. Sie hatte ihn mit ihrer bedingungslosen Liebe umfangen wie eine Mutter ihr Kind … *Man kann jemanden ewig lieben, über den Tod hinaus, die Zeit heilt überhaupt keine Wunden. Sie macht sie nur erträglicher.* Aber das war etwas, wofür Matthias keine Kraft mehr gehabt hatte. Hätte Frederica das überhaupt verstanden? Um das mit ihr auszudiskutieren, hätte es eines weniger feigen Mannes bedurft. Er nickte sich selbst zu, wie um sich zu trösten. Besser so als anders.

Er biss auf den Knebel und kehrte zu seinem aktuellen Problem zurück. Er sah kurz zu Torben, der mit Autofahren und Monologe-Halten voll ausgelastet war, und überdachte seine Situation. Das Muskelrelaxans hatte an Wirkung nachgelassen und seine Panik vor einem unbekannten Tod machte dem Selbsterhaltungstrieb Platz. Er prüfte den Sitz seiner vertäuten Handgelenke, die sich leider unter seinem Hintern befanden und somit unerreichbar für eine optische Inspektion waren. Draußen war es tiefschwarze Nacht. Schwärzer, als es in einer Großstadt je werden konnte. Ein paar Schneeschlieren blieben ab und zu auf der Heckscheibe liegen und rutschten langsam außer Sichtweite. Dunkle Äste rauschten am Wagen vorbei. Einige schienen hektisch nach ihnen zu greifen. Es sah aus, als würde Torben es gerade so schaffen, ihren Fängen davonzufahren.

Eine Allee also, sehr lang und außerhalb der Stadt.

Plötzlich stieg Torben in die Eisen, dass Matthias Mühe hatte, nicht vom Rücksitz zu rollen, und fuhr rechts ran. Er bäumte sich im Sitzen etwas auf, um an seine Gesäßtasche zu kommen, und zog sein Handy hervor. Nachdem er eine Kurzwahltaste gedrückt hatte, wartete er. Endlich schien jemand zu antworten.

»Ja, ich bin's. Wir haben ein Problem. Ja, es ist Niels.« Torben drehte sich zu Matthias um. Ein Ausdruck des Erstaunens wanderte schemenhaft über sein Gesicht. In der dunklen Nacht wirkte der Lichteinfall des grellblauen Displays auf seine Mimik, als wäre er ein Komparse in einer Geisterbahn, der dünnhäutige Kirmesgänger erschreckte. »Was heißt das, du hast es wirklich gewusst? Und wieso hast du mir nichts gesagt?« Torben duckte sich etwas, dann sah er wieder zu Matthias. »Ja natürlich, Chef. Geht mich auch nichts an. Ich werde mich jetzt um das Sackgesicht kümmern ... Abliefern? Wo denn abliefern? Und was ist mit mir, er weiß doch, wer wir sind? ... Und das glaubst du diesem anderen Bullen?« Torbens Gesicht nahm einen entschlossenen Ausdruck an. »Nicht mit mir. Ich traue niemandem mehr!« Er warf einen letzten Blick auf sein Handy, stieg aus, legte das Telefon auf den Asphalt und zertrat es unter seinen schweren Stiefeln. Während er den Wagen zurück auf die Allee lenkte, schaute er in den Rückspiegel. »Dieser Apotheker hatte also recht. Vielleicht sollte ich mich mal etwas näher mit ihm beschäftigen, wenn ich mit dir durch bin!«

Matthias schloss die Augen. Er hätte ohnehin nur Dunkelheit gesehen.

*

»Tanja, hast du was rausbekommen?« Frederica drehte das Tütchen mit dem Manschettenknopf unruhig in der Hand hin und her. Sie war nervös. Alfred sah misstrauisch auf ihre Hände und baute sich schützend vor Tanja auf. Frederica musste unwillkürlich lächeln und setzte sich. »Warum hat sich Sabine Gross auf Sauerwein konzentriert? Wir wissen, dass sie ihn in der Woche vor ihrem Tod mehrfach angerufen hat, aber warum hat sie das getan? Und war er der Letzte, der sie lebend gesehen hat? War er auch der Mörder?«

»Wahrscheinlich hat sie sich nicht getraut, bei ihrem Chef anzufangen«, meinte Christian. »Auch wenn ihr vielleicht klar war, dass Hansen der eigentliche Strippenzieher war, hätte sie als Whistleblowerin nie mehr in einer Apotheke eine Anstellung gefunden.«

»Wieso denn nicht?«, fragte Tanja ungläubig, während sie weiter den Laptop traktierte. »Ist doch gut, wenn man schwarze Schafe unschädlich macht, davon profitiert die ganze Branche.«

»Nicht wirklich, denn besser wäre es natürlich, wenn die gar nicht erst an die Öffentlichkeit kämen. Ein Apotheker, der Zytostatika verdünnt? Aus Raffgier? Ein ehrbarer Hamburger Kaufmann, der bereits in dritter Generation seinen Mitbürgern Gutes tut und sich darüber hinaus selbstverständlich politisch und sozial engagiert?« Frederica sah in die Runde. »Sabine Gross hatte von Anfang an keine Chance.«

»Also hat sie sich an Sauerwein gehalten. Vielleicht hat sie versucht, ihn zu erpressen, um wenigstens finanziell Nutzen aus der ganzen Sache zu ziehen, wenn sie wusste, dass sie anderweitig keine Möglichkeit hatte«, mutmaßte Christian. »Daher die drei Anrufe. Es werden wahrscheinlich Terminabsprachen gewesen sein, wie du schon vermutet hast.«

»Möglich, und dann ist irgendwas schiefgelaufen und Sauerwein hat sie umgebracht. Mit seinen Kenntnissen war es für ihn kein Problem, den Tatort sauber zu halten.«

Frederica sah auf den Manschettenknopf: »Warum hat er ihn wohl verschluckt? Ist es wirklich eine Art Abschiedsbrief, wie K. H. meint? Fühlt er sich schuldig an ihrem Tod?« Frederica sah auf. »Wisst ihr, Heike Fuchs hatte recht, wenn sie es wahrscheinlich auch etwas anders gemeint haben wird. Der Hansen hat Sabine Gross umgebracht, wie er auch Sauerwein umgebracht hat. Und wie er wahrscheinlich todkranken Krebspatienten Kochsalzlösung verkauft hat. Er hat sie alle nicht angefasst, aber trotzdem ist er an ihrem Tod schuld.«

»Was wir ihm niemals werden beweisen können«, meinte Christian.

Frederica warf ihm das Tütchen mit dem Manschettenknopf zu. »Natürlich nicht, aber das wird auch nicht nötig sein. Die beiden Manschettenknöpfe gehören zusammen, oder?«

Christian nahm das Tütchen in die Hand, in dem sie den Manschettenknopf aus der Wohnung aufbewahrten, und verglich die beiden Exemplare. »Nach Augenschein schon mal ein 100-prozentiger Treffer. Sauerwein hat also Sabine Gross tatsächlich ermordet. Wir wissen, dass Hansen ein Alibi für den Todeszeitpunkt vorweisen kann«, resümierte Christian weiter, »und selbst wenn er Sauerwein irgendwie angestiftet haben sollte, gemailt haben wird er es ihm sicherlich nicht.«

»Dr. Hansen hat nur ein Alibi, weil wir den genauen Todeszeitpunkt nicht kennen. Ihr erinnert euch, er war nur fünf Minuten von den Grindelhochhäusern entfernt. Über den genauen Todeszeitpunkt wissen wir nichts.«

»Da werdet ihr beide recht haben«, murmelte Tanja, während sie weiter auf den Monitor starrte. »Ich kann natürlich tagelang weitersuchen, aber ich fürchte, dass ich hier nichts finden werde.« Sie blickte auf. »Und jetzt?«

Christian sah Frederica verunsichert an. »Du wirst doch keine Beweise fälschen wollen?«

Frederica fing an zu lachen. »Natürlich nicht, wir sind hier ein ordentliches Dezernat!«

Tanja hatte zwischenzeitlich ein Telefonat angenommen. »Der Chef will euch sehen.«

Frederica überlegte kurz. »Jetzt sofort? Christian, sind wir schon weg?«

Tanja kam Christian zuvor. »Jetzt sofort. Und so wie sich Maureen angehört hat, weiß sie, dass ihr auf jeden Fall noch hier seid.«

Während sich Tanja in Sachen extravaganter Haarmode heute zurückgehalten hatte, blendete Maureen Thalbachs neue Haarfarbe alle Anwesenden. Mit einem faszinierten Gesichtsausdruck, den Maureen auffing, aber nicht deuten konnte, musterte Frederica die Assistentin ihres Chefs. Ob sich das rauswusch oder musste das rauswachsen?

»Tag, ihr zwei, mögt ihr mein Blau? Selbst gemischt!«

Christians Mund stand immer noch weit offen, weshalb zwangsläufig Frederica antworten musste. »Wäscht sich das wieder raus?«

»Nein, das muss rauswachsen. War echt eine Fummelei, das so hinzukriegen, aber das Ergebnis kann sich echt sehen lassen!«

Maureen war offensichtlich für die feinen Töne in der Kommunikation taub und scheuchte sie fröhlich in das Büro ihres Chefs. »Beeilt euch, er wartet, gleich ist Mittag!«

*

Der Raum war wie immer mit einem leichten Vanilleduft aus der Nikotinkartusche von Wolfs E-Zigarette erfüllt. Er musste die Dinger in Kette verdampfen, falls das überhaupt möglich war. Christian verzog das Gesicht, sagte aber nichts, während er sich in einen der beiden Besucherstühle fallen ließ. Er hatte die Einladung seines Chefs, sich zu setzen, nicht abgewartet, da dieser mit dem Rücken zu ihnen am Fenster stand. Es war heute trotz des verheißungsvollen Sonnenaufgangs nicht richtig hell geworden. Einer dieser Tage, an denen man glaubte, dass es gegen 14 Uhr bereits wieder dämmern würde. Ihr Chef zeichnete sich gegen das trübe Winterlicht schemenhaft ab.

»Da sind Sie ja.« Thomas Wolf blickte nach wie vor aus dem Fenster, während er hektisch an seiner E-Zigarette zog. Frederica setzte sich langsam auf den zweiten Besucherstuhl.

Sie hatte auf einmal ein ungutes Gefühl. Irgendetwas war passiert. Etwas, das dem Tag eine neue Wendung geben würde. Ob zum Besseren oder zum Schlechten, würde sich gleich zeigen.

»Ich habe gehört, Sie haben den Mörder von Sabine Gross identifiziert? Wobei von einer Festnahme in diesem Fall natürlich keine Rede sein kann.« Endlich drehte er sich um. Entgegen seiner Aussage wirkte er nicht zufrieden. »Sie können sich beglückwünschen. Sehr gute Arbeit!« Die Kartusche seiner E-Zigarette schien erschöpft zu sein, denn er zog sie ab, wühlte in einer Schublade, holte sich eine neue heraus und steckte sie auf den Akku.

Christian schielte zu Frederica. Als sie keine Anstalten machte, etwas zu sagen, lehnte er sich nach vorn. »Vielen Dank, Chef. Aber wir haben da noch einiges an Arbeit vor uns, der Fall ist längst nicht ausermittelt. Wir haben zwar eine Ahnung, was das Motiv sein könnte, aber uns fehlen die Beweise. Wir warten gerade auf die KTU zwecks Probenabgleich, das kann eine Weile dauern, und wir müssen jede Menge Berichte schreiben, für die Kollegen aus dem Drogendezernat, die die Ermittlung in dem Medikamentenpfusch übernehmen, wenn wir erst mal die Beweise …«

»Das wird nicht nötig sein«, unterbrach Thomas Wolf. »Der mutmaßliche Mörder hat sich zwar durch seine Selbsttötung seiner Verantwortung entzogen, aber wir sind uns doch sicher, dass er Sabine Gross getötet hat?« Er sah erwartungsvoll in die Runde, während er weiter an seiner E-Zigarette zog. Irgendetwas schien ihm nicht zu gefallen, denn er fing an, hektisch zu paffen, während er den Akku beäugte. Schließlich legte er das Gerät entnervt auf den Tisch und steckte sich eine echte Zigarette an. Erneut blickte er auf seine Mitarbeiter. »Ich höre?«

»Sie möchten, dass wir die Ermittlungen einstellen?« Frederica sah ihn prüfend an. Ihr Gefühl hatte sie also nicht getrogen. Irgendetwas stimmte hier ganz und gar nicht.

»Frau Moll, es geht nicht darum, was ich möchte, sondern, was die Situation erfordert. Die Verschwendung von Steuergeldern gehört ganz gewiss nicht dazu. Wie ist also Ihre Einschätzung?«

»Prof. Dr. Markus Sauerwein hat zusammen mit dem Apotheker Dr. Hansen …«

»Moment bitte, wo kommt Dr. Hansen plötzlich her? Ist er verdächtig? Und wenn ja, in welchem Zusammenhang?«

Christian und Frederica sahen ihren Chef irritiert an. Frederica weigerte sich, sich verwirren zu lassen. »Wir haben Indizien dafür, dass Prof. Dr. Sauerwein und Dr. Hansen sich gemeinschaftlich des Verstoßes gegen das Arzneimittelgesetz schuldig gemacht haben«, legte sie die wahren Umstände großzügig aus. »Sabine Gross hat hiervon Kenntnis erlangt, woraufhin sie von Prof. Dr. Sauerwein getötet wurde. Um sich weiteren Konsequenzen zu entziehen und sicherlich auch, um Beweise zu vernichten, hat er sich in seiner Villa angezündet, wo auch sein Labor untergebracht war. Also ja, Prof. Dr. Sauerwein wird Sabine Gross umgebracht haben, aber darin war er nicht allein. Sein Jugendfreund Dr. Hansen ist verdächtig, in den Mord an seiner Assistentin verwickelt zu sein, die bei ihm Unregelmäßigkeiten im Reinraum festgestellt hatte. Vielleicht hat er sogar den Tod von Prof. Dr. Sauerwein in gewisser Weise … angeregt. Dass er Medikamente gepanscht hat und es momentan wahrscheinlich immer noch tut, kann angenommen werden.«

»Kann angenommen werden?« Ihr Chef runzelte die Stirn. »Seit wann nehmen wir hier im Morddezernat etwas an, wenn wir jemanden abführen lassen? Ich denke nicht, dass die Staatsanwaltschaft davon begeistert sein würde, wenn ich sie heute Nachmittag darüber informiere.«

»Das sollen Sie ja auch nicht«, warf Christian ein, »bevor wir nicht die Proben mit den Befunden abgeglichen haben! Geben Sie uns ein paar Tage, bis wir etwas Konkretes in der Hand haben, da steckt viel mehr dahinter, als wir wissen!«

Der Dezernatsleiter drückte seine Zigarette im Aschenbecher aus, vermied es aber freundlicherweise, sich eine weitere anzuzünden. Ob aus Rücksichtnahme oder weil er meinte, sich wieder auf sicherem Terrain zu bewegen, konnte Frederica nicht einschätzen. Er lehnte sich zurück, verschränkte seine Hände hinter dem Kopf und sah seine Mitarbeiter lange an. »Ihre Interpretation der sehr dünnen Beweislage ist mir etwas zu verwegen. Ist es nicht vielmehr so, dass Herr Prof. Dr. Markus Sauerwein eine arme verwirrte Seele war, die sich mit seinem Labor finanziell und organisatorisch übernommen hat? Dann fachlich regelrecht versagen musste, als er Befunde falsch zugeordnet hat? Und als Frau Gross seinen Fehler erkannt und ihn damit konfrontiert hat, hat er sie ermordet. Danach hat er keinen anderen Ausweg mehr gesehen, als freiwillig aus dem Leben zu scheiden.« Er suchte nach der nächsten Zigarette und sah insbesondere Frederica herausfordernd an. »Und wenn jemand meine persönliche Meinung hören möchte – damit hat er das einzige Intelligente in sehr langer Zeit getan.«

Christian sah seinen Chef stirnrunzelnd an, als würde er diese Interpretation einer gründlichen und würdigen Prüfung unterziehen. Schließlich schüttelte er den Kopf, als hätte er ein Mitspracherecht. »Und was ist mit Hansen?«

»Herr Dr. Jens-Peter Hansen ist in der traurigen Position, einen guten Freund verloren zu haben, mit dem er bereits zur Schule gegangen ist. Er hat als Erwachsener das eine oder andere Mal die Veranlassung gesehen – was ihn im Übrigen nur ehrt –, eine gewisse Verantwortung für seinen Jugendfreund zu übernehmen. Daraus sollte man sicherlich niemandem einen Strick drehen, im Gegenteil. Ein Apotheker aus einer alten, angesehenen Hamburger Familie, die genug Geld hat, ohne dass Medikamente gepanscht werden müssen, wird sich kaum ins kriminelle Milieu hinabbegeben. Und ihn quasi als Massenmörder an Krebspatienten zu sehen, ist wohl etwas sehr theatralisch betrachtet. Und für zwei Beamte der Mordkommission außerdem hochgradig unprofessionell. Von dem Mord an Sabine Gross ganz zu schweigen, für den er ein wasserdichtes Alibi hat. Darüber hinaus liegen für Ihre absonderlichen Vorwürfe keine Beweise vor. Und ich gehe nicht davon aus, dass Sie welche herbeizaubern können. Dahingehend sind wir uns doch wenigstens einig?« Befriedigt sah er seine Untergebenen an. Er war sich seiner Autorität so sicher, dass er es unnötig fand, sie zusätzlich mit einem strengen Blick zu fixieren.

Christian sah Frederica an, die geistesabwesend zum Fenster hinausstarrte. Hier war keine Hilfe zu erwarten. Wortlos stand er auf und ging zur Tür. »Was wir haben, können wir intern kommunizieren?«

»Selbstverständlich, das ist sogar Ihre Pflicht.« Der Dezernatsleiter beschäftigte sich wieder mit seiner E-Zigarette. Missmutig scheuchte er die Kommissare aus seinem Büro.

*

»Sag mal, du hast mir da drin ja überhaupt nicht geholfen. Ich dachte, dir läge was an dem Fall? Musste das sein, mich alleine schwitzen zu lassen?« Christian sah wütend auf Frederica herunter, die ungewohnt still neben ihm herging. »Frederica? Noch anwesend?«

Sie blieb abrupt stehen und schaute zu ihm hoch. »Sag mal, hast du nicht gemerkt, was da drin gerade abgegangen ist, oder willst du es nur nicht kapieren?«

»He, so nicht, ich wollte ja, dass er uns weiter an dem Fall dran lässt. Ich weiß, wenn ich einen Fehler gemacht habe, und kann dazu stehen. Aber ich kann nichts dafür, wenn er seine Ressourcen woanders einsetzen will. Und dass der Sauerwein den Mord begangen hat, ist doch auch deine Meinung. Unabhängig davon, ob der Strippenzieher ein anderer war.«

»Es ist völlig egal, was ich denke. Hier werden die Entscheidungen auf einer ganz anderen Ebene getroffen. Hättest du mit mir den Sauerwein observiert oder zumindest gerade da drinnen deinen Mann gestanden, hätten wir vielleicht eine Chance, Hansen beizukommen. Aber solange du deine buckelnde Grundhaltung nicht ablegst, werden wir diesen Fall niemals ausermitteln! Wie schon einige davor auch nicht!« Wütend drehte sich Frederica weg und ging weiter Richtung Büro.

Christian hielt sie am Arm, um sie zum Anhalten zu zwingen. Er schrie sie fast an, während sie versuchte, ihn abzuschütteln. Ihr Versuch endete kläglich und Christian zog sie wieder zu sich herum. »Das ist absolut unfair. Warum ich nicht den Sauerwein observieren wollte, habe ich dir erklärt. Und du kannst mir gerne mal verraten, was ich da drin hätte anders machen sollen!« Als wüsste er, dass Frederica darauf keine Antwort finden würde, ließ er sie los und ging weiter. Seine nächste Bemerkung ging fast im Hall seiner Schritte auf dem Linoleum unter. »Langsam glaube ich, der Wolf hat recht mit dir.«

Frederica rannte ihm hinterher. »Was meinst du damit?«

Christian riss die Augen auf. Sein Mund öffnete und schloss sich wie bei einem erstickenden Karpfen. Eine peinliche Antwort blieb ihm jedoch erspart, denn in diesem Moment hatten sie ihren Büroflur erreicht und trafen auf Tanja, die ihnen aufgeregt entgegengerollt kam.

»Da seid ihr ja wieder, wir haben Besuch – es ist Niels' Kontaktmann, dieser Lars, und er hat keine guten Nachrichten. Matthias …«, sie strich sich aufgeregt ein paar Locken aus dem Gesicht, die sich aus dem Pferdeschwanz gelöst hatten, »… sorry, Niels soll ich ihn ja nennen, ist verschwunden!«

Frederica blieb wie angewurzelt stehen. Eine eigenartige Kälte stieg in ihrem Körper hoch. Sie spürte, wie das Blut aus ihrem Gesicht wich, und musste sich an der Wand abstützen. »Was meinst du mit verschwunden?«

»Niels ist aufgeflogen. Am besten soll euch der Kontaktmann alles erzählen.« Sie drehte um und ging zurück durch die Glastür.

Frederica blieb weiter an die Wand gelehnt stehen, traute ihren Beinen noch nicht zu, sie bis an ihren Schreibtisch zu bringen. Sie fixierte einen kleinen schwarzen Fleck an der gegenüberliegenden Wand und dachte darüber nach, woher der wohl gekommen sein mochte. Ihr müder Ablenkungsversuch war natürlich nutzlos. War er in Gefahr? Hatte er noch rechtzeitig verschwinden können? Nein, fauchte es ihr durch die Synapsen, wenn er noch hätte abhauen können, wäre dieser Polizist wohl kaum hier. Wieso war er überhaupt hier und nicht bei seinem Dezernatsleiter? Oh. Lieber Gott, er ist in großer Gefahr. Ihre Beine sackten endgültig unter ihr weg, als hätte jemand ein Seil an ihre Knöchel gebunden und ruckartig daran gezogen. Sie glitt unangenehm schmerzhaft am rauen Putz entlang auf den kalten Boden. Von ihrer souveränen Grundhaltung, die sie bei der plötzlichen Begegnung mit Matthias noch gefühlt hatte, war nicht einmal ein kläglicher Rest übrig geblieben. Matthias war in Lebensgefahr. Na prima, jetzt drehte sich der Raum wie ein Kinderkarussell, langsam, aber unaufhörlich. Sie schloss die Augen. *Steh auf, Frederica, du musst da rein.* Was sagte Christian da die ganze Zeit? *Ja, hilf mir auf.*

Frederica öffnete die Augen und atmete tief durch. Vor Matthias' gefährlichen Alleingängen hatte sie regelmäßig Angst gehabt, und es war ihr immer klar gewesen, dass durch sein selbstzerstörerisches Verhalten eine dauerhafte Beziehung nie infrage gekommen wäre. Doch nichts hinterließ eine traumatisierendere Erfahrung als eine irreale Angst, die plötzlich Realität annahm. Und wenn diese Realität eine neue Dimension erreichte, verschoben sich die eigenen Werte in eine neue Irrationalität. Dieser Vorgänge war sich Frederica bewusst, trotzdem war es ihr unmöglich, sie zu kontrollieren. Hilflos musste sie zulassen, dass die Angst um den längst verloren geglaubten Mann kaskadenhaft über sie hereinbrach und sie zu lähmen begann.

Bitte, lieber Gott, lass ihm nichts zustoßen. Papi, tu was, hol ihn da raus und schick ihn zu mir zurück.

*

Lars redete und redete. Dabei gestikulierte er wild mit den Händen. Er schien immer wieder von vorn anzufangen. Hörte das denn nie auf? Wann war er endlich fertig? Und wieso hörten alle gebannt zu? Selbst Alfred schien dem bulligen Polizisten an den Lippen zu hängen. Es schien niemanden zu stören, dass Frederica stumm an ihrem Platz auf den schwarzen Monitor starrte und sich überhaupt nicht an dem Gespräch beteiligte. Als sie irgendwann aufstand, sah Christian sie nur fragend an.

»Ich muss mal, bin gleich wieder da.«

Christian nickte und wandte sich wieder dem Polizisten zu.

Frederica verließ das Büro, Mantel und Tasche in der Hand.

Auf der Straße zog sie sich den Mantel an und nahm das Handy aus der Tasche. »Mama? … Ja, ich bin's … Ja, ich weiß, dass du beim Lunch bist. Hattest du nicht gesagt, du würdest dich heute Mittag mit Henning Marquardt treffen? … Um eins im Landhaus Scherrer? … Prima, das schaffe ich … Also, Mama, jetzt verstehe ich *dich* nicht. Du hattest doch gewollt, dass ich mich mehr mit Henning austausche? … Ja, deshalb heute, denn jetzt habe ich Zeit … Also, bis gleich, tschüss.«

Zufrieden sah Frederica auf ihre Uhr. Sie hatte eine halbe Stunde, das sollte reichen. Ein paar Minuten Verspätung würde sie einplanen. Für den guten Effekt, denn sie hatte absolut nicht vor, Matthias ein zweites Mal sterben zu lassen.

*

»Du – dummes – Arschloch. Das – passiert – mir – nicht – noch – mal. Du – lässt – mich – ziemlich – dämlich – aussehen – und – das – muss – sofort – korrigiert – werden!« Oh ja, Torben ließ sich Zeit. Was hatte dieser Apotheker gesagt? Er solle sich Zeit lassen, weil sich dann irgendein Stoff im Hirn aufbauen würde, und das gäbe den Extrakick. Und das war genau das, was ihm dieses Arschloch definitiv schuldig war. Den ultimativen Adrenalinkick. Jeden Tritt mit seinem schweren Armeestiefel setzte Torben berechnend und äußerst geschickt an, denn er wollte keinesfalls, dass Niels ohnmächtig wurde. Er sollte schließlich auch seinen Spaß haben.

Torben beugte sich über Niels' Gesicht und zog es mit einem kurzen Ruck an den Haaren dichter zu sich heran. Prüfend öffnete er ein Augenlid. Zufrieden schnalzend ließ er Niels' Kopf auf den Betonboden zurückfallen und trat etwas zurück, um sein Kunstwerk zu begutachten. So weit so gut. Selbst seine Mutter hätte den Drecksack in dem momentanen Zustand nicht wiedererkannt. Nase gebrochen, Lippen aufgeplatzt, Augen zugeschwollen. Niels lag unnatürlich verdreht und heftig blutend auf seinen zerschundenen Händen, die durch Torbens Bemühungen ein paar gebrochene Finger aufwiesen. Sie lagen da, weil sie immer noch hinter seinem Rücken gefesselt waren. Wie jeder heimgeschädigte Kleinkriminelle hatte Torben kein Interesse daran, sich auf einen ebenbürtigen Kampf einzulassen. Wäre er weitaus intelligenter und minimal skrupelloser gewesen, hätte er als Auftragsmörder gutes Geld verdienen können. Während er über seine weitere Vorgehensweise nachdachte, trat er gegen die Füße seines Opfers.

Obwohl Niels nicht bewusstlos war, drang kein Laut über seine Lippen.

War das etwa noch nicht genug? Torben schnaufte frustriert auf und trat probeweise gegen ein Schienbein. Keine Reaktion. Er bückte sich erneut und sah prüfend in das zerstörte Gesicht. Doch schon hinüber? Lusche. Torben fasste sich an den Magen. Diese ganze Aufregung hatte ihn hungrig gemacht. Also erst mal Essen fassen, dann weiteramüsieren.

*

»Frederica, wie schön, dass du Zeit für uns gefunden hast. Setz dich, wir haben einen Aperitif bestellt. Campari Orange, wir sind in melancholischer Stimmung.«

Frederica gab ihrer Mutter einen Kuss auf die Wange. Freya Moll sah gewohnt hinreißend aus. Das tat sie immer, wenn Männer in der Nähe waren. Sie hatte eine weiblich-herausfordernde Ausstrahlung, die selbst im fortgeschrittenen Alter nichts an ihrem Zauber eingebüßt zu haben schien. In ihrem kleinen Schwarzen aus Maulbeerseide wirkte sie keineswegs verkümmert, sondern sehr lebendig und sexy. Zu diesen Gelegenheiten konnte Frederica sich nur im Schatten ihrer Mutter wegducken. Sie war froh, dass ihr heute Morgen danach gewesen war, sich besonders sorgfältig für den Tag zu wappnen. Ihre Haare hatte sie sich wegen des Ruß-Aromas von letzter Nacht sowieso waschen müssen. Und in ihrer Bogner-Jeans, dem dunkelblauen Kaschmirpullover mit der seitlichen Raffung und den farblich dazu passenden Wildlederstiefeln konnte sie sich in dem Nobelrestaurant durchaus sehen lassen.

Henning Marquardt taxierte sie ganz offen und nickte anerkennend. »Schön, dass wir uns so schnell wiedersehen, Frederica. Setz dich. Wie deine Mutter schon sagte, haben wir mit der Bestellung auf dich gewartet und erst einmal einen Campari bestellt. Ah, da ist er ja schon. Wollen wir gleich das Essen ordern?«

Frederica würde wie immer den Kartoffelsalat mit Backfisch nehmen, sodass sie die nächsten Minuten, in denen Marquardt und ihre Mutter sich etwas aus der Speisekarte des Bistros aussuchen würden, nutzen konnte, um den ehemaligen Partner ihres Vaters einer eingehenden Prüfung zu unterziehen. Die Karriereleiter hatte er zur Genüge erklommen. Aber auch äußerlich schien Henning Marquardt vom Leben begünstigt worden zu sein. Jedenfalls hatte er sich seine jugendliche Vitalität auf eine beunruhigende Art und Weise erhalten. Frederica musste unwillkürlich an das Bildnis des Dorian Gray denken. Wenn doch alle Arschlöcher durch die Zerstörung eines Porträts beseitigt werden könnten …

»Meine Mutter hat mir erzählt, dass Sie Thomas Wolf in den Ruhestand schicken wollen? Er selbst scheint davon nichts zu wissen.«

»Frederica!«

Frederica musste schmunzeln. Für einen Moment hatte Freya tatsächlich ihre Contenance verloren. Sie hatte sich jedoch sofort wieder im Griff und nippte an ihrem Aperitif, um sich zu sammeln. »Wir wollen doch Henning nicht gleich mit der Tür ins Haus fallen, nicht wahr?« Charmant lächelte sie in die Runde.

Henning Marquardt lächelte zurück. Er sah dabei Frederica direkt in die Augen. »Lass gut sein, meine Liebe, Frederica hat bei mir eine gewisse Narrenfreiheit. Auch wenn sie diese immer wieder misszuverstehen scheint.« Ein enttäuschter Unterton, der etwas Ratlosigkeit enthielt, war seinen Worten zu entnehmen.

Frederica versuchte, seinen Blickkontakt zu halten, und hoffte, dass er ihre momentane Verwirrung nicht bemerken würde. Was wollte dieser Mann bloß von ihr? Seit 20 Jahren strich er um ihr Leben wie ein räudiger Hund um den Häuserblock. Und egal womit sie nach ihm warf, er kam immer wieder zurück. Sie schlug die Beine übereinander und verschränkte die Arme vor ihrer Brust. Als sie ihre unbeabsichtigte Abwehrhaltung bemerkte, öffnete sie die Arme wieder und faltete sie in ihrem Schoß wie zu einem Gebet. »Ich weiß, ich habe mich nie bei Ihnen bedankt dafür, wie Sie sich nach Papas Tod um uns gekümmert haben. Das möchte ich gerne nachholen und Sie zum Essen einladen.« Sie schwenkte zu ihrer Mutter, die sie mit halb geöffnetem Mund anstarrte. »Und dich natürlich auch, Mama.« Sie wandte sich wieder

Henning Marquardt zu. »Ich war damals noch ein Kind und wusste es nicht besser. Ich habe nie verstanden, warum er uns so einfach verlassen konnte, ohne mir Bescheid zu sagen. Mich vorzuwarnen. Das wäre doch das Mindeste gewesen, oder? Dass Papa mir keinen Abschiedsbrief hinterlassen hat, ist mir bis heute unverständlich.« Sie kniff die Augen etwas zusammen. »Natürlich weiß ich, dass man nicht alles glauben darf, was einem erzählt wird.«

Freya Moll versuchte, der Unterhaltung zu folgen, verlegte sich dann aber auf das Wesentliche. »Frederica, Henning hat da ein wundervolles Angebot für dich. Hör es dir bitte einmal an, ich bin mir sicher, dass du es nicht ablehnen kannst.«

»Davon gehe ich aus. Ich hoffe nur, dass ich die Einstellungsvoraussetzungen auch erfülle.«

Inzwischen war das Essen gekommen. Frederica stellte zu ihrer Verwunderung fest, wie hungrig sie war, und machte sich lustvoll über den lauwarmen Kartoffelsalat und den Backfisch her.

Henning Marquardt widmete sich seiner Ente. Ob Fredericas letzte Bemerkung ihn verwirrt hatte, konnte man ihm nicht anmerken. »Ich war damals über seinen Freitod genauso erschüttert wie ihr. Auch mir hat er keine Erklärung hinterlassen. Ich habe wieder und wieder unsere alten Fälle aufgerollt, um Hinweise zu finden. Vergeblich. Umso schmerzhafter war es für mich, dass du mir so ablehnend gegenübergestanden hast.« Seine Miene wurde beinahe liebevoll. »Kriegsbeil begraben?«

»Kriegsbeil begraben. Und was ist das für eine Position? Wem muss ich auf die Füße treten?«

Henning Marquardt leerte seinen Campari Orange. »Ich denke, da wird es kaum Schwierigkeiten geben. Ich plane eine neue Soko, die sich speziell mit alten Fällen beschäftigen wird. Eine ›Cold-Cases-Unit‹, wie die Amis zu sagen pflegen. Es kann nicht schaden, ungeklärte Mordfälle noch einmal zu überprüfen. Aufgrund heutiger technischer und medizinischer Möglichkeiten können viele Spuren neu interpretiert werden, aber es mangelt häufig an der Expertise in der Aufarbeitung von Tathergängen. Heutzutage wollen wir tiefer, heuristischer ermitteln, und da wird uns dein Fachwissen aus der Psychoanalyse von unschätzbarem Wert sein.«

Frederica hörte auf zu kauen und sah ihren Präses ungläubig an. »Und wer soll die Soko leiten?«

Freya Moll mischte sich vorlaut ein: »Na, du natürlich.«

Henning Marquardt nickte. »Und da ich wie immer höchst ungeduldig bin, wenn es um die Umsetzung meiner Ideen geht, wirst du bereits nächste Woche mit den Vorbereitungen beginnen.« Befriedigt lehnte er sich zurück. »Die Entenbrust ist wie immer auf den Punkt!«

Frederica gab sich geschmeichelt. »Das hört sich alles großartig an. Aber nächste Woche schon? Wir müssen vorher unseren aktuellen Fall abschließen, und ich bin mir nicht sicher, dass wir das bis dahin schaffen werden. Sie wissen, den Mord an der pharmazeutisch-technischen Assistentin Sabine Gross?« Sie grinste fröhlich, während sie sich das Baguette ihrer Mutter über den Tisch zog.

Henning Marquardt grinste zurück, während er einen »Laurent Perrier rosé« bestellte. »Natürlich bin ich informiert. Der Täter hat den Freitod gewählt, mögliche Beweise, die aufgearbeitet werden könnten, sind in dem Feuer verbrannt und Mittäter gibt es nicht. Der Fall ist erledigt, herzlichen Glückwunsch zu dem schnellen Ermittlungserfolg.«

Frederica legte ihr Besteck beiseite und wandte sich an ihre Mutter. »Wie schmeckt dir der Tafelspitz?«

Freya Moll strahlte ihre Tochter an. »Hervorragend wie immer. Frederica, ich bin so stolz auf dich!«

»Danke, Mama. Aber ich bin mir nicht sicher, ob es wirklich eine so gute Idee ist, den Fall jetzt abzuschließen. Wir haben nämlich einen weiteren Tatverdächtigen, auch wenn er für die Tatzeit wahrscheinlich ein Alibi hat.« Sie drehte den Kopf zu Henning Marquardt. »Den Apotheker Dr. Jens-Peter Hansen. Er verfügt über eine Genehmigung zur Herstellung von Zytostatika. Wir müssen davon ausgehen, dass er diese genutzt hat, um Prof. Dr. Sauerwein dazu zu bewegen, gewerbsmäßig über das Erstellen falsch-positiver Befunde gesunden Patienten ein Krebsleiden attestieren zu lassen. Dadurch konnte er relativ unbeschadet reine Kochsalzlösungen verkaufen und durch Rechnungstellung von eingesparten teuren Medikamenten bei den Kassen hohe Gewinne einstreichen. Nehmen wir an, sie haben mit Aufnahme der Labortätigkeit von Sauerwein damit begonnen, können wir den Schaden mit einigen Hunderttausend Euro beziffern. Und es ist nicht auszuschließen, dass echte Krebspatienten ebenfalls nur Kochsalzlösungen erhalten haben.« Krachend fuhr ihr Besteck durch den Fisch. »Das wäre dann Mord.«

Henning Marquardt aß langsam seine Entenbrust auf. »Soweit ich weiß, gibt es keine Beweise für deine Behauptungen? Oder bin ich nach meinem letzten Gespräch mit Thomas Wolf nicht mehr auf dem neusten Stand?« Er wischte sich mit der Stoffserviette seine Mundwinkel ab. »Und was meinst du überhaupt mit ›hat wahrscheinlich ein Alibi‹?«

»Da Sabine Gross in der gefüllten Badewanne gefunden wurde, kann über die Körpertemperatur kein exakter Todeszeitpunkt festgestellt werden. Ihr Magen war außerdem leer.« Dass die Spusi versäumt hatte, die Temperatur des Wassers zu bestimmen, ließ sie unter den Tisch fallen. Schlimm genug, dass sie dadurch Hansens Alibi nicht entkräften konnten.

Henning Marquardt ließ die Erklärung unkommentiert. »Was sagt dein Chef dazu?«

Mit gespieltem Erstaunen, das sie genau so aufgefasst sehen wollte, sah Frederica in die Runde. »Na, natürlich genau das, was Sie ihm aufgetragen haben.«

Henning Marquardt begann, schallend zu lachen. »Was frage ich auch so dumm? Natürlich sagt der Wolf nur das, was wir besprochen haben. Warum auch nicht? Es ist ja richtig.«

»Tatsächlich? Und was wäre, wenn ich recht hätte? Dann geht das Spielchen munter weiter, ohne dass wir etwas dagegen unternehmen können. Unschuldige Menschen werden weiter unnötig leiden und vielleicht sterben.« Ihre Stimme wurde herausfordernd. »Und das alles für ein paar mickrige ›Gefälligkeiten unter Freunden‹?«

»Frederica, reiß dich zusammen. Und sei nicht albern. Das ist ja ungeheuerlich, was du da insinuierst. Die Hansens sind über jeden Zweifel erhaben, immer schon gewesen. Ich bin mit seiner Mutter auf dem Internat gewesen. Marion hatte die Zügel fest in der Hand. Sie hätte es nie durchgehen lassen, dass einer ihrer Söhne sich nur im Entferntesten unehrenhaft verhält!«

»Schade, dass sie tot ist, sonst würde sie ihm ordentlich den Hintern versohlen, unter euch sicherlich eine angemessene Form der Bestrafung für gewerbsmäßigen Betrug, organisiertes Verbrechen und menschenverachtendes Verhalten!«

»Genug davon!« Henning Marquardts Ansage ließ die beiden Frauen verstummen. »Frederica, ich bin froh, dass wir uns bezüglich deines Vaters ausgesprochen haben. All die Jahre hat mir das sehr auf der Seele gelegen. Wollen wir das neu aufgebaute Vertrauensverhältnis nicht gleich wieder zerstören.« Er atmete schwer ein und aus, um zu signalisieren, dass ihm die Entscheidung nicht leichtfiel. »Ich werde mit dem leitenden Staatsanwalt über Dr. Hansen sprechen. Nur um sicherzugehen, dass wir keine Hinweise übersehen haben. Und ich werde ein paar Kontrolleure zu ihm schicken, sein Reinraum ist seit zwei Jahren nicht überprüft worden.« Er zog die Brauen zusammen. »Und du meldest dich Montag bei mir und trittst deinen neuen Job an?«

Frederica gab ihm die Hand. »Selbstverständlich, vielen Dank für Ihr Vertrauen. Ist der Champagner für uns?«

Interessant. Wieso wusste Marquardt etwas über Reinräume? Und dass Hansens in der Kontrolle mehr als überfällig war? Frederica verabschiedete sich so schnell, wie es die Etikette zuließ, verließ fluchtartig das Lokal und hechtete zu ihrem Wagen. Leise fluchend sah sie auf ihre Armbanduhr. Es war kurz vor 15 Uhr – um diese Zeit würde sie ewig bis zum Dammtor brauchen. Kurz entschlossen lehnte sie sich zum Handschuhfach rüber und zog eine Tüte extra saure Stäbchen und das mobile Blaulicht heraus. Während sie die Tüte aufriss und sich ein paar wirklich saure Stäbchen in den Mund stopfte, setzte sie sich das Gerät aufs Dach und lenkte den Wagen auf der Elbchaussee in Richtung Innenstadt.

Bleib ruhig, Frederica. Bitte, Papa, pass auf ihn auf.

Der Verkehr war wie erwartet mörderisch. Auf der einspurigen Landstraße kam sie trotz des jaulenden Blaulichts nur langsam vorwärts, da es kaum Möglichkeiten für die anderen Verkehrsteilnehmer gab, ihr Platz zu machen. Frustriert setzte sie zusätzlich ihre Hupe ein, mit mäßigem Erfolg.

Bitte, bitte, bitte, lass es nicht zu spät sein.

Was hatte der Kontaktmann gesagt? Matthias war aufgeflogen, aber noch am Leben, zumindest hätte das ein Mann namens Haas gesagt. Dessen Laufbursche soll Matthias aus der Apotheke geholt haben, auf Anweisung von Hansen. Und wohin hatte er ihn gebracht? *Matthias, wo bist du?* Irritiert sah sie auf ihr Handy, das angefangen hatte zu klingeln und sie abrupt aus ihren Überlegungen riss. Christian. Zum zehnten Mal, wie sie bereits im Bistro festgestellt hatte. Sie seufzte. Er würde keine Ruhe geben und sie steckte auf der Kriechspur fest, also konnte sie rangehen.

»WO STECKST DU?«

»Schrei mich nicht an. Ich verfolge eine Spur. Seid ihr weitergekommen? Habt ihr Matthias gefunden?«

»Wärst du hiergeblieben, müsstest du nicht so blöd fragen. Darüber reden wir später noch, jetzt haben wir keine Zeit. Also noch mal, wo bist du?«

»Auf der Elbchaussee, Richtung Innenstadt.«

»Lass dir nicht alles aus der Nase ziehen.«

»Auf dem Weg zu Hansen. In circa 20 Minuten bin ich da.«

»Gut, ich treffe dich dort. Unter keinen Umständen redest du allein mit ihm. Dieser Haas will mit Mord an einem Polizisten offensichtlich nichts zu tun haben und kooperiert, die Fahndung nach diesem Torben ist raus. Zu Hansen will er allerdings keine Geschäftsbeziehungen gepflegt haben, daher Vorsicht, was du sagst. Bis gleich.«

Christian hatte so abrupt aufgelegt, dass Frederica für einige Sekunden auf ihr verstummtes Handy starren musste, bevor sie sich wieder im Griff hatte. *Du mich auch. Warum hast du immer zur falschen Zeit Eier in der Hose?* Sie steckte sich ein paar saure Stäbchen in den Mund. Was hatte Papa immer gepredigt? *Ein Polizist kommt nie an alle Informationen, die er braucht, um einen Mord lösen und den Täter über-*

führen zu können. Er muss mit den paar Hinweisen zurechtkommen, die ihm der Zufall vor die Füße wirft.

Sie hatte Altona erreicht. Energisch hupte sie einen Mini von der Fahrbahn und gab Gas. Hoffentlich blieb ihr genug Zeit, bevor Christian kam.

Acht Minuten später betrat sie die Apotheke.

*

Die kleine Polizistin. Soso. Wo hat sie wohl ihren stummen Diener gelassen? Marquardt wollte sie mir doch vom Hals halten. Missmutig zog Dr. Jens-Peter Hansen sich seinen weißen Kittel an und sah in den Spiegel. Natürlich musste er sich auch um dieses Problem selbst kümmern. Dabei brauchte er sich nicht einmal die Hände schmutzig zu machen. War er tatsächlich der Einzige mit Verstand? Dieser pickelige Kleine war zu gebrauchen. Thomas hätte sicherlich nichts dagegen, wenn sich dieser Torsten oder Tobias, oder wie immer sich dieser Kretin nannte, bei ihm ab und zu ein paar Euro dazuverdienen würde. Diesen Polizisten hatte er weggeschafft, ohne lange zu diskutieren. Wenn es nicht anders gehen sollte, könnte er mit der Kleinen gleich weitermachen. Er nahm eine Spritze aus seiner Schreibtischschublade und ließ sie in die Tasche seines Kittels gleiten. Nun gut. Ein letzter zufriedener Blick in den Spiegel. *Hören wir uns einmal an, was sie zu sagen hat.*

»Herr Dr. Hansen, schön, dass ich Sie noch angetroffen habe. Sie erinnern sich an mich, Kommissarin Frederica Moll?«

»Wir haben bis 19 Uhr geöffnet, selbstverständlich bin ich hier, Frau Dr. Moll.« Er sah übertrieben aufmerksam zur Tür. »Sind Sie heute ohne Ihren Kollegen unterwegs? Wie war gleich sein Name?«

»Christian Lauterbach. Ja, ich bin heute allein hier.« Sie schaute sich im Verkaufsraum um, der sich gerade zu füllen begann, als wäre in der Innenstadt eine Seuche ausgebrochen. Draußen wurde es bereits dunkel und die Menschen suchten wohl unbewusst Schutz und Wärme. »Können wir uns irgendwo für ein paar Minuten ungestört unterhalten?«

»Gewiss. Folgen Sie mir in mein Büro. Kann ich Ihnen etwas zu trinken anbieten?« Er nahm Frederica den Mantel ab und hängte ihn zusammen mit seinem eigenen an den Kleiderständer in seinem Büro.

Frederica war ihm nachgegangen und setzte sich. »Nein danke. Ich bin hier, um mit Ihnen über das zu sprechen, was letzte Nacht in der Villa von Prof. Dr. Sauerwein geschehen ist.«

Der Apotheker sah sie überrascht an. Frederica konnte nicht erkennen, ob es gespielt war oder ob er tatsächlich keine Kenntnis von dem Brand und Sauerweins Tod hatte. Seine Antwort war ebenso distanziert wie gleichmütig. »Dort ist etwas passiert?«

»Markus Sauerwein war Ihr Jugendfreund und Geschäftspartner?«

Seine Miene nahm einen besorgten Ausdruck an. »Sie sagten ›war‹? Ist ihm etwas zugestoßen?«

»Es hat ein Feuer gegeben. Es tut mir leid, Ihnen mitteilen zu müssen, dass Herr Prof. Dr. Sauerwein in seiner Villa verbrannt ist.«

Jens-Peter Hansen faltete die Hände auf seinem Schreibtisch und sah Frederica aufmerksam an. »Das ist ja fürchterlich. Sind Sie sich da sicher, dass Markus den Tod gefunden hat?«

»Haben Sie denn Grund zu der Annahme, dass er es nicht gewesen sein könnte?«

»Ich nehme gar nichts an. Ich möchte nur sicherstellen, dass Sie auch wissen, wovon Sie reden. Haben Sie ihn zweifelsfrei identifiziert?«

Frederica blieb gelassen. »Ja, das haben wir.«

»War es Brandstiftung?«

»Wir gehen davon aus, dass er sich umgebracht hat.«

»Tatsächlich? Wie tragisch.«

»Dann kommt das für Sie überraschend? Hat Herr Sauerwein keine Anzeichen erkennen lassen, Andeutungen gemacht, irgendetwas in der Art?«

»Nicht dass ich wüsste.« Er sah sie an, als würde ihm in diesem Moment etwas einfallen. »Aber hatten *Sie* sich nicht erst kürzlich mit ihm unterhalten? Er erwähnte so etwas. Kam er *Ihnen* denn suizidal vor?« Dr. Hansen fasste sich an die Stirn. »Aber was sage ich, entschuldigen Sie meine mangelnde Sensibilität, Sie erkennen ja einen drohenden Selbstmord nicht, wenn Sie danebenstehen.«

Papi, verlass mich nicht, bleib bei mir. Wohin gehst du? Sag doch was! Papi, nein!

In Fredericas Kopf fing es an zu summen, ein Geschwader Kampfflugzeuge, das sich auf dem Weg zum Einsatz in Formation begab. Sie blinzelte den Apotheker an, plötzlich unfähig, sich auf seine Worte zu konzentrieren, die wie ein warmer Hauch gegen kaltes Fensterglas auf ihr Gesicht trafen. Was hatte er gesagt? Woher wusste er von Papa? Sie sah in den Wandspiegel, der im Rücken des Apothekers auf sie wartete. *Spieglein, Spieglein an der Wand, wer ist die Dümmste im ganzen Land? Na, du natürlich, Frederica. Wer denn sonst? Hahaha! Komm frag mich noch was, bitte, bitte. Was willst du wissen? Vielleicht, wo dein Lover ist? Dieser Möchtegern-Supercop? Frag mich, los, nur zu! FRAG MICH ENDLICH!*

»Wo ist Matthias?«

Dr. Hansen machte eine besorgte Miene. »Ich fürchte, ich kenne keinen Matthias.« Er setzte etwas energischer nach: »Frau Dr. Moll, Sie sehen etwas blass aus, kann ich Ihnen wirklich nichts anbieten?«

Das Geschwader flog ab, das Summen in ihrem Kopf hörte auf. »Nein danke, im Übrigen möchte ich Ihre letzte Bemerkung überhört haben.«

Der Spiegel schien sie anzulächeln. »Natürlich, Frau Dr. Moll, wie Sie meinen. Wir waren bei dem Thema Selbstmord stehen geblieben?«

Frederica hatte sich gefangen. »Ist Ihnen Ihr Jugendfreund so wenig wert, dass Sie lieber hier mit mir Spielchen treiben, anstatt sich um ihn und seine Angehörigen zu kümmern? Da muss ich mich richtiggehend geschmeichelt fühlen.«

»Die Freude ist ganz meinerseits. Außerdem haben Sie mich aufgesucht, als hätten Sie nichts Besseres zu tun. Wer verschwendet denn jetzt wessen Zeit?«

Frederica wandte schuldbewusst den Blick ab. »Was sage ich hier eigentlich, Sie haben natürlich recht. Es tut mir leid, ich hätte Sie damit nicht so überfallen dürfen.«

Der Apotheker lehnte sich zurück und faltete die Hände vor dem Gesicht. »Wissen Sie, erst gestern habe ich mich mit Ihrem Chef noch über Sie unterhalten. Und wir waren uns einig, dass es durchaus Potenzial gibt, dass aus Ihnen etwas werden kann, wenn Sie nur darauf achten, wo Ihre Loyalität liegt.« Er schloss die Augen. »Wissen Sie, das Leben ist gar nicht so kompliziert, wie es uns die Jammerer und Leistungsverweigerer immer wieder erklären wollen. Wisse einfach, wo dein Platz ist, tue das, was man dir sagt, und du kannst ein klar definiertes, erfülltes Leben haben.« Er setzte sich aufrecht hin und bohrte seine stahlgrauen Augen in Frederica. »War das alles? Sie haben ja gesehen, wie voll es im Laden ist. Ich habe zu tun.«

Frederica blickte noch betretener als zuvor auf den Boden. »Wisse einfach, wo dein Platz ist – zufällig hatten Herr Marquardt und ich auch erst kürzlich dieses Thema.« Sie vergewisserte sich, dass sie seine volle Aufmerksamkeit bekam. »Wir haben uns heute zum Mittagessen getroffen und er hat sich von mir bezüglich der … ich nenne es mal außerschulischen Aktivitäten von Herrn Sauerwein und Ihnen auf den neuesten Stand bringen lassen. Dabei hat uns der Brand im Labor und dessen Archiv sehr geholfen. Wir haben eine Fülle an Beweisen sichergestellt, die in diesem Moment ausgewertet werden. Herr Marquardt war ganz Ohr und Ihr Platz wurde dabei – wie soll ich sagen – redefiniert?«

Da war es. Eine leichte Rötung zog an Hansens Schläfen vorbei, während die Farbe seiner Augen ins Dunkelgraue wechselte. Seine Hand fuhr in seine Kitteltasche und blieb dort liegen, gleich einer Würgeschlange, die im Gehölz auf ihre Beute lauerte. »Frau Moll, ich weiß wirklich nicht, wovon Sie reden. Wenn Sie so gut sein wollen und mich jetzt verlassen? Ihr Mantel hängt hinter Ihnen.«

Frederica lächelte ihn süffisant an. »Ich habe noch ein oder zwei Fragen, die Sie mir freundlicherweise beantworten werden, dann werde ich Sie gerne den Leuten überlassen, die auf einer weitaus höheren Gehaltsstufe als ich ihr Geld verdienen. Wobei …«, sie musste ziemlich breit grinsen, »… Sie sich glücklich schätzen können, dass *Ihre* Mutter bereits verstorben ist, wenn man den Worten *meiner* Mutter Glauben schenken darf.« Sie war währenddessen bereits aufgestanden und hatte sich zum Garderobenständer umgedreht. Wenn ihm nichts Besseres mehr einfiel, als ihr nicht in den Mantel zu helfen …

Sie wusste immer noch nicht, wo Matthias war, und hatte

keine Idee, wie sie die Information aus Hansen herausbekommen sollte. Ein beunruhigender Gedanke fuhr wie ein Stromstoß durch ihren Körper. Was wäre, wenn Hansen gar nicht wüsste, was mit Matthias passiert war? Wo man ihn hingebracht hatte? Ein Laufbursche, wenn auch von der Polizei, wäre ihm wahrscheinlich zu unbedeutend gewesen, um sich mit dessen weiterem Schicksal zu befassen. Ruckartig drehte sie sich um, um ihre Frage zu formulieren und blickte erstaunt in Hansens Gesicht, das merkwürdigerweise nur wenige Zentimeter von dem ihren entfernt war. Er war zwar gleichzeitig mit ihr aufgestanden, aber wie war er so schnell hinter sie gekommen? Er beugte sich zu ihr hinunter und sie rümpfte die Nase. In Großaufnahme sah er aus wie einer dieser Wasserspeier aus Stein, die den Garten ihrer Mutter verzierten. Momentan wies er sogar denselben grauen verwitterten Teint und die verzerrte Mimik auf, die den Skulpturen ihre gruselige Optik verliehen. Instinktiv trat sie einen Schritt zurück.

Er richtete sich wieder auf und sie konnte plötzlich in seinen Augen die Antwort lesen – da wurde ohne Vorwarnung die Tür aufgerissen.

»Herr Dr. Hansen, guten Tag. Meine Kollegin Dr. Moll ist schon da, wie ich sehe.« Christian warf einen wütenden Blick in ihre Richtung. »Wir haben da ein paar Fragen zu dem Tod Ihres Freundes Prof. Dr. Markus Sauerwein.«

Frederica zog sich langsam ihren Mantel an, ohne recht zu wissen, ob sie die Szene gerade nur geträumt hatte. In der Manteltasche hatte sich ein Kaugummi verfangen, das sie sich demonstrativ langsam in den Mund schob und ankaute. »Wir haben bereits alle offenen Fragen geklärt. Herr Dr. Hansen wollte mir gerade noch sagen, was er über das Verschwinden seines Kurierfahrers weiß.«

Der Apotheker hatte die Hände aus seinen Kitteltaschen

genommen und sich zurück an seinen Schreibtisch gesetzt. Nun sah er Frederica mehr erstaunt als wütend an. »Welchen Kurierfahrer?«

Christian übernahm das Ruder. »Sie kennen ihn unter dem Namen Niels. Wir ermitteln gegen ihn in einer anderen Sache und er scheint flüchtig zu sein. Wann haben Sie ihn zuletzt gesehen und wo?« Er hatte sich vor dem Schreibtisch aufgebaut und würdigte Frederica keines weiteren Blickes.

Sie musterte den Apotheker scharf. Hatte er etwas mit Matthias' Entführung zu tun? Wusste er, wo er war, ob er noch lebte? Am liebsten wäre sie über den Schreibtisch gesprungen und hätte diesem Mistkerl so lange den Kopf gegen die Wand geschlagen, bis er endlich das Maul aufmachte. Eigentlich keine schlechte Idee …

»Der arme Markus. Hätte er doch meine Mitarbeiterin nicht getötet, dann wäre das alles nicht passiert.«

Christian sprang sofort darauf an. »Hat sich Herr Sauerwein Ihnen gegenüber offenbart?«

Selbstgefällig lehnte sich der Apotheker zurück. »Aber natürlich, er kam zu mir und bat um meine Hilfe. Er hatte sich mit dem Aufbau des Labors finanziell und organisatorisch übernommen. Er musste Personal einsparen, und durch die einsetzende Überbelastung waren ihm da wohl ein paar Befunde durcheinandergeraten. Auch der von meiner Assistentin, Sabine Gross.« Dr. Hansen schüttelte traurig den Kopf. »Das arme Kind. Wäre sie doch nur zu mir gekommen, ich bin mir sicher, wir hätten eine Lösung gefunden.« Seine tiefgrauen Augen strahlten Verzweiflung aus. »Aber da war es leider schon zu spät. Ich hatte Markus geraten, sich dringend der Polizei zu stellen. Davon wollte er nichts wissen.« Er seufzte laut und putzte seine Lesebrille. »Jetzt hat er sich selbst gerichtet. Möge seine Seele in Frieden ruhen.«

Frederica hatte sich das Kaugummi aus den Zähnen gepult und in den Papierkorb geworfen. Sie hielt ihm, selbst bereits kauend, die Tüte mit den sauren Stäbchen hin. »Bravo, Herr Dr. Hansen. Hätte ich die Hände frei, würde ich klatschen. Auch welche? Aber ich muss Sie warnen, sie sind wirklich sehr sauer.«

Bevor der Apotheker reagieren konnte, nahm ihr Christian die Tüte aus der Hand und pfefferte sie in den Papierkorb. »Dann möchte Herr Dr. Hansen bestimmt nicht probieren. Sie sind bereit, Ihre Aussage, ausführlicher, im Dezernat zu wiederholen?«

»Schade, ich bin immer auf der Suche nach sehr sauren Stäbchen. Aber man kann bekanntlich nicht alles haben. Ja, ich werde meine Aussage wiederholen. Sofern man mir gewisse Zugeständnisse macht. Das wird sicherlich reine Formsache sein, wenn mein Anwalt sich mit dem Staatsanwalt unterhalten hat.« Er sah Frederica an. »Und um Ihre Frage zu beantworten: Ich beschäftige keine Kurierfahrer. Das erledigt eine Dienstleistungsfirma für mich.« Er erhob sich erneut. »War es das jetzt?«

Frederica hätte vor Schmerz aufschreien können. Stattdessen holte sie die Tüte aus dem Müll und warf sie dem Apotheker auf den Schreibtisch. »Hier, Sie haben ja nichts gegen eine Tüte Abfall.«

»Frederica, das reicht! Wir gehen.«

*

Torben war gegangen und hatte ihn halb tot auf dem Betonboden liegen lassen. Matthias öffnete die Augen und brüllte den aufgestauten Schmerz in breiten Wogen in den Raum, die gegen Wände krachten und als harmlose kleine Schallwellen zurück gegen seinen Körper rollten. Langsam gelang es ihm, sich zu konzentrieren. War das überhaupt ein Betonboden? Er versuchte, durch blutverschmierte Augen irgendetwas zu erkennen. Wo war er? Torben hatte irgendwann und irgendwo den Wagen angehalten, sich zu ihm nach hinten gebeugt und wortlos damit angefangen, ihm immer wieder ins Gesicht zu schlagen. Als er sich die Hände aufgeschürft hatte, war er ausgestiegen und hatte ihn aus dem Wagen gezerrt. Dabei musste Matthias mit dem Kopf auf den Boden aufgeschlagen sein, da er sich ab da an nichts mehr erinnern konnte. Er war erst hier, in diesem Raum, durch Torbens weitere Schläge und Fußtritte aufgewacht. Er versuchte wieder und wieder, sich aufzurichten und durch seine zugeschwollenen Augen zu blinzeln. Irgendwann blieb er erschöpft liegen. Zwecklos, sich zu bemühen, er konnte in dem Halbdunkel sowieso nichts erkennen. Instinktiv verlagerte er sein Gewicht, um die Schmerzen zu lindern. Sein Körper fühlte sich an wie eine einzige große Wunde. Er traute sich kaum, sich erneut zu bewegen. War jeder Knochen in seinem Leib gebrochen? Er konzentrierte sich auf die größte Schmerzquelle, seine Hände. Er hob das Becken, um seine gebrochenen Finger zu entlasten, die mehr oder weniger unter ihm lagen. Er versuchte, seine Arme unter seinem Körper hervorzuziehen. Keine Chance, seine Hände waren immer noch gefesselt. Womit eigentlich? Er konnte etwas Kaltes, Starres erfühlen. Handschellen? Trotz seiner momentan ausweglosen Situation musste er schmunzeln. Handschellen. Soso. Er ignorierte die Qualen und schaffte es endlich, sich aufzusetzen. Kurz verschnaufte er, um sein Gewicht erneut etwas zu verlagern, und holte in einer einzigen, ruckhaften Kraftanstrengung seine Arme unter seinem Körper hindurch nach vorn. Wieder ausruhen. Die Schmerzen wegatmen. Einfacher gesagt als getan. Endlich konnte er sich den Schweiß aus den Augen wischen. Er sah an sich hinunter. Tatsächlich Handschellen. Unvermittelt musste er würgen. Seine Hände hatten eine unnatürliche, gekrümmte Haltung angenommen. Sein linker Mittelfinger stand zu fast 90 Grad ab – in die falsche Richtung. Sein rechter Daumen ebenfalls. Der Brechreiz hielt an. *Reiß dich zusammen, Torben wird nicht lange weg bleiben!* Er sammelte die wenige Spucke, die er auftreiben konnte, im Mundraum zusammen, gurgelte damit, so gut es ging, und spuckte die klägliche Menge vor sich aus. Im selben Moment begradigte er seinen abstehenden Mittelfinger.

Der Schmerz war so heftig, dass es ihn zur Seite wegriss. Durch die Nase schnaufend blieb er auf der Seite liegen und zählte die Sterne, die um seinen Kopf tanzten. Als er bei 50 angekommen war, setzte er sich wieder auf. Ohne mit der Wimper zu zucken, wiederholte er die Aktion mit dem rechten Daumen. Diesmal musste er bis 100 zählen, bevor er wieder klar sehen und sich aufsetzen konnte.

Er schaute sich um. Es war tatsächlich ein Betonboden, er befand sich in einer leeren, kleinen, unbeleuchteten Lagerhalle, dicht neben ihm stauten sich ungenutzte Regalwände und es war eiskalt. Sein Blick wanderte zu der einzigen Wand, die nicht mit Regalen zugestellt war. Dort befand sich eine große schwere Tür, die ein großer Hebel zierte. Ein Kühlhaus. Irgendetwas sagte ihm, dass sie von außen verschlossen war.

*

»Langsam hab ich wirklich die Schnauze voll von dir. Hatte ich dir nicht gesagt, dass du auf mich warten sollst? Dass du Hansen nicht anfassen sollst? Dass uns einfach die Beweise fehlen, dass Wolf das eh nicht will und dass wir so niemanden vor Gericht bringen können? Und warum, Herrgott noch mal …« Christian hielt vor dem Abschuss seiner nächsten Breitseite einen Moment inne, damit die Ladung ihre größtmögliche Wirkung erzielen konnte, »… warst du der Meinung, Hansen würde dir irgendetwas erzählen? Wahrscheinlich hast du da drinnen gerade die einzige Möglichkeit vertan, Matthias überhaupt zu finden, lebend oder als Leiche!«

Frederica saß mit verschränkten Armen auf dem Beifahrersitz ihres Dienstwagens. Sehnsüchtig sah sie durch die Seitenscheibe auf die Straße. Ihr eigener sicherer Hafen, ihr Wagen, stand ein paar Meter entfernt. Und trotzdem unerreichbar. In diesem Moment sah sie aus wie die kleine Mörderpuppe aus einem Horrorstreifen. Fehlte nur das einsetzende große Streichorchester, um auf das drohende Blutbad hinzuweisen. Sie war so nah dran gewesen, etwas aus Hansen herauszuholen. Wenn Christian nicht so begriffsstutzig wäre. Warum konnten die Männer in ihrem Leben ihr nicht zur Abwechslung mal Rückendeckung geben? »Weißt du, wenn du nicht immer so verdammt selbstgefällig wärst, hätte dir längst einmal auffallen können, dass die Menschen nicht so einfach gestrickt sind, wie du sie dir immer in deinen Verhörfantasien ausmalst. Oder was glaubst du, wieso du sonst immer mit leeren Händen rauskommst?« Sie drehte ihren Oberkörper in Christians Richtung, um ihren Worten mehr Gewicht zu verleihen. »Pu der Bär nennt Annabelle dich immer, wenn du nicht zuhörst. Dick und gutmütig und naiv und immer auf der Suche nach dem nächsten Honigtopf. Was andere wollen oder was ich denke, ist dir doch herzlich egal. Mach einfach weiter so, ich werde jetzt Matthias suchen.« Ohne auf eine Reaktion Christians zu warten, sprang sie aus dem Wagen, stieg in ihren eigenen und brauste davon. Auf den Verkehr achtete sie nicht.

*

Sie hatte keinen Plan und kein Ziel. Den Wagen hatte sie in Richtung Dammtor geparkt und fuhr jetzt die Dammtorstraße runter in die Rothenbaumchaussee. Die lange, gerade Allee mit dem jahrzehntealten dichten Baumbestand wirkte im hektischen Großstadtverkehr immer beruhigend auf sie. Sie wischte sich die Tränen aus den Augenwinkeln und wählte Tanjas Nummer. »Ja, ich bin's ... Natürlich geht es mir gut, warum auch nicht? ... Ja, Christian hat mich gefunden, wir haben gesprochen ... Tanja, hör auf, mich anzujammern. Ich brauche Informationen. Was wissen wir von diesem Handlanger, der Matthias entführt hat? ... Dann finde es heraus! ... Alles, wenn ich bitten darf. Ich kann nicht glauben, dass das noch keiner gemacht hat! ... Ich schreie so viel ich will, verdammt noch mal! ... Doch, das kann ich! ... In zehn Minuten rufst du mich wieder an!« Frederica legte auf und sah sich erschrocken im Rückspiegel an. Sie erkannte sich selbst kaum wieder. Erst die harten Worte zu Christian und dann noch härtere für ihre Rechercheurin. Die arme Tanja, Frederica hatte nicht vorgehabt, sie so anzuschreien. Aber genauso wenig konnte sie glauben, dass bisher niemand diesen Torben recherchiert hatte. Sie sah durch die Windschutzscheibe auf die Straße. Es hatte wieder angefangen zu schneien. Große, dicke, wattige Flocken wehten gegen die Scheibe und zerschmolzen sofort, als hätte es sie nie gegeben. Vor dem Völkerkundemuseum stellte sie den Wagen ab und legte den Kopf gegen das kühle Lederlenkrad. *Matthias, Matthias, Matthias.* Wie konnte sie nur geglaubt haben, dass ihre gemeinsame Zeit sie nicht verändert hätte? Und dass sie heute durch ihr abruptes, unwahrscheinliches Wiedersehen zu einem Abschluss gefunden hätte? Es hieß, erfolgreiche und glückliche Paare seien zusammen mehr als die Summe ihrer Teile. Das stimmte nicht. Bereits durch ihre Begegnung fingen die Teile an, sich zu verändern. Und erst diese veränderten Teile fanden zu einem neuen Ganzen zusammen. Sie hatte sich also bei ihrem ersten Zusammentreffen bereits verändert. Seine Verzweiflung, sein Mut und seine hingebungsvolle Naivität in allen Dingen, die nach komplexeren Darstellungen verlangten – all diese Faktoren hatten auf sie eingewirkt und eine neue Frederica geformt, lange bevor sie das erste Mal eine Nacht zusammen verbracht hatten. Unmerklich für ihre Umwelt und unwiderruflich für sie selbst. Daher war sein vermeintlicher Tod nicht endgültig gewesen. Es gab schlicht und ergreifend keinen Abschluss.

Nach dem vierten Klingeln nahm sie Tanjas Anruf an. »Hi, Frederica. Leider ist zu diesem Torben nichts Relevantes gespeichert. Kleinere Vergehen wie Diebstähle und Körperverletzung, aber nichts, was uns helfen könnte, ihn zu finden. Er ist auch nirgendwo mehr gemeldet, hat keine Familie.« Als Frederica nichts erwiderte, setzte Tanja ein zaghaftes »Sorry« hinterher.

Frustriert biss sich Frederica auf die Lippen. Ihr Kopf war leer. Vielleicht sollte sie einfach nach Hause fahren und das alles hier vergessen. Es hatte doch alles keinen Sinn, wozu sich überhaupt Gedanken machen, sich engagieren? Es würde einem sowieso nicht gedankt. Es wurde noch nicht einmal registriert.

Aus dem Handy sprach es weiter: »Frederica? Hallo? Bist du noch dran? Komm doch erst mal her, wenn du schon nicht mit Christian in den Hafen gefahren bist. Wenn er dort nichts herausfindet, können wir uns wenigstens gleich neu aufstellen.« Tanja hörte sich mehr besorgt als verletzt wegen Fredericas früheren Wutausbruchs an.

Frederica presste das Handy fester an ihr Ohr. »Wieso Hafen? Was will er denn dort?«

Tanja klang nun verzagt, als wüsste sie nicht, ob sie die Information an Frederica weitergeben dürfe. »Dieser Thomas Haas hat uns ein paar Orte genannt, an denen er Torben vermuten würde und wo man jemanden verstecken könnte. Einer der Orte ist eine Lagerhalle im Hafen, dort hat er ein kleines Kühlhaus für die Lagerung von Medikamenten. Christian wollte nach dem Gespräch mit Hansen mit dir dorthin fahren. Hat er das nicht erzählt?«

Frederica wurde schwindelig. »So wie Matthias diesen Torben beschrieben hat, ist der aufgrund seiner labilen Persönlichkeit extrem gefährlich. Sollte er tatsächlich in diesem Kühlhaus sein, wäre es besser, wenn Christian da nicht alleine hinginge. Ich fahre sofort hinterher. Versuch du, ihn anzurufen, und sag ihm, er soll auf mich warten, bevor er irgendetwas unternimmt.«

Tanja fragte ängstlich: »Meinst du, ihm könnte was passieren? Er ist nicht rangegangen, als ich es gerade bei ihm probiert habe. Soll ich rausfahren und ihn suchen?«

»Nein, du nützt uns mehr in der Koordination. Bleib weiter am Telefon. Ich leg auf.«

Zum zweiten Mal an diesem grauen, kalten und menschenverachtenden Tag in einem Hamburger Januar setzte sie ihr Blaulicht aufs Dach und machte sich auf in Richtung Freihafen.

*

Das hatte er nun davon. Er hatte es bereits etwas merkwürdig gefunden, als ihm der Wolf damals aufgetragen hatte, Frederica zu beschatten. *Auf sie aufpassen*, hatte er gesagt, und so hatte Christian das auch zunächst verstanden. Er kannte ihre Herkunft und ihre Historie, und so hatte er geglaubt, sie sei eine privilegierte Tochter aus höherem Hause, die man nicht alleine rumlaufen lassen dürfe, um sie vor sich selbst zu schützen. Aufgrund der Fragen, die ihm der Wolf gestellt hatte, und der Reports, die er regelmäßig abliefern sollte, hatte er dann kapiert, dass sein Chef tatsächlich *beschatten* gemeint hatte. Und dass Frederica keineswegs eine Frau war, die es nicht verstand, auf sich selbst aufzupassen, ob privilegiert oder nicht. Natürlich hatte er sich gefügt, aber er war misstrauisch geblieben. War sie nun irgendwie suspekt? Konnte sein. Spätestens seit ihrem jüngsten Ausbruch hatte er beschlossen, dass sie durchaus einen Schatten hatte – er amüsierte sich köstlich über sein Wortspiel – und er deshalb einfach weiterhin das tun würde, was man ihm auftrug. Sein Chef würde wissen, was er tat. Christian kannte seinen Platz, das machte das Leben sehr viel einfacher. Und schaden konnte er ihr damit nicht, im Gegenteil, denn tatsächlich konnte er sie so vor sich selbst schützen. Sein Blick verfinsterte sich, als er an ihre letzte Bemerkung dachte. *Die Alte kann mich mal, wenn die noch mal so überreagiert, dann …* Ach was. Er mochte sie zu sehr, um länger sauer zu sein. Aber diesmal würde sie sich richtig entschuldigen müssen. Annabelle sollte sich besser um sie kümmern, ihr ein bisschen mehr Weiblichkeit beibringen. Während er seinen Gedanken hinterherhing, war er die letzten zwei Kilometer im Schneckentempo gefahren, um die Lagerhalle zu finden, von der dieser Haas gesprochen hatte. Plötzlich hellte sich seine Miene auf und er bremste. Schemenhaft konnte er die Adresse an dem Gebäudeteil auf der linken Seite ausmachen und trotz tiefer Dunkelheit – wieso waren hier eigentlich keine Laternen angebracht? – einen Eingang erkennen. Er parkte rechts am Wasser, nahm eine Taschenlampe aus dem Handschuhfach und stieg aus dem Wagen. Während er sich umsah, überprüfte er schnell den Sitz seiner Dienstwaffe. Sie steckte gesichert in seiner Armbeuge in ihrem Holster. Zufrieden zog er los Richtung Eingang. Dass sein Handy aus der Jackentasche gerutscht und zwischen die Sitze gefallen war, hatte er nicht bemerkt.

Nachdem er auf dem unebenen Boden zum dritten Mal gestolpert war, schaltete er seine Taschenlampe ein. Fröhlich schwankte der warme Lichtkegel auf und ab und wies ihm den Weg. Enttäuscht blieb er vor der Tür stehen. Kein Namensschild, keine Klingel. Man könnte meinen, es sei nur ein Nebeneingang zu einer größeren Einheit, die ihm von der Wasserseite aus verborgen blieb. Dafür sprach die fast undurchdringliche Dunkelheit, die wie Nebelschwaden die Elbe hochzog und sich ein gemütliches Plätzchen auf seinen Schultern suchte. Mit einem Achselzucken betätigte er die Türklinke. Zu seinem Erstaunen gab die Tür nach und er stand sofort in einer riesigen Lagerhalle. Zumindest vermutete er das, da auch hier die Dunkelheit alles Größenempfinden verschluckte.

Murrend setzte er sich in Bewegung. Er hatte sich genug für einen Tag geärgert. Er würde jetzt dieses Kühlhaus suchen, überprüfen, dass da nichts war, und zügig ins Dezernat zurückfahren.

Leise fluchend fing er an, die Lagerhalle mit seiner Taschenlampe abzuschreiten. In der hinteren linken Ecke bemerkte er einen schmalen Gang, der durch zwei längsseitig aufgestellte Regalwände verlief. An seinem Ende lag eine breite, massiv aussehende Metalltür. *Würde zu einem Kühlraum passen. Bingo.*

Die Halle lag verlassen da. Als ob hier seit langer Zeit niemand mehr gewesen wäre. In den hoch gelegenen Fenstern hatten sich Staub und Spinnweben abgelagert. Als Christian in alle Ecken geleuchtet hatte, stellte er fest, dass der riesige Raum komplett leer war. Und es war so still, nicht einmal Ratten und Mäuse sorgten für leise Hintergrundgeräusche. Gefährlich wäre es hier höchstens für Hausstauballergiker. Christian hatte keine Lust mehr, und sowieso ging er nicht davon aus, hier irgendetwas zu finden. Ohne zu zögern, ging er deshalb auf die Tür zu und drückte den massigen Hebel mit einem Ruck nach unten. Die Tür öffnete sich in einen kleinen Kühlraum, der lediglich von einer Funzel mäßig beleuchtet wurde. Erschrocken pfiff Christian durch die Zähne. Auf dem Boden des Kühlraums lag … ein Mann. Etwa Matthias?

Der zusammengekrümmte Körper hatte sich nicht bewegt, als sich die Tür geöffnet hatte. Schnell warf Christian sich an die nächstgelegene Regalwand, um von hinten in Deckung zu sein. Gleichzeitig ließ er die Taschenlampe auf den Boden fallen, zog seine Waffe und entsicherte sie. Bei dem klickenden Geräusch bewegte sich das dreckige, blutende Bündel auf dem Betonboden und schien sich zu versteifen, um einen Angriff abzuwehren. Für Christians adrenalingeflutete Ohren kaum hörbar grunzte es: »Alter, Torben, nun mach endlich hinne. Langsam wird's langweilig.«

»Matthias? Bist du allein?« Christian fand einen Feuerlöscher, den er in die Tür keilte, damit sie nicht zufallen konnte. Dann beugte er sich rasch zu Matthias hinunter, der nicht geantwortet hatte. »Hey, Mann, ich bin's, Christian. Irgendwas bei dir voll im Arsch oder geht's einigermaßen?«

Matthias drehte sich zu ihm um. »Meine Nase ist gebrochen, ein paar Knochen sind zertreten und zwei Finger sind kaputt. Ansonsten geht es mir blendend.« Er sah Christian dankbar an. »Mann, bin ich froh, dich zu sehen. Aber beeil dich lieber, Torben kann jeden Moment wiederkommen.«

Christian nickte, während er in seiner Jackentasche nach dem Telefon angelte. Leise fluchend setzte er sich auf seinen Hintern. »Scheiße, mein Handy ist weg. Liegt wahrscheinlich zwischen den Autositzen. Bin gleich wieder da.« Bevor Matthias etwas sagen konnte, hatte sich Christian seine Taschenlampe geschnappt und war mit gezogener Waffe in der Dunkelheit verschwunden. Langsam tastete er sich Richtung Ausgang vor, immer wieder finstere Ecken ausleuchtend. Ab und zu blieb er kurz stehen, um auf Geräusche zu achten. Doch es blieb die ganze Zeit still. An der kleinen Tür angekommen benutzte er seine Fernbedienung, die brav den Wagen fand und das Abblendlicht, sowie das Innenlicht einschaltete. Nachdem er sich noch einmal nach allen Richtungen abgesichert hatte, lief er zum Auto, öffnete die Fahrertür und fing an, vornüber gebeugt nach dem Telefon zu suchen.

Voll gepumpt mit Adrenalin bemerkte er den Schmerz gar nicht, den der Stich des Messers beim Herausziehen aus seiner rechten Niere hinterließ. Verwundert fühlte er die Präsenz eines anderen Menschen, viel zu nah und viel zu entschlossen. Er drehte sich um und ging in die Knie. Das Letzte, was er sah, war ein pockennarbiges Gesicht, das in sein Ohr raunte: »Noch so 'ne Bullenfratze? Viel Spaß auf der Party.«

Die Dunkelheit sah teilnahmslos zu, als sein Körper lautlos in die Elbe glitt.

*

Frederica fuhr sehr viel schneller in den Hafen, als Christian es getan hatte. Sie vertraute darauf, dass sie seinen Wagen irgendwo stehen sehen würde und nicht nach der Lagerhalle würde suchen müssen. Tanja hatte sich mit den genauen Koordinaten gemeldet, aber da sie Christian immer noch nicht erreicht hatte, gab Frederica Gas. Ob tatsächlich jemand in dem Kühlhaus war, wusste sie nicht, aber es gab momentan keine Alternative. Die Fahrt in den Freihafen war ihre einzige Chance, Hinweise auf Matthias' Verbleib zu finden. Außerdem musste sie sich dringend bei Christian entschuldigen. Sie hatte sich unmöglich benommen. Wieder einmal. Sollte ihre Mutter tatsächlich – zumindest in diesem Punkt – recht behalten? War sie manchmal gnadenlos und ungerecht? Wenn dieser Torben tatsächlich Matthias in dem Kühlhaus festhielt, dann bräuchte Christian dringend Verstärkung. Tanja hatte gefragt, ob sie gleich eine Streife losschicken solle, aber Frederica hatte erst einmal abgewunken. Sie fürchtete, dass schreiende Blaulichter zu viel Aufmerksamkeit erzeugen würden, falls Matthias wirklich hier gefangen gehalten würde.

Aus dem Augenwinkel erkannte sie eine bekannte Silhouette. Mit einer Vollbremsung blieb sie vor ihrem Dienstwagen stehen. Sie stieg aus und schaute hinein. Abgeschlossen und leer stand er in der Dunkelheit vor ihr. Sie kam wieder hoch und sah sich um. Rechts, hinter einem befestigten Steg, ging es steil einige Meter runter zur Elbe, die behäbig in Richtung Meer floss. Nirgendwo schien ein Licht, sodass das Wasser ölig wirkte. Frederica konnte in dieser ungewohnten Dunkelheit kaum die Begrenzung des künstlich angelegten Kanals erkennen. Die grellen Lichter der Innenstadt reichten nicht bis hierher, und warum dieser Abschnitt an diesem kalten Winterabend völlig unbeleuchtet dalag, konnte Frederica nicht nachvollziehen. Unschlüssig blieb sie vor ihrem Wagen stehen. Sie nahm ihr Handy und rief noch einmal Christian an. Sofort begann es, in dem dunklen Dienstwagen sphärisch aufzublinken. Idiot. Mit der Taschenlampenfunktion ihres Telefons leuchtete sie den Wagen aus, als könnte sich ihr Chef, Partner und Freund irgendwie auf dem Rücksitz vor ihr versteckt haben. Sie zog ihre linke Hand zurück, mit der sie sich an der Fahrertür abgestützt hatte, um sich damit eine Haarsträhne aus dem Gesicht zu wischen. Kurz vor ihren Augen blieb die Hand in der Luft hängen. Ihr hellbrauner Lederhandschuh wies im Schein der Taschenlampe merkwürdig glänzende dunkle Flecken auf. Entsetzt leuchtete sie die Fahrertür aus. Ein breiter Streifen dunkelroten Blutes zog sich quer über der Tür entlang.

»Gibt's hier eigentlich irgendwo ein Nest?«

Frederica hörte ihr Handy auf den Asphalt scheppern, bevor sie das Bewusstsein verlor.

*

»Shorty, was machst du denn hier? Ist der Ort nicht etwas unter deinem Niveau?« Der flapsige Tonfall konnte nicht über Matthias' besorgte Miene hinwegtäuschen. Er hatte sich zu der bewusstlosen Frederica herübergerollt, nachdem Torben sie einfach neben ihm auf dem Boden abgeworfen hatte. Matthias hatte er dabei nur kurz angesehen und war kommentarlos gegangen, nicht ohne die Kühlraumtür wieder von außen zu verbarrikadieren. Matthias hatte leise aufgeseufzt. Sein Körper fing an, sich an die Schmerzen zu gewöhnen, und mit Christians Ankunft waren ohnehin seine Lebensgeister wiedererweckt worden. Er hatte eigentlich hinter Christian herrennen wollen, aber war nicht in der Lage gewesen, sich auf seine Füße zu stellen. Erschöpft war er einfach auf dem Rücken liegen geblieben und hatte auf Hilfe gewartet. Als er gehört hatte, wie die anderen, bedrohlichen Schritte zurückkehrten und ein erstauntes »Hä?« zu hören gewesen war, wusste er, dass die Achterbahnfahrt noch nicht zu

Ende war. Sofort hatte er die Augen geschlossen und sich wieder bewusstlos gestellt. Torben hatte kurz überprüft, ob Matthias noch immer dort lag, wo er ihn abgelegt hatte, und war wieder hinausgerannt. Nach einer Weile hatte er erneut Schritte gehört – diesmal schwere, schleifende. Wurde da jemand getragen? Und wenn ja, wer? Hatte Christian Torben überwältigen können – oder war es umgekehrt?

Mit einem lauten Rumpeln war ein Körper neben ihm abgeworfen worden. Sofort hatte sein Herz zu rasen und das Blut in seinen Ohren zu rauschen begonnen. Das durfte alles nicht wahr sein. Wieso war Torben plötzlich der Superkiller? Monatelang hatte er keine Zigarette gerade halten können und jetzt schlägt der Hänfling einen massigen Polizisten mal eben so k. o.? Musste ziemliches Glück gehabt haben – wenn man in diesem Zusammenhang von Glück sprechen konnte … Nach Torbens erneutem Verschwinden hatte er sich aufgerichtet und zu Christian geblickt. Es war nicht Christian gewesen. Er hatte sich so heftig erschrocken, dass das Blut in seinen Schädel geschossen war und er fast wieder das Bewusstsein verloren hätte. Frederica. Schnell hatte er begonnen, sie mit seinen Augen abzusuchen. Äußerlich schien sie unversehrt, auch wenn sie momentan nicht ansprechbar war. Ihr dicker, langer Kamelhaarmantel war sauber und ohne Blutflecken. Doch das hieß wenig. Ohne an mögliche Konsequenzen zu denken, schrie Matthias frustriert auf. Mit gefesselten Händen konnte er nichts machen. Er fing an, mit seinen Handgelenken an ihr zu rütteln. »Shorty! Frederica, wach auf!«

Frederica stöhnte und begann, sich zu rühren. Erleichtert ließ sich Matthias auf seinen Hintern zurückfallen und wartete, bis sie die Augen öffnete. »Matthias! Gott sei Dank.« Frederica hielt sich den Kopf und sah sich um. »Wo ist Christian?«

»Ich weiß nicht«, wich Matthias aus. Er hoffte, dass seine Befürchtungen, dass Christian von Torben überwältigt worden war, nicht zutrafen. Nur, wo war der Mann dann? »Wie geht es dir? Alles noch dran?«

Frederica sah prüfend an sich runter. »Ich denke schon.« Erst jetzt schien sie ihre Umgebung zu bemerken. »Wo sind wir? Was ist passiert?«

Matthias grinste sie an. »Na, wenn *du* das nicht weißt, hab ich erst recht keine Ahnung.« Er hatte versucht, seine zerschundenen Hände hinter sich zu verstecken, eine etwas hilflose Geste, um Frederica nicht weiter zu beunruhigen. *Wie in alten Zeiten …*

Eine unbedachte Bewegung ließ Frederica das Ausmaß seiner Verletzungen erraten. Vorsichtig sah sie sich seine Hände an. »Du bist schwer verletzt, wir müssen dich zu einem Arzt bringen. Ich gehe davon aus, dass das momentan keine Option ist?«

Matthias musste lachen. »Immer noch Rationalistin?«

Frederica strahlte zurück. »Sieht so aus.« Ihr Blick konzentrierte sich auf die Wand hinter Matthias. »So ganz, wie ich mir das vorgestellt habe, läuft die Aktion leider nicht ab, aber wir werden schon zurechtkommen.«

»Shorty, halluzinierst du? Wir sind in einem Kühlhaus eingesperrt, wir haben keine Waffen, und ich bin ziemlich gehandicapt, wie dir bereits aufgefallen ist. Was gibt es da zurechtzukommen? Es bleibt uns nur noch die Diskussion, ob du wirklich als Jungfrau sterben möchtest.«

Frederica wühlte in ihren Manteltaschen. Zufrieden zog sie einen Streifen Ibuprofen hervor. »Das hat schon mal geklappt, hier, nimm zwei oder drei und dann hör auf zu jammern.« Er sah sie mit hochgezogenen Augenbrauen an, während er die Blisterverpackung vor seiner Nase konsequent ignorierte. »Oh, sorry, hier, mach den Mund auf.« Sie wühlte erneut in ihren ausladenden Taschen. »Ist der Apotheker schon aufgetaucht?«

Matthias fing an zu husten. »Du erwartest Besuch? Ich hab doch gar nicht aufgeräumt.«

Frederica ignorierte die Ironie hinter der Bemerkung. »Dieser Besuch ist nicht so penibel. Du warst ja in seinem Reinraum.« Frederica stand auf und inspizierte ihr Gefängnis. »Bisher war also nur Torben hier? Was ist mit Christian? Hast du den gesehen?«

Matthias hustete weiter, um etwas Zeit zu gewinnen. »Ja, ich habe ihn kurz gesehen. Er hat mich gefunden, sein Handy aber im Auto liegen lassen. Danach habe ich nichts mehr von ihm gehört.«

Fredericas Augen weiteten sich, als würde sie sich an etwas erinnern. Sie griff nach ihren Handschuhen, die sie sich kurz vorher ausgezogen hatte, und suchte nach den merkwürdigen Flecken. Da waren sie. Nicht mehr so glänzend, aber genau so dunkel. Sie roch daran. Kalt und metallisch und endgültig. Sie schloss die Augen. Wenn Christian etwas passiert wäre … Ein Leben für ein Leben?

»Denk nicht einmal daran. So wie ich ihn kenne, wird er wahrscheinlich gerade am anderen Ende des Hafenbeckens nach uns suchen.«

Fredericas Gesicht leuchtete auf. »Annabelle hat mir erzählt, dass er mal zwei Stunden im Kreis gefahren sei, weil er die Seitenstraße zum Restaurant nicht mehr gefunden hat. Hier, iss.« Sie hielt ihm mit strengem Blick ein Päckchen Traubenzucker hin. Diesmal verdrehte er die Augen. »Gut, dass du keine Krankenschwester geworden bist. Sonst würde jeder Patient nach einem Tag sein Bett räumen. Freiwillig.« Frederica zuckte leicht zusammen.

»Sorry.« Schnell packte sie eine Portion aus und steckte sie ihm in den Mund.

»Hat der Mann dich denn gar nicht gefilzt? Sag nicht, dass er dir auch noch deine Dienstwaffe gelassen hat.«

»Die hab ich nie dabei, weißt du doch. Viel zu gefährlich.« Sie sah ihm direkt in seine hellblauen Augen. »Bist du jetzt erst mal durch mit deinem ›Vollproll in der Unterwelt‹-Tarnspiel?«

Matthias lutschte an seiner zweiten Portion Traubenzucker, die Frederica ihm regelrecht in den Mund gestopft hatte.

»Fast. Noch ein paar Tage und ich kann meinen Kontaktmann Lars beim Chef abliefern und meinen Auftrag beenden. Und was heißt hier Vollproll? Es ist einfach sehr bequem, wenn man unterschätzt wird, da lassen die Leute viel eher mal eine unbedarfte Bemerkung fallen. Kann ich nur empfehlen. Und bevor ich zum Apotheker aufgebrochen bin, habe ich die Daten vom Stick anonym an die Kollegen von der Drogenfahndung weitergegeben, mit dem Hinweis, dass Lars die Informationen nicht haben wollte. Und dass er einen Mord in der Schanze vertuscht hat. Mal sehen, ob das für das LKA ausreicht, damit sie endlich Ermittlungen gegen ihn aufnehmen. War natürlich eine glückliche Fügung, dass wir diesen Thomas Haas gratis dazu bekommen haben. Tanja war mir übrigens eine große Hilfe, die Verbindung zwischen den beiden zu recherchieren. Nur gut, dass wieder mal eine Frau in Form von Lars' Schwester im Spiel gewesen ist, um den Gemütern so richtig einzuheizen, sonst hätte ich sicherlich länger daran arbeiten müssen. Und wie lief es bei dir?«

»So ähnlich erfolgreich.« Frederica hatte sich auch mit Traubenzucker versorgt und zog zum Nachspülen eine kleine Flasche Wasser aus ihrer Manteltasche. Bevor Matthias das kommentieren konnte, redete sie schnell weiter: »Obwohl du mir natürlich fast die Tour vermasselt hättest, als du – natürlich mal wieder im Alleingang – Hansen stellen wolltest.« Sie verzog das Gesicht. »Und natürlich der Ärger im Dezernat. Christian und ich raufen uns immer noch zusammen.«

»Soll ich ihn für dich festnehmen?«

Sie sah ihn skeptisch an, bevor sie sich entschied. »Weißt du was? Das wäre eine gute Idee. Einmal verprügeln bitte.«

»Mit oder ohne Hilfsmittel?«

»Ohne natürlich, es soll ja keine Spuren hinterlassen.«

Sie sahen sich an und blickten in besorgte Gesichter.

»Mir gefällt der Gedanke nicht, dass sich Sauerwein das Leben genommen hat wegen etwas, das ich zu ihm gesagt habe. Und jetzt fehlt Christian.« Fredericas Miene verdunkelte sich weiter. »Verdammt, Christian, wo bist du bloß? Mit drei kleinen Kindern sollte man etwas vorsichtiger agieren.« Mit wütender Stimme setzte sie an Matthias gewandt nach: »Und nur, dass das klar ist: Wir beide haben auch noch einen Termin, wenn das hier erst mal vorbei ist!«

*

Henning Marquardt saß in seinem Büro und dachte nach. Es war 20.30 Uhr und totenstill. Ungewöhnlich still für einen normalen Wochenabend in der Innenstadt. Ohne akustische Ablenkung tanzten die Gedanken wie ein Schwarm Mücken durch seinen Kopf. Seine Assistentin Melanie Dombek hatte vor einer Stunde ihr Gesicht zum letzten Mal für heute in sein Büro gesteckt und sich mit einem kurzen Nicken von ihm verabschiedet. Er lehnte sich in seinem Chefsessel zurück und sah in den phosphoreszierenden Himmel. Die Hamburger Innenbehörde lag im Sprinkenhof, einem neunstöckigen Kontorhaus im Kontorhausviertel. Das imposante Gebäude aus den 1920ern strahlte eine warme, beschützende Atmosphäre aus, die von einer klaren Geradlinigkeit und unbedingter Fairness erzählte. Tugenden, die er sich gerne offiziell zu eigen machte, aber – und das wusste er selbst nur zu genau – kaum vorlebte. In einer Zeit, in der es um Effekt und nicht um Inhalt ging, absolut in Ordnung.

Vor seinem geistigen Ohr ließ er noch einmal das Gespräch mit Frederica ablaufen. Sie einzunorden war eigentlich eine Kleinigkeit gewesen, wenn er an die anderen vier Termine dachte, die er nur am heutigen Tag absolviert hatte und die ihm einiges mehr an Kraft und Durchhaltevermögen abverlangt hatten als ein Lunchtermin mit zwei Frauen aus der besseren Gesellschaft. Eine falsche Entscheidung bei diesen Terminen hätte ihn weit eher aus dem Amt katapultieren können als die semiprofessionelle Herumschnüffelei der kleinen Kommissarin. Warum ging sie ihm immer wieder auf den Geist wie eine lästige Wespe im Sommer, die sich partout nicht abschütteln ließ und von der man nicht wusste, ob und wo sie zustechen würde? Inzwischen tat es ihm fast leid, ihr entgegengekommen zu sein. Hansen war weitaus gefährlicher, als er es sich heute Mittag hatte eingestehen wollen. Der Apotheker war zu allem fähig, wenn man ihn weit genug reizte.

Klaus Moll, Fredericas Vater, und er, Henning Marquardt, waren zehn Jahre lang Partner gewesen. Auf Streife hatten sie zusammen angefangen und waren – mit einer gehörigen Portion Glück – zusammen zur Mordkommission versetzt worden. Er musste heute noch selbstzufrieden grinsen. Sie waren ein herausragendes Ermittlerpaar gewesen. Die kompliziertesten Mordermittlungen hatten sie geleitet, mit einer Erfolgsquote von knapp 89 Prozent. Niemand hatte ihnen das Wasser reichen können.

Marquardts Blick verdüsterte sich, während er seinen Kaffee austrank, der längst kalt geworden war. Wäre da nicht dieser Deal gewesen … Ein paar Tage vorher hatten sie sich ewige Kameradschaft geschworen und dass sie sich – sollte es zum Äußersten kommen – gegenseitig um ihre Familien kümmern würden.

»Pass mir auf meine Fredi auf«, hatte Moll ihm, bereits leicht betrunken, über den Kneipenlärm hinweg ins Ohr gebrüllt. »Sie ist jetzt schon frecher, als die Polizei erlaubt.« Herzlich über sein Bonmot lachend hatte er zwei weitere Herrengedecke geordert und seinem besten Freund zugeprostet. War ihre Freundschaft jemals echt gewesen? Und wieso stellte er sich diese Frage überhaupt? Die Anckelmanns brauchten seine Hilfe nicht – im Gegenteil.

Das schrille Klingeln seines Handys riss ihn aus seinen Grübeleien. Beim Lesen des Displays verzogen sich seine Mundwinkel, als hätte er ranzige Butter gegessen. Hansen. Er war drauf und dran, den Anruf zu blockieren, da rief er sich seine Befürchtungen von vorhin zurück. Er war nicht so weit gekommen, indem er Konflikten aus dem Weg gegangen war. »Marquardt?«

»Sie gehen ran? Jetzt bin ich etwas überrascht, das muss ich tatsächlich zugeben.« Dr. Hansen schien vor Wut fast in den Hörer zu kriechen.

Henning Marquardt ließ sich nicht provozieren. »Worum geht es? Haben Sie ein Anliegen? Ich habe nicht viel Zeit.«

Der Mann am anderen Ende des Gespräches schien seine wutverzerrte Stimme nur mit Mühe unter Kontrolle zu halten. »Natürlich. Warum war diese Polizistin heute Abend bei mir in der Apotheke, um mich bloßzustellen? Ist sie wirklich so lebensmüde?«

Langsam schob sich Henning Marquardt eine Lakritz-

Schnecke in den Mund. »Sie erwarten also von mir, dass ich zu jeder Zeit weiß, wo sich meine 9.000 Polizisten aufhalten und warum? Wäre das nicht etwas … überambitioniert?«

»Herr Marquardt, ich bin bereit, den heutigen ›Lapsus‹ als einen solchen anzusehen. Vorausgesetzt natürlich, er ginge ausschließlich auf Ihre Unfähigkeit zurück, Ihre Mitarbeiter unmissverständlich anzuleiten.«

Henning Marquardt konnte keinen selbstzufriedenen Unterton in der Stimme des Apothekers erkennen. Er hielt sich offensichtlich wirklich für einen Übermenschen. Komisch, dass ihm das nicht früher aufgefallen war. *Aber so einflussreich, wie er denkt, ist er nicht.* Sein familiäres und gesellschaftliches Umfeld hatte seine Wahrnehmung erheblich verzerrt. Und zum Teufel mit den Spenden, das Geld konnte er sich genauso gut woanders herholen.

»Herr Dr. Hansen, ich weiß selbstverständlich Ihre erheblichen finanziellen Bemühungen zu schätzen, die es uns über die Jahre ermöglicht haben, Hamburg sicherer für seine Bürger zu machen.«

»Und Ihnen den Posten des Innensenators zu sichern.«

»Ja, auch das. Meine Dienste zum Wohle der Hansestadt. *Ich* habe Hamburg sicherer gemacht. Und das werde ich weiterhin tun. Mit oder ohne Ihre Unterstützung.«

Der Apotheker lachte schrill in den Hörer. »Ohne meine Unterstützung wird das nicht mehr lange der Fall sein. Sind Sie so dumm, dass Sie diese einfache Gleichung nicht lösen können? Ich fände es jedenfalls schade, wenn ich mir einen neuen Spielkameraden suchen müsste.« In seiner Stimme schwang plötzlich Bedauern mit. »Einen muss ich ja bereits ersetzen.«

Entgegen seiner Absicht, sich keine Gemütsregung anmerken zu lassen, musste der Präses seinerseits auflachen. »Sie hören sich ja an, wie ein schmieriger Kleinganove aus dem Paten. Bekomme ich heute Nacht einen Pferdekopf ins Bett gelegt?«

Am anderen Ende wurde es laut. »Das reicht! Ich werde mir Ihre Unverschämtheiten nicht länger bieten lassen! Sie sind am Ende!« Die Stimme überschlug sich. »Was auch immer Sie glauben, mit dieser … dieser …», vor Wut schienen dem Mann die Wörter auszugehen, »… diesem Spielchen zu erreichen, es wird nicht funktionieren!«

»Lieber Herr Dr. Hansen, ich weiß leider immer noch nicht, wovon Sie sprechen, und leider geht mir die Zeit aus. Ich bin mir sicher, dass sich genau in diesem Moment Geschäftspartner von Ihnen in unseren Verhörräumen befinden und von Frau Dr. Moll und Herrn Lauterbach detailliert befragt werden. Ich gehe davon aus, dass Ihr Name fallen wird, und erwarte jeden Moment einen Anruf. Vielleicht sollten Sie schon mal Ihre Angelegenheiten ordnen? Von einer Zelle aus ist das immer so lästig.«

Henning Marquardt lehnte sich wieder zufrieden zurück und verschränkte die Arme hinter dem Kopf. *Frederica oder Hansen? Soll das Schicksal entscheiden.* Sein Bluff hatte jedenfalls gewirkt. Der Apotheker hatte wortlos das Gespräch beendet – als hätte er es plötzlich sehr eilig gehabt.

*

Scheiße, Scheiße, Scheiße. Jetzt hatte er den Verräter, Niels, das Bullenschwein, das große Arschloch, und diese Bullentusse am Hals. An den anderen Bullen, den, den er in der Elbe versenkt hatte, dachte er gar nicht mehr. Schließlich musste er auch einmal Glück haben. Was lungerte der auch so allein im Dunkeln in seinem Revier rum? Macht man nicht als Bulle. Regeln sind dazu da, eingehalten zu werden. Bullen rufen immer eine Hundertschaft und der beste Bro würde einen niemals verraten. Alles andere bedeutete Ausnahmezustand. Und den hatte er, verdammt noch mal, jetzt.

Torben saß, stocksauer vor sich hin saufend, in seiner Stammkneipe am Hafen, nicht weit vom Lagerhaus entfernt, und rauchte Kette. Er versuchte dabei, seine Optionen durchzudenken. Das gestaltete sich schwierig. Eigentlich hätte es so schön werden können. Nach einer deftigen Mahlzeit, bestehend aus Döner mit Pommes – der Döner mit allem – wäre er zufrieden und satt zum Kühlraum zurückgekommen und hätte zum Nachtisch den Verräter genüsslich plattgemacht. Stattdessen war da so 'ne Tusse aufgetaucht, kaum größer als ein Kind, die an dem Bullenauto rumgeschnüffelt hatte. Und da er ein ehrbarer Kleinkrimineller war, hatte er einer Frau wenig antun können – besonders einer kleinen, niedlichen wie dieser. Also erst mal zu dem Verräter in den Kühlraum. Und jetzt?

Dass sie auch ein Bulle war, hatte er an ihrem Ausweis gesehen. Drei Bullen innerhalb von zwei Stunden zu töten, war selbst Torben zu viel. Zumal es doch Spaß machen sollte. Einfach abhauen und sie ihrem Schicksal überlassen? Ins Kühlhaus käme so schnell keiner nachsehen. Einfach ersticken lassen? Oder erfrieren? Was auch immer zuerst passierte? Er musste auf Nummer sicher gehen, nachher würden sie noch in letzter Sekunde gerettet werden und dann wäre er am Arsch. Müsste raus aus Deutschland. Er war schon mal in Südamerika gewesen, auf einem Kurztrip, entschieden zu heiß dort. Also schnell Tür auf, in den Raum reinballern und schnell Tür wieder zu? Er schlug mit der Faust auf den Tisch, dass sein Korn überschwappte. Dazu brauchte man eine Knarre, und die vom Bullen hatte er in einem Anfall von Panik mit dem Typen in der Elbe entsorgt. Wieso hatte diese Bullentusse keine Waffe dabeigehabt? Mussten die nicht alle bewaffnet sein?

Er trank den Kurzen weg und bestellte sich einen neuen. Seufzend starrte er Rosie, der uralten Kneipenbesitzerin mit Herz für gewerbetreibende Damen, auf den ausladenden Hintern. Heute lief aber auch gar nichts rund. Verzweifelt trank er sein Astra aus und orderte ein neues. Wenigstens war das Bier hier schön kalt und der Korn billig. Unbelästigt rauchen konnte man auch noch. Doch die Ausweglosigkeit seiner Situation offenbarte sich ihm durch einen plötzlichen Windstoß, der wütend Schneereste gegen das Fenster warf. Warum war der Boss plötzlich nicht zu erreichen? Das gefiel ihm ganz und gar nicht. Er gab Rosie ein Zeichen, ihm eine frische Schachtel Zigaretten rüberzuwerfen. Mit einer neuen Kippe und dem nächsten Schluck aus der frischen Flasche weiteten sich plötzlich seine Augen. Natürlich! Der Apotheker hatte ihm seine Nummer gegeben, damit er ihm haarklein erzählte, wie der Verräter gestorben sei. Ein Hunni sollte da für ihn bei rausspringen. Hastig suchte er die Nummer und ließ klingeln.

*

»Aber Shorty, warum gleich so aggressiv? Ich dachte, wir hätten uns ausgesprochen?« Instinktiv schob sich Matthias in eine Ecke des Raumes zurück und sah ängstlich zu Frederica rüber. Torben wäre erstaunt gewesen, wie viel Panik diese hellblauen Augen zeigen konnten.

Frederica war es nicht. Sie nickte nur zufrieden. »Ganz genau, da gehörst du hin. Wenn hier gleich die Hölle gefriert, müssen Männer draußen bleiben. Haben wir uns verstanden?«

»Aber klar, Babe, was immer du dir in deinem scheißklugen Hirn ausgedacht hast, ich bin dabei.«

»Babe mich nicht. Hast du mich wenigstens vermisst?«

»Kein bisschen, hatte zu tun.«

Währenddessen lauschten sie auf die Schritte, die sich ihrem Gefängnis näherten. Bislang hatte Frederica gehofft, dass Christian auftauchen würde. Als die Minuten vergingen und kein Christian ihnen zu Hilfe kam, musste sie einen Plan fassen. Sollte er auftauchen, während sie die Tat ausführte, würde er ihrer aller Leben garantiert gefährden.

Sie sah auf die Uhr. Ab jetzt bitte ohne ihn. Frederica steckte sich eine Traubenzuckerplatte in den Mund und fing an zu pfeifen. *Summertime, and the living was easy …*

Die verbarrikadierte Tür öffnete sich zögerlich. Wahrscheinlich sprach Verwirrtheit aufgrund des Pfeifens aus Torbens kurzfristigem Innehalten. Sekundenbruchteile später stieß er die Tür auf.

»Hey, Torben, danke für die Gespielin, aber können wir jetzt gehen? Ist auf Dauer zu langweilig hier drinnen, so ohne Netz. Und ich hab langsam Hunger.«

Torben sah entgeistert auf das Pärchen, das absolut entspannt vor ihm auf dem Betonboden saß und erwartungsvoll zu ihm hochsah. Er schob sich etwas zur Seite, um den Weg freizugeben.

»Frau Dr. Moll. Wie schön, dass wir uns so schnell wiedersehen. Und wie hießen Sie doch noch gleich? Hans? Jens?«

»Niels, zu Diensten, Herr Dr. Hansen. Schickes Outfit. Hätte Sie ohne Ihren Kittel kaum erkannt.« Matthias hatte den etwas debilen Tonfall abgelegt, den er als Handlanger bei Torben und als Kurierfahrer bei dem Apotheker gewählt hatte. Während Torben ihn allerdings nur aus leicht geröteten Augen stumm musterte, bemerkte Frederica ein leichtes Zucken um Hansens Mundwinkel.

»Herr Dr. Hansen, was für eine Überraschung«, log Frederica. »Hatten Sie nicht mit meinem Chef eine Abmachung getroffen? Strafminderung gegen Aussage?« Sie musterte ihn anerkennend von oben bis unten. Teurer Smoking, Maßanfertigung. »Welche Oper spielt denn heute?«

Der Apotheker sah sich interessiert um. »Sie scheinen es zu gemütlich hier zu haben. Die Zauberflöte. Wenn ich mich beeile, schaffe ich es zur dritten Prüfung.« Er strich sich ein imaginäres Staubkorn von seinem Arm. »Schade, dass das unser letztes Treffen sein wird. Die Aufführung hätte Ihnen sicherlich gefallen.« Er schnippte mit den Fingern nach Torben und zeigte auf Frederica. »In meinen Kofferraum. Und kümmere dich endlich um diesen Laiendarsteller.«

Torben sah leicht schwankend auf Matthias runter. »Wieso bist du eigentlich so munter?« Mit einem schnellen Tritt seiner Springerstiefel traf er Matthias an der Schläfe. Matthias fiel zur Seite und blieb bewusstlos liegen. Frederica zählte langsam bis fünf. »Herr Dr. Hansen, muss das wirklich sein? Können wir uns nicht irgendwie einigen?«

»Wir können gar nichts! Seien Sie einfach still wie das brave kleine Mädchen, das Sie sind, sonst wird dieses pockennarbige Gesicht das Letzte sein, was Sie gesehen haben werden, bevor ich Sie im Wald verscharren lasse!«

»Warum sind Sie so aggressiv? Nur weil Ihr Freund Markus Sauerwein sich selbst umgebracht hat? Die Trauerbewältigung kann ganz spezifische Formen annehmen, wir können gerne gemeinsam daran arbeiten.«

»Halten Sie mich nicht zum Narren! Was immer Haas Ihnen erzählt hat, entspricht nicht der Wahrheit. Falls er Ihnen überhaupt etwas erzählt hat. Soweit ich weiß, sind Sie hier seit ein paar Stunden … beschäftigt. Haas weiß nichts von meinen Geschäften.«

»Und was ist mit dem Mord an Sabine Gross? Wollen wir den wesentlichen Umstand, warum wir heute Abend hier versammelt sind, nicht vergessen?«

Hansen sah Frederica zufrieden an. »Ich habe bislang niemanden umgebracht, und auch das wird nach heute Abend immer noch so sein. Zumindest für die Außenwelt. Sauerwein war ein Idiot und leider habe ich ihn mit einer Aufgabe betraut, die seinen Verstand bei Weitem überstiegen hat. Ich bin davon ausgegangen, dass er sich an meine Anweisungen halten würde, aber das schien zu schwierig gewesen zu sein. Niemand sollte umgebracht werden. Aber nun gut. Was wäre das Leben ohne Überraschungen? Womit wir bei Ihnen wären. Einige Dinge muss man leider selbst machen.« Er schnippte erneut nach Torben. »Du, Frau in meinen Kofferraum.«

Frederica wich etwas zurück, während Matthias, der das Bewusstsein wiedererlangt hatte, sich nach vorn beugte. »Hey, Leute, ist ja alles schön und gut, ihr scheint ja einen Plan zu haben, und das ist immer von Vorteil. Aber wo komme ich da ins Spiel? Ich will auch mitmachen!«

Torben sah seinen einstigen Bro aus korngetrübten Augen an. »Du bist schon lange tot, Mann, du weißt es nur noch nicht.« Mit der vollen Wucht seines Stiefels trat er Matthias erneut bewusstlos.

Frederica schrie instinktiv auf. »Ist das notwendig? Mit seinen gebrochenen Händen kann er euch doch nichts tun!«

Hansen sah sie belustigt an. »Oh, hat da jemand Gefühle? Wie praktisch. Da kann ich wohl mit Ihrer Kooperation rechnen, freiwillig in meinen Kofferraum zu klettern? Mein neuer Freund hier hat offensichtlich Schwierigkeiten, Anweisungen zu befolgen, und scheint Ihren Geliebten ja sehr zu mögen.

Ich kann ihn gerne bitten, mit dieser sinnlosen Gewalt aufzuhören.«

Frederica stand langsam auf. »Soll ich vorgehen?«

Er nickte Torben zu. »Fessle ihr die Hände. Aber nicht zu eng, ich möchte nicht, dass sich Striemen bilden.«

Frederica versuchte, unauffällig Matthias' Lebenszeichen zu überprüfen, indem sie seinem Körper einen leichten Tritt gab. Er rührte sich nicht.

»Wo bringen Sie mich hin?«

»Das wird eine Überraschung. Und nun los.«

»Was passiert mit ... Niels?«

Dr. Hansen gab Torben erneut ein Zeichen.

Der bückte sich zu dem immer noch bewusstlosen Matthias und griff ihm in den Jackenkragen, um ihn mitzuziehen. »Nur schöne Dinge. Nach euch.«

Frederica zwang sich, ruhig zu bleiben, und ging langsam Richtung Ausgang. Entgegen ihrer vorherigen Meinung könnte sie Christian nun gut gebrauchen. In ihrer Fantasie war das Ganze nicht so kompliziert gewesen – aber in der Realität wirkte selbst das kleinste Anzeichen von Gefahr wie eine riesige Lawine, die unaufhaltsam gen Tal raste. Sie bemühte sich, aufrecht zu gehen. Torben hatte ihr die Hände mit einem Stück Seil vor den Körper gefesselt. Er musste es in einer Ecke der riesigen Lagerhalle gefunden haben, so alt und verdreckt, wie es war. Sie riskierte einen letzten Blick auf Matthias. War das nur ihre Einbildung, ein kleines Schattenspiel ihrer überdrehten Sinne, oder lächelte er ihr gerade mit geschlossenen Augen zu?

»Wenn ich bitten darf – wir haben nicht die ganze Nacht. Papageno wartet. Mein Wagen steht genau vor der Tür, Sie klettern unverzüglich und ohne weitere Diskussionen in den Kofferraum. War das klar genug für Sie, Frau Moll?«

»Selbstverständlich.«

Der Mercedes GLS stand tatsächlich genau vor der Seitentür der Lagerhalle. Frederica ließ sich widerstandslos in den geräumigen Kofferraum fallen und legte sich so angenehm wie möglich zurecht. Der Apotheker schloss elektronisch die Heckklappe und stieg vorne ein, startete den Wagen und fuhr an. Sie waren nicht lang gefahren, als Frederica plötzlich weit entfernte Sirenen hörte. Sie schienen stetig lauter zu werden, obwohl der Mercedes sich zügig von der Lagerhalle entfernen musste. Tanja und die Kavallerie. Perfektes Timing. Hoffentlich suchten sie auch nach Christian.

*

»Herr Dr. Hansen.« Frederica versuchte, neutral zu sprechen. »Sie werden mir sicherlich nichts tun, dafür sind Sie viel zu intelligent. Wo wollen Sie auch schon mit der Leiche einer Polizistin hin? Die Sie in Ihrem eigenen Wagen transportiert haben? Was erhoffen Sie sich überhaupt davon, mich umzubringen?«

Die Armbanduhr hatte man ihr gelassen, sodass sie wusste, dass sie ungefähr 30 Minuten unterwegs gewesen waren. Der Apotheker hatte nur zweimal angehalten, wahrscheinlich vor roten Ampeln, und war ansonsten zügig gefahren. Was kann man vom Freihafen aus an einem Abend im Winter mit wenig Verkehr und direktem Autobahnanschluss in 30 Minuten erreichen? So ziemlich alles. Er hatte nach einer kurzen Fahrt auf unebenem Boden angehalten und den Kofferraum geöffnet, was ihr ermöglichte, sich aufzusetzen. Frederica blinzelte an dem Strahl von Hansens Taschenlampe entlang auf einen Waldweg, der endlos schien und sich hinter einer Weggabelung verlief. Sie sah nach oben – Bäume bis zum Horizont. Ansonsten war es totenstill. Als würde alles Lebende gespannt auf die Fortsetzung warten. Na gut. Sie waren also in einem Waldstück.

»Wie kommen Sie denn darauf, dass ich Sie umbringen werde? Haben Sie mir denn gar nicht zugehört? Zumindest von Ihnen habe ich angenommen, dass Sie mir einigermaßen folgen können.« Er sah sie fast liebevoll an. »Sie arme Frau. Immer noch gezeichnet vom Tod Ihres Vaters. Und jetzt auch noch der Mord an Ihrem Partner, den Sie ebenfalls zu verantworten haben. Da kann die Bürde und Qual der eigenen Erbärmlichkeit schnell zu dummen Gedanken führen. Nein, ich werde Sie nicht umbringen. Wozu auch? Wir kennen uns ja kaum. Das können Sie selbst viel besser.«

Frederica schloss die Augen. Christian. Nein, es war eine unbestätigte Annahme. Der Mann war nicht verrückt, sondern absolut skrupellos. Sie setzte sich auf den Rand des Kofferraums und tat so, als würde ihr schwindelig werden. Nicht dass sie weit davon entfernt gewesen wäre. Die Dunkelheit bot ihr nur Bilder an, die momentan unerträglich waren. Schnell öffnete sie die Augen wieder.

»Ich bin beeindruckt. Sie haben nicht lange Zeit gehabt, um sich etwas auszudenken. Aber ich frage Sie noch mal. Was soll Ihnen mein Tod bringen?«

Der Apotheker sah sie an, als verstünde er die Frage nicht. Vorsichtig fischte er aus seiner Jackentasche eine Spritze. Auf der Nadel steckte eine Schutzhülle, die er sorgfältig abzog. Im Schein der Taschenlampe prüfte er die Dosierung, nickte zufrieden und musterte Frederica. »Mir persönlich bringt Ihr Tod keine Vorteile. Ich bin mir sicher, dass ich auch ohne Ihre Hilfe nicht weiter mit dem Mord an meiner Assistentin behelligt werde. Es war wenig genug, was Sie über mich zusammengetragen haben. Nein, einen

Profit kann ich damit nicht erzielen. Aber es wird mir eine gewisse Genugtuung verschaffen. Wie ein guter, wohltemperierter Whisky.«

Frederica wich instinktiv seiner Hand aus, die sie am Arm greifen wollte. Ihr Fluchtweg war begrenzt. Der Apotheker griff noch einmal zu und zog sie an ihrem linken Arm aus dem Kofferraum.

»Dieses Muskelrelaxans wird Sie wunderbar entspannen lassen. Sie werden unter einem atemberaubenden Sternenhimmel einschlafen, um nie wieder aufzuwachen. Das ist doch ein schöner Tod. Ich wünschte …«

Frederica holte schnell in einem weiten Bogen zu einem präzisen Schlag aus. Im schummrigen Licht der Kofferraumbeleuchtung hatte der Apotheker nicht darauf geachtet, woran Frederica sich die ganze Zeit mit ihren zusammengebundenen Händen geklammert hatte. Der Schraubenschlüssel lag gut ausbalanciert in ihrer kleinen Hand. Und der Apotheker nun regungslos auf dem Boden.

Unbeholfen kletterte sie aus dem Kofferraum, und ohne sich weiter mit ihrer Fessel aufzuhalten, griff sie sich Hansens Taschenlampe und rannte in den Wald. Sie richtete ihre Laufgeschwindigkeit nach ihrem Puls aus, der an der Halsschlagader pochte und den Takt vorgab. *Sieh dich nicht um. Renn weiter, stetig, ruhig, achte auf Stolperfallen.* Der Lichtkegel tanzte aufreizend vor ihren Füßen hin und her.

Minutenlang rannte sie durch Senken im feuchten Waldboden, bis ihre Knie schmerzten. Sie blieb kurz in einer Mulde hocken und warf die verräterische Taschenlampe unter einen Busch. Ein Knacken schreckte sie auf.

Verwundert stellte sie fest, dass in der angespannten Stille des Waldes der Laut eher einem einstürzenden Hochhaus glich. *Weiter, Frederica, bleib ruhig, du hast es ja so gewollt.*

Behutsam richtete sie sich auf, um mit einem Spurt im Dickicht hinter einem Hügel zu verschwinden. Sie zwang sich loszurennen, ohne sich umzusehen. Unverletzt erreichte sie ihr Ziel. *Geht doch*, machte sie sich Mut, *und weiter voran*. Blinzelnd spähte sie nach einem weiteren Fluchtweg. *Da! Wieder das Knacken, nur jetzt …*

Er hatte sie gefunden.

»Ah, hier sind Sie. Hat Ihnen unser Ausflug bis hierher denn auch etwas Spaß gemacht? Herzlichen Glückwunsch, dass Sie es so weit geschafft haben! Das hätte ich Ihnen nicht zugetraut! Aber jetzt wollen wir uns etwas beeilen, nicht wahr? Sie wissen ja, warum.«

Frederica rannte weiter, blieb jedoch mit dem rechten Fuß in einer Baumwurzel hängen. Da sie sich mit gefesselten Händen nicht ausbalancieren konnte, fiel sie mit dem Gesicht in feuchte Schneereste.

Langsam, ganz langsam drehte sie sich um. »Warum denn beeilen, Herr Dr. Hansen? Mozart muss man entspannt genießen. Wussten Sie eigentlich, dass Mozarts Vater ihn für den Tod seiner Mutter verantwortlich gemacht hat? Weil Mozart in Paris nicht genug verdient hat und sie in einer erbärmlichen Unterkunft hausen mussten?«

Der Apotheker war bei ihrer Bemerkung abrupt stehen geblieben. Sie musste Zeit gewinnen, wenn sie auch noch nicht wusste, wofür. Ihr Knöchel sendete höllische Schmerzen aus. Selbst wenn sie Hansen erneut zu Boden schlagen könnte, würde sie nicht weit kommen. »Ihre Mutter ist ebenfalls gestorben, nicht wahr? Die arme Marion. Ihr Vater muss sie sehr vermissen.«

Frederica konnte in der Dunkelheit Hansens Gesichtszüge nicht erkennen. Er sagte nichts, kam aber auch nicht weiter auf sie zu.

»Woran ist Ihre Mutter gestorben? War es Krebs?« Hansens warmer Bariton durchschnitt die Dunkelheit.

»Der Vogelfänger bin ich, ja,
Stets lustig, heissa! hopsassa!
Ich Vogelfänger bin bekannt
Bei Alt und Jung im ganzen Land.
Weiß mit dem Locken umzugeh'n,
Und mich aufs Pfeifen zu versteh'n.
Drum kann ich froh und lustig sein;
Denn alle Vögel sind ja mein.«

Frederica schloss erschöpft die Augen. Die Zeit war um. Was würde ihr Vater sagen, wenn sie ihn anriefe? Wäre alles so, wie es ein sollte? *Papi, holst du mich ab? Die Party ist doof.*

Sie spürte den Stich der Nadel kaum, die sich ihr in den Hals bohrte. Und sie bemerkte auch nicht den riesigen schwarzen Blitz, der geschmeidig durch das Unterholz brach und sich wie ein Schatten Sarastros um den Apotheker legte.

NACHSPIEL

Viel Licht und viel Schatten. Viel Wärme und viel Kälte. Viel Liebe und noch mehr Hass. Ein Sommernachtstraum. Nein, Pamina singt. Zauberflöte. Ein Käfig voller Narren. Heiseres Gelächter auf dem Flur. Eine kalte, feuchte Hundeschnauze. Hundeschnauze? Das war zu viel. Frederica beschloss aufzuwachen. Die Luft roch etwas abgestanden, leicht modrig, wie nach einem zu kurzen Sommerregen. Vorsichtig öffnete sie die Augen.

Sie hatte Hunderte von bunten Schmetterlingen erwartet, die um einen Rokoko-Vogelkäfig flatterten. Stattdessen war nur die kalte Hundeschnauze echt. Riesig, schwarz und zehn Zentimeter von ihrem Gesicht entfernt.

»War auch Zeit, Shorty, länger hätte ich Alfred nicht zurückhalten können.«

In gespielter Komik hielt Matthias seine bandagierten und geschienten Hände hoch. Frederica versuchte tapfer, über seinen Witz zu lachen, während sie sich aufrichtete und sich um Orientierung bemühte. Matthias ging es also gut, Tanja würde nicht weit sein. Frederica lag in einem Bett, nicht auf dem Waldboden. So weit, so gut. Fehlte nur noch Christian. Ein Stich in der Magengegend wies sie darauf hin, dass da noch etwas war. Mit Christian. Erschöpft legte sie sich zurück. Das war anstrengend, Christian musste warten. Müde schloss sie die Augen wieder.

»Wo kommt denn diese Bazillenschleuder her?« Eine

empörte Frauenstimme drang an ihr erschöpftes Ohr. War sie damit gemeint?

»Sorry, aber ich dachte, kleine Hunde wären erlaubt?«

»Sofort raus mit dem Vieh!« Ein böses Grollen war zu hören. »Warum trägt der keinen Maulkorb?«

»Weil er ein Behindertenhund ist.«

Tanja. Frederica musste im Halbschlaf breit grinsen. Aber wo war Christian? Der Stich in der Magengegend konkretisierte sich zu einem blutigen Handschuh.

Frederica riss die Lider auf. Drei Augenpaare fixierten sie so intensiv, dass es ihr am Hinterkopf wehtat. Vier, wenn man die Krankenschwester mitzählte.

»Wo ist Christian?«

»Geht es dir gut?«, fragte Tanja mit besorgter Stimme. Redericas Frage schien sie nicht gehört zu haben.

Frederica sah Matthias an, der zur anderen Wand aus dem Fenster starrte. Nur Alfred fixierte sie weiter unablässig. Vielleicht hatte sie ja irgendwo einen leckeren Knochen versteckt.

»Wir wussten nicht, wie viel von dem Zeugs er dir gespritzt hatte, aber da wir dank Alfred gleich bei dir gewesen sind, konnten wir dich sofort künstlich beatmen lassen, als dein Herz plötzlich ausgesetzt hat.« Tanjas Stimme klang unaufgeregt. »Und als das Zeug nach einem halben Tag wieder aus deinem System raus war, haben wir dich erst mal schlafen lassen.«

»Wie viel Uhr ist es?«

»Zehn nach drei.«

»Nachmittags?«

Tanja redete schnell weiter. »Ja, es ist Freitag, zehn nach drei.«

»WO IST CHRISTIAN?«

»Das wissen wir nicht.« Matthias übernahm die Gesprächsführung. »Wir haben ihn nicht finden können.«

»Was heißt das, ihr habt ihn nicht finden können?«

»Genau das, was es heißt. Weder hat er sich gemeldet noch ist …«, Matthias Stimme stockte leicht, »… seine Leiche aufgetaucht. Er gilt als vermisst.«

Frederica musste heftig schlucken. Ihr Mund war so ausgetrocknet, dass ein Schluck Wasser auf ihrer Zunge verdunstet wäre. Sie drehte ihr Gesicht zur Wand. *Christian wird vermisst. Nach 24 Stunden wird er immer noch vermisst.* Und das Letzte, was sie zu ihm gesagt hatte, war eine Lüge gewesen. Annabelle. Und die Kinder.

Oh Gott. Papi, sag nicht, dass er bei dir ist.

»Dr. Hansen sitzt in U-Haft. Aufgrund deiner Entführung konnten wir sowohl einen Durchsuchungsbeschluss als auch einen Haftbefehl erwirken. Die IT-Forensiker haben bereits Unregelmäßigkeiten im Warenbestand gefunden, er wird sicherlich wegen gewerbsmäßigen Medikamentenbetrugs angeklagt. Das gibt mindestens zehn Jahre. Deine Entführung und der Mordversuch kommen als Sahnehäubchen obendrauf.«

Frederica rührte sich nicht.

Tanja sprach schnell weiter. »Als wir am Freihafen angekommen waren, ist uns Matthias in die Arme gelaufen. Er hat es geschafft, den betrunkenen Torben gegen die Wand zu drücken, als der ihn wegbringen wollte, und ihm einen Tritt in die Eier verpasst.« Tanja runzelte die Stirn. »Ich wusste gar nicht, dass Männer das auch machen. Jedenfalls sitzt der jetzt auch ein. Von Hansens Wagen haben wir nur noch die Rücklichter gesehen. Und als wir dich nicht finden konnten, nur deinen Schal in diesem Kühlhaus, haben wir eine Fahndung nach Hansens Wagen eingeleitet. Gefunden haben wir euch allerdings über seine Handyortung.« Plötzlich schwang Stolz in Tanjas Stimme mit wie bei einer Mutter, die von der

Eins ihres Sohnes in Mathe berichtete. »Als wir am Waldrand bei dem Wagen angekommen waren, war von euch keine Spur. Ich hatte deinen Schal mitgenommen und Alfred hingehalten. Und was glaubst du? Er ist sofort losgespurtet!«

Matthias schien zu merken, dass Frederica nicht mehr zuhörte. Seine Stimme wurde weich. »Shorty, dein Bruder will dich besuchen kommen und deine Mutter macht sich ebenfalls Sorgen. Willst du sie nicht anrufen?«

Stein auf Stein, Mörtel auf Stein, Guss auf Mörtel. *Stetig, stetig, nicht ablenken lassen.* Was hatte Heike Fuchs gesagt? *Hatten Sie schon einmal Todesangst? So richtig fies, mit allem Drum und Dran?* Die Frage würde sie ihr jetzt gerne beantworten. Aber sie würde sie umformulieren: *Hatten Sie schon einmal Todesangst um jemand anderen?*

Wo viel Licht ist, ist viel Schatten.

Papa, rede mit mir.